LUCINDA RILEY

Les Mystères de Fleat House

ROMAN TRADUIT DE L'ANGLAIS (IRLANDE) PAR ÉLISABETH LUC

CHARLESTON

Titre original :

THE MURDERS AT FLEAT HOUSE

ISBN : 978-2-253-24518-6 – 1re publication LGF

LES MYSTÈRES DE FLEAT HOUSE

Lucinda Riley est née en 1965 en Irlande, et après une carrière d'actrice au théâtre, au cinéma et à la télévision, elle a écrit son premier roman à vingt-quatre ans. Ses livres ont depuis été traduits dans trente-sept langues, et continuent de toucher et d'émouvoir dans le monde entier. Sa série *Les Sept Sœurs* est devenue un phénomène mondial, créant un genre littéraire à part entière ; elle est en cours d'adaptation pour une série télévisée en sept saisons. Ses romans ont été nommés pour plusieurs prix littéraires à travers le monde : le Bancarella Prize en Italie, le Lovely Books Award en Allemagne, et le Livre romantique de l'année au Royaume-Uni. En 2020, elle a reçu le prix Platinum aux Pays-Bas pour avoir vendu plus de 300 000 exemplaires d'un même roman en un an – un prix remporté avant elle par J.K. Rowling pour *Harry Potter*. En collaboration avec son fils Harry Whittaker, Lucinda a également imaginé et écrit une série de livres pour enfants intitulée *The Guardian Angels* (« Les Anges gardiens »). Après avoir élevé ses quatre enfants principalement dans le comté de Norfolk, en Angleterre, elle a réalisé son rêve en 2015 et acheté une ferme isolée en Irlande. Elle s'est toujours sentie proche spirituellement de ce pays, et c'est là qu'elle a écrit ses cinq derniers romans. En 2017, on lui a diagnostiqué un cancer, et Lucinda s'est éteinte le 11 juin 2021, entourée de sa famille.

Paru au Livre de Poche :

Les Sept Sœurs

LES SEPT SŒURS – *Maia*

LA SŒUR DE LA TEMPÊTE – *Ally*

LA SŒUR DE L'OMBRE – *Star*

LA SŒUR À LA PERLE – *CeCe*

LA SŒUR DE LA LUNE – *Tiggy*

LA SŒUR DU SOLEIL – *Électra*

LA SŒUR DISPARUE

Ce roman est dédié à tous ceux qui ont des rêves.
Comme Lucinda, ne renoncez jamais, ne cédez jamais !

La famille de Lucinda

AVANT-PROPOS

Cher lecteur, chère lectrice,

J'espère que vous êtes aussi heureux que moi de tourner les premières pages de ce nouveau titre de Lucinda Riley. Si vous vous êtes passionné pour la série des *Sept Sœurs*, vous devez être impatient de laisser Lucinda vous transporter vers de nouvelles aventures. À moins que vous ne soyez sur le point de découvrir son œuvre, attiré par la promesse d'une intrigue policière bien ficelée. Dans ce cas, je me dois de préciser le contexte de cette parution. Pour celles et ceux qui l'ignorent, Lucinda, ma mère, est hélas décédée le 11 juin 2021 des suites d'un cancer de l'œsophage diagnostiqué en 2017. Je suis son fils aîné et son coauteur (je m'empresse d'ajouter que je ne l'étais pas sur ce roman). Ensemble, nous avons créé la série des *Guardian Angels* pour les enfants et je suis à présent chargé de compléter son immense héritage littéraire en achevant le huitième et dernier roman de la série des *Sept Sœurs*.

Pour cette raison, j'aimerais vous raconter la genèse du présent roman. Sachez qu'il fut écrit en 2006. Dès que ses plus jeunes enfants ont été scolarisés, Lucinda a écrit trois romans sans avoir d'éditeur. Deux ont été publiés et ont remporté un vif succès : *Le Secret d'Helena* et *La Chambre aux papillons*. Ma mère a toujours eu l'intention de publier le troisième, que vous tenez entre vos mains, une fois qu'elle aurait achevé la série des *Sept Sœurs*.

Lucinda a beaucoup réécrit *Le Secret d'Helena* et *La Chambre aux papillons*, comme tout auteur qui reprend un texte au bout de dix ans. Elle n'a pas eu l'occasion d'en faire autant pour *Les Mystères de Fleat House*. Ainsi, je me suis retrouvé face à un dilemme quand j'ai décidé de publier ce roman. Devais-je prendre la responsabilité de corriger, d'adapter, de réactualiser le texte, comme ma mère l'aurait sans doute fait ? Après réflexion, j'ai choisi de respecter sa voix et de n'effectuer que quelques changements mineurs.

Vous allez donc lire l'œuvre datant de 2006.

Ma mère était très fière de ce projet, qui restera son unique roman policier. Les lecteurs fidèles reconnaîtront sa capacité rare à capter et restituer l'atmosphère d'un lieu. Il est intéressant de noter que, à l'époque où elle a écrit ce roman, notre famille vivait au cœur du vaste paysage plein de mystère qui sert de cadre à l'intrigue. De plus, l'école du Norfolk décrite dans le livre s'inspire fortement de l'établissement fréquenté par ses propres enfants. Par chance, il ne s'y est rien passé d'aussi dramatique !

Les secrets du passé ont toujours influé sur les événements présents. L'inspectrice Jazz Hunter est un magnifique personnage digne d'exister dans sa propre série et je suis sûr que vous en conviendrez.

Peut-être en aurait-elle été l'héroïne, dans une autre vie…

Harry Whittaker, 2021

Prologue

École St Stephen, région du Norfolk,
Angleterre, janvier 2005

La silhouette gravit les marches de l'escalier menant au couloir des terminales, une suite de chambres individuelles minuscules. Seuls rompaient le silence le grincement et le cliquetis des radiateurs vétustes, ces sentinelles en fonte qui peinaient à réchauffer Fleat House et ses pensionnaires depuis une cinquantaine d'années.

Fleat House n'était que l'une des huit maisons constituant l'école privée St Stephen. Elle portait le nom du directeur de l'école, à l'époque de sa construction, cent cinquante ans plus tôt. Surnommée « la bicoque » par ses occupants actuels, c'était une bâtisse victorienne en brique assez laide, transformée en chambres d'internat après la Seconde Guerre mondiale.

C'était aussi la dernière maison à bénéficier de travaux de restauration cruellement nécessaires. Au cours des six mois à venir, couloirs, escaliers, dortoirs et salles communes seraient dépouillés de leur linoléum noir et usé, les murs seraient retapissés et repeints dans les tons magnolia, et les sanitaires archaïques seraient équipés de douches avec une robinetterie en inox et d'un carrelage blanc immaculé. La direction tenait à rassurer les parents d'élève. Ceux-ci attendaient que leur progéniture vive sa scolarité dans un confort digne d'un hôtel et non dans un taudis.

Devant la chambre numéro sept, la silhouette marqua une pause et dressa l'oreille. En ce vendredi, les huit garçons de cet étage devaient être sortis pour se rendre à pied au pub de la bourgade voisine de Foltesham. Mieux valait toutefois s'en assurer. N'entendant rien, l'intrus actionna la poignée de la porte et entra.

Refermant doucement la porte derrière lui, il alluma. Presque aussitôt, il perçut l'odeur très reconnaissable de l'adolescence, ce mélange de chaussettes sales, de sueur et d'hormones en ébullition qui, au fil des années, avait imprégné les moindres recoins de Fleat House.

Frémissant aux souvenirs douloureux que ravivait cette odeur, l'intrus faillit trébucher sur un tas de sous-vêtements jetés négligemment à terre. Il prit les deux comprimés blancs déposés comme chaque soir sur la table de chevet du jeune homme et les remplaça par deux autres d'aspect identique. Enfin, il éteignit la lumière et quitta la pièce.

Dans l'escalier tout proche, un petit personnage en pyjama se figea en entendant des pas s'approcher. Au bord de la panique, il se précipita vers l'alcôve située sous les marches, sur le palier, en contrebas, et se fondit dans l'ombre. Être surpris hors de son lit à vingt-deux heures lui vaudrait une punition et il avait assez souffert pour ce soir.

Immobile dans le noir, le cœur battant, les yeux fermés comme si cela pouvait l'aider, il dressa l'oreille, le souffle court. Les pas gravirent les marches et passèrent au-dessus de sa tête avant de s'éloigner. Soulagé, il sortit de sa cachette et regagna à la hâte son dortoir. Une fois couché, il consulta son réveil. Il ne pourrait se permettre de se réfugier dans le sommeil que dans une heure. Il releva les couvertures au-dessus de sa tête et laissa libre cours à ses larmes.

Environ une heure plus tard, Charlie Cavendish entra dans la chambre numéro sept et se jeta sur son lit. À dix-huit ans, il se retrouvait enfermé dans cette cage à lapin infecte à onze heures du soir, un vendredi. Comme un gamin ! Pire encore, il devait se lever tôt le lendemain pour assister au rituel de la chapelle. Il avait été absent deux fois ce trimestre et ne pouvait se risquer à récidiver. Il avait déjà été convoqué dans le bureau de Jones à cause de cette histoire stupide concernant Millar. Jones l'avait menacé d'expulsion s'il ne modifiait pas son comportement, mais Charlie ne supportait pas de devoir se tenir à carreau. Son père avait été clair : il ne financerait pas son année sabbatique si son fils n'avait pas de bonnes notes et un bulletin scolaire irréprochable.

Ce qui serait une sacrée catastrophe.

Son père désapprouvait l'idée de cette année

sabbatique. Pour lui, l'hédonisme était une abomination. Imaginer son fils alangui sur une plage en Thaïlande, à coup sûr défoncé, n'était pas ce qu'il avait en tête pour son rejeton, surtout si c'était lui qui finançait ses frasques.

Peu avant le début du trimestre, ils s'étaient violemment querellés à propos de l'avenir de Charlie. William Cavendish était un avocat de renom à Londres. Il trouvait naturel que Charlie suive ses traces. Étant petit, ce dernier ne s'en était jamais vraiment soucié, mais vers la fin de son adolescence, il avait peu à peu compris les attentes de son père qui se moquait éperdument de ses envies personnelles.

Charlie était un magouilleur dans l'âme, un marchand d'adrénaline. C'était ainsi qu'il se voyait. Il aimait vivre sur le fil du rasoir. La perspective d'une existence confinée dans l'atmosphère oppressante de l'Inner Temple, un prestigieux centre de formation des avocats, le révulsait.

De plus, son père avait une conception obsolète de la réussite. Les temps avaient changé. Le jeune homme estimait être en droit de faire comme bon lui semblait. Ce baratin sur la respectabilité appartenait à la génération de ses parents.

Charlie voulait être DJ et voir de superbes créatures en tenue légère se trémousser sur les pistes de danse d'Ibiza. C'était ça, la vie ! Et un DJ pouvait se faire énormément de fric.

L'argent ne serait jamais un problème. À moins que son oncle célibataire de cinquante-sept ans ne se décide à avoir des enfants, Charlie hériterait du domaine familial et de centaines d'hectares de terres agricoles.

Là encore, il avait des projets. Il lui suffisait de vendre une partie des terres à un promoteur pour empocher une fortune.

Non, le problème n'était pas son avenir financier, mais le fait que son coincé de père tenait les cordons de la bourse.

Charlie était jeune. Il avait envie de prendre du bon temps.

Telles étaient les pensées qui se bousculaient dans la tête de Charlie Cavendish alors qu'il tendait distraitement la main vers les deux comprimés qu'il avalait chaque soir depuis l'âge de cinq ans. Il prit ensuite le verre d'eau que l'intendante avait laissé à son intention.

Il posa les comprimés sur sa langue et but une longue gorgée pour les avaler avant de reposer le verre sur le meuble de chevet.

Pendant une minute entière, rien ne se produisit. Charlie soupira et poursuivit ses ruminations sur l'injustice de sa situation. Quand soudain, presque imperceptiblement, son corps se mit à trembler.

— Qu'est-ce que… ?

Les secousses s'intensifièrent au point d'être incontrôlables. Tout d'un coup, sa gorge se serra. Au bord de la panique, incrédule, suffocant, Charlie parvint à ramper vers la porte de sa chambre. Dans sa terreur grandissante, il agrippa la poignée mais se trouva incapable de l'actionner. Bientôt, il s'écroula, à demi inconscient, une main sur la gorge, de l'écume aux lèvres. Privé d'oxygène, son organisme fut envahi de toxines létales, puis ses organes vitaux le lâchèrent un à un. Enfin, ses entrailles se relâchèrent et, peu à peu, Charlie Cavendish cessa d'exister.

1

Les mains dans les poches, une sale habitude qu'il reprochait sans cesse à ses élèves, Robert Jones, le directeur de St Stephen, regardait par la fenêtre de son bureau.

Quelques pensionnaires traversaient la pelouse de la chapelle pour se rendre en cours ou en revenir. Les mains moites et le cœur battant, Robert Jones subissait une montée d'adrénaline permanente depuis l'accident.

Il retourna s'asseoir devant une pile de dossiers à traiter et une liste de numéros de téléphone à rappeler. Il épongea le sommet de son crâne chauve à l'aide d'un mouchoir avant de pousser un long soupir.

Responsable de centaines d'adolescents, filles et garçons, il pouvait s'attendre à un tas de catastrophes : la drogue, le harcèlement et, depuis que les internats anglais étaient mixtes, ce spectre inévitable qu'était le sexe.

Au cours de ses quatorze années passées à la tête de St Stephen, Robert avait été confronté à ces problèmes de façon plus ou moins grave. Toutefois, ils faisaient pâle figure par comparaison avec l'événement du vendredi précédent, le pire cauchemar d'un directeur d'école privée : la mort d'un élève.

S'il y avait un drame susceptible de réduire en lambeaux la réputation d'un établissement, c'était bien celui-ci. Les détails relatifs à la mort de ce malheureux n'avaient guère d'importance. Robert imaginait déjà le nombre de parents qui allaient rayer St Stephen de leur liste d'internats possibles pour leur progéniture.

Maigre consolation, l'école survivait depuis plus de quatre cents ans. En consultant les archives, Robert avait découvert que ce genre de tragédie s'était déjà produit. Les chiffres allaient baisser à court terme, mais, au fil du temps, les parents finiraient par oublier le triste épisode de vendredi.

Le dernier décès d'élève remontait à 1979. Un garçon avait été retrouvé mort dans la cave. Il s'était pendu à l'aide d'une corde attachée à un crochet du plafond. Il faisait partie de la légende de l'école et l'esprit du défunt hantait Fleat House, disait-on.

Le jeune Rory Millar avait d'ailleurs l'air d'un fantôme quand on l'avait libéré alors qu'il tambourinait à la porte du sous-sol après avoir passé la nuit enfermé à la cave.

Charlie Cavendish, le coupable présumé et avéré, avait nié en bloc toute implication. Pire encore, il avait jugé cela drôle… Robert Jones eut un frisson de honte. Si seulement il trouvait la force d'être peiné par la perte de cette jeune vie ! Hélas, il en était incapable.

Cet élève avait posé des problèmes dès le départ.

Et voilà que, à cause de sa mort, son avenir de directeur était en péril ! À cinquante-six ans, il était impatient de prendre sa retraite dans quatre ans. S'il était contraint de démissionner, il n'avait pratiquement aucune chance de trouver un poste ailleurs.

Et pourtant, la veille au soir, lors de la réunion d'urgence du conseil des gouverneurs, il avait proposé sa démission aux gouverneurs, qui étaient restés solidaires de leur directeur.

Le décès de Cavendish était un *accident*. L'adolescent avait succombé à une crise d'épilepsie. Une lueur d'espoir pour Robert. Si le coroner concluait à une mort naturelle et que les médias ne s'enflammaient pas sur cette affaire, il était encore possible de limiter les dégâts.

Néanmoins, tant que la thèse accidentelle ne serait pas confirmée, sa réputation et son avenir ne tenaient qu'à un fil. Il attendait un appel dans la matinée.

Son téléphone se mit à sonner. Jenny lui passa le bureau du coroner.

— Monsieur Jones ?

— Lui-même.

— Malcolm Glenister, le coroner. Je voulais vous parler des résultats de l'autopsie effectuée hier sur Charlie Cavendish.

— Très bien..., répondit Robert, la gorge nouée. Je vous écoute.

— D'après le médecin légiste, Charlie n'est pas mort d'une crise d'épilepsie, mais d'un choc anaphylactique.

— Je vois... et... quelle en est la cause ?

— Eh bien, comme vous le savez grâce à son dossier médical, Charlie était allergique à l'aspirine. Or il en avait six cents milligrammes dans le sang, ce qui correspond à deux comprimés vendus sans ordonnance.

Robert était stupéfait.

— À part des traces d'Epilim, le médicament que Charlie prenait chaque jour pour traiter son épilepsie, et un taux d'alcool minimal, le légiste n'a rien décelé d'autre. Ce garçon était en parfaite santé.

— Si on l'avait trouvé plus tôt, il aurait pu survivre ? s'enquit Robert.

— Avec une prise en charge immédiate, c'est presque certain, oui. Toutefois, il n'a pas pu appeler à l'aide avant de perdre connaissance. Pas étonnant que personne ne l'ait retrouvé avant le lendemain matin.

Robert ressentit un certain soulagement.

— Que va-t-il se passer, maintenant ?

— Si nous savons de quoi il est mort, la question est de savoir pourquoi. Ses parents ont confirmé qu'il se savait allergique à l'aspirine. Il l'a toujours su.

— Il a dû avaler ces comprimés par erreur. Je ne vois pas d'autre explication, et vous ?

— Mon métier n'est pas d'émettre des hypothèses sans avoir des faits, monsieur le directeur. Il reste quelques points à éclaircir. Je crains qu'il n'y ait une enquête de police.

Robert se sentit pâlir.

— Je vois. En quoi cela va-t-il affecter le quotidien de l'école ?

— Il faudra en parler à l'officier de police responsable de l'enquête.

— Quand la police arrivera-t-elle ?

— Assez vite. Ils vous contacteront sous peu pour prendre certaines dispositions.

Cet appel laissa Robert en proie à un vertige. Il respira profondément. Une enquête de police… C'était la pire des nouvelles.

Soudain, une idée le frappa. Ces derniers jours, il avait réfléchi à la réputation de l'école. Si la police s'en mêlait, c'était parce que, pour le coroner, Cavendish n'avait pas avalé ces cachets d'aspirine par hasard ou par erreur.

Bon sang, ils ne pouvaient tout de même pas envisager un meurtre !

Non, c'était sans doute une enquête de routine, une formalité. À la réflexion, le père de Charlie avait le bras suffisamment long pour déclencher une enquête. Combien de fois Robert avait-il convoqué Charlie Cavendish dans ce bureau pour le réprimander ? L'élève se contentait de le regarder de haut en toute insouciance. C'était toujours le même scénario : Robert lui rappelait que le bon vieux temps du bizutage des plus jeunes était révolu et qu'il ne devait pas harceler ses camarades qui refusaient de se soumettre. Charlie acceptait sa punition avant de continuer à sévir comme si de rien n'était.

Charlie avait échoué à l'examen d'entrée du prestigieux collège d'Eton, ce fleuron des *public schools* britanniques. Dès son arrivée à St Stephen, il avait clairement exprimé qu'il se considérait comme supérieur à tous dans cette école de seconde zone, à son directeur et à ses camarades de classe. Il était d'une arrogance époustouflante.

En quête d'inspiration, Robert contempla le portrait de lord Grenville Dudley, fondateur de St Stephen, au XVIe siècle. Se rendant compte qu'il était presque l'heure du déjeuner, il appuya sur le bouton de son interphone pour appeler sa secrétaire.

Quelques secondes plus tard, la silhouette rassurante de Jenny Colman apparut. Elle travaillait à St Stephen depuis trente ans. Elle avait débuté à la cantine, et, après une formation de secrétariat, était devenue employée administrative. À l'arrivée de Robert, quatorze ans plus tôt, la secrétaire du directeur allait prendre sa retraite. S'il avait choisi Jenny pour la remplacer, c'était parce qu'il appréciait son humeur égale. De plus, l'école n'avait pas de secret pour elle, un atout précieux pour un directeur fraîchement nommé. En revanche, elle n'était pas très glamour, il devait l'admettre.

Tout le monde adorait Jenny, des femmes de ménage aux gouverneurs de l'école. Elle connaissait chaque élève par son nom et était d'une loyauté sans faille. Ayant trois ans de plus que Robert, elle était encore plus proche que lui de la retraite. Il s'était souvent demandé comment il s'en sortirait sans elle. Finalement, il quitterait probablement St Stephen le premier…

Jenny avait été absente au trimestre précédent à cause d'une opération à la hanche. Sa remplaçante était compétente et bien plus au fait des nouvelles technologies, mais le côté maternel de Jenny avait manqué à Robert, qui se réjouissait de son retour. Munie de son calepin, Jenny prit place dans un fauteuil, l'air soucieux.

— Vous avez mauvaise mine, monsieur Jones. Vous voulez un verre d'eau ?

Soudain, Robert eut très envie de se blottir dans son giron pour trouver le réconfort.

— J'ai parlé au coroner, dit-il en chassant cette pensée. Les nouvelles ne sont pas bonnes. Il va y avoir une enquête de police.

— Non ! souffla Jenny, éberluée. C'est pas possible...

— Espérons que le dossier sera vite bouclé. La présence de policiers en train de fouiner partout va nous déranger.

— Et comment ! Vous croyez qu'ils vont nous interroger ?

— Aucune idée. Il faudra prévenir chacun. J'attends un appel de la police pour en savoir davantage. Une réunion générale dans la grande salle s'impose demain matin, avec le personnel au complet. Vous pouvez m'organiser ça ?

— Bien sûr, monsieur Jones. Je m'en occupe.

— Merci, Jenny.

Au moment de sortir, elle demanda :

— Au fait, vous avez rappelé David Millar ? Je l'ai déjà eu trois fois au téléphone ce matin.

Robert n'avait vraiment pas envie d'entendre un père alcoolique un peu dérangé s'inquiéter pour son fils.

— Non, pas encore.

— Eh bien, il a appelé à plusieurs reprises hier

soir et a laissé des messages à propos de Rory, qui serait bouleversé.

— Je sais, vous me l'avez dit. Il attendra, voilà tout. J'ai des choses plus importantes à gérer.

— Vous voulez une tasse de thé ? Ça fait du bien en cas de choc.

— Volontiers, merci.

Lorsque le téléphone sonna, Jenny se précipita pour décrocher, puis elle couvrit le combiné de sa paume et annonça :

— C'est un certain M. Norton, de la police…

Robert prit l'appel tandis que Jenny quittait la pièce.

— Allô ?

— Monsieur le directeur ? Je suis le sous-directeur de la police criminelle. Vous connaissez la raison de mon appel.

— En effet…

— Je tenais à vous informer que je vous envoie deux officiers chargés d'enquêter sur la mort de Charlie Cavendish.

— Oui, très bien…, bredouilla Robert.

— Ils seront chez vous demain matin.

— D'où viennent-ils ?

— De Londres.

— Londres ?

— Oui. Le dossier est confié au service des enquêtes prioritaires de la criminelle, au sein de la police métropolitaine de Londres, autrement dit la « Met ». Nous coopérerons avec la police locale.

— Je comprends que vous deviez effectuer votre travail, mais je m'inquiète des conséquences sur le fonctionnement de l'école, sans parler de la panique que vos inspecteurs risquent de déclencher.

— Mes collègues ont de l'expérience, monsieur le directeur. Ils sauront faire preuve de subtilité et vous conseilleront pour la gestion du personnel et des élèves.

— Je comptais organiser une réunion générale demain matin.

— Excellente idée. Mon équipe aura ainsi l'occasion d'informer toute l'école et, peut-être, d'en rassurer certains sur la présence policière.

— Puis-je avoir le nom de ces enquêteurs ?

Norton hésita un instant.

— Rien n'est encore sûr. Je vous rappellerai dans la journée.

— Merci, monsieur. À plus tard.

Merci pour quoi ? songea Robert Jones en raccrochant. Il se prit la tête dans les mains.

— Bon sang…, maugréa-t-il.

Ces flics allaient fouiner dans le passé de chacun… dans leur vie privée… Qui sait ce qui remonterait à la surface ? Lui-même risquait de devenir suspect…

Les bénéfices baissaient depuis trois ans. Il y avait une telle concurrence ! Cette enquête tombait mal. Surtout pour lui, se dit-il un peu égoïstement en prenant son téléphone pour appeler le gouverneur en chef.

2

Jazmine Hunter-Coughlin, Jazz pour les intimes et « inspectrice Hunter » pour ses anciens collègues, écarta les rideaux. La vue depuis la fenêtre de sa chambre était assez limitée et la buée rendait flous le paysage de la réserve naturelle des Salthouse Marshes et, au-delà, la mer du Nord. Comme quand elle était enfant, elle traça machinalement ses initiales sur la vitre. JHC. Elle les contempla un moment avant d'effacer le C d'un geste décidé.

Elle observa les nombreux cartons éparpillés dans la pièce. Si elle avait emménagé trois jours plus tôt, elle n'avait encore déballé que l'essentiel, un pyjama, sa bouilloire, ses affaires de toilette. Les autres cartons étaient intacts. Seuls les meubles étaient en place.

Elle adorait ce modeste cottage diamétralement opposé à l'appartement blanc et minimaliste des Docklands, quartier tendance de l'est de Londres, qu'elle partageait avec son ex-mari. Obsessionnelle de l'ordre, elle n'ouvrait pas ses cartons à cause des gros travaux de rénovation qui auraient lieu au cours des semaines à venir. Elle avait réservé un plombier pendant une semaine afin qu'il installe le chauffage central et attendait l'appel d'un menuisier qui viendrait prendre des mesures pour des meubles de cuisine. Par ailleurs, elle avait laissé des messages à des décorateurs du coin. Jazz espérait que, dans deux mois, Marsh Cottage serait aussi coquet à l'intérieur qu'à l'extérieur.

Ce jour-là, le ciel était moins gris et elle décida d'aller faire un tour sur le front de mer en passant par les marais. Elle enfila des bottes et une veste en toile cirée, et sortit humer l'air marin.

Le cottage était situé sur la route côtière reliant le village à la mer. En été, elle était encombrée de touristes gagnant les plages. En cette fin de janvier, elle était déserte. Ce cadre brut procura à la jeune femme un sentiment de bien-être. Elle aimait la nature sauvage de ce paysage morne et plat, dénué d'arbres, et l'horizon qui s'étendait à perte de vue.

En traversant la route, elle vit du coin de l'œil un homme sortir du bureau de poste, à une cinquantaine de mètres d'elle. Elle foula le talus couvert de hautes herbes en savourant le bruit de la terre gorgée d'eau sous ses pieds. Soudain, elle crut entendre quelqu'un l'appeler par son nom.

D'abord, elle n'y prêta pas attention. Concentrée sur les cris d'une nuée de courlis volant en cercle à sa droite, elle poursuivit son ascension de la pente qui constituait l'unique protection du cottage contre les inondations, un facteur décisif lorsqu'elle avait contracté son crédit.

— Jazmine ! Inspectrice Hunter ! S'il vous plaît ! Attendez !

Cette fois, il n'y avait pas d'erreur possible. Elle se retourna.

Oh non, pas lui ! Jazz revint sur ses pas et s'arrêta à quelques mètres de l'homme, avec un sourire forcé.

— Bonjour, inspectrice Hunter.

— Qu'est-ce que vous faites là, monsieur ?

— Ravi de vous voir également, railla Norton en lui tendant la main.

— Désolée, soupira-t-elle. Je ne m'attendais pas à vous voir.

— Ce n'est rien. Vous m'invitez à entrer avant que je ne meure de froid dans mon petit costume léger ?

— Bien sûr. Venez.

Jazz fit asseoir Norton sur le canapé et attisa les braises de la cheminée. Elle leur prépara du café, puis se percha sur une chaise.

— C'est sympa, chez vous.

— Merci. J'aime bien.

Un silence gêné s'installa.

— Dites-moi, Jazmine, comment ça va ?

C'était bizarre d'entendre Norton l'appeler par son prénom. Cela ne faisait que souligner à quel point sa vie avait changé au cours des derniers mois. Elle le trouvait aussi un peu condescendant.

— Ça va, répondit-elle.

— Vous semblez... aller mieux. Vous avez pris des couleurs depuis la dernière fois que je vous ai vue.

— Oui. Il fait beau, en Italie, même en hiver.

Encore un silence. Si seulement Norton en venait au fait !

— Comment m'avez-vous trouvée ? s'enquit-elle enfin. Je n'habite ici que depuis trois jours.

Norton se mit à rire.

— Vous vous posez vraiment la question ? Vous avez travaillé à Scotland Yard, non ? Notre ordinateur ne nous a donné que 29, Salthouse Road. En arrivant ici, j'ai constaté qu'il n'y avait pas de numéros sur les portes. J'ai dû me renseigner au bureau de poste.

— Ah…

— Pourquoi cet endroit ?

— Les souvenirs de vacances de mon enfance, je suppose, admit-elle. J'ai toujours adoré le Norfolk et c'était aussi bien qu'ailleurs, pas très loin de chez mes parents.

— Bien sûr…

Le silence s'installa à nouveau.

— Bon, reprit Norton en percevant son impatience. Vous voulez savoir pourquoi j'ai parcouru plus de cent cinquante kilomètres de bon matin pour vous voir. J'ai essayé de vous appeler sur votre portable.

— J'y ai renoncé quand je suis partie en Italie et, à mon retour, je me suis dit que je n'en avais pas vraiment besoin.

Norton hocha la tête.

— Il ne vous sert pas à grand-chose dans le North Norfolk, de toute façon. Je n'ai plus de signal depuis Norwich. Bref, si je suis venu ici… c'est pour vous proposer de vous remettre au travail.

Jazz ne réagit pas immédiatement.

— Je pensais avoir été très claire sur ce point, répondit-elle enfin.

— C'est vrai, mais c'était il y a sept mois. Vous

avez pris un congé sabbatique, vous avez divorcé, déménagé…

— Et je n'ai aucune intention de revenir à Londres, le coupa Jazz sèchement.

— Je sais.

— De plus, comment voulez-vous que je reprenne le boulot ? Et qu'est-ce qui vous fait croire que j'ai *envie* de le reprendre ?

— Jazmine, ne soyez pas sur la défensive et écoutez-moi jusqu'au bout ! ordonna-t-il avec une certaine dureté.

— Vous devez comprendre que je ne déborde pas d'enthousiasme à l'idée de me tourner vers le passé.

Elle était consciente de son attitude hostile et n'y pouvait rien.

— Oui, je vois… J'aimerais bien savoir pourquoi vous êtes tellement en colère contre moi ! Ce n'est pas moi qui vous ai trahie.

— C'est un coup bas, ça, monsieur.

— Eh bien, reprit Norton en examinant ses ongles manucurés avec soin, vous avez peut-être eu l'impression que je vous avais trahie.

— J'ai bien compris que vous ne pouviez rien faire pour mon mari. À l'époque, j'étais en pleine désillusion.

— C'est la goutte d'eau qui a fait déborder le vase, selon l'expression consacrée.

Norton but une gorgée de café et posa les yeux sur elle.

— Jazmine, savez-vous combien coûtent le recrutement et la formation d'un inspecteur de police judiciaire ?

— Non.

— En gros, vous pourriez acheter un autre cottage…

— Vous essayez de me culpabiliser ?

— Si c'est efficace, oui, admit-il en esquissant un sourire. Vous ne m'avez même pas accordé l'occasion de discuter avec vous. Du jour au lendemain, ou presque, vous avez filé en Italie sans demander votre reste.

— Je n'avais pas le choix.

— C'est vous qui le dites. J'espérais que nos bonnes relations de travail vous inciteraient à venir me parler. Si nous étions tombés d'accord pour affirmer que votre démission était la seule solution, je ne m'y serais pas opposé. Mais vous avez préféré… vous enfuir, sans débriefer, sans rien !

Jazz demeura impassible.

— Ah ! C'est pour ça que vous êtes venu ? Pour débriefer ?

Norton émit un soupir de frustration.

— Écoutez, je fais de mon mieux. Cessez de vous comporter comme une adolescente capricieuse. Officiellement, vous êtes toujours employée chez nous.

Il sortit une enveloppe de la poche intérieure de sa veste et la lui tendit.

— Qu'est-ce que c'est ? murmura-t-elle, intriguée.

L'enveloppe contenait des bulletins de paie, du courrier relatif au compte bancaire qu'elle partageait avec Patrick, les relevés mensuels qui arrivaient toujours à son ancienne adresse et que, naturellement, elle n'avait pas vus, sans oublier la lettre de démission griffonnée à la hâte à l'aéroport et postée avant d'embarquer pour Pise.

— Ce départ n'était pas très… professionnel, n'est-ce pas ?

— Sans doute, concéda-t-elle, mais je ne vois pas en quoi c'est important, à présent.

Jazz remit la lettre dans l'enveloppe et la rendit à Norton.

— Tenez. Je vous donne officiellement ma démission. Ça vous va ?

— Oui, si vous voulez que ça se passe comme ça. Écoutez, Jazmine, je vous comprends. Vous étiez déprimée, votre vie privée était en miettes. Vous aviez besoin de réfléchir…

— Oui, c'est à peu près ça, monsieur.

— Votre instinct vous a dit de vous enfuir. Vous étiez aveuglée. C'est évident, non ?

Jazz garda le silence.

— Aveuglée, vous avez pris une décision impulsive. En plus de ruiner une carrière prometteuse, vous m'avez privé de l'un de mes meilleurs éléments. Je ne suis pas stupide. J'étais au courant de ce qui se passait. Cela a dû être terrible pour vous d'apprendre la vérité sur votre mari. Terrible.

Toujours pas de réponse.

Norton soupira :

— On en revient toujours à la même chose : mélanger travail et vie privée est dangereux, surtout dans notre métier. Je l'ai expliqué à l'inspecteur-chef Coughlin quand il m'a annoncé que vous vouliez vous marier.

— Ah bon ? fit Jazz en levant les yeux vers lui. Patrick a prétendu que vous étiez d'accord.

— En fait, j'ai suggéré que l'un d'entre vous demande sa mutation pour que vous ne vous marchiez pas sur les pieds. Il m'a imploré de vous laisser où vous étiez. Au lieu de vous perdre tous les deux, j'ai décidé de tenter le coup, même si cela ne me disait rien qui vaille.

— Vous venez de dire « inspecteur-chef » ?

— Oui. Votre ex-mari vient d'être promu.

— Inutile de lui transmettre mes félicitations.

— N'ayez crainte, je n'en ferai rien.

Avec son coûteux costume sur mesure, ses longues jambes repliées maladroitement sur son canapé trop bas, Norton constituait un spectacle incongru.

— Vous étiez au courant, vous ? Pour Patrick et… *elle* ?

— J'avais eu vent de rumeurs… mais je ne pouvais pas m'en mêler. Si cela peut vous rassurer, elle a fait une demande de mutation pour Paddington Green quinze jours après votre départ. Elle savait qu'elle ne pouvait rivaliser avec vous. Tout le monde lui battait froid, dans le service. Vous étiez très appréciée, vous savez. Vous leur manquez.

Norton afficha un large sourire. Jazz ne put s'empêcher de penser que, avec ses dents éclatantes, ses épais cheveux bruns aux tempes grisonnantes, ses petites lunettes, il semblait plus sérieux en vieillissant.

— Ça fait plutôt plaisir, je suppose. Quoi qu'il en soit, ce que Patrick et sa petite subalterne font à présent ne m'intéresse plus. Quoique… Prévenez-la qu'au moindre soupçon de rivalité elle se prendra un couteau dans le dos.

— Je n'en doute pas une seconde. Votre ex est un flic doué, mais son ambition est implacable. S'il y a une chose qu'il ne peut pas gérer, c'est une épouse potentiellement meilleure que lui. Je savais ce qu'il mijotait quand il sapait votre travail, quand il vous dénigrait sans cesse. Mais comme vous ne veniez jamais m'en parler, je ne pouvais rien y faire.

— La situation était impossible. C'était mon mari.

— Je le comprends. Enfin bref, tant qu'il apprend à garder sa braguette fermée, il finira par obtenir ce qu'il veut.

— Qu'il couche avec toute la police judiciaire si ça lui chante. Je m'en fous !

— À la bonne heure ! répondit Norton avec entrain. Vous êtes sûre de vouloir que j'accepte votre lettre de démission ? Ce serait alors officiel…

— Sûre et certaine.

— Très bien, inspectrice Hunter, déclara Norton, soudain formel. Au terme de cette conversation, vous établissez clairement que vous êtes déterminée à quitter la police. Je vais prendre cette lettre et regagner Londres la queue entre les jambes et sans évoquer les autres possibilités que j'avais en tête.

En imaginant la scène, Jazz ne put réprimer un sourire, puis elle poussa un soupir.

— Autant m'en parler. Vous n'aurez pas fait tout ce chemin pour rien.

— Croyez-le ou non, il existe d'autres services de police judiciaire dans ce pays. J'aurais pu vous proposer une mutation vers l'un d'eux.

— Paddington Green, peut-être ? Pour que je puisse me retrouver en tête à tête avec la maîtresse de mon ex-mari.

— Je préfère ignorer cette remarque puérile, qui me permet cependant d'en venir au fait. Avez-vous démissionné à cause de cette situation avec Patrick ? Ou bien parce que vous ne vouliez plus faire partie de la police ?

— Les deux, répondit Jazz en toute franchise.

— Très bien, je vais formuler ma question autrement : vous avez trente-quatre ans, vous avez eu une formation poussée d'officier de police et vous vivez dans ce trou perdu du Norfolk comme une vieille fille. Qu'est-ce que vous comptez faire ici ?

— De la peinture.

— De la peinture ? s'étonna Norton. Vous voulez dire… de façon professionnelle ?

— Dieu seul le sait. Si je n'étais pas entrée dans la police, je me serais inscrite au Royal College of Art, après ma licence à Cambridge. J'avais décroché une place en prépa.

— Vraiment ? Je comprends mieux votre sens de l'observation.

— Peut-être. Bref, c'est mon projet. Je vais transformer la dépendance en atelier. Il me reste assez d'argent de la vente de notre appartement pour tenir un bon moment. En plus, l'université d'East Anglia propose une formation à laquelle je vais peut-être m'inscrire pour l'an prochain.

— J'admets que l'endroit est bien choisi pour redécouvrir votre créativité.

— C'est bien une redécouverte, monsieur. En

entrant dans la police, j'ai perdu de vue la femme que j'étais.

— Hum… je vois. J'ai l'impression que vous l'avez retrouvée. Votre combativité est bien là, en tout cas.

— Effectivement.

— Écoutez…, soupira Norton, à nouveau grave. Vous allez fuir pendant combien de temps encore ? D'après moi, ce n'est pas la police qui vous a fait craquer, mais un homme qui cherchait à vous rabaisser à la moindre occasion. Je vous ai observée, Jazmine. Vous carburez à l'adrénaline. Vous êtes une enquêtrice hors pair et je ne suis pas le seul à le penser.

— C'est… c'est gentil.

— Mon truc, ce sont les faits, pas la gentillesse. Je suis exaspéré de voir une personne aussi compétente jeter l'éponge à cause d'une peine de cœur. Je vous ai vue lutter contre le sexisme pendant des années. Vous voulez vraiment accorder la victoire à Patrick ?

Jazz ne dit rien, le regard baissé.

— Bon, j'irai droit au but, reprit Norton. On a une affaire. Et si je vous disais que j'ai une enquête à quelques kilomètres d'ici ?

— Une enquête ici ? Dans le Norfolk ?

— Un homicide à l'internat du coin, aux abords de Foltesham. Un élève retrouvé mort dans sa chambre, samedi matin. On m'a appelé parce que c'est le fils d'un avocat qui vient de faire extrader deux terroristes très dangereux vers l'Angleterre. Je suis chargé d'envoyer des enquêteurs et de m'assurer que ce n'est pas un meurtre.

Dans le regard vert et limpide de Jazmine, Norton décela enfin une lueur d'intérêt.

— C'est le père qui vous en a chargé ?

— En fait, c'est le grand patron qui m'a appelé. Comme vous le savez, cette affaire ne serait d'ordinaire pas du ressort de la prestigieuse Met. Cependant…

— C'est pratique d'avoir des relations en haut lieu, railla Jazz.

— Absolument.

— Comment est-il mort, ce garçon ?

— Il souffrait d'épilepsie. Les urgentistes qui sont intervenus ont déclaré qu'il présentait les signes d'une crise. Son père a exigé une autopsie, et avec raison. Le coroner m'a contacté ce matin. On dirait bien qu'il y a anguille sous roche.

— Ah oui ? Comment ça ?

— Je ne peux pas vous en révéler plus, sauf si vous prenez l'affaire.

— Peut-être, du moment que je peux rentrer chez moi à temps pour peindre la prochaine *Joconde*, répondit Jazz d'un ton désinvolte.

— Et vous aurez le sergent Miles en renfort, promit Norton avec enthousiasme.

— Accordez-moi une journée pour y réfléchir, d'accord ?

— Hélas, le temps est compté. J'ai besoin de vous sur ce dossier dès maintenant. Je vous ai pris rendez-vous avec la mère du garçon à deux heures, cet après-midi. Elle habite à une bonne heure de route d'ici, ce qui signifie… (Norton consulta sa montre.) que vous avez environ une heure pour vous décider. Autrement, je devrai envoyer quelqu'un d'autre. Voici le dossier.

Il tendit une enveloppe kraft à la jeune femme.

— Une heure ? répéta-t-elle, désemparée.

— Oui. C'est le moment d'être impulsive, inspectrice Hunter. Votre instinct ne vous a jamais trompée, si j'excepte votre décision de partir. Bon, fit-il en consultant à nouveau sa montre. Il faut que je file. J'ai promis d'être de retour en ville pour une réunion et ces routes de campagne sont un cauchemar.

Il se leva. Du haut de son mètre quatre-vingt-huit, il frôlait presque le plafond.

— Si je refuse, qu'est-ce que je fais de ça ? demanda-t-elle en désignant le dossier.

— Vous n'aurez qu'à le brûler dans ce malheureux feu de cheminée qui a grand besoin d'être attisé. Bon, je vous laisse…

Norton lui serra la main.

— Merci pour le café.

Au moment d'ouvrir la porte, il se tourna vers la jeune femme.

— Vous savez, inspectrice Hunter, je n'aurais pas parcouru tous ces kilomètres et ne me serais pas mis à genoux pour n'importe qui. Appelez-moi avant midi. À plus tard.

— À plus tard, monsieur. Et merci… Enfin je crois, marmonna-t-elle.

3

David Millar faisait les cent pas dans sa cuisine exiguë et encombrée. Soudain, dans un accès de colère, il projeta rageusement une bouteille contre le mur. Elle rebondit et tomba sur le linoléum sans se briser, ce qui ne fit que décupler sa rage.

— Nom de Dieu !

Il s'accroupit, la tête dans les mains, les yeux embués de larmes, le souffle court.

— Qu'est-ce que j'ai fait, bordel ? gémit-il en se relevant.

Dans le salon, il s'écroula sur le divan et, en plein désespoir, tenta d'appliquer les exercices conseillés par son thérapeute. Il respira lentement en se concentrant sur son souffle et sentit sa colère retomber peu à peu. En rouvrant les yeux, il se retrouva face à un portrait de lui-même avec Angelina et Rory, une famille heureuse.

Il se rappela le jour où cette photo avait été prise, trois ans plus tôt. C'était un après-midi de juillet. Le soleil dardait ses rayons brûlants sur la campagne du Norfolk. Ils faisaient un barbecue dans le jardin.

Sa vie était parfaite, à l'époque. Une épouse

superbe, un fils magnifique, une nouvelle vie… Ce dont il avait toujours rêvé.

David avait passé les cinq premières années de sa vie dans un petit village proche d'Aylsham, dans le comté de Norfolk. Pendant les vacances, il séjournait sur la côte. Ainsi, lorsque lui et Angelina avaient envisagé sérieusement de quitter Londres, le Norfolk s'était imposé.

Ils avaient acheté une jolie ferme à sept kilomètres de Foltesham et consacré beaucoup de temps, d'efforts et d'argent à la rénover. Angelina était dans son élément. Elle avait choisi les papiers peints, les rideaux. Elle était heureuse. Du moins était-ce l'impression qu'elle donnait. Rory s'était bien adapté à St Stephen, une école privée très différente de l'établissement public étriqué et pollué de la capitale. Quel bonheur de voir son fils dans sa nouvelle vie à la campagne ! Il avait les joues rouges et se remplumait à vue d'œil.

Même ses trajets quotidiens pour rejoindre son bureau, dans la City de Londres, ne le dérangeaient pas, car il aurait fait n'importe quoi pour rendre Angelina et Rory heureux.

Angelina s'était fait de nouvelles amies parmi les mères de famille qu'elle rencontrait sur le parking de l'école. Beaucoup d'entre elles avaient également fui la capitale pour chercher une meilleure qualité de vie en province. Elle n'avait jamais été aussi occupée, entre le club de lecture, l'association de parents d'élève, les déjeuners entre copines et les leçons de tennis, le tout pendant que David travaillait. En invitant à dîner des couples ayant les mêmes aspirations, ils s'étaient constitué un cercle d'amis et avaient une vie sociale de plus en plus active.

Malheureusement, lors de ces soirées, David se rendait compte que les propriétés de leurs nouveaux amis étaient souvent plus grandes que la leur. Les femmes parlaient de vêtements et de chaussures de marque, de vacances à l'île Maurice ou aux Antilles, et les hommes se vantaient de leur cave à vins et de leurs fusils de chasse.

David n'était pas envieux. Issu d'un milieu relativement modeste, il avait l'impression d'avoir réussi. Il était heureux dans sa maison, avec sa femme et son fils. À l'époque, il était persuadé qu'Angelina l'était aussi.

Avec le recul, il aurait dû comprendre ce qu'il se passait à travers les réflexions d'Angelina : « Ah, chéri, le mari de Nicole vient de lui acheter le nouveau 4 × 4 Mercedes, une voiture formidable », « Tout le monde loue une villa en Toscane, cet été, ce serait bien si on pouvait le faire aussi, non ? »

Elle découpait les petites annonces immobilières dans le journal local et les posait discrètement sur les genoux de son mari pour lui désigner un bien. Angelina trouvait que leur train de vie n'était pas à la hauteur de celui de leurs amis chics et fortunés et elle souhaitait monter dans l'échelle sociale.

Au moment de leur rencontre, Angelina était esthéticienne et vivait dans une bicoque de Penge, dans la banlieue sud-est de Londres. David l'avait déjà sortie de son milieu modeste.

Le besoin qu'avait Angelina de rester à la hauteur des Jones était irrépressible et David avait fini par céder et acheter le 4 × 4 de ses rêves. Elle le bichonnait comme un second enfant. Le plaisir qu'elle ressentait à se garer devant l'école chaque jour faisait sourire David. Il aimait la rendre heureuse, mais il était de plus en plus troublé par cette obsession du statut social.

David était agent de change à la City. S'il avait du succès grâce à ses placements sûrs, il n'était pas considéré comme un ambitieux. Il ne prenait pas le genre de risques qui faisaient la fortune d'une poignée de jeunes loups de la City. Il évitait ainsi les grosses pertes. Il tenait à ce que sa famille vive sur son salaire et plaçait ses primes à la banque pour l'avenir. Conscient que sa carrière à la City ne durerait pas éternellement, il veillait à garder une réserve d'argent au cas où il devrait cesser prématurément ses activités.

Si Angelina était au courant de l'existence de ces économies, elle ne comprenait pas pourquoi il refusait d'y toucher.

— Chéri, nous sommes encore jeunes, se plaignait-elle. C'est le moment de viser la Lune, non ? Ta carrière est en plein essor. Je ne vois pas pourquoi il faut économiser pour des jours difficiles qui ne viendront peut-être pas. On ne va pas se retrouver à soixante-dix ans assis sur notre bas de laine. On sera trop vieux pour en profiter. Réfléchis, chéri. On pourrait avoir la maison de nos rêves !

David se rappelait avoir murmuré que, selon lui, ils la possédaient déjà, la maison de leurs rêves, or Angelina n'en démordait pas.

Finalement, en dépit du bon sens, il avait cédé,

et Angelina était partie avec une copine visiter un bien situé en lisière de Foltesham, un ancien presbytère de style géorgien impressionnant, quoique à rénover, au cœur de deux hectares de terrain. C'était bien trop grand pour une famille de trois personnes, mais Angelina avait habilement suggéré, alors qu'ils déambulaient dans les huit chambres, qu'ils seraient peut-être plus nombreux, un jour.

Elle avait enroulé les bras autour de son cou quand ils avaient pénétré dans une chambre dont le plafond s'écroulait.

— Chéri… Ce serait une superbe chambre d'enfant, non ?

— Angie, tu parles sérieusement ?

Elle avait hoché la tête, les yeux pétillants d'enthousiasme.

— Bien sûr. Je trouve qu'un autre enfant ferait de cette maison un vrai foyer.

Ce fut l'argument décisif. David avait toujours voulu un deuxième enfant qu'Angelina lui refusait catégoriquement pour ne pas endurer les affres d'une nouvelle grossesse – « sans parler des bouleversements subis dans mon corps », avait-elle déclaré un matin en lissant sa jupe sur un ventre plat qu'elle entretenait avec soin. « J'ai mis un an à retrouver ma silhouette. La deuxième fois, ce serait encore plus difficile ! »

Rory avait presque douze ans et David avait abandonné tout espoir. Néanmoins, il avait cru en ce revirement de sa femme et avait fait une offre sur la maison.

Dix-huit mois plus tard, après un emprunt massif

et une série de travaux ayant coûté trois fois plus cher que prévu, David avait presque épuisé ses réserves d'argent et il n'y avait aucun bébé en vue. Puis l'économie avait décliné. Autour de lui, dans les bars de la City, on ne se demandait pas combien de bouteilles de champagne on pouvait vider en une soirée, mais quelle entreprise serait la prochaine à lancer un plan de licenciements à cause d'un marché en baisse.

Et Angelina en voulait toujours plus. L'argent qu'elle dépensait rien que pour les tissus d'ameublement était digne du PIB d'un pays du tiers-monde. Il fallait absolument qu'ils aient une piscine dans le jardin afin que Rory puisse inviter ses amis.

Au terme de ses journées de plus en plus stressantes, David appréhendait de prendre le train pour regagner une demeure symbole de sa perte de contrôle, auprès d'une femme insatisfaite, quoi qu'il fasse pour elle.

Au lieu d'affronter la réalité, il noyait son chagrin dans les bars, après le travail. Après cinq ou six pintes de bière et un ou deux whiskys, il avait moins de mal à écouter les récriminations d'Angelina et à céder à ses exigences. Il avait contracté un emprunt à la banque pour payer la piscine, puis un autre pour couvrir les frais de réfection du court de tennis et du jardin paysager.

Son travail avait pâti de cette pression perpétuelle. Son œil acéré était moins perspicace et il lui arrivait de se tromper, rien qui lui vaille d'être licencié, mais il se trouvait désormais parmi ceux qui seraient sacrifiés en cas de réduction du personnel. Puis son patron avait fini par le convoquer pour lui annoncer qu'il était viré le jour même. Il toucherait un an de salaire et devait libérer son bureau sur-le-champ. David avait passé une longue soirée dans son bar préféré avant d'attraper le dernier train pour rentrer chez lui.

Angelina était déjà couchée. Un mal de tête vrillait les tempes de David, qui avait gagné la cuisine d'un pas chancelant pour se servir un grand verre d'eau. Il avait cherché des antalgiques dans l'armoire à pharmacie. Et c'était là qu'il avait remarqué une boîte de pilules contraceptives, celles qu'Angelina prenait avant qu'ils essaient d'avoir un enfant.

Le cœur battant, il avait découvert qu'elle avait été délivrée deux semaines plus tôt. La moitié de la plaquette était vide.

Furieux, il s'était précipité dans la chambre. Angelina lisait au lit.

— Chéri, je me suis inquiétée ! Où étais-tu… ?

David l'avait agrippée par les avant-bras pour la sortir du lit et la secouer comme une poupée de chiffon.

— À quoi tu joues ? avait-il hurlé. Tu m'as menti ! Comment as-tu osé me mentir ?

Il l'avait giflée si violemment qu'elle s'était écroulée à terre.

Assis au bord du lit, la tête dans les mains, David avait fondu en larmes.

— Pourquoi tu m'as menti ? Pourquoi ? Tu n'as jamais eu l'intention d'avoir un autre enfant, c'est ça ?

Lorsqu'il avait rouvert les yeux, Angelina avait

disparu. Il l'avait retrouvée en bas. Elle s'était enfermée au salon pour appeler les secours. Quelques minutes plus tard, la police était arrivée. Il était en train de marteler la porte en exigeant qu'elle le laisse entrer pour discuter.

Le lendemain matin, après une nuit en cellule, David avait été inculpé pour violences domestiques. Angelina avait été conduite à l'hôpital pour y subir des examens, mais elle était rentrée indemne, quoique choquée. Horrifié par ses actes, David avait tenté d'expliquer à la police ce qui lui était arrivé. N'ayant aucun antécédent de violences domestiques, il avait été relâché.

Rongé par les remords, il était rentré chez lui à pied pour trouver la demeure fermée à double tour. Il avait téléphoné depuis une cabine, sans réponse, puis il avait frappé à la porte à coups de poing avant d'essayer d'entrer par effraction.

La police était revenue au moment où il fracassait une vitre à l'aide d'une pierre.

L'avocat d'Angelina avait immédiatement obtenu une injonction d'éloignement. Il n'avait plus le droit d'approcher la maison, sa femme et son fils adoré jusqu'à nouvel ordre.

Les semaines suivantes avaient été un cauchemar. David semblait incapable d'émerger de la torpeur induite par l'alcool.

Un matin, dans le cottage miteux qu'il avait loué en désespoir de cause, il avait allumé la télévision. Lors d'une émission de débat consacrée à des alcooliques repentis, David avait écouté, les larmes aux yeux, le témoignage d'un homme déchu qui lui rappelait sa propre chute. Dans la soirée, il s'était rendu à une réunion des Alcooliques anonymes – son premier pas sur le chemin de la sobriété.

Au départ, ç'avait été l'enfer, bien plus dur qu'il ne se l'était imaginé. Au fil des semaines sans consommer d'alcool, il avait vu les choses de plus en plus clairement. Il avait consulté une avocate à Foltesham, Diana Price. Selon elle, la rapidité avec laquelle Angelina avait obtenu son injonction d'éloignement était contestable.

— Votre femme n'a pas été hospitalisée, même si elle a passé un moment aux urgences. Et vous devriez pouvoir voir votre fils, même en présence d'un tiers.

— Et sur le plan financier ? Je ne sais pas de quoi vit ma femme. Notre compte joint est pratiquement vide.

— Et votre indemnité de licenciement ? avait demandé Diana.

— Je l'ai placée sur mon compte épargne, elle ne peut pas y toucher.

— C'est déjà cela, je suppose.

— Oui, mais je n'ai que ça. Je suis sans emploi et, quoi qu'il arrive, on va devoir vendre la maison. Je ne peux plus rembourser les traites. Angie refuse encore de me parler et j'ai besoin de récupérer quelques affaires. Je n'ai que les vêtements que je porte.

— Écoutez, je vais écrire à son avocat pour voir où on en est. Vous comparaissez au tribunal le 6 du mois prochain. Je dois vous demander si vous et votre femme aviez des problèmes de couple avant l'agression.

David avait réfléchi un instant. Il était tellement obnubilé par ses difficultés financières qu'il avait perdu de vue leur vie de couple, depuis quelques mois. Les rapports sexuels avaient été rares, mais il rentrait tellement tard…

— Disons que la communication s'est dégradée, mais on ne se disputait pas vraiment et, à part cette seule fois, je n'aurais jamais songé à lui faire du mal.

— Le problème, c'est que… en général, l'épouse donne au moins à son mari la chance de s'expliquer. Sans justifier votre acte, si elle vous aime, elle devrait chercher à comprendre.

— Elle a peut-être peur de moi.

— Peut-être… Cependant, elle vous a menti à propos de ce désir d'enfant. Elle aurait pu vouloir clarifier la situation, ne serait-ce que pour Rory. Tout cela me semble très étrange. Bref, je vais écrire et nous verrons bien.

Après cela, David avait passé plusieurs jours à faire les cent pas dans sa cuisine en se rongeant les sangs. Enfin, une semaine plus tard, Diana l'avait fait venir au cabinet.

— Il y a des bonnes et des mauvaises nouvelles, avait déclaré l'avocate. Votre femme est disposée à abandonner la plainte pour violences domestiques et à faire lever l'injonction d'éloignement.

David avait ressenti un regain d'espoir.

— En échange, elle veut un divorce rapide. Elle invoquera une incompatibilité d'humeurs, rien de plus, tant que vous acceptez le divorce.

— Quoi ? s'était étonné David.

— De plus, Rory vivra avec elle dans la maison familiale.

David avait eu la nausée.

— Pourquoi veut-elle divorcer ? On n'a même pas discuté ! Elle ne se rend sans doute pas compte que j'ai perdu mon travail. Sinon, elle saurait qu'il faut vendre la propriété.

— D'après son avocat, ce n'est pas un problème. Votre femme veut vous acheter votre part de la maison.

— Quoi ? Mais comment compte-t-elle faire ?

— Vous êtes deux propriétaires. Votre femme recevra sa part de ce qui reste après le remboursement du crédit et vous aurez la vôtre. Elle suggère de rester dans le logement, de prendre les traites à sa charge et de vous verser la part qui vous revient. Ainsi, elle en deviendra propriétaire.

— C'est de la folie ! Angie n'a pas un sou. Elle n'a ni revenus ni économies. Où pense-t-elle trouver de quoi payer les traites et me verser ma part ?

— Aucune idée, avait admis Diana. En tout cas, c'est ce qu'elle veut faire. David, prenez donc cette lettre et rentrez chez vous pour y réfléchir. Ensuite, vous me direz ce que vous voulez que je fasse.

— Quelles sont mes possibilités ?

— Eh bien, vous pouvez jouer le jeu et la laisser vous traduire en justice pour agression. N'oubliez pas que ce sera votre parole contre la sienne. Vous pouvez vous battre pour obtenir la garde de Rory, mais les enfants sont généralement confiés à la mère, surtout en cas de violences domestiques. Vous pouvez faire traîner le divorce en longueur, ce que je ne vous conseille pas non plus.

— En gros, je suis à sa merci.

— Il faut que vous preniez une décision. Ce sera dur, mais, au moins, vous n'aurez pas de casier judiciaire et votre divorce ne sera pas coûteux. Ce sera propre et rapide et vous pourrez voir Rory.

— Génial ! avait-il rétorqué avec sarcasme. Avant, je voyais mon fils quand je voulais, je pouvais lui préparer le petit déjeuner, jouer au foot avec lui, et là, je me retrouve avec quelques visites par an !

— Vous exagérez. Rory est désormais interne en école privée. On demandera un week-end sur deux et la moitié des vacances. Je suis sûre qu'elle acceptera.

— C'est trop gentil, merci ! Nom de Dieu, qu'est-ce que je lui ai fait ? Qu'est-ce que j'ai fait à ma femme, à part lui offrir la vie qu'elle voulait ?

David avait senti une colère noire monter en lui.

Quatre mois plus tard, l'accord financier était presque conclu et, si David avait exprimé des doutes sur la capacité d'Angelina à réunir la somme qu'elle lui devait, il avait reçu une lettre de son avocate lui annonçant l'arrivée d'un chèque dans les prochains jours.

La somme couvrirait les emprunts bancaires et lui permettrait de repartir dans la vie, dans un deux-pièces miteux s'il avait de la chance, songea-t-il amèrement. En fait, l'argent n'avait plus d'importance. Désormais, il ne se souciait que de Rory.

Il ne vivait que pour les visites de son fils, tous

les quinze jours. Rory était bien plus calme et David était déterminé à retrouver leur relation d'avant.

Hélas, et c'était la raison de sa contrariété, ce matin-là, quelque chose clochait chez Rory.

Quelques jours plus tôt, Sebastian Fredericks, le professeur responsable de Fleat House, à St Stephen, l'avait appelé. Il souhaitait s'entretenir avec lui de quelques « problèmes ». Apparemment, Rory était de plus en plus renfermé et Fredericks s'inquiétait pour lui.

— Je ne le verrai que dans deux week-ends. Samedi, il chante avec la chorale. Puis-je passer le voir à l'école ?

— Et si je lui demandais de vous appeler, d'abord ? Il ne faudrait pas que Rory se sente sous pression et se renferme davantage.

— Si vous trouvez cela préférable. Je vous en prie, prenez soin de lui.

— Bien sûr, monsieur Millar. Au revoir.

En raccrochant, David s'était senti frustré. Il avait désespérément envie de voir son fils. Face à la journée interminable qui l'attendait, il avait songé à se tourner vers l'alcool.

Ce soir-là, pour la première fois depuis des mois, David s'était rendu à l'école, décidé à voir Rory quoi qu'en pense Fredericks. Son fils avait des problèmes, il le sentait.

À présent, quatre jours plus tard, ce soir où il était allé à l'internat était flou. Il se souvenait d'être entré dans Fleat House et d'avoir parcouru les couloirs déserts à la recherche de Rory, avant de frapper à la porte de sa chambre, qui était vide. Son fils était introuvable.

Il ne se souvenait pas d'être rentré chez lui.

Depuis, il avait laissé plusieurs messages à Fredericks et au directeur de l'établissement, mais ni l'un ni l'autre ne l'avaient rappelé.

Soudain, son portable se mit à sonner.

— Papa, c'est moi, haleta Rory, hors d'haleine.

— Rory ! Enfin ! Comment tu vas ?

— Papa… je… j'ai très peur…

Il étouffa un sanglot.

— De quoi ?

— Je… Qui sera là pour me protéger, maintenant ?

— Qu'est-ce que tu me racontes ? Dis-moi.

— Je ne peux pas. Tu ne peux pas m'aider. Personne ne peut…

La ligne fut coupée.

David le rappela, en vain. Ce devait être le téléphone de Fleat House. Il composa donc le numéro de la secrétaire du directeur.

— C'est David Millar. Il faut que je parle au directeur, c'est urgent ! Mon fils Rory vient de m'appeler et il était en pleine détresse.

— Je transmettrai le message, monsieur Millar.

— Non ! Je veux lui parler tout de suite !

— C'est impossible, il est en cours, mais je lui ferai la commission sans faute.

— Interrompez-le ! Mon fils a des ennuis, je le sens !

— Je dirai à M. Jones de vous contacter dès que possible, monsieur Millar. Il est vraiment… très occupé, en ce moment. Je peux essayer de vous passer M. Fredericks à Fleat House, si vous voulez.

— Oui, je veux bien…

— Ne quittez pas.

David fit les cent pas dans son minuscule salon. Après quelques cliquetis, il entendit la voix du professeur principal sur sa boîte vocale. Furieux, il laissa un message.

Au bout d'une demi-heure d'une attente fébrile, David était au désespoir. Il décida de retourner à l'école pour voir son fils. Il prit le volant de la vieille Renault achetée quelques semaines plus tôt, mais ne parvint pas à faire démarrer le moteur.

— Nom de Dieu ! jura-t-il en frappant rageusement le volant.

Les phares étaient éteints, ce qui signifiait que la batterie était à plat. En l'absence d'un voisin proche susceptible de lui prêter des câbles de démarrage, il n'avait plus qu'à appeler le garage à la première heure, le lendemain matin. De plus en plus agité, David rentra. Dans le placard de la cuisine, il prit une bouteille de whisky.

4

Jazz fit démarrer sa voiture et mit le cap sur la ville de Peterborough, à l'ouest.

« En résumé, il s'agit de déterminer si Charlie Cavendish a pris ces cachets d'aspirine par erreur ou non, venait de lui expliquer M. Norton au téléphone. La première étape est de voir ses parents pour obtenir des informations. Adele Cavendish, la mère, vous attend. Bonne chance, inspectrice Hunter. Ravi de vous compter à nouveau dans nos rangs. Espérons que vous avez pris la bonne décision.

— Merci, monsieur. Je l'espère aussi. »

Jazz mit de la musique. La mère de Charlie ne s'attendait certainement pas à voir débarquer un inspecteur de la police judiciaire à bord d'une vieille Mini orange. Heureusement, le sergent Miles arriverait le lendemain au volant d'une voiture de fonction.

Si elle avait su qu'elle passerait l'après-midi à interroger la mère d'un enfant décédé… Son père disait toujours que la vie était courte et qu'il fallait suivre son instinct. Et en cas d'échec, elle démissionnerait officiellement dès la fin de l'enquête.

Une heure plus tard, Jazz atteignit le Rutland, le plus petit comté d'Angleterre, qu'elle n'avait fait que traverser sur l'autoroute A1 en montant vers le nord. Le paysage étonnamment bucolique rappelait la région vallonnée des Cotswolds, avec ses petites maisons en grès jaune pâle.

Après plusieurs détours, Jazz s'engagea dans l'allée sinueuse menant à la demeure des Cavendish, une bâtisse de style Queen Anne de la fin du XIXe siècle. Elle gara sa Mini entre une vieille Land Rover et une Mercedes maculée de boue.

En gravissant les marches de l'imposant perron, Jazz aperçut des chevaux dans un champ voisin. Au-delà, un paysage magnifique s'étendait à perte de vue, un cadre idyllique, même par une froide journée d'hiver.

Jazz sonna à l'impressionnante porte à double battant. Elle entendit des pas, puis le bruit d'une clé dans la serrure. Une femme svelte lui ouvrit, vêtue avec goût d'un chemisier et d'un gilet en cachemire, d'un pantalon sombre et de mocassins en cuir bleu. Ses cheveux bruns coupés court et son maquillage discret complétaient à merveille ce style classique presque désuet.

— Désolée, dit-elle, on utilise très peu l'entrée principale. En général, on passe par-derrière. Adele Cavendish, ajouta-t-elle en tendant la main. Vous devez être l'inspectrice Hunter.

— Oui. Merci de me recevoir.

— Entrez donc.

Elles passèrent devant un escalier en courbe spectaculaire pour pénétrer dans un salon dont la porte-fenêtre s'ouvrait sur une terrasse. Les meubles étaient anciens, d'épais rideaux à fleurs encadraient les fenêtres, et il y avait des photos de famille sur un secrétaire et des bibelots en porcelaine sur la cheminée.

— Asseyez-vous, proposa Adele Cavendish en désignant un canapé tapissé de chintz. Je peux vous offrir du thé ? Du café, peut-être ?

— Non, merci.

Jazz prit un calepin et un stylo dans sa sacoche.

— Je suis désolée de vous importuner en ces moments terribles pour vous et votre famille…

Adele Cavendish croisa les bras et s'approcha de la porte-fenêtre, le dos tourné à la jeune femme.

— Franchement, je suis sous le choc. Je n'arrive pas à croire que Charlie soit parti…

Lorsqu'elle se retourna, Jazz lut une douleur intense dans son regard.

— Quand je pense que sa mort aurait pu être évitée, que ce n'était pas une crise d'épilepsie, je…

Désemparée, Adele secoua la tête et alla s'asseoir en face de Jazz, les bras autour de son corps comme pour se réconforter.

— Pardon… En quoi puis-je vous aider ?

— Votre mari est là ? Ce sera plus facile si vous me parlez ensemble. Je vais devoir vous poser des questions qui ne seront pas très agréables…

— Il n'est pas là. Il est dans notre appartement londonien. Je lui ai dit que vous veniez, mais il travaille sur un gros dossier en ce moment, un dossier qui prend visiblement le pas sur la mort de notre fils…

Elle esquissa un sourire peiné teinté d'amertume.

— Bref, il veut que les meilleurs enquêteurs de la police établissent ce qui est arrivé à Charlie. Le plus terrible, c'est que nous ne pouvons rien faire tant que le coroner n'a pas délivré son verdict. Comment avancer alors que mon fils repose encore à la morgue ?

— Madame Cavendish, je suis consciente que vous voulez savoir comment et pourquoi Charlie est mort.

Le visage d'Adele se radoucit.

— Vous avez raison. Allez-y, finissons-en au plus vite, voulez-vous ?

L'image d'un adolescent privilégié et gâté commençait à se profiler dans l'esprit de Jazz.

— Je n'ai pas pu avoir d'autres enfants, donc je suppose que nous l'avons un peu trop choyé.

— Son père et lui s'entendaient bien ?

— William était déçu que Charlie n'ait jamais brillé dans ses études. Son échec à intégrer le prestigieux collège d'Eton a bouleversé mon mari. Pour lui, Charlie était simplement paresseux, soupira Adele. Il l'était peut-être… Charlie s'en sortait grâce à son charme et sa faconde. Il adorait le sport et dépensait son énergie débordante en profitant de la vie avec ses amis. D'une certaine façon, je m'en réjouis, à présent.

— Il existait donc des tensions entre Charlie et son père ?

— Charlie voulait étudier à Marlborough comme bon nombre de ses camarades, mais William s'y est opposé. Il trouvait cet établissement trop progressiste. En vérité, je crois que William l'a inscrit à St Stephen pour le punir de n'avoir pas été admis à Eton. Moi, j'étais plutôt contente. Je suis née et j'ai grandi dans le Norfolk. C'est un bon pensionnat, même s'il n'est pas parmi les plus cotés…

— Selon vous, Charlie y était heureux ?

— Pas particulièrement, non. Dès son arrivée là-bas, il a eu un sentiment d'échec. Quand il est rentré à la maison, à Noël, la dernière fois que je l'ai vu, il m'a avoué qu'il était pressé d'en sortir.

— Comptait-il aller à l'université ?

— Oui, mais…

Adele porta une main à son front.

— Seigneur… c'est dur… William et Charlie se sont disputés juste avant qu'il ne reparte pour le deuxième trimestre. Charlie voulait prendre une année sabbatique. De nombreux jeunes le font, de nos jours. Il n'était pas certain des études qu'il voulait faire ensuite et préférait retarder ses candidatures d'un an, au terme de cette année sabbatique.

— Quand il aurait choisi sa voie ? interrogea Jazz.

— C'est ça. William a vu rouge et l'a traité de fainéant. Il était persuadé que Charlie suivrait son exemple et ferait des études de droit, or Charlie ne voulait rien entendre.

— Ce différend était-il réglé quand Charlie a regagné St Stephen, il y a trois semaines ?

— Hélas, non. William était formel : il ne financerait l'année sabbatique de Charlie que s'il décrochait une place à l'université avant de partir. J'ai reconduit Charlie à l'école début janvier. Depuis, son père ne lui avait pas reparlé.

— Votre mari doit être bouleversé, au vu des circonstances…

— J'en suis sûre, même s'il n'exprime rien, marmonna Adele en levant les yeux vers Jazz. Il est très coincé. Au plus profond de lui-même, il aime Charlie. Ils se ressemblent beaucoup dans leur entêtement, leur volonté de fer. C'est sans doute la raison pour laquelle ils se disputaient si souvent.

— Quand vous avez raccompagné Charlie, comment était-il ?

— Plus renfermé que de coutume, bien sûr.

— Madame Cavendish, j'ai une question très délicate à vous poser… mais… compte tenu de la dispute entre père et fils… et du fait que, selon vous, Charlie avait un sentiment d'échec, votre fils aurait-il pu se donner la mort ?

Adele écarquilla les yeux d'effroi.

— Vous me demandez si Charlie s'est suicidé parce qu'il s'était disputé avec son père ? Jamais ! Jamais ! Si vous aviez rencontré Charlie, vous comprendriez. Il était en conflit avec son père parce qu'il avait trop d'appétit de vivre et non le contraire. Personne n'aimait la vie plus que lui !

Oubliant toute retenue, Adele Cavendish fondit en larmes.

— Désolée… L'idée d'un suicide… c'en est trop.

— Je regrette, madame Cavendish. Il fallait que je vous pose la question. Le coroner vous a expliqué que votre fils avait succombé à un choc anaphylactique dû à une réaction allergique à l'aspirine.

— Oui. Il a appelé William hier soir.

— Donc… le suicide demeure une hypothèse envisageable, non ?

— Non ! Absolument pas ! Charlie n'aurait jamais fait une chose pareille. Il a dû prendre ces cachets par erreur.

— Charlie savait qu'il était allergique à l'aspirine, n'est-ce pas ?

— Naturellement. On le lui rabâchait sans cesse depuis ses cinq ans. Il avait eu de la fièvre et je lui avais donné un médicament à base d'aspirine. Au bout de quelques minutes, il a commencé à s'étouffer. C'était atroce. Par chance, l'ambulance est arrivée à temps pour le réanimer. Il l'a échappé belle. Cet accident a déclenché son épilepsie. Il paraît que c'est assez courant. Depuis, Charlie devait prendre des cachets matin et soir pour prévenir les crises et éviter l'aspirine comme la peste.

— Charlie avait l'équivalent de deux cachets d'aspirine dans le sang. Il n'y avait aucun signe de lutte, donc personne ne l'a forcé à avaler les comprimés.

— Il avait bu de l'alcool ? s'enquit Adele.

— D'après son alcoolémie, une pinte de bière, environ, donc il n'était pas ivre.

— Je regrette presque qu'il ne l'ait pas été. Quelles souffrances il a dû endurer lors de ses derniers instants ! Une mort horrible… et il était tout seul.

Jazz attendit qu'elle se ressaisisse pour reprendre la parole :

— Madame Cavendish, savez-vous si votre fils avait des ennemis, quelqu'un qui lui en voulait, par exemple ? A-t-il cité un camarade, un professeur ?

Adele ne répondit pas immédiatement.

— Charlie ne faisait pas l'unanimité, c'est sûr. Les fortes personnalités sont clivantes, ne croyez-vous pas ?

Jazz hocha la tête.

— Quant à envisager qu'on ait pu tuer Charlie… C'est ridicule !

— Charlie vous a-t-il déjà parlé d'une petite amie ?

Adele parvint à esquisser un sourire.

— Oh, il avait un tas de petites amies ! Il enchaînait les conquêtes, comme tout beau garçon de dix-huit ans. L'une des rares choses qu'il appréciait à St Stephen, c'était la mixité.

Jazz rangea son calepin et son stylo.

— Je crois que j'en ai terminé pour cette fois. Merci, madame Cavendish. Je vous promets de faire le maximum pour découvrir ce qui est arrivé à votre fils.

— C'est William qui exige des réponses. Moi, je veux qu'on me rende mon fils. J'ai besoin d'un verre, souffla Adele presque pour elle-même.

Jazz la suivit vers la porte du salon.

— Vous permettez que je jette un coup d'œil à la chambre de Charlie ? Histoire de me faire une idée plus précise de lui.

— Bien sûr. C'est par ici.

— Vous avez une très belle maison, commenta Jazz dans l'imposant escalier en chêne.

— Merci. Je tenais à ce que Charlie grandisse à la campagne, comme moi.

Au sommet des marches, elle se tourna vers la jeune femme.

— Nous nous sommes installés ici pour que mon

mari puisse aller travailler par le train. Londres n'est qu'à une heure de Peterborough. Mais William s'en est vite lassé et a loué un appartement en ville. Il n'aime pas la campagne.

Sans attendre de réponse de Jazz, elle tourna les talons et longea un couloir.

— Voici la chambre de Charlie, annonça-t-elle. Je vous laisse entrer seule, je n'ai pas encore la force…

— Je comprends. Avez-vous quelques-uns des cachets que prenait Charlie pour soigner son épilepsie ?

— Je vais vous les chercher.

Adele croisa les bras et s'éloigna dans le couloir tandis que Jazz entrait dans la pièce. C'était une chambre d'adolescent comme les autres : posters inclinés sur les murs, photos d'équipes de rugby à côté d'un téléviseur et d'une chaîne, piles de livres et de magazines…

Jazz ramassa un ours en peluche un peu dégarni posé sur l'oreiller.

Ayant suivi un stage sur le deuil, elle savait qu'un parent ne se remettait jamais de la perte d'un enfant. Souvent, les couples se séparaient, incapables d'être unis dans la douleur. Adele Cavendish trouverait peu de réconfort auprès de son mari.

Jazz se pencha vers une photo posée sur la table de chevet : père et fils en tenue de ski à la montagne, tous deux trapus et larges d'épaules, le teint pâle, avec les mêmes yeux bleus.

La jeune femme chercha en vain des indices sur la personnalité de Charlie. Elle ouvrit les tiroirs, feuilleta quelques revues sur le rugby, lut des lettres d'amis. De guerre lasse, elle descendit au rez-de-chaussée.

Mme Cavendish était assise sur la première marche de l'escalier, un verre entre les mains. Jazz s'installa à côté d'elle.

— Vous avez trouvé quelque chose ?

— Non, pas vraiment, admit-elle franchement.

— Tenez, ce sont ses cachets, dit Adele. Prenez-les. Il… n'en aura plus besoin.

— Merci. Charlie avait un ordinateur ?

— Bien sûr, comme les autres. Il est à l'école.

Adele but une gorgée de gin.

— Je vais devoir récupérer ses affaires à St Stephen, reprit-elle.

— Quand nous aurons tout examiné, nous vous les ferons livrer, si vous préférez.

— Vraiment ? dit Adele, soulagée. Je dois vous sembler lâche, mais je suis incapable d'aller là-bas, d'endurer les faux regards de compassion, les grands airs de ce prétentieux de directeur. J'en ai la chair de poule.

— Ce n'est pas de la lâcheté, madame Cavendish. Chacun vit son deuil à sa façon.

Sans réfléchir, elle la prit par les épaules.

— Le pire, ce sont les visites interminables d'amis et les cartes de condoléances. Je n'arrive même pas à les ouvrir.

Adele désigna une pile d'enveloppes posées sur la console de l'entrée.

— Les gens sont bien intentionnés. Malheureusement, ils rendent cette mort bien trop réelle. Charlie était tout pour moi, vous savez. Tout.

Son visage exprimait une peine intense.

— Je n'ai pas d'enfants, je ne peux que m'imaginer… Mais vous pouvez obtenir de l'aide, un soutien psychologique.

— Oh non ! s'exclama Adele en se levant. Je n'ai pas besoin de quelqu'un qui me bichonne ou me débite son baratin de psy. Je m'en sortirai. Je n'ai pas le choix. À présent, je suppose que vous avez à faire…

Jazz la suivit vers la sortie.

— Vous me tiendrez au courant ?

— Bien sûr. Au revoir, madame Cavendish.

En descendant les marches du perron, Jazz entendit la porte claquer derrière elle. Elle s'éloigna de cette maison superbe, dans un cadre idyllique, laissant derrière elle une mère anéantie.

Adele Cavendish se rendit dans sa cuisine. Elle remplit son verre de gin et en but une longue rasade. Puis elle prit son portable dans son sac et passa un appel.

— C'est moi. Elle est venue. Oui, c'était horrible. Quand tu la verras, ne dis rien, pour l'amour du ciel. Je… C'est insupportable.

Elle se tut un instant pour écouter l'autre personne.

— Merci, reprit-elle. Je sais que tu ne le feras pas.

Elle raccrocha et esquissa un sourire qui mourut aussitôt lorsqu'elle songea à la culpabilité qu'elle devrait supporter pour le reste de ses jours.

5

Le lendemain matin, Jazz scruta Salthouse Road par la fenêtre. La route était déserte. Miles aurait dû passer la chercher à sept heures trente. Il avait une demi-heure de retard. En l'appelant sur son portable, elle était tombée sur sa boîte vocale. Cela signifiait au moins qu'il était en chemin mais dans l'impossibilité de capter le réseau. Elle lui avait laissé un message un peu sec. S'il ne se présentait pas dans les dix minutes, elle devrait se rendre à St Stephen avec sa vieille Mini et ils se retrouveraient sur place.

Un officier de police ne pouvait arriver en retard le premier jour d'une enquête avec un ou une collègue…

Jazz chassa une mèche de cheveux de son visage. Depuis sept mois, elle laissait pousser ses boucles auburn qui cascadaient sur ses épaules. Elle les retenait en arrière avec une vieille pince en plastique qui lui meurtrissait le cuir chevelu.

— J'en ai marre, bougonna-t-elle en ôtant la pince.

Elle lissa son tailleur froissé qui venait de passer sept mois dans un carton. Elle n'avait pas eu le temps de le porter au pressing. Au moment où elle prenait ses clés de voiture, une BMW gris métallisé s'arrêta devant son cottage.

— Enfin !

Sa sacoche en main, elle claqua la porte derrière elle et courut dans l'allée à la rencontre de son sergent.

— Vous étiez où ? demanda-t-elle vivement à Alistair Miles, avant de s'installer sur le siège passager.

— Ce serait plutôt à moi de vous poser la question, répondit le sergent avec un sourire. Je viens de faire un détour d'une heure dans la campagne pittoresque du Norfolk. Je suis content de vous revoir, inspectrice, après votre départ soudain, il y a sept mois. Où va-t-on ?

— Tout droit. Je vous dirai où tourner.

— Comment ça va, inspectrice ?

Miles posa sur sa supérieure un regard admiratif. Il émanait d'elle une certaine douceur. Son teint hâlé faisait ressortir ses yeux verts et ses cheveux longs rehaussaient ses pommettes hautes et l'arrondi de son visage. Cette coquetterie inhabituelle l'étonnait.

— Vous êtes superbe.

— Merci, répondit Jazz.

— Ce n'est plus pareil, sans vous, au bureau. Les collègues vous envoient le bonjour. Ils étaient jaloux en apprenant que je partais à la campagne travailler sous vos ordres. Ils veulent que je les tienne au parfum.

— Je m'en doute. J'ai pris un congé sans solde pour remettre de l'ordre dans ma vie et me revoilà. Et ça s'arrête là, sergent Miles, c'est compris ?

— Reçu cinq sur cinq, inspectrice. Qu'est-ce qu'on sait de notre affaire ?

— Il semblerait que le jeune Cavendish ait avalé deux cachets d'aspirine alors qu'il y était allergique. J'ai interrogé sa mère qui m'a confirmé qu'il le savait.

— Il était bourré ?

— D'après le légiste, non.

— Drogué ?

— Non plus.

— Il a pu les prendre par erreur, d'après vous ?

— C'est pour le déterminer que vous avez traversé la campagne du Norfolk, sergent Miles.

— Quelqu'un a fait jouer ses relations avec un grand ponte de la Met. D'ordinaire, on ne nous confierait pas le dossier d'un lycéen mort d'un choc anaphylactique. Ça ne me dérange pas, remarquez. Ce matin, j'avais l'impression de partir en vacances.

— Je n'ai pas entendu ce que vous venez de dire. On est censés faire de notre mieux quelle que soit l'enquête.

— Naturellement, répondit-il avec un sourire. Alors, c'est comment, la vie provinciale ? Dans un tel cadre, vous devez vous prendre pour miss Marple.

Sur la route de Foltesham, Alistair désigna une rangée de cottages typiques de la campagne anglaise.

— C'est un cadre très agréable, admit sobrement Jazz.

À mesure qu'ils s'approchaient de St Stephen, le cœur de la jeune femme s'emballait. La présence rassurante de son fidèle sergent lui faisait du bien. Ils avaient coopéré sur de nombreuses enquêtes. Miles avait quelques années de plus qu'elle et était de bonne composition. Il ne semblait pas lui en vouloir de son départ soudain.

Miles était le genre de policier dont on ne pouvait se passer : solide, compétent et fiable. Hélas, il lui manquait ce petit supplément d'imagination et de flair qui lui aurait permis de gravir les échelons. Jazz pouvait compter sur son intégrité et, surtout, elle savait qu'il la ferait rire et dissiperait les tensions avec ses plaisanteries d'un goût parfois douteux.

Si son visage poupin, ses cheveux blonds et ses grands yeux bleus avaient fait tourner bien des têtes parmi le personnel administratif du QG de la police, Miles ne paraissait pas s'en soucier. Il se dévouait à son travail et ne s'embarrassait guère de petites amies.

— J'ai une chambre d'hôtel dans le coin, déclara-t-il tandis qu'ils traversaient Foltesham, qui regorgeait de boutiques, de galeries d'art et de cafés. Vous croyez qu'ils ont l'eau courante et l'électricité dans ce trou ?

— Épargnez-moi votre sketch du citadin à la campagne, Miles. Vous allez vous mettre la police locale à dos.

— Vous rigolez ! Quoi qu'on fasse, on sera toujours deux flics arrogants parachutés de la Met.

— Efforçons-nous d'être courtois et professionnels, déclara Jazz. Tournez à gauche et garez-vous sur le parking.

Machinalement, elle observa son reflet dans le rétroviseur. Une femme inspecteur de police dont le mascara a coulé ou dont les dents sont maculées de rouge à lèvres n'était pas crédible.

Miles gara la voiture sur une place réservée aux visiteurs juste devant l'entrée principale. St Stephen était constitué de bâtiments en brique austères répartis autour de pelouses impeccables. La chapelle, une version miniature de la cathédrale Saint-Paul de Londres conçue par l'architecte Christopher Wren, se dressait avec majesté, flanquée de deux terrains de sport.

— Vous croyez que cette femme qui traîne à la réception nous attend ? hasarda Miles. À moins qu'il ne s'agisse de miss Marple en personne…

— Bon, ça suffit avec ça ! rétorqua Jazz un peu trop sèchement. Allons voir.

Lorsque Jenny introduisit l'inspectrice Hunter et son sergent dans son bureau, Robert Jones chassa de son esprit l'image du flic bedonnant qu'il s'attendait à rencontrer. La jeune femme élancée et élégante qui se tenait devant lui ressemblait plutôt à un mannequin.

— Le sergent Roland est arrivé ? demanda-t-elle après les présentations d'usage.

— Oui, il y a une dizaine de minutes. Je l'ai accompagné dans la pièce que j'ai mise à votre disposition, répondit le directeur.

— Très bien. Nous vous suivons.

— Je vais vous y emmener, oui. On vous a peut-être informée que j'ai fait réunir toute l'école…

— Puis-je voir le sergent Roland d'abord ? Je dois lui parler avant de m'adresser à l'assemblée. Il a peut-être des informations à me communiquer.

— Bien sûr. C'est par ici, répondit Robert Jones.

Âgé d'une quarantaine d'années, le sergent Roland était un homme d'apparence quelconque. En lui serrant la main, Jazz perçut des ondes négatives. Comment lui en vouloir ? Elle-même n'apprécierait pas de voir un flic de la capitale piétiner ses plates-bandes. Cependant, elle devait s'attirer ses bonnes grâces afin que l'enquête se déroule dans les meilleures conditions.

— Ravie de vous rencontrer, sergent. Et si on bavardait en allant à la réunion ? J'ai quelques infos sur le dossier, mais j'imagine que vous étiez présent sur la scène. Vous allez me dire ce que vous avez vu. Nous irons voir le lieu où Charlie Cavendish est mort après la réunion, voulez-vous ?

Elle se tourna vers le directeur.

— Je vais m'adresser brièvement à l'assemblée. Si vous souhaitez ajouter quelque chose, ne vous gênez pas, déclara Robert Jones.

— Merci.

En entrant dans la grande salle, Jazz sentit des centaines de regards se poser sur elle tandis qu'elle accompagnait Jones vers l'estrade.

— Bonjour à tous ! dit le directeur. La plupart d'entre vous êtes déjà informés que trois enquêteurs de la police vont passer quelques jours parmi nous après la mort tragique de Charlie Cavendish. Je passe la parole à l'inspectrice Hunter, de la brigade criminelle, qui va vous expliquer en deux mots la suite des événements.

Jazz s'avança et sourit.

— Bonjour, je suis l'inspectrice Hunter et voici

mes collègues, les sergents Roland et Miles. Nous espérons que notre enquête sera de courte durée. Nous allons interroger les membres du personnel et les élèves ayant été en contact avec Charlie Cavendish. Dès que je me serai entretenue avec M. Jones, je vous proposerai un planning d'interrogatoires sur le panneau d'affichage.

Jazz marqua une pause pour observer l'océan de visages.

— Vous êtes tous au courant de ce qui est arrivé à ce pauvre Charlie. Pour l'heure, nous partons sur l'hypothèse d'un tragique accident, mais nous devons en avoir la certitude. C'est pourquoi je vais demander à quiconque pense détenir des éléments susceptibles de nous être utiles de venir me voir. Tout ce que vous nous direz, à mes collègues et à moi-même, sera strictement confidentiel, alors n'ayez pas peur de parler. Plus vite vous le ferez, plus vite nous pourrons vous permettre de retrouver une vie normale. Sergent Roland, vous souhaitez ajouter quelque chose ?

Le sergent secoua négativement la tête.

— Parfait. Je vous remercie par avance de votre coopération. Monsieur le directeur ?

— Merci, inspectrice. Dès la fin de cette réunion, vous retournerez en classe. N'oubliez pas de consulter le panneau d'affichage pour voir si l'inspectrice souhaite vous parler.

Jenny Colman était perturbée par la seule présence des policiers. En se dirigeant vers la sortie, elle aperçut un visage familier à l'extrémité de la salle. Pas d'erreur possible ! Au bout de vingt-cinq ans, ces traits demeuraient reconnaissables. Quand la salle se fut enfin vidée, elle s'écroula lourdement sur une chaise.

Jazz suivit le directeur dans le couloir.

— Autant chercher une aiguille dans une botte de foin, maugréa Miles. S'il y a eu meurtre, ce peut être n'importe qui.

— Heureusement, les suspects potentiels se trouvent au même endroit. On a plus de chances d'identifier le responsable que d'attraper le coupable d'un délit de fuite en plein Londres.

Jazz s'arrêta pour laisser Robert Jones et le sergent Roland passer devant.

— Miles, je veux que vous me glaniez un maximum d'infos sur Charlie auprès du directeur. Je me rends dans sa chambre avec Roland.

Fleat House était bien plus sommaire que Jazz ne se l'était imaginée pour un établissement privé. Au vu des frais de scolarité exorbitants déboursés par les parents, elle s'attendait à un hébergement de meilleure qualité que cette bâtisse austère et vétuste guère plus reluisante qu'une prison.

Dans l'entrée, une femme d'une cinquantaine d'années les accueillit. Elle était maigre, avec un visage ridé, dépourvu de maquillage, encadré de cheveux gris coupés au carré. Elle portait un tailleur et des chaussures stricts. En revanche, elle avait des yeux remarquables, très écartés et d'une couleur ambre inhabituelle.

— Bonjour, madame. Inspectrice Hunter. Vous connaissez sans doute le sergent Roland ?

— Oui. Je suis Madelaine Smith, la *dame*, c'est-à-dire l'intendante de Fleat House, la gouvernante, en quelque sorte.

Jazz ne parvint pas à identifier son accent.

— Nous aimerions voir la chambre de Charlie.

— Bien sûr. Si vous voulez bien me suivre…

— Je n'aime pas trop ses manières, souffla Roland dans l'escalier. Trop coincée.

L'intendante les entraîna dans un couloir et s'arrêta devant une porte. Elle sortit une clé de la poche de sa veste.

— J'ai fait venir le personnel de nettoyage le lendemain de la mort de Charlie. Ses affaires sont emballées. Ses parents peuvent venir les chercher. C'était la moindre des choses. Je ne me rendais pas compte que ce décès serait considéré comme suspect.

Madelaine Smith n'était en rien sur la défensive et se contentait d'énoncer un fait.

Jazz était déçue, car il ne resterait sûrement aucun indice.

— Vous avez encore besoin de moi ? J'ai du travail.

— Non. Nous passerons vous voir quand nous aurons terminé. Où pouvons-nous vous trouver ?

— Oh, quelque part dans la maison…

Sur cette réponse évasive, elle s'éloigna dans le couloir.

Roland ouvrit la porte pour laisser passer Jazz.

La pièce était immaculée. Les draps ayant été changés, toute trace des derniers moments de Charlie avait été effacée. Il flottait une odeur de cire et de désinfectant, d'autant que les fenêtres étaient restées closes.

Roland referma la porte et se posta devant telle une sentinelle. Jazz contourna les cartons et s'assit au pied du lit.

— On ne trouvera rien d'intéressant, on dirait, déplora-t-elle en levant les yeux vers le sergent, qui se crispa ostensiblement.

— Quand j'ai vu la victime et appris de la bouche de l'intendante qu'il était épileptique, j'ai conclu comme elle à une crise. Il avait de l'écume aux lèvres, ce qui est un symptôme, d'après les urgentistes. Tout le monde a cru à une crise jusqu'aux résultats de l'autopsie.

Résignée, Jazz haussa les épaules.

— On n'y peut rien. Et la police scientifique ? Elle a trouvé quelque chose ? Ils ont été appelés, je suppose.

— Non, inspectrice, admit Roland, mal à l'aise. Que ce soit moi, l'école ou les urgentistes, nul n'avait de raison de croire à un crime. Je n'ai été avisé que parce que le directeur voulait se couvrir. Si ce garçon était mort chez lui, la police ne serait sans doute pas intervenue.

— C'est peut-être un malheureux hasard, répondit Jazz pour le rassurer.

— Mon supérieur m'a donné l'impression que vous ne seriez pas ici si le père du garçon n'avait pas eu des relations haut placées.

— Peut-être pas, mais il nous faut quand même établir si Charlie a avalé ces cachets par erreur ou non.

— C'est certainement le cas, assura Roland. Après tout, l'alternative, c'est le meurtre. Qui voudrait tuer un lycéen ? Il n'y a pas de guerre de gangs, par ici. Foltesham est une petite ville tranquille, avec une jeunesse plutôt favorisée et bien élevée.

— Vous avez fait les vérifications d'usage sur Charlie Cavendish ?

— Bien sûr. Rien à signaler. Il a simplement trois points en moins sur son permis pour excès de vitesse. Pour ses dix-sept ans, son père lui a offert un bolide flambant neuf, juste avant qu'il ne passe son permis. Ah, les jeunes d'aujourd'hui ! Moi, j'ai dû économiser pendant quatre ans pour acheter ma première voiture.

— C'est sûr, il n'était pas dans le besoin, admit Jazz en balayant la pièce du regard. Bon, quand vous êtes arrivé sur les lieux, où l'avez-vous trouvé ?

— Il était allongé par terre, près de la porte. Il avait de l'écume aux lèvres et la rigidité cadavérique était bien avancée. Un spectacle horrible.

— Faites venir la scientifique. Ils dénicheront peut-être un indice, malgré le nettoyage.

— J'en doute, mais je vais les appeler.

Jazz percevait une certaine hostilité dans la voix de Roland. Leur collaboration ne partait pas du bon pied.

— Je vais demander au sergent Miles de vous aider à passer tout ça au peigne fin.

Elle prit un ordinateur portable sur un carton et le lui tendit.

— Examinez ce qu'il y a là-dedans et prévenez-moi si vous voyez quelque chose d'intéressant. Je vous envoie mon numéro par texto.

Sur ces mots, Jazz quitta la chambre et longea le couloir. L'avait-on mise sur une enquête inutile uniquement pour faire plaisir à l'ami d'un ponte de la Met ? En dépit de son envie de mener l'enquête, il y avait peu de risques qu'il s'agisse d'un meurtre, d'après les éléments dont elle disposait.

Soudain, les moyens dont elle bénéficiait à Londres lui semblaient bien loin. La criminelle jouissait d'effectifs, d'ordinateurs, de techniciens scientifiques et de tous les outils nécessaires. Miles plaisantait peut-être en la comparant à miss Marple, néanmoins elle avait l'impression de s'en approcher, en cet instant. Comment diable allait-elle interroger huit cents internes et deux cents employés avec seulement deux sergents ?

Et si Norton cherchait uniquement à l'occuper ? À la mettre à l'épreuve ? Jazz sortit son portable pour appeler Norton sur sa ligne directe. Au dernier moment, elle se ravisa, pensive.

Elle revit le visage d'Adele Cavendish et s'efforça de se concentrer sur son désarroi.

Plus moyen de revenir en arrière. Elle devait découvrir la vérité.

Ses chances étaient minces, mais elle voulait regarder Adele droit dans les yeux et lui révéler avec certitude si son fils s'était donné la mort ou s'il était la victime innocente d'un acte bien plus sinistre.

6

Hugh Daneman reposa le flacon de somnifères. C'était sans doute la mort la moins douloureuse et, au vu des circonstances, son côté esthète appréciait l'opportunité du moment.

Il alluma du feu dans la cheminée. Les flammes s'élevèrent un peu mollement dans l'âtre. Dans ce petit cottage qu'il louait à l'école, tout fonctionnait *à peu près*, mais Hugh y était bien, depuis vingt ans. Il y avait connu des moments de bonheur qui expliquaient son attachement à ce logement.

Il avait réuni ses documents personnels et s'apprêtait à les détruire. Il ne supportait pas l'idée que quelqu'un fouille dans ses affaires après sa mort. Il tenait à tout laisser en bon ordre. Il avait même vidé son armoire, ne gardant que ses plus beaux costumes afin qu'ils soient remis à des œuvres caritatives.

Hugh voulait que son suicide ne fasse aucun doute.

Il but une rasade de cognac. N'étant pas un grand buveur, il espérait que l'alcool atténuerait le moindre scrupule de dernière minute.

Après avoir jeté les documents au feu, il sourit

en voyant les flammes dévorer le papier. Jamais il n'avait vu plus belle flambée. Quel superbe souvenir à emporter avec lui !

Les somnifères étaient sur la table basse. L'équivalent d'un mois de traitement suffirait. Hugh s'installa dans son fauteuil préféré. Il avait prévenu l'école qu'il ne viendrait pas travailler à cause d'une mauvaise grippe. Il avait donc tout son temps pour mourir…

Hugh regarda danser les flammes dans la cheminée.

Une seule erreur, après une vie entière à se contrôler…

Il soupira. Il n'avait pas prévu de mettre fin à ses jours aussi vite. Cependant, affronter la vieillesse était une lente mort en soi. Il dévissa le couvercle du flacon et vida son contenu sur la table. Au moins, son départ n'attristerait personne. Pourvu que les volontés exprimées dans son testament soient respectées. Ce serait bien que les funérailles soient célébrées dans la chapelle de l'école et que certains des enfants y assistent.

Au vu des circonstances, ce ne serait peut-être pas possible.

Hugh tira son portefeuille de la poche de son pantalon en tweed et en sortit la photo. Les couleurs étaient si fanées qu'elle avait un aspect sépia.

Il sourit au visage familier et tant aimé. Il se prit à espérer que Dieu existe, finalement, afin qu'ils soient réunis dans la mort, après tant d'années de séparation.

Sinon, ce serait toujours moins douloureux que

la vie dépourvue de sens qu'il endurait depuis quarante ans.

Hugh embrassa une dernière fois le cliché, puis il prit trois comprimés sur la table basse et leva son verre de cognac. Il plaça les comprimés sur sa langue et porta un toast.

— *Carpe diem*, mon amour ! lança-t-il en sentant un goût amer dans sa bouche avant de déglutir.

*

En entrant dans le bureau adjacent à celui de Robert Jones, Jazz avait retrouvé sa belle assurance d'antan. Si la secrétaire du directeur était à son poste, elle ne travaillait pas. Les deux femmes écoutaient une voix masculine tonitruante qui s'époumonait derrière la cloison.

— Qu'est-ce qui se passe ?

— C'est David Millar, le père d'un élève. Il a des problèmes de boisson et vient de divorcer. Il est persuadé que son fils a des ennuis, mais c'est sans doute l'alcool qui lui fait imaginer le pire.

— Comment s'appelle son fils ?

— Rory. Il n'a que treize ans, le pauvre chou. Certains grands lui font peut-être des misères, ce qui n'a rien d'étonnant. Les garçons sont ainsi, conclut Jenny avec un sourire désabusé.

— Son père pense qu'il est victime de harcèlement ?

— Aucune idée. En tout cas, il est contrarié, c'est évident.

Soudain, la porte s'ouvrit. Un homme d'allure

négligée sortit en trombe du bureau du directeur, ivre de rage. Jazz lut un profond désespoir dans son regard.

— Nom de Dieu ! Qu'est-ce qu'il faut faire pour voir son propre enfant, ici ?

Ignorant la présence de Jazz, il se pencha vers Jenny.

— Rory a des ennuis, nom de Dieu ! C'est mon fils, je le connais ! Et s'il m'a téléphoné dans un tel état d'angoisse, c'est qu'il a besoin d'aide. Pourquoi je ne peux pas le voir ?

— Monsieur Millar, fit Robert Jones, sur le seuil, passablement énervé, je viens de vous le dire. J'ai interrogé l'intendante. Rory allait bien, ce matin, au petit déjeuner. Je ne crois pas qu'il faille aller le chercher en cours. Et dans votre état de… d'agitation.

— J'ai besoin de le voir ! De lui parler ! Je vous en prie, laissez-moi voir mon fils !

— Je vous le répète, je veillerai à ce que Rory vous appelle ce soir. Dans quelques jours, Rory rentrera à la maison pour le week-end.

David Millar se redressa et se tourna vers Jones.

— Oui, chez sa mère. Vous le savez, je ne vis plus là-bas et, malheureusement, je n'y suis plus le bienvenu.

D'un coup, il perdit de sa combativité.

— Je vous en supplie, reprit-il d'un ton las. Dites à Rory de me contacter aujourd'hui.

Jazz regarda David s'éloigner lentement.

— Désolé, inspectrice, bredouilla le directeur en s'épongeant le front. Voulez-vous entrer ?

— Il était question de Rory Millar, n'est-ce pas ?

— Oui.

Il referma la porte et lui désigna une chaise.

— Je fais de mon mieux pour répondre aux exigences des parents d'élève, mais je préfère que Rory ne voie pas son père dans cet état de détresse… et d'ébriété, je le crains.

— Rory connaissait Charlie Cavendish ?

— Ils logeaient tous les deux à Fleat House. Charlie avait cinq ans de plus que Rory, de sorte qu'ils n'avaient pas grand-chose en commun. Bon… (Manifestement, le directeur était désireux de passer à autre chose.) Je vous recommande de commencer par le professeur responsable de la maison, Sebastian Fredericks. Il est le mieux placé pour vous parler des fréquentations de Charlie. Interrogez aussi Hugh Daneman, le tuteur de Fleat House, qui est également professeur de latin. Hélas, il est absent à cause d'une grippe.

Jones se mit à déplacer des papiers sur son bureau.

— J'ai parlé à votre sergent Miles, tout à l'heure. Je lui ai dit ce que je savais sur Charlie. Je peux faire autre chose pour vous ?

— Pas pour l'instant, monsieur Jones, répondit Jazz en se levant. Merci de votre coopération.

Dans la pièce qui leur servait de salle des opérations, Miles entrait quelques notes dans son ordinateur.

— Alors, comment ça se passe ? demanda-t-il en levant les yeux de son écran.

— Regardez un peu ça.

Jazz posa quatre petits comprimés blancs sur le bureau.

— De là où vous vous trouvez, ils semblent tous pareils ?

— Oui, assura Miles.

— À présent, examinez-les de plus près. Vous verrez que deux d'entre eux sont vierges et que les deux autres portent un numéro.

— Zéro, sept, deux, lut Miles en plissant les yeux.

— D'après Adele Cavendish, la mère de Charlie, Charlie prenait deux cachets d'Epilim chaque soir avant de dormir. De peur qu'il n'oublie, l'intendante ou le professeur responsable de la maison posaient les comprimés sur sa table de chevet avec un verre d'eau.

— Ah bon ? fit Miles.

— J'ai parlé au médecin légiste. Charlie n'avait pas pris ses cachets d'Epilim avant de mourir. La substance n'était pas suffisamment présente dans son sang. La question est la suivante : si vous rentriez du pub et vous apprêtiez à vous coucher, remarqueriez-vous que vos cachets blancs portent des chiffres ? Ou bien les avaleriez-vous machinalement ?

— Vous suggérez que les comprimés contre l'épilepsie de Charlie ont pu être remplacés par de l'aspirine ?

— Voilà. Ceux qui portent un numéro sont des cachets d'aspirine et les autres de l'Epilim.

Ils observèrent les comprimés en silence.

— Je crois que je ne remarquerais pas la différence, admit Miles.

— De plus, cela expliquerait pourquoi Charlie les a ingérés alors qu'ils constituaient un poison mortel pour l'allergique qu'il était. D'après le légiste, il est mort à onze heures et demie, soit une demi-heure après avoir signé le registre des entrées de Fleat House. La réaction à l'aspirine a dû être pratiquement immédiate. Et si j'ai raison, on a bien affaire à un meurtre, ajouta-t-elle d'un ton grave.

En tant que professeur responsable de Fleat House, Sebastian Fredericks occupait un appartement donnant sur le hall du bâtiment. Le salon lui servait à recevoir les parents et enfants et à organiser divers événements avec les garçons dont il avait la charge. Aussi, la pièce avait des allures de salle d'attente : fonctionnelle, meublée de deux canapés en tissu résistant, quelques vieux fauteuils dégarnis et un bureau orienté vers la cour. Jazz n'y décela aucun signe de la personnalité de Sebastian Fredericks.

— Enchanté, inspectrice, dit-il avec une poignée de main ferme.

Âgé d'une quarantaine d'années, il avait la carrure d'un pilier de rugby. D'après les informations de Jazz, il entraînait l'équipe de l'école. Grâce à sa haute stature, il ne semblait pas trapu. Il avait des cheveux blonds grisonnants aux tempes, des yeux marron saisissants et des dents très blanches légèrement protubérantes.

— Je vous en prie, asseyez-vous. Je peux vous proposer une tasse de thé ?

— Pourquoi pas ?

Fredericks passa commande par téléphone.

— Une sale affaire…, reprit-il en s'asseyant en face de la jeune femme. En vingt ans d'enseignement, c'est la première fois que je perds un élève. En quoi puis-je vous aider ?

Il parlait fort, avec des expressions faciales exagérées, comme s'il s'adressait à un auditoire.

— Vous aviez des contacts fréquents avec Charlie puisqu'il logeait depuis cinq ans dans cette maison. Pourriez-vous me le décrire ?

Sebastian se pencha en avant en se frottant les mains.

— Au départ, c'était un petit morveux arrogant, mais je crois que nous avons réussi à le remettre en partie dans le droit chemin. C'était mon meilleur joueur de rugby. Je me demande ce que l'équipe va devenir sans lui, soupira-t-il. Enfin voilà…

— Qui étaient ses plus proches amis ?

— Je vous ai dressé une liste.

Sebastian lui tendit une enveloppe.

— Je me doutais que vous me poseriez cette question. Il y a ses amis, ses camarades de classe et les garçons qui dormaient dans le même couloir que lui, sans oublier une fille avec qui il semblait bien s'entendre ces derniers temps.

— Vous êtes très efficace, monsieur Fredericks. Merci.

Un élève leur apporta le thé.

— Je m'occupe du service, déclara Sebastian.

Il irritait la jeune femme, sans qu'elle sache exactement pourquoi. Elle prit la tasse qu'il lui tendait et but une gorgée de thé.

— Selon vous, Charlie était populaire ?

— C'était un meneur et, à ce titre, il inspirait le respect, mais aussi une certaine animosité. Il avait sa cour qui traînait toujours avec lui. Des rugbymen, pour la plupart. D'autres le trouvaient un peu agressif, prétentieux, et gardaient leurs distances.

— Je remarque qu'il n'était pas *prefect*, ces élèves chargés de la discipline dans un internat. Avec ses qualités de meneur, cette fonction aurait dû lui revenir, non ?

Sebastian termina son thé.

— Le directeur craignait peut-être qu'il n'abuse de son autorité, déclara-t-il avec prudence.

— Je comprends, répondit Jazz, qui aurait aimé avoir une meilleure image de la victime. À présent, décrivez-moi le soir de sa mort. L'intendante était de repos, donc vous étiez présent.

Fredericks s'empourpra.

— Ah… eh bien, justement… Il se trouve que non.

— Où étiez-vous ?

— J'étais sorti.

— Donc, vous étiez sorti, l'intendante était sortie… Qui veillait sur Fleat House, ce soir-là ?

Fredericks se pencha encore, comme pour lui faire une confidence.

— Voyez-vous, inspectrice, c'est un peu gênant… Voilà… j'aurais dû être là. Le règlement de l'école veut que deux membres du personnel soient présents sur les lieux. J'ai laissé Hugh Daneman, notre tuteur, seul à la barre pendant quelques heures. J'avais un rendez-vous urgent.

— Je peux savoir où ?

— Euh… pas vraiment. C'est personnel. M. Daneman vous confirmera que j'étais de retour à minuit.

— À quelle heure avez-vous quitté la maison ?

— Vers sept heures et demie.

— Dans ce cas, qui a placé les comprimés d'Epilim de Charlie Cavendish sur sa table de chevet si ce n'est ni vous ni l'intendante ?

— C'est moi, avant mon départ. Il devait être sept heures et quart quand j'ai monté son médicament dans sa chambre.

— Et vous avez posé les cachets près du lit, comme d'habitude, avec un verre d'eau ?

— C'est ça. Charlie était là. Il m'a vu faire, d'ailleurs, même si ça ne sert à rien, à présent.

— À quelle fréquence prenez-vous les médicaments des garçons dans l'armoire à pharmacie ? s'enquit Jazz.

— Chaque fois que c'est nécessaire. L'intendante et moi avons chacun notre clé. Nous notons scrupuleusement ce que nous sortons et à quelle heure, pour éviter toute confusion.

— Et le soir où l'intendante et vous étiez absents ?

— J'ai confié mon trousseau de clés à M. Daneman. La clé de l'armoire à pharmacie est dessus.

— Monsieur Fredericks, vous étiez sans doute pressé de partir pour honorer votre rendez-vous. Auriez-vous pu, dans votre hâte, prendre des comprimés d'aspirine pour des comprimés d'Epilim ?

Jazz sortit les quatre cachets de sa poche et les posa devant lui, sur la table basse.

— Vous voyez, ils sont presque identiques.

Fredericks parut ébranlé.

— Inspectrice, je l'admets, j'ai commis une erreur en quittant la maison ce soir-là, mais je vous garantis que je fais très attention pour ce qui concerne les garçons et leurs médicaments, surtout Charlie Cavendish. Je savais qu'il était allergique à l'aspirine. De plus, les antalgiques sont rangés sur une autre étagère pour éviter les problèmes.

— Simple curiosité, quels sont les comprimés d'Epilim et quels sont ceux d'aspirine ?

Fredericks désigna ceux qui ne portaient pas de numéro.

— Ceux-là sont ceux d'Epilim et les autres sont de l'aspirine. J'ai bon ? ajouta-t-il d'un air suffisant.

Le fait que vous sachiez les distinguer ne joue pas vraiment en votre faveur, mon vieux, songea la jeune femme.

— Oui. Monsieur Fredericks, vous ne pouvez vraiment pas me dire où vous vous trouviez le soir de la mort de Charlie ?

— Désolé.

— Je vous signale que vous n'avez aucun alibi ni témoin pour corroborer votre version.

Fredericks fronça les sourcils.

— Je n'en ai pas besoin, il me semble. De plus, comme je vous l'ai dit, Hugh Daneman vous confirmera que j'étais sorti et que je suis rentré à minuit.

— La maison a-t-elle une porte de service ?

— Quoi ? Vous suggérez que je suis sorti puis revenu discrètement par la porte de service pour tuer ce pauvre Charlie ?

Il était de plus en plus en colère.

— Non. Je vous demande si la maison a une porte de service.

— Oui. Je peux vous la montrer, ainsi que l'échelle de secours. Écoutez, inspectrice, je tiens à mettre les choses au point. Plus que tout autre, je suis anéanti par ce drame. Jamais je n'aurais touché à un cheveu de Charlie Cavendish, au vu des circonstances.

— Quelles circonstances, monsieur Fredericks ?

Il parut gêné et sa colère se dissipa légèrement.

— Pour des raisons évidentes... J'étais le professeur responsable, je remplaçais ses parents. Mon absence au moment de sa mort pèsera sur ma conscience pour le reste de mes jours. Quant à ma carrière d'enseignant, le décès d'un de mes élèves va ternir ma réputation.

— Je crois que ce sera tout pour le moment. Merci.

Jazz rempocha les comprimés, sans oublier la liste dressée par M. Fredericks.

— Une dernière chose : Rory Millar loge dans cette maison, n'est-ce pas ?

— Oui. Pourquoi ?

— J'ai vu son père, aujourd'hui. David Millar. Il semblait croire que son fils était contrarié. Comment va-t-il ?

— Tous les garçons de la maison sont bouleversés, inspectrice. Rory a toujours été sensible. Il est peut-être plus touché que les autres.

Fredericks se leva et entraîna la jeune femme vers la porte.

— Si je peux vous être utile, n'hésitez pas.

Son côté charmeur et faux était de retour.

— Pouvez-vous faire venir Rory Millar dans ce salon demain à huit heures et demie ? Merci, monsieur Fredericks.

Dès que la sonnerie retentit, des élèves surgirent de tous les bâtiments entourant la pelouse de la chapelle. Jazz contourna Fleat House en quête de la porte de service, qui était fermée à clé.

En retournant auprès du sergent Miles, dans leur bureau de fortune, Jazz consulta sa montre. Cinq heures trente, l'heure du débriefing. Ensuite, elle rentrerait chez elle.

Le sergent Roland s'apprêtait à partir quand la jeune femme apparut.

— Vous auriez deux minutes pour me raconter votre entretien avec l'intendante ? demanda-t-elle en se perchant sur un coin de son bureau.

— Bien sûr, répondit le sergent en ouvrant son calepin. Comme elle vous l'a peut-être précisé tout à l'heure, elle n'était pas dans la maison le soir du drame. C'était son soir de congé.

— Elle était où ?

— J'y viens. Elle est allée à un concert de la chorale dans la chapelle. Il a commencé à sept heures et demie et s'est terminé à neuf heures. En revenant ici, j'ai vu l'aumônier, qui a confirmé l'avoir vue entrer dans la chapelle puis en ressortir. Il se poste à l'entrée pour accueillir les gens, voyez-vous.

— Vous avez demandé à l'intendante où elle était allée après le concert ?

— Naturellement. Elle s'est rendue en ville et a dîné seule à l'hôtel des Trois Cygnes. Le personnel de l'hôtel me l'a confirmé. Ensuite, elle déclare avoir regagné l'école à pied et être arrivée à dix heures et demie environ. Elle est montée dans son appartement, situé à l'étage supérieur, et n'a rien entendu. Cela dit, son logement se trouve à l'extrémité opposée de la chambre de Charlie. En revanche, c'est elle qui a retrouvé Charlie mort le lendemain matin et qui a donné l'alerte.

— Merci. Avant de partir, j'ai besoin que vous m'indiquiez comment rejoindre cette route…

Elle lui tendit un bout de papier sur lequel était griffonnée une adresse.

— Ce n'est pas loin d'ici, répondit-il en notant ses instructions.

— Merci encore. À demain, huit heures.

— Bonsoir, inspectrice, conclut Roland, qui salua Miles d'un signe de tête et prit congé.

— Je suis crevée, moi aussi, soupira Jazz. Et si on allait manger quelque chose en ville, à votre hôtel, pour faire le point ?

— Bonne idée, accepta Miles en éteignant son ordinateur.

Jazz ferma la salle à clé.

— Vous savez quel est le gros problème, ici ? Si quelqu'un a bien substitué les comprimés, un certain nombre de personnes ont pu entrer dans Fleat House durant ces quatre heures et procéder à l'échange.

— Je vous l'ai dit, autant chercher une aiguille dans une botte de foin, commenta Miles en se dirigeant vers la voiture.

— Sebastian Fredericks déclare avoir posé les

comprimés de Charlie sur sa table de chevet vers sept heures et quart, en présence de Charlie. Il faut déterminer à quelle heure exacte l'adolescent est allé retrouver ses amis au pub. Pour l'heure, partons du principe que c'était entre sept heures trente et huit heures. On sait que Charlie a avalé les cachets entre onze heures quinze et onze heures trente. Cela nous laisse presque quatre heures durant lesquelles l'échange a pu se produire.

Miles ouvrit la portière du passager pour Jazz.

— Vous semblez persuadée que c'est ainsi que Charlie est mort, dit-il en faisant démarrer la voiture. Et si Charlie avait acheté des substances interdites, comme de l'Estradiol, au pub, ce soir-là ? Le dealer a pu lui fourguer de simples cachets d'aspirine à la place.

— J'ai peine à croire que ce type de drogue soit vendu dans une ville comme celle-ci.

— C'est vous qui jouez les citadines pleines de préjugés sur la province, à présent. La drogue est partout, notamment dans les établissements où les gamins ont les moyens de payer.

— Vous marquez un point, concéda Jazz. La mère de Charlie n'a cessé de lui seriner que des substances inconnues pouvaient le tuer, sans parler de son épilepsie qui lui interdit les psychotropes. Bref, je doute qu'il ait pris un tel risque.

— Charlie avait dix-huit ans et, d'après ce que j'ai entendu, c'était un fêtard. Les mises en garde de maman ne devaient pas être sa priorité. Comme tous les jeunes, il devait avoir le goût du danger.

— Admettons, répondit Jazz, mais alors pourquoi

aurait-il attendu d'être de retour dans sa chambre pour se droguer ? C'est un truc que l'on fait entre copains, non ?

Elle sortit un bout de papier de sa poche.

— Ça vous ennuie de faire un détour avant de boire une bière ? Je voudrais rendre visite à Hugh Daneman, le tuteur de Fleat House, pour savoir s'il y a eu des allées et venues dans la maison, ce soir-là. Le pauvre, j'ai l'impression que Fredericks l'a mis dans une position délicate en se rendant à son rendez-vous secret.

— Sans doute avec quelqu'un avec qui il ne devait pas se trouver. Cela dit, Fredericks est célibataire, non ? Je prends à gauche ou à droite, pour aller chez le tuteur ?

— Euh… à gauche, d'après Roland. Fredericks nous cache quelque chose. Reste à savoir si c'est pertinent pour notre enquête. Tournez à droite, c'est au numéro trente-six.

Ils se garèrent devant une maison mitoyenne. Jazz poussa la grille donnant sur un jardin soigné, puis elle frappa vivement à la porte.

— S'il est alité à l'étage à cause de sa grippe, il ne nous ouvrira peut-être pas, hasarda Miles.

— Je sais, mais je tiens à lui parler ce soir.

Elle se pencha pour regarder dans la fente destinée au courrier. Elle vit un fauteuil, face à la cheminée, et un bras pendant mollement de l'accoudoir.

— Il est là, oui. Je crois qu'il dort… Monsieur Daneman ! C'est la police ! Désolée de vous déranger, j'aimerais vous parler. Monsieur Daneman !

Pas de réponse. Intriguée, Jazz se tourna vers Miles.

— Il est peut-être sourd, suggéra le sergent.

Jazz regarda à nouveau dans la fente. L'inertie de ce bras évoquait autre chose. Ce n'était pas la surdité qui empêchait Hugh Daneman de leur ouvrir.

— Défoncez la porte, Miles. On a un autre cadavre sur les bras.

7

Angelina Millar remua son ragoût d'agneau. Elle ajouta un peu de sel et de poivre et remit la cocotte au four, puis elle admira sa table avec un sourire satisfait. Deux couverts et un bouquet de tulipes pour la touche printanière.

Avant de quitter la cuisine, elle s'assura que tout était prêt et alla vérifier sa coiffure et son maquillage dans le miroir des toilettes. Comme toujours, elle était parfaite. En contemplant ses jolis traits de poupée, elle se réjouit qu'un peu de mascara et une touche de rouge suffisent encore à rehausser ses yeux bleus et ses lèvres pulpeuses. Elle avait de la chance. Un jour, elle devrait peut-être se résoudre à recourir au Botox, à l'instar de ses amies. Pour l'heure, elle ne faisait pas ses trente-huit ans.

Elle jeta un coup d'œil sur la cheminée du salon où brûlait une joyeuse flambée. De retour dans la cuisine, elle s'autorisa un verre de vin blanc, histoire de patienter. Julian n'arriverait qu'après sept heures et elle avait bien mérité un petit verre.

Elle s'installa sur le canapé du salon en prenant soin de ne pas déformer le coussin et redressa quelques exemplaires de la revue *Maison & Jardin* sur la table basse impeccablement cirée. Elle était si fière de son intérieur !

Ses invités s'extasiaient sur ce salon qui, quoique spacieux, demeurait chaleureux et confortable grâce à ses talents de décoratrice. En fait, elle recevait tant de compliments qu'elle songeait à se lancer de façon professionnelle. Elle s'était inscrite à un stage d'architecture intérieure, l'été suivant, même si elle était persuadée qu'elle n'y apprendrait rien qu'elle ne sût déjà sur la déco. Toutefois, ses clients potentiels seraient rassurés par cette formation officielle.

Une de ses amies lui avait déjà promis de l'engager pour embellir une villa qu'elle venait d'acquérir. Angelina brûlait d'impatience de courir les antiquaires et de sélectionner les tissus d'ameublement. Surtout depuis que Rory était interne pendant la semaine et que Julian rentrait plus tard, quand il rentrait. Elle occuperait ses journées agréablement tout en gagnant de l'argent.

Angelina sirota son vin et sourit à la vie. Que demander de plus ? Une maison superbe, un enfant, un amoureux riche et brillant… Dans l'immédiat, ils devaient se montrer prudents. Il serait néfaste pour sa propre réputation et pour la carrière de Julian que les gens découvrent sa liaison avec un avocat qui ne la représentait pas, certes, mais qui l'avait conseillée sur certains aspects délicats de son divorce.

Là aussi, elle avait eu de la chance. Angelina était sur le point d'annoncer à David qu'elle le quittait pour Julian quand David avait perdu son emploi et l'avait agressée. Terrifiée, elle avait appelé Julian après que la police avait emmené David et il avait pris les choses en main.

Il avait conseillé à Angelina de porter plainte contre David pour violences domestiques. Elle était un peu mal à l'aise car elle comprenait la fureur de David ce soir-là. Julian lui avait fait entendre que c'était une excellente occasion de demander le divorce tout en sauvegardant sa propre réputation.

Dans les cercles d'amis qu'elle et Julian fréquentaient, on ne parlerait pas du « pauvre David » quitté pour un autre homme par une épouse qu'il adorait. On aurait au contraire de la compassion pour Angelina, femme battue par un mari violent et alcoolique.

Au départ, Angelina avait émis des doutes. Quand David s'était présenté le lendemain matin et avait brisé une vitre, elle avait vraiment eu peur, et ses scrupules s'étaient envolés.

Elle pensait être obligée de sacrifier sa maison adorée en quittant David, mais Julian lui avait proposé d'endosser le crédit et de rembourser David avec l'argent issu de la vente de sa propre maison afin de s'installer avec elle. Ravie, Angelina avait abandonné sa plainte en échange d'un divorce rapide qui allégeait sa conscience. Elle ne voulait plus vivre avec David, mais de là à lui souhaiter des problèmes avec la justice… Elle avait de la compassion pour lui. Néanmoins, David n'était qu'un raté et elle était soulagée de ne plus traîner ce boulet.

Elle avait à présent dans sa vie un homme aussi ambitieux qu'elle. Julian voulait ce qu'il y avait de mieux et montrait sa réussite en dépensant son argent gagné à la sueur de son front. Ils envisageaient d'organiser une grande fête en l'honneur de leur union et du quarantième anniversaire de Julian. Angelina s'était renseignée sur les chapiteaux, les traiteurs et les orchestres. Julian lui avait donné carte blanche pour que la fête soit spectaculaire. Elle irait à Londres acheter une robe digne de l'occasion.

Oui, tout allait pour le mieux dans la vie d'Angelina, à un détail près : son fils Rory. Angelina était une mère aimante et attentionnée. La souffrance de son enfant lorsqu'il avait compris que ses parents se séparaient lui avait fait de la peine. Père et fils étaient très liés et se ressemblaient beaucoup. Rory avait pleuré à chaudes larmes en apprenant que son père ne reviendrait pas.

Depuis, il était renfermé, peu loquace. Il était encore trop tôt pour évoquer Julian. Ce n'était pas facile avec l'internat et le fait que Rory passait un week-end sur deux chez son père.

Pourtant, quelques jours plus tôt, Julian avait décrété que le moment était venu de parler de lui à Rory. Il en avait assez de ces cachotteries puériles. Il voulait s'installer dans cette maison qui lui coûtait si cher, révéler la vérité à Rory et au monde entier. Pour ce faire, il avait réservé un séjour aux sports d'hiver pour eux trois, pendant les vacances scolaires.

— Rory et moi ferons connaissance sur les pistes, avait-il déclaré.

Angelina appréhendait de voir son fils, qui n'était pas sportif, prendre des leçons de ski avec l'athlétique Julian. Cependant, il avait raison. À bientôt quatorze ans, Rory était assez mûr pour accuser le coup. Lorsqu'il rentrerait pour le week-end, elle lui annoncerait que son « ami » se joindrait à eux pour les vacances.

Soudain, Angelina entendit la porte du fond se refermer et se leva. Pour une fois, Julian rentrait à l'heure. Elle finit son vin et vérifia une dernière fois son apparence dans le miroir accroché au-dessus de la cheminée.

Des pas résonnèrent sur les dalles de l'entrée, puis la porte du salon s'ouvrit.

— Chéri, je…

Angelina porta une main à sa bouche en voyant l'homme qui venait de laisser des traces de boue sur le tapis bleu canard.

— Salut, Angie. Je viens te voir à propos de Rory.

Plus il s'approchait, plus elle reculait, si bien qu'elle se retrouva acculée contre la bibliothèque.

— Pourquoi cet air terrifié ? Je ne te ferai pas de mal. Je veux juste qu'on discute un peu de Rory. Ils refusent de me laisser le voir, à l'école, et je suis fou d'inquiétude.

Il était si proche qu'elle sentait son haleine chargée.

— Je croyais que tu avais arrêté l'alcool. Tu as bu.

— Pas assez pour être bourré, hélas.

Il s'écarta enfin.

— Arrête de me traiter comme un psychopathe. Je ne toucherai pas un seul de tes cheveux. On a beau être divorcés, on a un fils ensemble et il a des ennuis.

Angelina s'assit prudemment sur le canapé. David avait une mine de déterré. Visiblement, il ne s'était pas lavé ni rasé depuis plusieurs jours et ses cheveux gras étaient trop longs.

— David, tu sais bien que tu ne peux pas débarquer comme ça. Tu n'es plus chez toi, ici. La prochaine fois, appelle-moi et on se retrouvera quelque part.

— Ne me fais pas ce coup-là ! Tu ne réponds jamais à mes appels, ou rarement, et tu préférerais mourir que d'être vue en ma compagnie dans un lieu public. Je suis censé laisser notre enfant souffrir parce que sa mère refuse de me parler ?

Angelina ne dit mot.

— Tu peux me servir un verre ?

— David... je...

Il s'était déjà éloigné. Il s'empara de la bouteille entamée par Angelina et qui lui avait coûté une petite fortune.

— J'ai dû boire un peu pour me donner du courage avant de venir.

Il se remplit un verre et avala goulûment une longue rasade.

— Délicieux... Tu attends quelqu'un ? Un petit dîner en tête à tête, peut-être ? Tu as un mec, c'est ça ?

— Non... enfin, oui... Mêle-toi de tes affaires. Dis-moi ce que tu as à me dire et rentre chez toi.

De plus en plus nerveuse, Angelina consulta sa montre.

— Rory m'a appelé il y a quelques jours, depuis l'école. Il semblait très secoué.

— Ah bon ? Vendredi dernier, quand je l'ai vu au concert de la chorale, à la chapelle, il allait bien. Samedi matin, il est parti pour le festival des chorales d'écoles privées et je ne l'ai pas revu depuis. Qu'est-ce qu'il t'a raconté ?

— Qu'il n'y avait personne pour le protéger ou quelque chose comme ça.

David finit son verre et le remplit.

— Je ne vois pas de quoi il parlait. Et toi ?

— Moi non plus, David. Aucune idée, admit Angelina, la mine soucieuse.

— Je suis allé là-bas pour lui parler, vendredi soir. Il n'était pas là.

— Il chantait avec la chorale dans la chapelle.

— Ensuite, j'ai laissé des messages au directeur et à ce branleur de professeur responsable de Fleat House. Personne ne m'a rappelé. Ce matin, je suis retourné à l'école en demandant à voir Rory, mais ce salaud de directeur a refusé. Franchement, ça me rend dingue !

David vida son verre et se resservit.

Angelina se représentait l'image qu'il donnait au directeur de l'école, celle d'un ivrogne agressif qui débarquait n'importe quand pour voir son fils.

— Dès que tu seras parti, j'appellerai Fleat House pour m'assurer qu'il va bien. Il rentre bientôt. Je lui parlerai.

— S'il te plaît, Angie ! Tu peux appeler maintenant ?

— Je le ferai dès que tu seras parti. Et je te promets de t'appeler. À présent, je…

— Le directeur aussi m'a promis que Rory m'appellerait ce soir… Je sais d'expérience qu'il ne faut pas compter dessus.

David se mit à arpenter nerveusement la pièce.

— Je sens que quelque chose ne va pas. Je le sens ! Tu appelleras, hein ?

— Bien sûr.

— Tu crois qu'il est victime de harcèlement ?

— Aucune idée. Cela a peut-être un rapport avec la mort de ce garçon qui a fait une crise d'épilepsie.

— Il faut qu'on sache ce qui le tracasse, insista David en se tournant vers elle. Écoute, je sais que les choses ont mal tourné entre nous, mais on devrait s'efforcer de communiquer, ne serait-ce que dans l'intérêt de Rory.

— Oui, admit-elle en consultant à nouveau sa montre.

De plus en plus agitée, elle se leva.

— Écoute, j'attends quelqu'un. Tu devrais t'en aller.

— Naturellement..., commenta-t-il avec tristesse en posant son verre. Je fais tache dans le décor, c'est ça ? Je suis trop énervé, trop bourré... Tu as toujours détesté ce qui était hors de contrôle.

— Arrête, David...

— Quoi ? Tu veux que j'arrête de te dire la vérité ? Qu'est-ce que j'ai fait de mal, au juste ? Je me suis montré gentil, attentionné, fidèle, je t'ai acheté la maison de tes rêves...

— Tu devrais t'en aller. Je...

— Je t'aimais, j'ai essayé de te donner tout ce que tu voulais...

Il s'approcha de la cheminée et saisit un bibelot.

— Tu te rappelles quand je t'ai acheté ça ? C'était pour notre... sixième anniversaire de mariage. Il m'a coûté une fortune.

Il reposa l'objet en équilibre précaire sur le manteau de cheminée.

— Mon seul but, c'était de vous rendre heureux, Rory et toi.

Angelina entendit une voiture se garer dans l'allée.

— David, il faut t'en aller ! Tout de suite.

— D'accord, d'accord, ne t'en fais pas. Appelle-moi, c'est promis ?

— Promis.

— Merci. Ce n'est pas parce que j'ai dû arrêter de t'aimer que je n'aime plus mon fils.

Au moment où David tournait les talons pour s'éloigner, la manche de sa doudoune heurta le bibelot, qui bascula dans l'âtre.

— Oh non ! Désolé… je…

Il se pencha pour ramasser les débris.

— Je t'en achèterai un autre, bredouilla-t-il.

Mais au même moment, deux bras puissants le saisirent par les coudes pour l'obliger à se redresser.

— Qu'est-ce que tu fous chez moi, toi ? Tu menaces ton ex-femme avec un débris de porcelaine en guise d'arme ?

Il l'entraîna hors de la pièce.

— Tu sais pourtant ce qui s'est passé la dernière fois que tu as voulu entrer par effraction !

— Julian, ça va. David est venu me voir à propos de Rory. Il ne m'a pas menacée et il était sur le point de partir quand…

Mais Julian traînait déjà David vers la porte d'entrée. Il le mit dehors avec une telle brutalité que David perdit l'équilibre et s'écroula dans un rosier.

Hors d'haleine, Julian passa une main dans ses

cheveux et redressa sa veste en regardant David se relever avec peine.

— Je te garantis que si je te revois ici, je te colle une nouvelle plainte. Quant à ton fils, je ferai en sorte de lui expliquer que son père est un alcoolo et un raté.

Sur ces mots, il lui claqua la porte au nez, laissant David dans le noir, en état de choc. Il s'était égratigné un doigt sur une épine de rose et saignait. Il tituba vers la grille, incapable de contenir les larmes qui ruisselaient sur ses joues.

— Oh non, oh non…, gémit-il en ouvrant la portière de sa voiture.

Affalé sur le siège, il se prit la tête dans les mains.

Julian Forbes, cet avocat arrogant et flagorneur qu'il avait croisé plusieurs fois lors de soirées, était en couple avec son ex-femme. Il vivait dans sa maison, dormait dans son lit et, pire que tout, pouvait voir Rory autant qu'il le voulait, contrairement à lui-même.

En plus… Son esprit embrumé par l'alcool chercha le lien qui lui échappait…

Et si la personne qui semblait effrayer Rory n'était autre que Julian ?

David appuya son front douloureux contre le volant. Il avait vraiment touché le fond.

*

Jazz était au téléphone avec Norton tandis que Miles la reconduisait chez elle.

— Le corps de Hugh Daneman a été emporté et le médecin légiste a promis de l'autopsier en priorité.

Je préfère attendre son compte rendu, mais, d'après moi, c'est un suicide.

— Vous avez besoin de renforts ?

— La police scientifique de Norwich doit passer la chambre du jeune Cavendish au peigne fin dès demain. Il n'y reste aucun indice car la pièce a été nettoyée. Il aurait fallu les appeler juste après la découverte du cadavre.

— On pensait à une mort accidentelle, au départ.

— Cela ne fait que compliquer notre travail, monsieur. Vous connaissez l'importance des premiers jours qui suivent un meurtre.

— Un meurtre ?

— Désolée, monsieur. Je m'emballe un peu. La mort de Hugh Daneman porte à croire qu'il y a quelque chose de louche dans cette histoire.

— Vous pensez que les deux sont liées ?

— Le contraire serait une sacrée coïncidence. Dès que j'aurai des faits, j'échafauderai des hypothèses. Pour l'heure, je dispose de trop peu d'éléments. Bref, j'enverrai les techniciens de la scientifique chez Hugh Daneman quand ils en auront terminé avec la chambre de Cavendish.

— Le problème sera d'éloigner les médias. Une mort présumée accidentelle est déjà perturbante, alors deux… On peut prévoir un mouvement de panique chez les parents d'élève.

— Au moins Daneman n'est pas mort dans l'enceinte de l'établissement.

— D'accord, mais on ne peut pas mettre ces adolescents en danger, n'est-ce pas, Hunter ?

— En effet. Il nous faut le rapport du légiste sur Daneman au plus vite.

— Vous avez contacté le directeur à propos de Daneman ? s'enquit Norton.

— Oui. Je l'ai eu en ligne il y a dix minutes. Il était très inquiet et ce n'est rien de le dire ! J'ai rendez-vous avec lui demain matin à la première heure.

— Tenez-moi au courant, Hunter. Désolé de vous imposer un autre cadavre pour votre premier jour de travail.

— Finalement, je ne peindrai pas la nouvelle *Joconde*, railla-t-elle en imaginant le sourire sardonique de son supérieur.

Ils étaient arrivés devant chez elle.

— Merci, Miles. Je vous offrirais bien un café, mais je suis crevée.

— Vous, fatiguée ? Jamais !

— Je vais vite reprendre le rythme. En attendant, ce sera un bon bain et au lit ! Passez me prendre demain matin à sept heures, d'accord ?

— Sans faute. Je pars à la découverte des lieux de perdition de Foltesham, répondit le sergent d'un air taquin.

— Concentrez-vous sur celui que Charlie et ses copains de St Stephen ont fréquenté le soir de sa mort. Discutez avec le patron pour obtenir des infos.

— Une mission pénible, inspectrice. Je vais être obligé de boire quelques bières, histoire de m'intégrer.

— Vous vous en sortirez à merveille. À demain, sept heures !

Une heure plus tard, alanguie dans son bain, Jazz passait en revue les événements de la journée. Et si Hugh Daneman, pour une fois seul à surveiller Fleat House, avait, délibérément ou non, échangé les cachets d'Epilim contre des cachets d'aspirine ? Si elle parvenait à trouver un mobile, à prouver qu'il était coupable, l'affaire serait vite bouclée.

Jazz soupira et sortit de la baignoire. Drapée dans une serviette, elle traversa le palier non chauffé pour regagner sa chambre. Elle n'avait jamais bouclé une enquête en deux jours, mais cela pouvait arriver, non ? Elle descendit écouter ses messages : le plombier, la décoratrice et son père, qui voulait savoir comment s'était déroulée sa première journée de travail.

Elle composa le numéro de ses parents.

— Papa, c'est moi. Oui, bien, mais je suis épuisée. On a trouvé un deuxième cadavre, donc ça chauffe.

— Ah oui ? C'est pourtant calme dans le Norfolk d'habitude ! Bon courage, ma chérie. Tu es contente de travailler à nouveau ?

— Je te dirai ça dans quelques jours. Bon, je te laisse, Papa. J'ai besoin de repos.

— Je comprends. Tu as pris la bonne décision. Tu crois pouvoir déjeuner à la maison, dimanche prochain ? Tu nous raconteras tout ça.

— J'adorerais venir. Cela dépendra de mon enquête.

— D'accord. Au fait, un type est venu me voir, aujourd'hui. Il s'appelle Jonathan Scott et il prépare son doctorat. Sa thèse traite de la criminalité en Grande-Bretagne. Il a appris que ma fille était inspectrice et aimerait bien t'interroger dans les prochains jours...

— Je suis très occupée, Papa.

— Je sais, mais tu pourrais lui accorder une heure après le gigot de ta mère, dimanche. Il est très sympa. Je suis sûr qu'il te plaira.

— J'espère que tu n'essaies pas de me caser !

— Oh non ! De toute façon, il est un peu plus jeune que toi.

— Tu veux dire qu'il ne voudrait pas d'une vieille fille décatie comme moi ?

— C'est ça.

— Merci de me remonter le moral, Papa ! Au fait, comment tu te sens ?

— En pleine forme.

— Tant mieux. Bon, à moins d'être submergée par mon enquête, je serai là à une heure dimanche.

— Je suis content, ma chérie. Bonsoir !

— Embrasse Maman.

Jazz remonta dans sa chambre. En s'allongeant dans son lit, elle se rendit compte que, pour la première fois depuis sept mois, elle n'avait pas pensé à son ex-mari de la journée.

8

Robert Jones avait une mine épouvantable et le front emperlé de sueur.

— Je suis très inquiet, inspectrice. Très inquiet. Une mort apparemment accidentelle est à peu près gérable, mais deux… C'est une catastrophe.

— Je comprends, monsieur Jones. C'est une situation très regrettable. Si cela peut vous consoler, je suis presque certaine que M. Daneman s'est suicidé.

— C'est déjà ça, je suppose…

— Ce ne sera confirmé qu'après l'autopsie, précisa Jazz.

— Il s'agit peut-être d'une coïncidence malheureuse.

— Je crains de ne pouvoir répondre à cette question dans l'immédiat. M. Daneman et Charlie Cavendish s'entendaient bien ?

— Eh bien… C'était le jour et la nuit, en réalité. Charlie n'était pas studieux, il préférait s'amuser avec ses copains, c'était un fêtard. Hugh, en revanche, était calme et tranquille, plutôt de la vieille école. Quand il était jeune, il a étudié le latin à Oxford. Il menait une vie paisible entouré de ses livres. Figurez-vous qu'il a fait de nombreuses traductions pour la

British Library. Pour tout vous dire, je me suis souvent demandé ce qu'il faisait à St Stephen. C'était un expert reconnu des manuscrits latins du XIVe siècle.

— Était-il apprécié ?

— Oh oui, beaucoup ! Personne ne disait du mal de Hugh. Il était si gentil, quoiqu'un peu décalé. C'était un excellent tuteur pour certains jeunes qui n'avaient pas l'habitude de l'internat. Il savait les écouter quand ils avaient un problème.

— Il avait de la famille ?

— Il était célibataire. Je ne crois pas qu'il ait été marié. Quant à sa famille… J'avoue que je n'en ai aucune idée, admit Robert Jones en haussant les épaules. Il était très discret et ne fréquentait pas ses collègues.

— Nous effectuerons des recherches sur un éventuel parent à informer du décès.

— Désolé de ne pas pouvoir vous renseigner. Sur le plan personnel, Hugh était un mystère.

— Avait-il changé, ces derniers temps ? demanda Jazz. Semblait-il déprimé ?

— Non, mais allez savoir ce qui se passait dans sa tête.

— Donc, si je résume, Charlie et Hugh n'avaient pas d'atomes crochus ?

— Hugh était le tuteur de Charlie, au début, mais nous avons dû changer au bout de quelques semaines. Ils ne s'entendaient pas. Charlie pouvait être… autoritaire, voire agressif. Hugh était un pacifiste-né. Il était incapable de gérer ce type de profil. Nous l'avons donc confié à Sebastian Fredericks, une association bien plus harmonieuse.

— Je vois, fit Jazz en se penchant vers le directeur. Monsieur Jones, répondez-moi franchement. Charlie Cavendish avait-il la réputation d'être un harceleur ?

Il y eut un silence, puis le directeur soupira avant de répondre :

— Disons qu'il avait une certaine réputation, oui. J'ignore si son comportement était délibéré. En tout cas, il malmenait certains des plus jeunes élèves, surtout lorsqu'ils venaient d'arriver à l'internat. Il détestait les pleurnichards et considérait de son devoir de les endurcir. Je vous le répète, inspectrice, nous n'avons aucun problème de harcèlement. Nous sommes très vigilants sur ces questions. Charlie était un cas isolé et on l'a réprimandé à plusieurs occasions.

— Donc c'était un harceleur. Un garçon difficile, commenta Jazz.

— Disons que c'était l'un de nos élèves les plus problématiques, mais nous devons gérer les personnalités que l'on nous confie. Charlie était gâté par ses parents. Il... il avait du mal avec la notion de limite.

— Encore une question.

Jazz posa une pochette en plastique sur le bureau du directeur.

— Vous reconnaissez cette personne ?

Jones observa attentivement la photo.

— Elle est très décolorée... Cependant, ce visage m'est familier.

— On l'a trouvée sous le fauteuil dans lequel Hugh Daneman est mort. Peut-être la tenait-il en main. Elle sera tombée lorsqu'il a perdu connaissance. Vous êtes en mesure de me dire de qui il s'agit ?

— Non, répondit le directeur, les yeux rivés sur le visage poupin encadré de longs cheveux clairs. Elle est jolie, non ?

— Oui, et très jeune. Je me demande s'il pourrait s'agir de la fille de M. Daneman. Vous n'en savez rien, n'est-ce pas ?

— Non. Désolé.

— Monsieur Jones, voyez-vous une raison qui aurait pu inciter Hugh Daneman à vouloir tuer Charlie Cavendish ?

— Quoi ? Hugh ? Tuer quelqu'un ? s'exclama Jones, incrédule. Franchement, inspectrice, c'est absurde. Je sais que vous enquêtez sur la mort de Charlie, mais de là à conclure à un meurtre, vous allez vite en besogne.

Jazz se leva et secoua lentement la tête.

— Nous ne pouvons pas exclure cette hypothèse. Je me suis demandé comment Charlie aurait pu avaler ces cachets délibérément en sachant qu'ils pouvaient le tuer. Soit il s'est suicidé, soit quelqu'un a échangé les comprimés, auquel cas c'est un meurtre, monsieur Jones.

— Il s'est peut-être suicidé…

— Vous n'y croyez pas, n'est-ce pas ?

Robert ne répondit pas immédiatement.

— Non, c'est vrai. Cela dit, on n'est jamais sûr de rien, surtout avec les adolescents. Pour ce qui est de Charlie, c'est peu plausible.

— Selon vous, Hugh Daneman était incapable de tuer ?

— Absolument !

— Saviez-vous qu'il était le seul adulte présent à Fleat House, ce vendredi soir ?

— Non. L'intendante était sortie, mais Sebastian Fredericks était là, lui.

— Non. M. Fredericks nous a avoué qu'il avait un rendez-vous ailleurs, sans nous fournir de détails pour l'instant.

— Ah bon ? Vous êtes sûre ?

— Ce dont je suis sûre, c'est qu'il ne se trouvait pas à Fleat House, vendredi soir, entre sept heures trente et minuit, selon ses propres dires.

— Franchement, je n'en reviens pas. Fredericks est le plus motivé de nos professeurs responsables. Il ne vit que pour ces garçons et connaît les règles. Il doit y avoir deux adultes de garde à tout moment. Je n'arrive pas à croire qu'il ait pu mettre en danger ses élèves. Encore moins filer en douce sans m'en parler.

— Vous devriez lui demander où il est allé, monsieur Jones. Il a refusé de me répondre.

— Je n'y manquerai pas.

Le directeur but une gorgée d'eau.

— Seigneur… cette histoire est en train de virer au cauchemar, reprit-il.

— L'absence de Fredericks n'a été découverte que parce que Charlie est mort. Cela signifie que Hugh Daneman a eu l'occasion de se rendre dans la chambre de la victime en toute discrétion. Ensuite, il aurait préféré se suicider pour fuir sa culpabilité et les conséquences de son crime.

Une lueur d'espoir naquit dans le regard du directeur.

— C'est une hypothèse.

— Vous venez de m'affirmer que Daneman n'aurait jamais commis un meurtre.

— Je ne le connaissais pas bien... Je le connaissais à peine, en réalité. J'ai envie que cette affaire soit résolue au plus vite, soupira Jones, mais je ne vois pas Hugh faire ça. Il a géré des garçons difficiles au cours de sa longue carrière de tuteur à St Stephen. Une simple incompatibilité d'humeurs ne pourrait l'avoir poussé au crime.

— Il existe peut-être une autre motivation que nous ignorons.

Robert Jones crispa les poings.

— Je n'en vois aucune. C'est vous, l'inspecteur. Dans combien de temps rendrez-vous publique la mort de Hugh Daneman ? Vous imaginez la catastrophe pour les parents ? Ils vont se demander ce qui ne va pas dans cette école, et je les comprends.

— Nous ne révélerons aucune information à la presse pendant encore quelques jours, jusqu'au rapport d'autopsie. Toutefois, vous devez être conscient qu'un meurtrier se trouve peut-être parmi vous.

— C'est peu probable, non ?

— Monsieur Jones, répondit-elle en choisissant ses mots. Vous êtes responsable du bien-être de votre personnel et de vos élèves. Je ne peux que vous informer des progrès de mon enquête, mais c'est à vous de décider de fermer ou non l'établissement.

— Je peux vous demander conseil ? Selon vous, je mets des vies en danger en ne fermant pas ? Une fermeture condamnerait St Stephen.

— Si vous voulez continuer, je vous suggère de réunir votre personnel ainsi que les élèves chargés de la discipline, pour leur dire que la mort de Charlie Cavendish n'est pas un accident. Les adultes étant aussi susceptibles de céder à la panique que les enfants, ne soyez pas trop alarmiste. Il y a des chances que, même si Charlie a bien été assassiné, ce soit par vengeance personnelle et non l'œuvre d'un tueur en série.

— Seigneur ! Là, vous me faites peur, inspectrice !

Jones se leva pour faire quelques pas derrière son bureau.

— Il faut que les premières et les terminales ferment la porte de leur chambre à clé pendant la nuit. Quant à ceux qui partagent un dortoir, un membre du personnel ou un élève chargé de la discipline devra dormir avec eux. Je vais organiser des patrouilles de police dans l'enceinte de l'école.

— Bon sang, St Stephen est en état de siège ! Dois-je leur parler de la mort de Hugh ?

— Pas encore. Dites-leur que M. Daneman est alité à cause d'une grippe. N'oubliez pas qu'il est aussi dans mon intérêt que l'école ne soit pas fermée. Je ne voudrais pas que mes suspects disparaissent avant que je ne puisse boucler l'affaire. Merci, monsieur Jones. Je vous tiens au courant.

Jazz se dirigea vers le bureau provisoire des enquêteurs. Elle trouva Miles en train de bâiller derrière son bureau.

— La nuit a été courte ?

— Oui. Je suis allé au pub fréquenté par les jeunes de St Stephen et j'ai longuement discuté avec le patron.

— Vous avez seulement discuté ? railla Jazz.

— J'avoue que j'ai consommé quelques bières

pour ne pas être en reste. Trois en tout. Elle est plus forte qu'à Londres, ici. Je suis lessivé.

— C'est l'air de la campagne, Miles. Vos poumons ont du mal à s'y faire. Alors ? Que vous a raconté le tenancier ?

— Pas grand-chose. Il a interrogé la barmaid qui était de service ce soir-là. Elle se rappelle que Charlie et sa bande sont venus. Il avait eu une amourette avec une de ses amies juste avant Noël, donc elle l'a reconnu. La salle était bondée de terminales, car c'est le seul pub où ils ont le droit d'entrer.

Jazz ôta son manteau et s'installa à son bureau.

— Vous avez demandé s'il y avait un trafic de substances illicites dans ce pub ?

— Oui, mais il ne l'aurait pas admis si c'était le cas. Ma question l'a mis sur la défensive. Il a affirmé qu'il n'avait jamais toléré la moindre drogue. Le pub et ses employés entretiennent de bonnes relations avec St Stephen, qui leur fournit de la clientèle, et, en échange, ils surveillent les gamins. Le patron ne voudrait pas mettre ce système en péril.

— Les jeunes se droguent en groupe. Si Charlie avait acheté des substances illicites, ce soir-là, il les aurait consommées tout de suite avec ses copains. Et il aurait perdu connaissance en quelques minutes.

— À moins qu'il n'ait vu un dealer après avoir quitté le pub. Le patron m'a déclaré ne pas connaître de dealers à Foltesham. Voyons les choses en face, inspectrice, les jeunes trouvent de la drogue partout, de nos jours. Ce pub est fréquenté par des locaux susceptibles de leur fourguer des produits. Je doute que les transactions aient lieu dans la salle.

— Trouvez avec qui Charlie était ce soir-là. Il a dû quitter l'école en compagnie de ses copains. Tenez.

Elle tendit à Miles la liste dressée par Sebastian Fredericks.

— Ce sont les amis de Charlie. Certains étaient peut-être avec lui au pub. Interrogez ses camarades de classe. On a des témoignages de ses proches. Voyons ce que ses camarades pensaient de Charlie Cavendish.

— D'accord. Je vais afficher une convocation sur le panneau. Petite question : c'est un peu exigu, ici. Où voulez-vous que je les interroge ?

— Demandez à Fredericks si vous pouvez utiliser son salon. Au fait, vous avez vu Roland ? On devait se retrouver ici à huit heures.

— Oui. Il est allé voir les techniciens de la police scientifique dans la chambre de Cavendish, il y a une demi-heure. Je ne l'ai pas revu depuis. Il avait mal aux dents et faisait un peu la tête.

— J'y vais de ce pas. Oh, zut !

— Quoi ?

— Je viens de me rendre compte qu'il n'y a pas de prise de téléphone, ici. Et je ne parle même pas du haut débit ! Trouvez-moi quelqu'un qui peut nous connecter, et vite !

— Je ferai de mon mieux, mais je ne vous promets rien.

— J'ai besoin de voir ce qu'on a sur Hugh Daneman. Appelez le QG. Qu'ils m'envoient par mail les renseignements dont on dispose sur lui. Bon, il faut que j'y aille.

Miles la regarda fermer brutalement son ordinateur.

— On se demande comment les flics faisaient, avant l'apparition de la technologie, railla-t-il d'un air espiègle.

— Je suppose que miss Marple lisait la vérité dans les feuilles de thé, rétorqua Jazz sur le pas de la porte. En tout cas, elle en buvait assez pour ça. À plus !

— Vous prendrez bien quelques scones ? lança Miles tandis qu'elle claquait la porte derrière elle.

Jazz rejoignit les techniciens de la police scientifique dans l'entrée de Fleat House et se présenta à leur responsable.

— Shirley Adams. Ravie de vous rencontrer, inspectrice.

— Vous avez trouvé quelque chose ? demanda Jazz de but en blanc.

— Presque rien, hélas. La chambre a été bien nettoyée. Il y avait quelques empreintes digitales, des cheveux, les traces habituelles. Je les confie au labo qui vous contactera dès que les prélèvements auront été analysés.

— Vous avez eu mon message concernant la maison de Hugh Daneman ?

— Oui. On y va maintenant.

— Parfait.

Elle sortit la clé de sa poche et la remit au sergent Roland, qui se tenait en retrait, un peu gêné, derrière Shirley.

— Roland vous ouvrira la porte. J'essaierai de passer plus tard si j'ai le temps.

— Je devrai peut-être aller chez le dentiste, ensuite, inspectrice. J'ai une rage de dents.

— Demandez à Shirley de vous l'arracher. Je suis sûre qu'elle est très douée pour ça.

Hélas, sa plaisanterie tomba à plat. Roland foudroya Jazz du regard.

— On se verra dans la salle des opérations plus tard.

— Bien, inspectrice.

En tournant les talons, Jazz se retrouva face à l'intendante.

— Bonjour, madame. Je viens voir Rory Millar.

— Je sais, mais vous ne pouvez pas le voir maintenant. Il a été très malade dans la nuit et il vient seulement de s'endormir.

— Je vois. Qu'est-ce qu'il a eu ?

— Une gastro. Nous verrons comment il se sent à son réveil. S'il ne va pas mieux, je le transférerai à l'infirmerie et je le ferai examiner par le médecin. Je pense qu'il est perturbé par les événements. Le pauvre gosse vient de vivre des mois difficiles.

En voyant le regard de l'intendante s'adoucir, Jazz réévalua son jugement.

— Je lui parlerai plus tard, s'il se sent plus vaillant. Pendant que je suis là, pourrions-nous avoir une petite conversation ?

— Bien sûr. Installons-nous dans le salon de M. Fredericks. Ce matin, il est absent. Il entraîne l'équipe de rugby.

— Je sais que le sergent Miles s'est entretenu avec vous, hier, je ne vous ferai donc pas répéter vos propos, déclara Jazz quand elles furent assises. Expliquez-moi plutôt quel genre de garçon était Charlie Cavendish.

— Vous tenez vraiment à le savoir ? fit-elle, les lèvres pincées.

— Oui.

— Ce ne sera pas très agréable à entendre et on ne dit pas du mal d'un mort.

— Si cela peut m'aider à résoudre le mystère qui entoure son décès, soyez franche.

— Très bien..., concéda-t-elle en se tordant les mains. Le directeur aurait dû exclure ce garçon il y a longtemps. Le trimestre dernier, Charlie a reçu de nombreux avertissements pour mauvaise conduite, mais cela n'a rien changé. Les garçons de son espèce... Je vous dirais bien ce que j'en ferais.

Elle commençait à s'empourprer de colère.

— Pourriez-vous être plus précise ? s'enquit Jazz.

— C'est pareil dans toutes les écoles. Le personnel est incapable de gérer une bande de voyous qui empoisonne la vie des autres. La direction a beau affirmer le contraire, elle ne fait aucun effort pour savoir ce qui se passe derrière les portes closes.

— Il est donc possible d'empêcher le harcèlement ?

— Bien sûr ! Il suffit d'exclure les harceleurs sur-le-champ. Ainsi, nos garçons les plus vulnérables ne pleureraient pas dans leur lit chaque soir. Croyez-moi, je les entends.

— Donc, selon vous, Fredericks et le directeur n'étaient pas assez durs avec Charlie ?

— C'est encore pire que ça ! Fredericks est un bon responsable. Il s'occupe bien de ses garçons mais, avec Cavendish, il était dans le déni. Charlie se tirait de n'importe quel crime à bon compte.

— Il n'y avait peut-être aucune preuve de harcèlement, suggéra Jazz.

— Oh si, il y en avait, des preuves ! s'exclama l'intendante. J'avoue que le personnel a un peu les mains liées, de nos jours. Sans affirmer qu'une bonne raclée soit efficace à long terme, c'est dissuasif.

— En effet, admit Jazz, qui partageait son point de vue.

— Prenez le jeune Rory, par exemple. Il souffre de migraines certainement dues au stress. Charlie et sa bande le persécutaient en permanence, et uniquement parce qu'il a une croissance un peu plus lente que ses camarades, ou parce qu'il ne trouve aucun plaisir à tabasser un autre joueur sur le terrain de rugby. Savez-vous, inspectrice, que Cavendish a enfermé Rory dans la cave de Fleat House, il y a quelques semaines ? Le pauvre enfant a eu une peur bleue, et je le comprends.

— Je l'ignorais. Si M. Fredericks était au courant et savait que le coupable était Charlie, il aurait dû prendre les mesures qui s'imposent, non ?

— Je vous le répète, avec ce garçon en particulier, il… Ce voyou sévissait en toute impunité. Quant au directeur… c'est un incompétent notoire…

— Charlie s'attaquait particulièrement à Rory ?

— Oui. Une cible facile. La plupart de ces harceleurs ne sont que des lâches. Ils ne s'attaquent pas à n'importe quelle proie.

— Pauvre Rory, soupira Jazz. Ce problème semble récurrent.

— Ce ne serait pas le cas si ces éléments perturbateurs étaient exclus avant de provoquer plus de dégâts. Mais, bien sûr, c'est une question de gros sous. Le directeur préfère empocher les soixante mille livres de la scolarité de Charlie, d'autant que son oncle est un gouverneur de l'établissement, au détriment de la sécurité et du bien-être des autres élèves.

— Vous suggérez que Charlie a mis des vies en danger ?

— Inspectrice, je ne parlais pas seulement des conséquences physiques du harcèlement. Il y a des séquelles psychologiques. Croyez-moi, je suis bien placée pour le savoir.

— Vous avez subi du harcèlement scolaire ?

— Moi ? fit l'intendante avec un sourire. Oh non ! Il ne fallait pas me chercher.

Jazz la crut sur parole.

— Je suis sûre que mes propos ne sont pas très « corporate », comme on dit. Si le directeur et Fredericks refusent la vérité, tant pis. Je ne mentirai pas à propos de Cavendish et de la violence de son comportement.

— Merci d'avoir été franche. Depuis combien de temps travaillez-vous à St Stephen ?

— J'ai travaillé ici très brièvement, autrefois, et je suis de retour depuis le début de l'année scolaire, en septembre. J'habite en Australie. J'étais en visite dans ma famille, dans le Norfolk, après un séjour aux États-Unis, quand cette opportunité d'emploi temporaire s'est présentée. Je n'avais rien de spécial à faire à Perth, alors j'ai décidé de prolonger mon séjour en Angleterre pour travailler.

— M. Fredericks m'a dit que vous aviez tous les

deux accès à l'armoire à pharmacie, que vous aviez chacun votre clé.

— C'est vrai.

Elle porta une main à son cou et sortit une chaînette et une petite clé.

— Voici la mienne. Je ne l'enlève jamais.

— Vous ne l'avez prêtée à personne le soir de la mort de Charlie ?

— Bien sûr que non ! Je connais les garçons. Ils essaient n'importe quel médicament pour faire « un trip ».

— Nous avons reçu les résultats de l'autopsie. Charlie Cavendish a succombé à un choc anaphylactique provoqué par une absorption d'aspirine et non à une crise d'épilepsie.

L'intendante haussa les sourcils.

— En examinant Charlie, les urgentistes ont déclaré qu'il était mort d'une crise. J'étais d'accord avec eux. Je suis infirmière diplômée et j'ai de l'expérience, vous savez.

— Les symptômes sont similaires, mais l'autopsie est formelle. Reste à découvrir comment Charlie en est arrivé à avaler ces deux cachets d'aspirine. J'aimerais voir l'inventaire de l'armoire à pharmacie pour ce soir-là.

— Bien sûr. Vous constaterez que tout est en ordre. Vous le voulez maintenant ?

— S'il vous plaît.

L'intendante se leva puis, au moment de s'éloigner, se ravisa.

— J'espère que cette erreur de diagnostic ne se retournera pas contre moi et ma réputation. Il était parti depuis longtemps quand je l'ai trouvé, le lendemain matin.

— Rassurez-vous, les urgentistes ont tiré la même conclusion.

— Tant mieux.

Jazz la regarda quitter la pièce. En dépit de son caractère un peu brusque, il était manifeste qu'elle tenait aux garçons, surtout les plus vulnérables.

Et qu'elle détestait Charlie Cavendish...

L'intendante réapparut et lui tendit une feuille de papier.

— C'est le registre de vendredi soir. Comme je l'ai déclaré à votre sergent, je n'étais pas présente. M. Daneman avait la clé de M. Fredericks, qui a été bien négligent de le laisser seul. C'était inhabituel. D'après ce que j'ai pu constater, ces derniers mois, M. Fredericks était très professionnel, à part sa façon de fermer les yeux sur le comportement de Cavendish.

— Il ne vous a pas confié où il allait ?

— Non. Et jamais je ne me serais montrée indiscrète. Ce devait être urgent pour qu'il quitte la maison.

— Il refuse de me le dire, déclara Jazz en pliant la feuille de papier pour l'étudier plus tard. Vous me direz si Rory est en état de me parler dans l'après-midi ? ajouta-t-elle en lui remettant sa carte de visite.

— J'en doute. Excusez-moi, mais ce n'est pas le moment de l'interroger.

— Je veux le voir au plus vite, répliqua Jazz en se levant. Une dernière chose : vous avez dit au sergent Roland que vous aviez regagné votre appartement vers dix heures et demie, vendredi soir, n'est-ce pas ?

— Oui.

— Vous n'avez rien vu ou entendu de bizarre au cours de l'heure suivante ?

— Non. Je suis allée me coucher tout de suite.

— À quelle heure avez-vous trouvé Charlie, le lendemain matin ?

— Je passe dans le couloir des terminales pour frapper aux portes à sept heures moins le quart. Le petit déjeuner est servi à sept heures trente. Après avoir remarqué l'absence de Charlie, je suis retournée frapper à sa porte. Faute de réponse, je suis entrée et je l'ai trouvé.

Elles avaient atteint l'entrée de la maison.

— Ce sera tout ? demanda-t-elle avec l'esquisse d'un sourire.

— Pour l'instant, oui. Merci.

L'intendante tourna les talons et remonta à l'étage.

*

À trois heures, Jenny Colman frappa à la porte de Robert Jones pour lui servir son thé.

— Entrez !

Il était assis à son bureau, voûté, la cravate de travers, la mine déconfite.

— Qu'est-ce qui vous arrive ?

Il secoua tristement la tête.

— Rien, Jenny. Un petit coup de mou… et j'ai mal à la tête.

— Vous voulez un cachet d'aspirine ou… oups !

Elle s'esclaffa en se rendant compte de sa bévue.

— Désolée. C'est de mauvais goût au vu des circonstances.

— Ce n'est rien, Jenny. Et je n'ai pas besoin d'aspirine.

Il la regarda verser du thé dans sa tasse.

— Il s'est passé quelque chose, monsieur Jones ? Sans vouloir être indiscrète, vous avez mauvaise mine.

Soudain, Jones eut envie de se confier.

— Jenny, je peux vous faire confiance ?

— Je travaille pour vous depuis quatorze ans, monsieur. Je ne vous ai jamais trahi. Vous pouvez me parler, cela vous fera du bien.

— Hugh Daneman est mort, annonça-t-il dans un soupir.

Abasourdie, Jenny s'assit lourdement. Elle ouvrit la bouche, mais aucun son n'en sortit.

— Je sais, c'est une nouvelle terrible, juste après la mort de Charlie…, soupira Robert en secouant la tête. L'école ne s'en relèvera peut-être pas.

Si Jenny était au bord des larmes, elle refusait de pleurer devant lui.

— Comment ? marmonna-t-elle.

— On l'a retrouvé mort chez lui hier soir. La police pense à un suicide.

Jenny se prit la tête dans les mains et éclata en sanglots.

— Pourquoi ? Pourquoi aurait-il fait une chose pareille ? Pas Hugh !

Robert était désemparé. Il s'attendait à ce que Jenny exprime de la compassion pour *lui* et l'épreuve qu'il traversait.

— Je regrette, Jenny. Je ne savais pas que vous seriez aussi bouleversée. Vous le connaissiez bien ?

Jenny hocha la tête.

— Je le connaissais depuis presque trente-cinq ans. J'étais sa femme de ménage avant de travailler ici.

— Ah bon ?

— Oui. C'était l'homme le plus gentil que j'aie jamais rencontré. Il n'aurait pas fait de mal à une mouche.

— Chut ! Je vous en prie, c'est un secret entre vous et moi. Il ne faut en parler à personne.

— Je sais. Je ne dirai rien, c'est promis. Désolée, je suis sous le choc…

— Bien sûr. Rentrez donc chez vous plus tôt, pour une fois. Vous ne comptez pas vos heures.

— Merci, monsieur. C'est ce que je vais faire.

— Alors, à demain. Vous êtes sûre que ça va aller ?

— Oui. Et je ne dirai rien à personne. Je vous le jure…

9

Dès que Jenny referma la porte de chez elle, ses jambes se dérobèrent. Elle glissa lentement à terre.

Quand ses larmes furent taries, elle se releva et longea le couloir vers la cuisine. Elle avait économisé pendant des mois pour s'offrir ces meubles dont elle rêvait. Hélas, ils ne lui remontaient en rien le moral.

— Toutes ces années d'esclavage, à économiser le moindre sou, et pour quoi ? geignit-elle pour elle-même. À quoi bon, nom de Dieu ?

Elle avait travaillé sa vie entière pour posséder une maison bien à elle. Jenny remplit sa bouilloire et, sans enlever son manteau, parcourut les pièces de son logement entretenu avec soin. Elle effleura le doux tissu de son canapé, qui était dans le même état impeccable que le jour de son achat. Elle balaya la pièce du regard. Récemment, elle avait enfin acquis un téléviseur grand format pour quelques centaines de livres sterling. Tout ce qui se trouvait chez elle, elle l'avait payé elle-même. De peur de s'écrouler à nouveau, elle s'assit sur l'accoudoir du canapé.

Au fil des années, elle avait eu quelques prétendants. Jenny était consciente de n'avoir jamais été une beauté, ce qui ne l'avait pas empêchée d'attirer des hommes. Ils savaient que son cœur était pris, ce qui ne rendait la chasse que plus palpitante à leurs yeux. L'un d'eux, plus déterminé que les autres, n'avait pas compris pourquoi elle avait refusé sa demande en mariage.

Sa vie aurait pu être tellement plus facile si elle avait accepté. Elle aurait eu quelqu'un pour partager les épreuves de l'existence. Elle aurait eu une épaule rassurante. Hélas, son refus systématique de tout homme autre que celui qu'elle voulait l'en avait privée.

Oubliant sa bouilloire, Jenny s'approcha de sa desserte, sous la fenêtre. Quatre bouteilles étaient dressées au garde-à-vous. Il lui arrivait de déguster un petit xérès, le dimanche. Les invités étant rares, le porto, le cognac et le whisky, des cadeaux de Noël de M. Jones, étaient intacts.

Le cognac étant recommandé en cas de choc, Jenny déboucha la bouteille et se servit une petite quantité d'alcool. La première gorgée lui brûla la gorge au point qu'elle en eut le souffle coupé. Ce fut si réconfortant qu'elle s'en resservit à nouveau.

Elle se dirigea vers le buffet en acajou qui avait appartenu à sa mère, son unique objet de valeur. Dans le tiroir de gauche, elle chercha une vieille enveloppe kraft. Enfin, elle s'assit sur le canapé pour en vider le contenu.

Son plus important mensonge. Cette photo lui avait procuré des années de réconfort, car elle pouvait admirer à loisir sa plus belle réussite.

Jenny rangea la photo dans l'enveloppe.

Le regard dans le vide, elle se rendit compte que son ultime lien avec le passé avait disparu.

*

Alistair Miles considéra le ramassis un peu louche de quatorze jeunes, garçons et filles, assis face à lui. Bien qu'ils soient en uniforme, la plupart semblaient avoir fourni un effort concerté pour avoir l'air sales et négligés. Il n'y avait pas une cravate correctement nouée, pas une seule chaussure cirée.

Seigneur, je commence à bougonner comme mon père, songea le sergent.

— Jeunes gens, merci de m'accorder un peu de votre temps. Vous savez de quoi il est question.

Miles s'assit sur le bureau de Sebastian Fredericks pour observer leurs visages.

— Apparemment, vous étiez tous au pub avec Charlie le soir de sa mort. Je me trompe ?

Ils hochèrent la tête.

— D'abord, sachez que ce que vous me direz restera confidentiel. Je ne m'intéresse pas aux petites magouilles de chacun et je ne dénoncerai personne à la direction, quoi que vous me racontiez. Je veux simplement obtenir des informations sur Charlie et sur cette soirée. Je compte sur votre franchise. Première question : Charlie prenait-il ce que l'on appelle des drogues douces ?

Il y eut un moment de flottement, puis quelques regards nerveux, avant qu'une jolie blonde ne déclare :

— Non, jamais.

— Qui êtes-vous ?

— Emily Harris. Je suis… enfin, j'étais la petite amie de Charlie.

Elle baissa les yeux et se mordilla la lèvre pour ne pas fondre en larmes.

— Je suis désolé, Emily. Ce doit être un choc terrible.

Elle hocha la tête en silence.

— Vous êtes sûre que Charlie ne se droguait pas ?

— Certaine. Ce n'était pas un imbécile. Il était épileptique et savait ce qu'il risquait en touchant à ça.

— De la drogue circule, ici ? demanda Miles en scrutant les visages.

— D'accord, sergent, admit un garçon, aucun d'entre nous ne peut vous jurer n'avoir jamais essayé une substance illicite.

Un murmure d'approbation parcourut l'assemblée.

— À qui ai-je l'honneur ?

Le jeune homme avait une épaisse tignasse brune qui lui tombait sur les épaules. Il avait remplacé sa cravate par des perles de bois enfilées sur un cordon de cuir et portait de nombreux bracelets tressés aux poignets.

— Dud Simpson, de Fleat House. J'étais un bon copain de Charlie. On traînait souvent ensemble. Et je suis d'accord avec Emily. Je connaissais Charlie depuis notre arrivée ici et je ne l'ai jamais vu se droguer.

— Où peut-on obtenir des substances illicites, dans le coin ?

— Il y a toujours quelqu'un qui a quelque chose à vendre.

— Au pub ?

— Oh non ! À l'école.

— Charlie ne participait donc pas à ces prises de substances ?

— Non, assura Dud. Sa mère lui a bourré le crâne. Charlie pouvait être un peu crétin, parfois, avec ou sans médicaments. C'était naturel, chez lui.

Quelques rires fusèrent.

— Donc, vous buviez avec lui au pub, ce soir-là ?

Dud hésita un instant avant de répondre :

— Oui, j'y étais.

— Allez, Dud, intervint une autre voix masculine. Sois honnête. Charlie et toi, vous ne vous étiez pas parlé depuis deux mois.

— Pourquoi ? Vous vous étiez disputés ? suggéra Miles.

Dud s'empourpra violemment.

— On peut dire ça, oui, déclara l'autre élève.

— Qui êtes-vous ? demanda le policier.

— James Arrowsmith, de Fleat House aussi. Tu le dis, Dud ou je m'en charge ?

— Merci, James, maugréa Dud, fâché. Franchement, c'était rien de grave. Une querelle stupide.

— Dis-le, qu'il t'a piqué ta copine ! Tu les as surpris en train de se rouler une pelle dans une rue proche du pub, juste avant Noël. Tu lui as fracassé la tête en disant qu'il avait de la chance de rester en vie. Je l'ai ramassé à la petite cuillère, souviens-toi.

La dénommée Emily se leva, une main sur sa bouche.

— Désolée, souffla-t-elle avant de sortir précipitamment.

Dans la pièce, la tension était palpable.

— Bon, reprit Miles, continuons. Je veux savoir qui a quitté l'enceinte de l'école avec Charlie vendredi soir pour aller au pub.

— Moi, avoua James Arrowsmith. Il y avait moi, Emily, Stocky… tu étais là, non ?

— Oui, avoua un garçon roux et trapu.

— Il était comment ? questionna Miles.

— Cool, comme d'habitude, répondit Stocky. Il était pressé de quitter cette école et parlait souvent de ses projets.

— Aucun d'entre vous ne l'a trouvé déprimé ?

— Charlie ? Oh, non, assura James Arrowsmith. Il était toujours de bonne humeur, prêt à rigoler.

— Pas du genre suicidaire, selon vous ?

Plusieurs garçons exprimèrent leur certitude à ce sujet.

— Vous suggérez que Charlie s'est suicidé ? intervint la voix grave de Dud.

Un silence pesant s'installa soudain.

— Non, déclara Miles.

— Il est mort d'une crise d'épilepsie, c'est bien ça ? s'enquit Stocky.

— Non.

— Nom de Dieu…, souffla Dud. Alors de quoi ?

— D'un choc anaphylactique provoqué par des cachets d'aspirine.

— Quoi ? Comment ça se fait ? Charlie savait que l'aspirine pouvait le tuer, intervint James.

— C'est pourquoi il est important d'établir comment Charlie en est venu à avaler ces comprimés. Quelqu'un a une idée ?

— Il ne les aurait pas avalés s'il avait su que c'était de l'aspirine, affirma Dud.

— En effet, admit Miles. C'est pourquoi je voulais savoir s'il avait consommé des stupéfiants ce soir-là. Un dealer peu scrupuleux a pu remplacer la drogue par de l'aspirine.

— Tu les as peut-être glissés dans sa bière, Dud ! railla James.

— Va te faire voir, Arrowsmith ! rétorqua Dud, fâché.

— Voyez-vous quelqu'un qui aurait voulu se débarrasser de Charlie ? reprit Miles.

— À part Dud, vous voulez dire ? fit James d'un air satisfait.

— Ça suffit ! s'emporta Dud.

— C'est bon, je rigole ! Dud sera quand même d'accord avec moi. Pas mal de gens n'étaient pas fans de Charlie Cavendish, déclara James en croisant les bras.

— Quelqu'un en particulier ? demanda le sergent à Dud.

— Non… Enfin, on était nombreux à le considérer comme un branleur, de temps en temps, mais personne ne le détestait, je crois. Certains des plus jeunes le craignaient, en revanche.

— Ils le craignaient ! railla Stocky en levant les yeux au ciel. Ils étaient terrorisés, tu veux dire.

— J'ai entendu dire que c'était un harceleur, insista Miles. Vous êtes d'accord ?

— Tu es d'accord, Dud ? lança Stocky. Tu étais son meilleur copain et son complice avant qu'il ne te pique ta nana.

— Ta gueule, toi, pauvre con ! s'exclama Dud en se levant, furibond.

— Messieurs, ça suffit ! ordonna Miles. Ainsi, les plus jeunes avaient peur de lui ?

— Et ce n'est rien de le dire, marmonna Dud. Le petit blond, par exemple, celui que Charlie avait pris pour cible…

— Rory Millar ? coupa Stocky.

— C'est ça, confirma Dud. Tout le monde sait que c'est Charlie qui l'a enfermé dans la cave une nuit entière, il y a quelques semaines. Le pauvre ! Il était terrifié. Le lendemain matin, M. Fredericks l'a entendu crier et l'a libéré.

— Quelqu'un a-t-il balancé Charlie ? demanda Miles.

— Non. Pour être honnête, même si on avait parlé, M. Fredericks n'aurait rien fait. Pour lui, Charlie était une sorte de dieu vivant. C'est bizarre, d'ailleurs, parce qu'il sévit très lourdement en cas de harcèlement. À ses yeux, Charlie ne faisait jamais rien de mal. Ce salaud s'en serait tiré à bon compte même après un meurtre… oups ! s'exclama Dud en rougissant. Désolé.

— Qui est rentré du pub en sa compagnie, ce soir-là ? interrogea encore Miles.

— Les mêmes, répondit James.

— Il était en forme ?

— Très.

— À quelle heure êtes-vous arrivés à l'école ?

— Vers onze heures. On a signé le registre puis, Stocky et moi, on est allés regarder la télé dans la salle commune. Charlie a décidé d'aller se coucher de bonne heure. Il avait du mal à se lever à temps pour aller à la chapelle, le samedi matin. Cette fois, il risquait d'être collé s'il séchait encore cette réunion. On s'est dit bonsoir au pied de l'escalier, Charlie est monté et voilà.

— Qui a la chambre voisine de la sienne ?

— Moi, fit Stocky. Et Dud est de l'autre côté. Tu n'as rien entendu, n'est-ce pas ?

— Rien, confirma Dud en secouant la tête.

— Moi non plus, reprit Stocky. On n'est montés qu'après minuit, tous les deux. M. Daneman pourra vous le confirmer, et M. Fredericks aussi. Il est rentré juste au moment où on est allés se coucher.

— Vous êtes certains de l'heure qu'il était ?

— Oui. Demandez à M. Daneman. Il est venu nous presser en disant qu'il allait se coucher parce que M. Fredericks était de retour.

— Vous avez vu M. Fredericks de vos yeux avant de monter ? insista Miles.

Dud se tourna vers Stocky et haussa les épaules.

— Non, mais pourquoi M. Daneman aurait-il prétendu qu'il était rentré si ce n'était pas le cas ?

— D'accord, dit le policier. Quelqu'un veut ajouter quelque chose ?

Ce fut le silence.

— Merci d'être venus, conclut Miles. Si l'un d'entre vous pense à un détail inhabituel, même s'il semble insignifiant, n'hésitez pas à en parler, soit à moi, soit à l'inspectrice Hunter. Dud, je peux vous parler en particulier ?

Les autres quittèrent la pièce. Miles ferma la porte et se tourna vers Dud.

— Donc, Charlie était votre meilleur ami ?

— Oui.

— Jusqu'à ce qu'il vous prenne Emily.

Dud hocha la tête.

— En l'apprenant, vous lui avez cassé la figure.

— Vous auriez fait pareil à ma place, non ?

— Probablement. Vous saviez qu'il était allergique à l'aspirine ?

— Bien sûr. Toute la classe était au courant, de même que tout Fleat House. Ce n'était un secret pour personne.

— Vous qui connaissiez bien Charlie… vous êtes sûr qu'il n'était pas déprimé ? Il s'était disputé avec son père juste avant son retour à l'école.

— Il n'était absolument pas déprimé, persista l'adolescent. C'est vrai, il était furieux contre son paternel, un vieux coincé et réac alors que Charlie était un libre-penseur. Ils ne s'entendaient pas. S'il y en avait un qui était déprimé, c'était plutôt moi. J'aimais Emily et Charlie le savait. C'était comme s'il avait fait exprès de me la voler.

— Au cours des jours qui ont précédé sa mort, vous ne voyez rien qui puisse l'expliquer ?

— Non, désolé, sergent. Charlie était comme d'habitude.

— Très bien, merci, Dud.

Au moment d'ouvrir la porte, l'adolescent se ravisa.

— Vous ne me soupçonnez pas, j'espère ?

— Pourquoi ? Je devrais ?

— Vous devez penser que j'ai un mobile.

— C'est le cas.

— Oui… mais j'aurais fini par m'en remettre. Connaissant Charlie, il aurait largué Emily la semaine prochaine. Je ne voulais pas sa mort, pas vraiment. C'était mon meilleur ami. Il me manque.

Sur ces mots, Dud prit congé.

— Ça s'est bien passé ?

Jazz leva les yeux de ses notes à l'entrée de Miles.

— On peut éliminer toute consommation de drogue. Les copains de Charlie sont formels, il n'aurait rien pris.

— D'accord. Autre chose ?

— Il était brouillé avec Dud, son meilleur copain, à cause d'une fille. Celle-ci s'est enfuie en courant au milieu de l'entrevue. Je vais essayer de la faire revenir pour discuter avec elle. Elle est bouleversée. Par ailleurs, on a la confirmation que Charlie était un harceleur, mais que, pour une raison inconnue, Fredericks fermait les yeux.

— Je suis au courant grâce à l'intendante. On en sait davantage sur le soir de la mort ?

— D'après ceux qui sont rentrés avec lui du pub, Charlie allait très bien à onze heures. C'est apparemment la dernière fois qu'on l'a vu en vie. Ses voisins de couloir regardaient la télé en bas et n'ont rien entendu. D'après l'autopsie, Charlie devait être mort au moment où ils ont regagné leurs chambres respectives.

— On dirait que j'avais raison : les comprimés d'Epilim ont été remplacés par de l'aspirine.

— Oui. Le problème, inspectrice, c'est que tout le monde était au courant de l'allergie de Charlie. Ils savaient donc qu'il était facile de se débarrasser de lui.

— La méthode s'est révélée efficace, en effet. Bon, il faut que je retourne chez Daneman voir les techniciens de la police scientifique. Et si vous alliez chercher la petite amie de Charlie ? J'ai parlé à Norton et vous aurez une voiture de location à trois heures. Puisque nous ne sommes que deux, il est nécessaire d'avoir des moyens de transport séparés.

— On est trois, non ?

— Roland est toujours chez le dentiste. Je me demande si c'est la coutume locale de s'en aller de bonne heure, le vendredi.

Jazz soupira et réunit ses dossiers.

— Ensuite, je rentrerai chez moi utiliser ma propre ligne téléphonique pour télécharger ce que le QG m'a envoyé sur Daneman.

— À propos de départ de bonne heure… J'aimerais bien prendre la route dès que possible. Ça roule mal, le vendredi soir.

— Vous rentrez à Londres ?

— Si cela ne vous dérange pas, oui. Dès que j'aurai ma voiture de location. Je peux être de retour en trois heures, si vous avez besoin de moi.

— On reste en contact. S'il n'y a rien de nouveau, je vous dis à lundi matin.

— D'accord. Bon week-end.

— À vous aussi. Je vous appelle plus tard, conclut Jazz.

Les techniciens pliaient bagage au moment où Jazz atteignit la maison de Hugh Daneman.

— Vous avez déniché quelque chose ? demanda-t-elle à Shirley.

— Rien de bien intéressant… On a effectué les prélèvements habituels.

Elle lui rendit la clé avant de partir.

Jazz entra. Malgré l'habitude, elle trouvait toujours le logement d'une personne récemment décédée très lugubre. Elle s'approcha des étagères chargées de livres reliés de cuir et feuilleta un ouvrage en latin. Une odeur familière de vieux papier et de moisi lui envahit les narines.

Elle le remit en place et se dirigea vers le bureau, dont elle ouvrit les tiroirs. Tout était classé avec soin, les stylos, les gommes, les crayons, le papier à en-tête étaient alignés avec une précision militaire. Comme si ces tiroirs avaient été rangés récemment. Jazz espérait découvrir un carnet d'adresses, mais il n'y en avait pas.

Dans le tiroir du milieu, elle tomba sur un trousseau de clés et une enveloppe portant une adresse : *Appartement 4, 9 Sheffield Terrace, W8.* Jazz connaissait ce quartier huppé de Kensington, à Londres.

L'enveloppe contenait le nom et l'adresse d'un notaire londonien écrits de la main de Hugh, dont l'écriture était particulièrement élégante.

C'était comme s'il avait laissé cette enveloppe à son intention.

Elle gravit l'escalier étroit et entra dans la plus grande des deux chambres à coucher. Tout était bien rangé. Elle fouilla les tiroirs, dont la plupart étaient vides. L'armoire ne contenait que trois costumes.

De retour au rez-de-chaussée, Jazz était certaine que Hugh Daneman avait programmé son suicide et qu'il avait pris le temps de mettre de l'ordre dans ses affaires avant de partir. Il ne restait pas la moindre trace de vie, dans cette maison, rien à jeter.

Jazz s'agenouilla devant la cheminée. Le tas de cendres était important. Elle découvrit de nombreux petits morceaux de papier calciné. Daneman avait brûlé ce qu'il ne voulait pas que l'on trouve. Elle décida de se rendre à Londres le lendemain à la première heure. Si seulement les murs de cette maison avaient pu parler…

En montant en voiture, elle entendit la sonnerie de son téléphone portable.

— Roland à l'appareil, inspectrice. Je viens de me faire arracher une dent, lui parvint une voix étouffée.

— Oh, non, grommela Jazz, passablement irritée. Où êtes-vous, à présent ?

— Dans ma voiture, devant le cabinet dentaire. J'attends des instructions.

— Rentrez chez vous, Roland. Prenez des antalgiques et allez vous coucher. Auparavant, je voudrais que vous postiez quelques-uns de vos agents à l'école. En civil et de façon discrète, pour ne pas alarmer les gens. Mettez un agent devant Fleat House. Qu'il vérifie les allées et venues. Je veux une surveillance vingt-quatre heures sur vingt-quatre.

— Bien, inspectrice. Autre chose ?

— Non. Je vous appelle demain. J'espère que vous aurez moins mal.

Jazz avait conscience de ne pas être convaincante dans sa sollicitude, mais elle n'y pouvait rien. Réprimant un soupir exaspéré, elle démarra.

En roulant vers la côte, elle laissa ses pensées vagabonder. Y avait-il un lien entre les deux cadavres ? Dans une rue étroite de Cley, elle vit une silhouette familière descendre d'une Mercedes. Elle ralentit. C'était Adele Cavendish, la mère de Charlie. Dans le coffre, celle-ci prit un fourre-tout et plusieurs sacs de provisions provenant d'un supermarché, puis elle disparut dans une ruelle.

C'est bizarre…, songea Jazz, puis elle accéléra pour rentrer chez elle.

10

Le lendemain matin, Jazz atteignit Londres à dix heures. Elle avait appelé Miles qui, de façon fort opportune, se trouvait dans la capitale et la rejoindrait à l'appartement de Hugh Daneman à Kensington.

Jazz n'était pas revenue à Londres depuis qu'elle avait fui son travail et son mari. En roulant sur l'Embankment, sur la rive gauche de la Tamise, puis en passant devant Scotland Yard, elle ressentit une certaine exaltation. Elle était tellement détachée de tout ça, de son ancienne vie… et pourtant, elle était de retour dans le cadre d'une enquête criminelle. Miles était garé devant l'immeuble dans un véhicule jaune pâle.

— Sympa, la voiture, railla-t-elle.

— On dirait un banana split… C'est la seule qui restait à l'agence de location de Foltesham.

— Elle est idéale pour une filature discrète, c'est sûr. Vous avez vérifié au cadastre que Daneman est bien le propriétaire de l'appartement ?

— Oui. Il a succédé à une certaine Phyllida Daneman en 1969. J'ai vérifié, c'était sa tante et elle est morte cette année-là. Il a donc hérité. Je n'ai trouvé aucun parent vivant dans les fichiers.

— Notre ami Hugh est une énigme. J'ai trouvé l'adresse d'un notaire dans un de ses tiroirs. Je présume que son testament est chez lui. Tenez. Vous le contacterez lundi pour l'informer de la mort de M. Daneman. Je suis curieuse de savoir qui hérite. Cet appartement doit valoir une fortune.

Jazz leva les yeux vers l'immeuble en briques rouges de style édouardien.

— Allons-y.

Au premier étage, ils furent assaillis par une odeur de vieux livres et d'humidité dès l'entrée. Dans le salon, les rideaux étaient tirés. La jeune femme les ouvrit pour laisser entrer la lumière dans cette pièce oppressante.

Une bibliothèque occupait la longueur d'un mur vert bouteille. Les autres étaient couverts de tableaux accrochés au hasard, sans le moindre souci de mise en valeur.

— Cet homme ne s'intéressait pas à la décoration intérieure, commenta Miles. On jurerait qu'il n'a touché à rien depuis son héritage.

— C'est vrai.

Jazz s'approcha du piano à queue placé devant les longues fenêtres à guillotine. Elles donnaient sur un étroit jardin, à l'arrière du bâtiment. Dans un coin, sur un bureau, il y avait des piles de livres bien nettes. Un vieux fauteuil en cuir trônait devant un chauffage au gaz vétuste.

— C'est plus un bureau qu'un salon douillet, fit remarquer Jazz en ramassant une chemise en plastique comprenant la photocopie d'un manuscrit latin, sur le bureau. Je pense que c'est ici que Daneman faisait ses traductions. Peut-être venait-il ici pendant les vacances scolaires. Bon, commencez par le bureau.

— Bien, inspectrice.

Jazz longea le couloir vers la cuisine dont les meubles étaient si vieux qu'ils étaient de nouveau à la mode. Dans la salle de bains, deux traînées verdâtres de tartre semblaient gravées dans l'émail, derrière les robinets de la baignoire.

Au bout du couloir, une chambre à coucher spartiate était meublée d'un lit double avec un couvre-pied écossais, une austère commode en acajou, une coiffeuse assortie, sous la fenêtre, avec une brosse à vêtements et rien d'autre.

Sur la table de chevet était posée une photographie de grand format.

Jazz examina de plus près la jeune fille du cliché décoloré qu'elle avait découvert dans le cottage de Hugh. Sur celui-ci, ses traits étaient bien plus nets. Cette inconnue était très belle, avec ses boucles blondes qui lui arrivaient aux épaules, ses yeux bleus et son nez aquilin au-dessus de ses lèvres purpurines. Elle n'avait pas vingt ans. Jazz s'assit sur le lit et retourna le cadre pour l'ouvrir.

Le dos de la photographie portait une inscription :

Juin 1959
À mon Hugh chéri,
Carpe diem !
Et c'est ce que nous faisons !

Avec tout mon amour,
Cory

Elle sortit délicatement le cliché de son cadre et regagna le salon.

— Vous avez trouvé quelque chose ? s'enquit Miles, à quatre pattes au milieu des papiers.

— Seulement ça.

Miles observa la photo.

— C'est la même fille. Une amoureuse, peut-être ?

— J'imagine.

Jazz sortit une pochette de sa sacoche pour y glisser cette pièce à conviction.

— Il y a une date au dos. 1959. C'est vieux, cette histoire.

— Il n'a jamais été marié. J'ai vérifié ce matin. Cette fille l'a peut-être quitté en lui brisant le cœur pour toujours.

— Peut-être… Et vous, vous avez déniché une info ?

— Rien d'intéressant, pour l'instant. Pas de courrier personnel, rien que des lettres professionnelles à divers bibliothécaires dans le monde entier. Daneman était un expert renommé.

— Dans ce cas, pourquoi diable travaillait-il en tant que tuteur dans une école privée de seconde zone dans un trou perdu du Norfolk ? Ce Daneman m'échappe complètement.

— Il appréciait peut-être la camaraderie de la vie scolaire. Il n'avait pas besoin de cet argent, c'est sûr.

— Des relevés bancaires ?

— J'ai cherché en vain.

— D'accord, soupira Jazz. Je prends les tiroirs, vous les livres.

Une heure plus tard, Jazz tira les rideaux avant qu'ils ne quittent les lieux. Ils avaient passé au peigne fin la moindre feuille de papier, sans trouver de testament ou quoi que ce soit sur la vie privée de Hugh Daneman.

— Si on allait déjeuner, inspectrice ?

— Je préfère repartir directement.

— Vous êtes sûre de ne pas vouloir faire un saut à Scotland Yard en chemin ? Tout le monde aimerait bien vous voir, et vous savez qui est de repos ce week-end ? J'ai vérifié le planning.

— Euh… non merci.

Jazz afficha un sourire désabusé et mit le contact.

— À lundi, Miles.

La jeune femme s'engagea dans la circulation londonienne, déprimée et pas plus avancée qu'en arrivant.

*

Angelina Millar raccrocha et esquissa une moue de mécontentement. L'intendante venait de l'appeler pour l'informer que Rory souffrait d'un virus digestif et avait été transféré à l'infirmerie. Le médecin l'avait examiné et n'était pas très inquiet, mais Rory était trop malade pour rentrer à la maison dans l'immédiat.

Angelina aurait dû aller le chercher à l'école dans la matinée pour sa sortie hebdomadaire. L'intendante avait dit qu'elle pouvait lui rendre visite quand elle le voudrait pendant le week-end.

Madame est trop bonne, songea Angelina avec amertume. *C'est mon fils, quand même.*

Elle avait prévu de prendre le thé avec lui pour déterminer si les craintes de David étaient fondées ou induites par l'alcool. Ensuite, elle comptait aborder subtilement les sports d'hiver pour le préparer à la présence de Julian.

C'était désormais impossible. Et le week-end suivant, Rory irait chez son père…

En songeant à David et sa dernière visite, elle se sentit mal. Julian était certain que David la menaçait. Voilà pourquoi il avait été aussi agressif, pourquoi il l'avait jeté dehors. Elle-même était rongée par le remords.

Depuis, Angelina n'avait pas eu de nouvelles de son ex-mari. Elle devait l'appeler à propos de Rory, mais n'en avait pas le courage. De plus, si elle l'appelait pour lui annoncer que Rory était malade, il se précipiterait à l'école et ferait un nouveau scandale, ce qui contrarierait Rory. Cependant, elle lui avait promis…

Angelina tendit la main vers le téléphone. Non. Mieux valait que Rory passe le week-end tranquille, au lit, sans tracas supplémentaires. David n'aurait qu'à l'accepter.

L'absence de Rory aurait au moins un avantage : elle pourrait servir un petit déjeuner à Julian dans la chambre, se glisser avec lui sous la couette et lui annoncer qu'il n'était pas obligé de filer vers l'appartement qu'il louait à Norwich.

Elle réchauffa un croissant et prépara du café en étudiant la liste de tout ce qu'elle avait à faire. La semaine précédente, elle s'était rendue sur un site Internet en se faisant passer pour Julian pour avoir accès à la promotion 1984 de St Stephen. Elle avait laissé un message à plusieurs anciens élèves dans l'espoir que quelques-uns la rappelleraient. Elle voulait les convier à la fête surprise qu'elle préparait pour les quarante ans de Julian.

Angelina porta le plateau à l'étage. Allongé sur le côté, Julian était endormi. Son corps nu et musclé était superbe et ses épais cheveux noirs contrastaient avec le blanc de l'oreiller.

Elle posa le plateau par terre, près du lit, et ôta son peignoir pour se coucher à côté de son amant, lovée contre son dos. Elle se mit à déposer des baisers furtifs sur sa nuque, avant de glisser le long de sa colonne vertébrale, jusqu'à ses fesses. Julian murmura dans son sommeil lorsqu'une main entreprit de le caresser pour constater son état d'excitation.

Il gémit et se retourna pour lui faire face.

— Bonjour, chérie…

— Bonjour, murmura-t-elle en lui dévorant le visage de baisers.

Dès que leurs bouches se trouvèrent, elle insinua la langue entre ses lèvres. Il prit un sein dans sa paume et plaqua son autre main sur ses fesses pour l'attirer vers lui.

Ensuite, repus, ils restèrent enlacés. Angelina n'avait jamais ressenti pour David la passion que lui inspirait Julian. Elle posa le plateau sur le lit.

— Bonne nouvelle, chéri. Du moins pour toi. Rory est malade et reste à l'infirmerie. J'irai le voir, mais cela veut dire qu'on peut passer le week-end ensemble.

— Génial ! railla Julian avec sarcasme. Ça fait plaisir d'apprendre que je peux rester chez moi.

— Excuse-moi… du café ?

— Oui, répondit-il en s'asseyant. De toute façon, notre secret n'est plus un secret grâce à ton ex-mari. Autant nous jeter à l'eau et nous montrer ensemble dans la rue principale de Foltesham, nous afficher en tant que couple. Qu'en dis-tu ?

— Tu as sans doute raison, admit-elle sans conviction.

— Les gens comprendront, persista Julian. Il y aura des ragots, c'est sûr. À la campagne, on n'a rien d'autre à faire. Cette situation devient absurde. Devoir arriver séparément aux dîners avant de se retrouver ici, à la maison…

— Si on a procédé ainsi, c'est pour Rory, plaida Angelina en buvant une gorgée de café. Et si un de ses camarades parlait de toi à l'école après avoir entendu des remarques de ses parents ?

— Il y a bien plus de risques que David lui en parle, désormais, rétorqua Julian, agacé. Ma patience a des limites. Pour l'amour du ciel, ton divorce est prononcé depuis des semaines ! Notre relation n'a rien d'illégal et j'en ai plus que marre de me cacher ! Je vais prendre ma douche.

Angelina entendit claquer la porte de la salle de bains. Elle n'avait plus le choix : qu'elle le veuille ou non, il faudrait que Rory apprenne la vérité.

Plus tard, ils partirent ensemble faire quelques courses à Foltesham. Angelina se rendit à la poissonnerie acheter du saumon pour le dîner pendant que Julian s'occupait du vin. Lorsqu'ils se rejoignirent au beau milieu de la rue principale, Angelina scruta nerveusement les alentours au cas où elle connaîtrait quelqu'un.

Julian lui prit la main et, au moment où ils allaient traverser, David les interpella depuis le trottoir d'en face :

— Salut, les tourtereaux !

— Viens, Julian, allons-nous-en, dit la jeune femme.

En vain, elle tenta de l'entraîner, mais Julian insista pour traverser. Ils croisèrent David au milieu de la chaussée. Celui-ci avait les yeux injectés de sang et ne marchait pas très droit.

— Salut, David ! Comment ça va ? demanda poliment Julian.

David l'empêcha de poursuivre son chemin en l'agrippant par le revers de sa veste.

— Mal. Ça se voit, non ? Et je vais te dire une chose : si tu touches à un cheveu de mon fils, je te tue, c'est compris ?

— Compris. Au revoir, David.

Julian se dégagea de son emprise et gagna le trottoir. Près de lui, Angelina était horrifiée.

— Tu m'as entendu, espèce de salaud ? Je te tue !

— Tout Foltesham t'a entendu, pauvre con, marmonna Julian. Viens, Angie. Laisse tomber. Il est bourré et ne sait pas ce qu'il dit.

Les automobilistes commençaient à klaxonner

après David qui, immobile au milieu de la rue, invectivait le couple.

Une fois dans la voiture, Angelina fondit en larmes.

— Allons, dit Julian en lui tapotant l'épaule. Il était bourré, c'est tout.

— Comment va-t-on vivre ici, Julian ? Dès que je sors de la maison, j'ai peur. On devrait peut-être déménager.

— Pas question. Je refuse d'être chassé de chez moi par un ivrogne pathétique. La loi est de notre côté. Je me demande si j'arriverai à obtenir une nouvelle injonction d'éloignement contre lui. À en juger par son attitude, il représente un danger pour moi aussi. Au moins, on ne manque pas de témoins de ses menaces. Dommage qu'il ne m'ait pas agressé physiquement. J'aurais pu agir.

— S'il te plaît, Julian ! Arrête !

Angelina se prit le visage dans les mains.

— Désolé, mais je n'ai rien fait de mal et j'en ai ras le bol d'avoir l'impression d'être coupable. Ne pleure pas. Tout va s'arranger, tu verras.

— C'est tellement dur, en ce moment, hoqueta-t-elle. Tu peux m'emmener à St Stephen ? demanda-t-elle en posant une main sur son bras. Je veux voir Rory.

— D'accord. Ensuite, on ira déjeuner dans ce pub très sympa d'Itteringham. On a tous les deux besoin d'un verre.

Julian patienta sur le parking réservé aux visiteurs, irrité par les menaces publiques de David et très en colère. Il observa la vaste pelouse de la chapelle, où il avait passé tant de journées d'été quand il était interne dans l'établissement, à lézarder avec ses copains.

Soudain, il vit une silhouette émerger du réfectoire et crispa les doigts sur le volant, le visage blême.

La silhouette passa à quelques mètres de lui. D'instinct, Julian baissa la tête pour ne pas être reconnu. Les paumes moites, le cœur battant à tout rompre, il regarda cette personne traverser la pelouse avant de disparaître dans un bâtiment.

Julian demeura assis au volant, le regard dans le vide, les entrailles nouées, si bien qu'il remarqua à peine Angelina qui monta en voiture.

— Rory dormait, alors je n'ai pas voulu le réveiller. Il avait l'air d'aller bien. Je repasserai plus tard.

Angelina attendit en vain une réaction.

— Julian ? Ça va, chéri ?

— Oui.

— On dirait que tu as vu un fantôme.

C'est exactement ça, songea-t-il.

— Je vais bien, assura-t-il en faisant démarrer la voiture.

— C'est sans doute une réaction après coup, hasarda la jeune femme. Allons déjeuner, histoire de se détendre un peu.

— Tu as raison, répondit-il avec un sourire. Finalement, on devrait peut-être songer à partir d'ici, à prendre un nouveau départ dans un endroit où personne ne nous connaît.

— Peut-être… Voyons comment se déroulent les

vacances avec Rory. Changer d'air nous fera du bien. On fera le point en rentrant.

— Très bien, on fait comme ça, conclut-il en serrant sa main dans la sienne.

11

Dans les rues familières de Cambridge, Jazz s'efforçait de négocier le nouveau système de circulation à sens unique de la ville. Elle se gara à la place réservée de ses parents et passa devant le Wolfson Building, une affreuse bâtisse des années soixante-dix, un mélange de béton et de verre érigé pour loger les étudiants de Trinity College au sein de la prestigieuse université. Elle franchit l'arche menant à la Trinity Great Court et adressa un signe de tête au portier, puis elle traversa la cour.

La mystique et la beauté de l'université la laissaient de marbre, sans doute parce qu'elle avait grandi dans ce cadre. Depuis son retour d'Italie, où elle avait admiré les merveilles architecturales de Pise, elle voyait Cambridge d'un autre œil lors de ses quelques visites à ses parents.

Certes, avec le crachin qui commençait à tomber sur la pelouse, au centre de la cour, on était loin du Duomo sous le soleil d'automne, mais les élégantes bâtisses en grès et les fenêtres à meneaux qui l'entouraient avaient quelque chose de rassurant et de réconfortant.

Elle se dirigea vers l'appartement de ses parents.

S'il était inhabituel que les couples d'enseignants vivent sur les lieux, ce logement en rez-de-chaussée était la solution idéale à l'invalidité de son père. Après la fusillade, la hiérarchie de l'université s'était montrée très compréhensive. Son père et sa mère avaient eu la possibilité de reprendre leurs postes à Trinity College. Hélas, son père était trop fragile pour travailler.

Celestria, la mère de Jazz, enseignait les lettres. Depuis que Tom était handicapé, elle redoublait d'énergie. Elle venait de publier un ouvrage à succès sur le déclin de la grammaire et de la ponctuation dans la société moderne. Grâce à ses droits d'auteur, le couple disposait d'un bas de laine pour sa retraite.

Cela ne signifiait en rien que Tom Hunter était oisif. Il remplaçait de temps à autre l'aumônier et assurait quelques cours de théologie. Les étudiants de Trinity l'appréciaient et n'hésitaient pas à se confier à lui quand ils avaient un problème.

Le collège avait aussi financé des travaux afin de rendre l'appartement plus accessible pour Tom. Il pouvait aller et venir à sa guise avec son fauteuil électrique. Sa femme et lui étaient ainsi plus indépendants. Tous deux constituaient un exemple parfait de résilience face à l'adversité et Jazz était très fière d'eux.

— C'est moi ! lança-t-elle en entrant.

— Jazz ! Entre donc.

Son père travaillait derrière son bureau jonché de documents. La mine radieuse, il ouvrit les bras pour l'embrasser.

— Bonjour, ma chérie ! Quel plaisir de te voir.

Elle s'écarta pour scruter ses traits délicats. Son père ne mesurait qu'un mètre soixante-huit, soit dix centimètres de moins que sa femme et sa fille, mais il compensait cette petite taille par la force de sa personnalité.

— Comment va ton cœur ? D'après Maman, tu as passé des examens.

— Il bat toujours, répondit Tom. Je suis très sage, Jazz, et je prends mes médicaments. Franchement, je me sens aussi bien qu'il y a vingt ans. J'aimerais bien que vous arrêtiez de vous inquiéter pour moi.

— Papa, tu as fait un sérieux arrêt cardiaque au bloc opératoire.

— J'ai survécu, insista-t-il avec un clin d'œil complice. Cela remonte à quatorze ans. Tu veux un verre de vin ? demanda-t-il en désignant une bouteille, sur la table basse.

— Volontiers. Où est Maman ?

— Il y avait un pot à King's College. Elle ne devrait pas tarder. Tu me sers aussi un verre ?

Jazz s'exécuta pendant que son père faisait rouler son fauteuil vers la cheminée.

— À toi, ma chérie, et félicitations.

— Merci, mais pour quoi ?

— Tu as pris la bonne décision en te remettant au boulot.

— Ne me félicite pas encore. Je ne suis pas certaine d'avoir eu raison. Je voulais me consacrer à la peinture.

— Je sais. Et tu aurais peut-être été la nouvelle Van Gogh. Tu as du talent. En revanche, je me suis toujours demandé si ce mode de vie t'aurait convenu. Tu es très cérébrale, ma fille, et sociable. Tu as besoin de stimulation et je ne t'imagine pas seule dans une mansarde, affamée et sans le sou.

— Tu crois que je me serais coupé une oreille comme Van Gogh ? plaisanta-t-elle.

— On t'a appris à être pragmatique, répondit Tom d'un air espiègle. Au moins, ta carrière dans la police a un sens. Je ne dis pas que la peinture n'a aucun sens, bien sûr. En dépit de ce que tu as toujours affirmé sur l'inefficacité du système judiciaire, tu as réussi à faire enfermer un malfrat pour quatre qui t'ont filé entre les doigts. Cela vaut la peine.

— Tu parles du verre à moitié plein et à moitié vide ?

— Oui. Et ce n'est pas tout. J'ai beau te taquiner en affirmant que Norton a un faible pour toi, je sais qu'il croit en toi. Tu es un atout précieux qu'il ne peut se permettre de perdre.

— J'aurais aimé qu'il l'exprime plus clairement à l'époque.

— Dans ce cas, ton congé sabbatique ne t'aura pas nui, et à lui non plus. Et n'oublie pas qu'il est bien plus difficile de ravaler sa fierté que de s'enfuir pour sauver la face. Allez, sers-moi donc du vin.

— Juste une goutte, Papa. Tu sais ce que disent les docteurs.

— Le vin rouge est excellent contre le cholestérol.

Jazz remplit son verre à contrecœur.

— Tu sais, chérie, ta mère et moi n'étions pas certains que tu aies pris la bonne décision quand tu as filé au centre de formation des officiers de la Met de Hendon pour devenir flic, quelques mois à peine après ta licence.

— Oui, je me souviens, dit-elle en levant les yeux au ciel.

— On te soupçonnait de l'avoir fait pour les mauvaises raisons.

— C'était à cause de ce qu'il t'était arrivé, Papa. Est-ce bien ou mal ?

— Les deux, admit Tom. Tu es impulsive, comme ton vieux père. Tu agis sans réfléchir…

— Dans mon métier, c'est souvent utile.

— C'est justement mon propos. Les choses n'arrivent pas par hasard. Cette fusillade t'a peut-être mise sur la bonne voie.

— Papa, je préférerais avoir pris la mauvaise voie et que tu sois en bonne santé. Mais je dois reconnaître que ces derniers jours ont été… difficiles. Et c'est bon d'être de retour au boulot.

— Surtout sans lui.

— Oui, fit Jazz en se crispant.

Tom comprit qu'il ne devait pas insister.

— Alors ? C'est comment, la vie à Salthouse ?

— J'adore ! Le cottage prend forme et, d'ici à l'été, j'aurai peut-être un jardin où vous pourrez venir vous prélasser, Maman et toi.

— J'ai hâte. J'aimerais tellement avoir un jardin. Qui sait, quand ta mère prendra sa retraite… On achètera peut-être un cottage au bord de la mer comme tous les retraités. Je jouerai aux cartes et ta mère s'inscrira dans une association de femmes, elle apprendra à tricoter. Ah, la voici, justement !

La ressemblance entre Celestria Hunter et sa fille

était frappante. Jazz avait hérité de sa grande taille, ses traits fins et son épaisse chevelure auburn. À cinquante-sept ans, Celestria ne faisait guère son âge.

— Ça va, Maman ? demanda Jazz en l'embrassant.

— Elle est stressée et fatiguée à force de s'occuper de ton vieux jeton de père, intervint Tom. Ne me demande pas si je m'en suis bien sorti, mon ange. On se chamaillerait.

Elle rejoignit son mari.

— On ne se chamaille jamais. Tu fais ce que tu veux et je te laisse faire, affirma Celestria en lui massant brièvement les épaules.

Elle se pencha pour l'embrasser sur la tempe.

Cette complicité, cet amour manifeste avaient toujours touché Jazz. Comment en vouloir à sa mère d'être amère ? Ces dernières années, sa vie n'avait pas été facile sur les plans pratique, financier ou psychologique.

Voilà ce que je veux, songea Jazz. *Une vie où l'amour me suffit.*

— Tu as vérifié le rôti, chéri ? demanda Celestria en suspendant son manteau.

— Tout est prêt, assura Tom.

— Parfait. À table !

— Alors ? fit Celestria tandis qu'elles lavaient la vaisselle. Cette nouvelle enquête ? C'était un accident, tu crois ?

— Je suis certaine que non. Et l'autre mort a forcément un rapport, même si le suicide est confirmé.

Le coroner m'a appelée ce matin. Il s'était gavé de somnifères.

— Tu peux nous dire qui est ce mort ? demanda Tom, qui rangeait les assiettes dans le placard.

— Un tuteur de l'école. Un type vieux, septuagénaire et…

— Arrête de parler de « vieux » ! protesta son père. J'ai soixante-cinq ans et je me sens très jeune. Bref, continue…

— Très bien, je vais reformuler : il était en âge d'être retraité. Je suppose que l'école l'a gardé, car il était un merveilleux mentor pour les garçons. Un peu comme toi, Papa. Hélas, je peine à trouver un lien entre la mort de Charlie Cavendish et celle de Hugh Daneman.

— Hugh Daneman ? Le spécialiste des manuscrits latins du XIVe siècle ?

— Oui, pourquoi ? Tu le connais ?

— De réputation. C'est un érudit très reconnu dans son domaine. Il était à Oxford quand je faisais mes études à Cambridge. Un de mes amis le connaissait. Hugh Daneman était réputé pour ses folles soirées.

— Tu es sérieux ? D'après ce que j'ai pu constater chez lui, il n'avait rien d'un fêtard, s'esclaffa Jazz. Tout le monde le décrit comme quelqu'un de discret qui ne vivait que pour ses livres.

— C'était dans les années soixante et je peux te garantir que certaines de nos frasques te feraient rougir.

— Oh, oui, confirma Celestria.

— Oui, ça me revient. Je suis peut-être même

allé à une de ses fêtes… J'étais tellement défoncé, à l'époque, que j'ai oublié.

— Tom ! gronda sa femme.

— C'est la vérité. Bref… je crois qu'il a passé un doctorat, comme moi, puis il a enseigné le latin à Oxford. J'ignore dans quel collège.

— Continue, Papa. Le moindre détail peut m'être utile.

— Eh bien… Il y a une quarantaine d'années, à la suite d'un scandale, il a quitté Oxford. Je ne me rappelle pas la raison exacte, mais je connais quelqu'un qui doit le savoir. Tu veux que je me renseigne ?

— Et comment ! Depuis quarante-huit heures, je bloque sur Hugh Daneman. S'il te plaît, appelle ton ami au plus vite.

— Promis.

— Dis-moi, cela te change de traquer un meurtrier en pleine cambrousse ? s'enquit Celestria.

— Beaucoup, admit la jeune femme. Dans la pièce qui nous sert de bureau, il n'y a même pas de prise de téléphone. Je n'ai accès à aucune donnée.

— Seigneur…, murmura Tom avec effroi. Parce qu'on n'a jamais résolu une affaire de meurtre avant l'invention des ordinateurs, c'est ça ?

— On en résolvait moins, c'est certain. Et pas aussi vite, répliqua Jazz, un peu vexée.

— Je te taquine, ma fille, reprit Tom. Il doit être plutôt agréable de compter davantage sur ton esprit de déduction et ton instinct si développé. Tu connais ma théorie. Il existe quatre raisons de commettre un meurtre : l'amour, l'argent, la vengeance et la peur. Tous les grands détectives ont une connaissance approfondie de la nature humaine. C'est ton cas, ma chérie. Ne crains pas d'exploiter ce don.

— Tu as fini ton sermon, Tom ? Je peux me joindre à vous ?

Celestria adressa un clin d'œil complice à Jazz et posa le plateau de café sur la table.

— Si je t'ai semblé condescendant, je m'en excuse. Ce n'est pas beau de vieillir. Tu as accumulé du savoir, mais personne n'a envie de t'écouter. J'ai toujours pensé qu'on devrait naître vieux et devenir un enfant innocent, déclara Tom en étouffant un bâillement.

— C'est l'heure de ta sieste, décréta Celestria en se glissant derrière le fauteuil roulant.

— Tu vois ? railla-t-il. On me traite comme un bébé. Je peux boire un café d'abord ?

— Non. Le docteur t'a interdit la caféine.

— À vos ordres. À tout à l'heure, ma fille !

Tandis que sa femme le poussait vers sa chambre, il adressa à Jazz un signe de la main.

Jazz servit deux tasses de café et observa les flammes dans la cheminée. Lorsque sa mère réapparut et s'installa à côté d'elle, la jeune femme se rendit compte qu'elle avait les traits tirés.

Elles burent leur café en silence pendant quelques instants.

— Comment va-t-il ? demanda enfin Jazz à voix basse.

Celestria soupira.

— Toujours aussi irascible. On a passé une mauvaise journée, jeudi. Il a eu une crise d'angine de poitrine en mon absence et il n'a pas appelé le médecin, cet imbécile ! Il a attendu que je rentre. Je l'ai trouvé blafard et en grande souffrance. Il est resté en observation à l'hôpital une nuit et il est ressorti en se plaignant que les infirmières n'étaient pas jolies…

— Pourquoi tu ne m'as rien dit, Maman ?

— Parce que tu commençais ton enquête. Il n'était pas en danger et tu ne pouvais rien faire.

— Ce ne doit pas être facile pour toi, tout ça…

— M'occuper de lui ne me dérange pas le moins du monde, tu le sais bien. Ce qui me fait peur, c'est de rentrer un jour à la maison et de le trouver…

Elle ne parvint pas à prononcer le mot.

— Il devrait avoir une présence au quotidien, mais je ne peux pas renoncer à mon travail… On se retrouverait à la rue.

— Il est peut-être temps de chercher ce bungalow au bord de la mer dont il parlait. Vous avez des économies grâce à la vente de ton livre.

— C'est vrai. On le fera, un jour. N'oublie pas que j'ai seulement cinquante-sept ans. Cet argent, c'est tout ce qu'on a. Il faut que je travaille encore trois ans pour toucher une retraite complète. Celle que ton père reçoit de l'Église est très modeste. De plus, il se sent utile, ici. C'est ce qui le maintient à flot. Et moi, j'aime mon travail. Il m'empêche de devenir folle. Je crois qu'on perdrait tous les deux la raison, dans un bungalow, à la retraite.

— Sans doute, admit Jazz, mais, Maman, tu as l'air crevée. Tu en fais trop. Tu vas devoir convaincre Papa qu'il a besoin de quelqu'un pour t'aider, toi. Tu n'as qu'à utiliser le bungalow en bord de mer comme arme de dissuasion…

— Ce serait efficace, c'est certain. Et toi, Jazz ? Tu as l'air en forme. Le travail te réussit, on dirait.

— C'est possible, concéda Jazz en consultant sa montre. Il faut que je file voir ce type avec qui Papa cherche à me caser.

— Jonathan ? Il est très sympa. Tu vas l'apprécier.

— Pour l'instant, je suis plutôt dégoûtée des hommes, rétorqua Jazz avec une moue.

— Jazmine ! s'exclama Celestria en prenant les mains de sa fille dans les siennes, ne cède pas à l'amertume. Je sais que tu as souffert, mais il y a des hommes bien, je t'assure.

Jazz se contenta de maugréer.

— Tu es jeune, assez jeune pour un nouveau départ. Tu peux fonder une famille si tu le souhaites. Ne baisse pas les bras, d'accord ?

— Je vais essayer. Je sais à quel point tu as envie d'être grand-mère.

Jazz étreignit sa mère, qui leva les yeux au ciel.

— J'ai déjà un gros bébé qui dort dans la pièce voisine. Je pense surtout à toi.

— Je ferai un saut sur le chemin du retour pour vous dire au revoir.

12

En ce dimanche matin, David s'était réveillé sur le canapé, là où il s'était écroulé la veille. Au souvenir de l'incident survenu dans la rue principale de Foltesham, il grommela dans sa barbe, les yeux rivés sur les fissures du plafond jauni. Il s'en voulait d'avoir replongé.

D'un pas chancelant, il gagna la salle de bains où il fut pris d'une violente nausée. Il avait grand besoin d'un bain chaud et d'un repas sain.

Si ce salaud de Julian faisait désormais partie de la vie d'Angie, il serait contraint de changer de stratégie. La veille, il s'était attendu à voir la police débarquer chez lui à cause d'une plainte montée en épingle. Quant à Rory… Julian serait un jour son beau-père. Seigneur, il avait intérêt à se tenir à carreau s'il voulait conserver son droit de visite.

Ne serait-ce que dans l'intérêt de son fils, il devait absolument peaufiner sa stratégie.

Et tout de suite.

Après un long bain et un passage en revue des pensées positives apprises aux Alcooliques anonymes, David se sentit un peu mieux. Une chose était sûre : il devait quitter son logement dès que possible. Quel être équilibré ne sombrerait pas dans la dépression dans ce gourbi ? S'il avait les moyens de trouver mieux, il n'avait, jusqu'à présent, pas eu le courage de se bouger.

N'ayant rien à manger dans ses placards, il se rendit au supermarché. Une heure plus tard, au moment où il allait attaquer un repas digne de ce nom, quelqu'un frappa doucement à la porte. David jeta un coup d'œil par la fenêtre de la cuisine de peur qu'il ne s'agisse de la police.

Il y eut encore un coup timide. David ouvrit discrètement la boîte aux lettres pour regarder à l'extérieur. Une paire d'yeux le fit sursauter.

— Rory ! Tu m'as fait une de ces peurs !

Son fils se jeta dans ses bras. Il était vêtu d'un bas de pyjama, de son pull d'uniforme et de baskets.

— Papa ! sanglota-t-il.

David lui caressa les cheveux.

— Allons, allons, c'est si grave que ça ?

— Oh, oui ! C'est grave !

David entraîna son fils vers le canapé et s'assit à côté de lui, un bras sur ses épaules.

— C'est à cause de Julian ?

— Qui ça ? demanda Rory, étonné.

— Tu sais, le petit ami de ta mère. Il t'en fait baver ?

— Je ne savais même pas qu'elle avait un petit ami et je ne connais aucun Julian.

— Mais… tu n'es pas rentré, ce week-end ? Il était là-bas avec ta mère. Je les ai vus ensemble en ville, hier.

— Non, Papa. Je suis à l'infirmerie depuis vendredi. J'ai eu une gastro et le docteur a dit que je ne pouvais pas rentrer chez moi.

La colère de David enfla.

— Elle est bonne, celle-là ! Ta mère n'a même pas daigné m'informer que tu n'étais pas à la maison, et encore moins que tu étais malade ! Et elle avait promis de m'appeler.

Au prix d'un gros effort, David parvint à se maîtriser pour ne pas troubler son fils.

— Bon, qu'est-ce que tu fais là ?

Rory s'essuya le nez sur la manche de son pull.

— Je me suis échappé et je n'y retournerai pas. S'il te plaît, Papa, ne m'oblige pas à y retourner !

— Allez, calme-toi. Pour l'instant, tu n'iras nulle part. Comment es-tu arrivé ici ?

— À pied. C'était loin et… je ne me sens pas très bien.

— Je m'en doute. Il y a bien six kilomètres d'ici à l'école.

David posa une main sur le front de son fils.

— Tu as chaud. Je vais te chercher un antalgique dans l'armoire à pharmacie pour faire baisser la fièvre.

— Non ! s'écria Rory. Pas de cachets ! C'est ce qui a tué Charlie Cavendish.

— Je sais, Rory, mais il était allergique à un certain médicament. Pour les autres, c'est sans danger, je te le jure.

— Je n'en veux pas ! s'entêta Rory.

— D'accord. Je vais te chercher un peu d'eau, alors.

David remplit un verre et le tendit à son fils, affalé sur le canapé, le regard vitreux.

— Allez, bois…

Il tint Rory par la nuque tandis qu'il buvait avidement.

— Ça fait du bien, commenta Rory en posant la nuque sur l'accoudoir du canapé. L'intendante ne voulait pas que je boive. Elle avait peur que je vomisse. Papa, j'ai trop sommeil.

— Repose-toi et on discutera plus tard.

David s'installa dans un fauteuil et observa son fils. Que faire ? Si Rory s'était enfui de l'école, les autorités risquaient de frapper à sa porte à tout moment. Il devait appeler l'école sans tarder pour les informer que Rory allait bien. Hélas, après son esclandre aviné de la veille en plein Foltesham, Angie et son petit ami ne risquaient pas de lui confier Rory.

En entendant sa respiration régulière, il comprit que son fils s'était endormi.

Il fallait qu'il prenne une décision et vite.

Il se leva d'un bond et alla jeter quelques affaires dans un sac. Il prit la couette de son lit et jeta le tout dans la voiture.

De retour à l'intérieur, il souleva Rory du canapé et le porta à son tour dans le véhicule. Lorsqu'il l'allongea sur le siège arrière avant de le couvrir de la couette, Rory ouvrit un instant les yeux.

— Où on va, Papa ?

— On part en vacances. Tous les deux.

*

Lorsque Angelina avait reçu l'appel de l'école l'informant de la disparition de Rory, Julian avait refusé de l'accompagner sur place.

— Mieux vaut que tu y ailles seule, chérie, puisque tu préfères que je ne rencontre pas ton fils tout de suite.

Folle d'angoisse, Angelina s'était précipitée à St Stephen. L'intendante de Fleat House l'attendait, la mine grave.

— Vous l'avez retrouvé ? s'enquit Angelina, le souffle court.

— Non. Le personnel et les internes le cherchent dans le parc. On n'a pas grand monde, un dimanche après-midi.

Angelina s'écroula sur une chaise et se prit le visage dans les mains.

— Seigneur… Pourquoi se serait-il enfui ? Et s'il avait été enlevé ? Et si…

— Calmez-vous, je vous en prie, madame Millar. Il se peut que Rory soit caché quelque part dans l'enceinte de l'école. Peut-être cherchait-il un peu de solitude. Je sais que l'histoire de Charlie Cavendish l'a bouleversé. Avec sa gastro, il a eu de la fièvre et n'a pas les idées très claires. Vous avez contacté son père ?

— J'ai essayé, mais il ne répond pas sur son portable et n'a pas de ligne fixe chez lui.

— Continuez. Vous n'ignorez pas que M. Millar a demandé à voir son fils, dernièrement. Il m'a appelée à plusieurs reprises.

— C'est impossible, répliqua Angelina. David ignorait que Rory était à l'infirmerie. Il le croyait chez moi.

L'intendante la dévisagea longuement.

— Vous avez coutume de ne pas dire à votre ex-mari que son enfant est malade ?

— Il n'était pas mourant ! C'est ce que vous

m'avez assuré, en tout cas, ajouta Angelina d'un ton sec trahissant son sentiment de culpabilité. Au lieu de me critiquer, expliquez-moi plutôt comment vous avez réussi à perdre un enfant dont vous étiez responsable !

— Je suis l'intendante de Fleat House, pas de l'infirmerie, madame Millar. La responsable sera de retour pour vous parler dans quelques minutes. Elle m'a dit qu'elle était venue voir Rory avant dix heures ce matin et qu'il dormait profondément. Elle s'est ensuite rendue dans son bureau pour remplir ses tâches administratives. Vingt minutes plus tard, elle est retournée le voir et il avait disparu.

— Mais où est-il allé ? Et comment ? Vous devez savoir quelque chose !

— Ce n'est pas une prison, ici. Rory n'a eu que quelques escaliers à descendre pour partir.

— À moins que quelqu'un l'ait enlevé...

— J'en doute, puisque votre mari est hors de cause.

— Il paraît qu'une enquête de police est en cours sur la mort d'un élève habitant la même maison que Rory. Et s'il y avait un fou en liberté ? Et s'il avait fait du mal à Rory ? Seigneur ! Où peut-il être ?

Angelina fondit en larmes.

— Allons, madame Millar, essayez de garder votre calme, tenta de l'apaiser l'intendante en lui tapotant l'épaule, en vain. Venez dans le bureau de M. Fredericks. Je vous servirai une tasse de thé. J'ai contacté le directeur et il est en route. Essayez de vous calmer. Je suis sûre que Rory va bien.

Deux heures plus tard, en dépit de recherches poussées, il n'y avait toujours aucun signe de Rory. Angelina était en pleine panique. Robert Jones lui avait suggéré de s'installer tranquillement dans le bureau de Fredericks ou de rentrer chez elle en attendant des nouvelles, mais elle avait tenu à participer aux recherches.

À l'entrée de Fleat House, Robert Jones et l'intendante regardèrent Angelina traverser la pelouse en courant et entrer dans la chapelle en hurlant le prénom de son fils.

— Elle est hystérique. On ne peut appeler personne pour lui tenir compagnie ?

— Elle a essayé de joindre son ex-mari et, je crois, son petit ami, un certain Forbes, mais aucun ne répond, expliqua l'intendante.

Robert soupira.

— Je lui ai expliqué qu'on avait des agents de police sur les lieux et qu'ils participaient aux recherches... Vous ne pensez pas qu'il lui soit arrivé quelque chose, n'est-ce pas ?

— Il n'était pas heureux, ici ! répliqua l'intendante. Je ne serais pas étonnée qu'il se soit enfui, pauvre petit.

— Il y avait un problème avec Rory ?

— Oh, je crois que vous le savez, monsieur le directeur. Je vais devoir m'occuper des garçons. M. Fredericks a interrompu sa sortie avec les enfants et rentre avec le minibus.

— Je demanderai à un agent de police de raccompagner Mme Millar et de rester avec elle jusqu'à ce qu'il y ait du nouveau.

— Je vais la chercher dans la chapelle.

Robert Jones vit à peine l'intendante s'éloigner. L'école, et sa propre vie, était en train de s'écrouler.

Dans la voiture conduite par une agente de police, Angelina regardait le paysage défiler par la fenêtre. Elle parvint à lui indiquer où tourner, puis descendit du véhicule, comme abattue.

— Vous voulez que j'entre avec vous, madame Millar ?

— Non, mon… conjoint est là. Ça ira. Merci quand même.

— On vous appellera dès qu'on aura des nouvelles. Essayez de ne pas trop vous inquiéter.

Angelina ne lui répondit pas. Julian ouvrit la porte avant même qu'elle n'atteigne le seuil.

— Des nouvelles de Rory ?

Elle secoua la tête, au bord des larmes.

— Je t'ai appelé pour que tu viennes à l'école.

— Désolé, j'étais occupé.

— Qu'est-ce que tu entends par « occupé », au juste ? Mon fils a disparu ! Il est peut-être mort, et toi, tu me dis que tu es occupé ? Nom de Dieu !

— Angelina, je…

— Laisse-moi tranquille, coupa-t-elle avant de monter à l'étage.

*

En début de soirée, fatigué mais triomphant, David atteignit le *bed and breakfast* situé au bord du lac Windermere. En route pour le Lake District, région du nord-ouest de l'Angleterre, il avait appelé la propriétaire depuis un téléphone public, au cas où les flics seraient déjà sur ses traces et surveilleraient son portable. Il fallait qu'il avance sa réservation.

Tandis que David et Rory portaient leurs affaires dans leur chambre, Mme Birtwhistle leur annonça qu'ils étaient les seuls clients.

— Alors ? Comment tu trouves cette vue, fiston ?

David posa les mains sur les épaules de Rory et lui désigna la fenêtre. Dans la nuit, ils ne voyaient que les lanternes des bateaux se balancer sur l'eau, à quelques centaines de mètres en contrebas.

— Demain, si tu vas mieux, je t'emmène faire l'ascension de Scafell Pike, le point culminant de l'Angleterre.

Il fit pivoter son fils vers lui et le serra dans ses bras en caressant ses cheveux blonds.

Rory leva les yeux vers lui avec un sourire triste.

— Oui, Papa. Emmène-moi au sommet du monde et ne me laisse pas redescendre.

Plus tard, pour le dîner, ils dégustèrent une tourte à la viande dans la salle à manger déserte du *bed and breakfast*. David se réjouit de voir Rory finir son assiette. Le jeune garçon avait repris des couleurs et allait de mieux en mieux.

Mme Birtwhistle proposa du vin à David, qui eut la volonté de refuser. Il se montra bavard et raconta à Rory que son propre père l'avait emmené dans la région et qu'ils avaient gravi Scafell Pike.

Après le repas, ils empruntèrent l'escalier étroit

vers leur chambre et David borda son fils dans l'un des lits jumeaux.

— Bonne nuit, fiston.

Lorsqu'il l'embrassa, Rory s'accrocha à lui.

— Tu ne me laisseras pas, hein, Papa ?

— Bien sûr que non. Je vais me coucher, moi aussi. On aura besoin de toutes nos forces, demain.

Rory serra sa main dans la sienne.

— Je suis content d'être là, Papa. C'est une vraie aventure.

— En effet, rien que tous les deux.

— Je t'aime, Papa.

— Moi aussi, fiston.

Assis dans un fauteuil inconfortable, David regarda son fils s'endormir. Soudain, des larmes coulèrent sur ses joues tant l'amour lui serrait le cœur.

Angelina devait être folle d'angoisse. En dépit de son envie de prendre du temps seul avec Rory, il avait le devoir d'informer son ex-femme que leur enfant était en sécurité.

Il sortit son portable de sa poche et entreprit de rédiger un texto.

Angelina poussa un soupir de soulagement et se précipita dans le bureau de Julian.

— Il va bien ! Rory va bien !

Julian se détourna de son écran d'ordinateur avec un sourire pincé.

— Bonne nouvelle. Il se cachait derrière un buisson du parc de l'école ?

— Non. Il est avec son père. Rory s'est présenté

sur le pas de sa porte ce matin. David dit qu'il va bien et qu'il veut juste passer un peu de temps avec lui.

— Je vois. Ils sont donc dans son cottage miteux.

— Non. David l'a emmené quelque part pour quelques jours.

Angelina dut s'appuyer sur la porte pour ne pas tomber.

— Si tu savais quelles pensées atroces me sont venues avant de recevoir son texto, avoua-t-elle. Il faut que j'appelle l'école.

— Eh bien, je peux te dire à quoi je pense, moi, rétorqua Julian en croisant les bras. Hier, ton ex-mari bourré et instable a essayé de m'agresser en pleine rue. Et il a menacé de me tuer !

— Arrête ! Il n'en pensait pas un mot.

— Comment le savoir ? C'est bien là, le problème. Je comprends que tu sois soulagée de savoir Rory en sécurité. Mais tu crois vraiment que, dans l'état où il est, David est le mieux placé pour s'occuper de lui ?

Elle posa sur lui un regard perplexe.

— David est peut-être alcoolique, mais il ne ferait aucun mal à Rory. Il l'adore.

— Je peux te citer quelques scénarios inquiétants auxquels tu devrais réfléchir. D'abord, David risque de prendre le volant en état d'ébriété. Ensuite, il est peut-être déjà à l'étranger avec Rory. Enfin, sais-tu quand David compte rendre Rory, s'il le rend un jour ?

Angelina porta les doigts à ses tempes et secoua la tête.

— Arrête, Julian ! Je n'en peux plus ! Vraiment,

je n'en peux plus ! Je dois croire que Rory est en sécurité avec son père.

Julian se leva pour s'approcher d'elle et la prendre dans ses bras.

— Je suis désolé, chérie. Je ne veux pas te faire de peine. L'avocat qui est en moi a tendance à voir le côté négatif des choses. J'ai vu trop d'enfants de divorcés enlevés par un parent. Ce problème avec Rory n'est que trop familier, hélas.

— Je vais envoyer un texto à David pour lui demander quand ils rentreront. Je suis sûre qu'il me répondra.

— Et dans le cas contraire ?

— Il me répondra.

— D'accord, mais faute de réponse avant demain matin sur l'endroit précis où il se trouve, tu n'auras pas le choix. Il faudra appeler la police. À présent, préviens l'école. Je te rejoins dans une minute, le temps de terminer ce courriel.

Il lui donna une tape sur la fesse et la chassa de la pièce pour se tourner vers son écran. Perturbé, il se rendit compte qu'il avait les mains moites en cliquant sur « envoi ».

Avec un long soupir, il éteignit l'ordinateur.

Peu lui importait le gamin. Julian Forbes avait d'autres problèmes.

13

Jazz traversa la cour d'honneur de Trinity College en direction de la loge du portier. Un homme très grand et dos tourné traînait sous le porche. Jazz s'approcha de lui et lui tapota l'épaule.

— Bonjour ! Vous êtes Jonathan ?

Il sursauta et fit volte-face.

— Oui. Désolé, je m'attendais à vous voir arriver de la rue.

— Mes parents ont un appartement là-bas. J'ai déjeuné avec eux.

— Oui, je sais. Enfin, je sais où habitent vos parents. J'aurais dû y penser.

Avec un sourire gêné, il tendit une main.

— Enchanté, inspectrice Hunter…

— Appelez-moi Jazz.

C'était agréable de parler à quelqu'un de plus grand qu'elle, pour une fois. Ce géant lui donnait l'impression d'être menue.

Jonathan devait avoir moins de trente ans. Ses traits n'étaient pas beaux au sens classique du terme. Ses yeux bleus étaient trop rapprochés, au-dessus d'un long nez aquilin. Il avait un visage émacié et des pommettes saillantes qui lui conféraient une allure de poète maudit. Il ne manquait pas de charme.

— On marche un peu ? suggéra-t-il.

Jazz eut du mal à rester à la hauteur de ses longues enjambées.

— C'est très gentil de me consacrer du temps.

— J'ignore si je vous serai utile, mais je ferai de mon mieux.

Au bout d'une allée, il s'arrêta devant un pub, prisé des étudiants, que Jazz connaissait bien.

— Je vous offre un verre ? demanda-t-il en la dévisageant.

— Volontiers.

La salle était déserte. Jazz s'installa dans un coin pendant que Jonathan commandait les consommations au bar.

— Je vous ai pris du vin blanc, mais j'ignore ce qu'il vaut, déclara-t-il en posant un verre devant elle. Santé !

Il brandit sa chope avec un sourire.

Jazz but une gorgée de vin. Il était proche du vinaigre.

— Je vous écoute. Que voulez-vous savoir ?

Jonathan sortit un petit magnétophone et un calepin.

— Vous allez m'enregistrer ?

— Oui, si vous n'y voyez pas d'inconvénient. Je peux aussi me contenter de prendre des notes.

— Tout dépend des questions que vous allez me poser.

— Rien de choquant. Votre père vous l'a peut-être expliqué, ma thèse porte sur le système pénal du début de ce siècle. J'ai préparé quelques questions.

— Je me sens un peu comme un de mes suspects juste avant un interrogatoire. Vous pouvez m'enregistrer. Cela me fera du bien d'être de l'autre côté de la barrière, pour une fois.

— D'accord.

— À ce stade, vous êtes censé me demander si je souhaite la présence de mon avocat…

— Sans doute. Voilà, la première chose que j'aimerais savoir, c'est si vous êtes satisfaite du fonctionnement actuel du système pénal. Vous êtes en première ligne face à la criminalité.

— Mon père vous a dit que c'était mon sujet de prédilection ?

— Non, mais ce doit être terrible pour un officier de police de passer des mois sur une enquête, d'arrêter un suspect et de le voir s'en tirer à bon compte à cause d'un vice de forme.

Jazz ne répondit pas tout de suite.

— Jonathan, il y a deux façons de procéder. Si vous citez mon nom, je dois suivre la politique de la maison. Sinon, et si vous éteignez cette machine, je vous donne un avis bien plus franc. Qu'est-ce que vous préférez ?

Jonathan coupa le magnétophone.

— Je vous écoute.

D'abord prudente, Jazz lui exposa ce qui était, selon elle, l'origine du problème. Étonnamment, il argumenta en faveur du système.

— Ce n'est pas de la corruption, même si j'entends votre point de vue sur les abus de pouvoir et les ambitions personnelles. D'après les informations que j'ai glanées, ceux qui passent à travers les mailles du filet bénéficient de plusieurs facteurs, la bureaucratie, l'incompétence des avocats... Vous avez vu, cette proposition du gouvernement qui vise à réduire les honoraires des avocats commis d'office ? Les meilleurs avocats vont exploiter les failles.

— Le système est sclérosé par les appels, ajouta Jazz. Même quand on parvient à faire inculper un suspect, il y a toujours le risque qu'un avocat débarque avec une expertise psychologique.

— Du genre : ce n'est pas ma faute si je suis un meurtrier, c'est parce que ma mère ne m'a pas allaité quand j'étais bébé ?

— Exactement. Je vous semble peut-être un peu dure, mais la vie est dure. Personne ne vit une enfance ou une adolescence idéales. Nous avons tous des raisons de passer à l'acte. Heureusement, rares sont ceux qui le font. Et les meurtriers doivent assumer leurs crimes. Ils doivent être punis.

— Je suis d'accord avec vous. Je comprends que vous parlez d'expérience. Je suis au courant de ce qui est arrivé à votre père...

Jazz détestait évoquer ce sujet qui faisait encore ressurgir des souvenirs douloureux.

— Oui. C'était un homme bien, un pasteur anglican qui cherchait à aider une communauté dans le besoin. Et qu'a-t-il reçu en échange ? Une balle dans le dos. Le tireur a écopé de deux ans et est sorti au bout de six mois pour altération de la responsabilité. Trois semaines plus tard, il a récidivé.

— C'est affreux. Je ne sais pas quoi dire, soupira Jonathan. Je peux vous demander ce qu'il faisait à

Hackney, à l'époque ? Je croyais qu'il enseignait la théologie ici même, auparavant.

— C'est vrai. J'ai grandi à Cambridge jusqu'à mes douze ans. Puis mon père nous a annoncé qu'il en avait assez d'enseigner la théologie à une bande d'étudiants friqués. Il voulait mettre en pratique ce qu'il prêchait. Il s'est donc fait ordonner et nous nous sommes installés à Hackney, l'un des districts les plus pauvres de Londres. Je suis passée d'un lycée huppé de Cambridge à un établissement défavorisé de l'Est londonien. Le choc des cultures m'a endurcie.

— Je m'en doute. Je n'aurais pas aimé vivre la même chose.

— Ça n'a pas été facile. Heureusement, j'admirais mon père et j'ai appris un tas de trucs qui m'ont bien servi dans mon travail.

— Quoi, par exemple ? s'enquit-il.

— Eh bien… Ça reste entre nous, mais je peux obtenir n'importe quoi d'un simple coup de fil : des excitants, des calmants, de l'herbe, des amphétamines, de la coke, de l'héro…

— On y va ?

— Très drôle.

— Je plaisante. Je ne suis pas là-dedans et je ne l'ai jamais été.

— Vous dites ça parce que je suis flic.

— Non. Je crois en la vérité. Par chance, j'ai réussi à éviter la drogue, je suis sincère.

— Moi, je suis tombée dedans, du moins pendant une période. J'ai tout essayé. C'était de rigueur, dans mon lycée.

— Un rite de passage, en quelque sorte ?

— Un peu, oui. Une petite-bourgeoise blanche…, soupira Jazz. Je voulais être acceptée. Être de l'autre côté m'a permis de voir les choses autrement. Je comprends ce que ces jeunes traversent pour s'en sortir sans trop de dégâts.

— Qu'est-il arrivé à votre père ?

— Comme toujours, il s'est trop impliqué sur le plan affectif avec sa congrégation, qui est passée de trois grenouilles de bénitier à trois cents fidèles grâce à lui. Mon père est très charismatique. Il y avait une femme en particulier dont le fils était en train de mourir d'une leucémie. Elle venait le voir pour obtenir un soutien spirituel et passait beaucoup de temps chez nous. Le père de l'enfant était un trafiquant de drogue très connu et cela ne lui plaisait pas. Un jour, il a débarqué à la maison et a tiré sur mon père à bout portant, dans la cuisine.

— Oh, non, murmura Jonathan.

— Il a eu de la chance de survivre, ajouta Jazz. Il a subi un arrêt cardiaque sur la table d'opération. Il est de plus en plus fragile.

— Il n'en reste pas moins un personnage incontournable à Cambridge. Il est renommé pour sa sagesse, sa bienveillance et ses plaisanteries douteuses, ajouta Jonathan d'un air espiègle.

— C'est un homme très spécial, en effet, murmura la jeune femme. Et je l'aime de tout mon cœur, malgré ses défauts.

— Diffuser la bonne parole n'est pas un défaut, Jazz.

— Je sais, mais vivre avec un saint n'est pas toujours évident. Ma mère a beaucoup souffert.

— Je comprends. Et vous aussi, dit-il doucement, ses yeux bleus rivés aux siens.

— Bref, assez parlé de ça, bredouilla-t-elle en rougissant. Vous avez autre chose à me demander ? Il faut que j'y aille.

Elle s'en voulut aussitôt de son ton trop brusque, reflet de son malaise.

— Non, je ne crois pas. Du moins dans l'immédiat. Je vais rentrer mettre mes notes au propre. Pourrai-je vous revoir, au besoin ?

— Je suis très occupée en ce moment, répondit-elle en se levant.

— Vous êtes sur une enquête ?

— Oui.

— Intéressante ?

— Oui, admit-elle en se dirigeant vers la porte. Au revoir, Jonathan. J'espère vous avoir été utile.

Elle tendit la main, mais il l'ignora.

— Vous êtes garée à Trinity ?

— En effet.

— Je vous accompagne. Ma colocation se trouve dans cette direction.

En marchant, Jazz demeura silencieuse, troublée. Comment avait-il réussi à la faire parler d'elle à ce point ? Devant la loge du portier, il se tourna vers elle.

— Merci de m'avoir accordé de votre temps, Jazz, conclut-il en la dévisageant.

Il se pencha pour l'embrasser sur la joue.

Jazz s'éloigna d'un pas vif vers l'appartement de ses parents. Elle n'eut guère le temps de réfléchir car Celestria l'accueillit sur le seuil.

— Ah, te voilà ! Ton père refusait d'aller se coucher avant que tu ne sois passée. Il a appelé un de ses vieux copains à propos de Hugh Daneman. Entre.

— Jazz, ma chérie, dit Tom, le teint pâle mais le regard vif. J'ai des détails sur ton cadavre. Celestria, notre fille et moi prendrons un doigt de cognac histoire de me délier la langue.

— Pas pour moi, Papa. Je suis en voiture.

La jeune femme s'installa dans un fauteuil.

— Et pas pour toi non plus, Tom. Tu as déjà eu ton quota pour la journée.

— Je m'en fous des quotas ! Sers-moi un petit cognac !

Celestria se tourna vers sa fille et, résignée, versa un fond d'alcool dans un verre.

— Merci, dit-il en buvant une gorgée. Bon, mon copain Crispin Wentworth a pu me renseigner sur ton Hugh Daneman. Figure-toi qu'ils étaient ensemble à Oxford. Après leur doctorat, on leur a proposé à chacun un poste d'enseignant. Tu sais sans doute que Hugh était gay…

— Je n'en avais pas la certitude. L'idée m'a effleurée, oui. Il n'a jamais été marié…

— Je peux t'assurer qu'il était homosexuel. Crispin est bien placé pour le savoir car il l'est aussi. À l'époque, il s'en passait, des choses, à Oxford. Comme partout, dans les années soixante.

— Parfois, j'envie votre jeunesse, à Maman et toi… Continue, Papa.

— Apparemment, Hugh a commis l'impensable et est tombé amoureux d'un de ses étudiants. Il a été assez fou pour manquer de discrétion. Sa hiérarchie a fini par l'apprendre et il s'est fait virer.

— Je vois. Tu sais qui était cet étudiant ?

— J'y viens. Hugh est parti pour l'étranger et Crispin l'a perdu de vue pendant un an environ. Puis il a appris que Hugh était prof de latin à St Stephen.

— Je m'étonne qu'ils l'aient engagé après qu'il a été renvoyé d'Oxford pour une liaison avec un étudiant.

— Elle est peut-être restée secrète. C'était ainsi, à l'époque. On a demandé à Hugh de partir discrètement et, en échange, l'affaire ne sortirait pas. Les vérifications de la police étaient moins poussées qu'aujourd'hui. Bref, il s'est retrouvé à St Stephen.

— Et ce jeune homme dont Hugh est tombé amoureux ? C'était qui ?

— L'histoire ne manque pas d'intérêt. Ce garçon s'appelait Corin Conaught. Il buvait et se droguait, mais, d'après Crispin, c'était un jeune homme charismatique et très beau, un aristocrate, un peu comme Bosie Douglas, l'amant d'Oscar Wilde. Il a brisé le cœur de bien des hommes et des femmes.

— Il était bisexuel ?

— Oui. Laisse-moi continuer avant que je perde le fil. Hugh Daneman est tombé éperdument amoureux de lui. D'après Crispin, Corin aimait Hugh et ils sont restés en couple pendant un bon moment, jusqu'à ce que Hugh soit « remercié ».

— C'est bizarre qu'il y ait eu un tel scandale, compte tenu de la libération des mœurs.

— Oui et non. Les relations entre prof et étudiant

sont toujours proscrites. Certaines choses sont immuables. Corin était issu d'une famille catholique très en vue. Son père, lord Ralph Conaught, est mort pendant que son fils s'éclatait à Oxford. On lui avait pourtant dit que son père était à l'article de la mort et ne survivrait sans doute pas à ce week-end-là, mais Corin a préféré faire la fête et n'a pas pris la peine d'aller lui dire au revoir. Je suis sûr qu'il avait eu vent de la liaison notoire de son fils avec ton Daneman. Corin était l'aîné, et l'héritier du titre et du domaine. Son père l'a déshérité in extremis au profit de son cadet, Edward Conaught.

— Une vraie tragédie, souffla Jazz.

— Oui et, comme toutes les tragédies, la fin est poignante. Corin est rentré d'Oxford quelques semaines après le décès de son père. Son frère Edward lui a octroyé un cottage sur le domaine. Il a passé les cinq années suivantes à boire et à se piquer. Il est mort à vingt-six ans, le pauvre.

— Où se trouve ce domaine ?

— Près de chez toi, dans le Norfolk.

— Ah bon ?

— Oui, confirma Tom, l'air satisfait. Alors ? Ces infos sont utiles ?

— Et comment ! C'est génial, Papa. J'ai enfin une piste. Cela explique peut-être l'apparition soudaine de Hugh à St Stephen. Si l'amour de sa vie vivait dans le Norfolk, il l'a peut-être suivi.

— Possible. Tu as au moins un point de départ.

— Tu remercieras ton ami Crispin de ma part, conclut Jazz en se levant. Je vais vous laisser. À bientôt !

— Tiens-nous au courant ! dit Celestria en l'embrassant.

— Promis.

Jazz prit sa mallette dans le coffre de sa voiture et en sortit la photo qu'elle avait trouvée près du lit de Hugh Daneman, dans son appartement londonien. Elle observa les longs cheveux blonds et retourna le cliché pour relire l'inscription.

Soudain, elle se rendit compte que ce visage n'était pas celui d'une femme, mais d'un garçon…

14

— Bonjour, inspectrice ! Vous avez passé un bon week-end ?

À l'arrivée de Jazz, Miles était déjà au travail dans la salle des opérations.

— Pas mal, et vous ?

Jazz brancha son ordinateur.

— Oh, j'ai enchaîné les folles soirées libertines avec des mannequins, railla Miles. En fait, j'ai regardé le championnat de cricket à la télé. Sinon, le directeur veut vous parler au plus vite. Apparemment, ce qui reste de cette école compte non seulement deux morts, mais aussi une disparition d'enfant.

Jazz leva les yeux de son écran.

— Ah bon ? Quand ? Pourquoi ne m'a-t-on pas informée ?

— Hier après-midi. Personne ne nous a contactés parce que le gamin en question aurait été enlevé par son père et que l'école a considéré que cela n'avait rien à voir avec notre affaire. Ils avaient des flics locaux sur place qui ont participé aux recherches.

— Qui est cet enfant ?

— Il ne l'a pas précisé, mais sa mère est avec le

directeur dans son bureau. Je lui ai dit que vous iriez les voir dès votre arrivée.

Jazz lui tendit un bout de papier.

— Vous pouvez me trouver un numéro pour cette adresse ? Vous les appellerez pour les prévenir qu'on passe les voir dans la matinée.

— Bien, inspectrice. Autre chose ?

— Oui. Je veux savoir où le sergent Roland est encore passé et pourquoi il ne m'a pas informée de la disparition de ce garçon. Que Sebastian Fredericks vienne me voir ici dans une demi-heure.

Sur ces mots, Jazz sortit en claquant la porte derrière elle.

La secrétaire du directeur était blême, les yeux écarquillés derrière son ordinateur.

— Ils vous attendent dans le bureau, annonça-t-elle.

— Merci.

Face à Robert Jones était assise une jolie femme menue.

— Bonjour, inspectrice Hunter. Merci d'être venue. Je vous présente Mme Millar, la mère de l'enfant disparu.

— À savoir… ?

— Rory Millar. Votre sergent vous a peut-être mise au courant de la situation…

— Brièvement. Enchantée, madame Millar. Pouvez-vous me dire ce qu'il s'est passé ?

— Je vais faire de mon mieux.

Angelina lui décrivit les événements des dernières vingt-quatre heures.

— Donc votre fils n'a pas vraiment disparu. Il est avec son père, mais vous ignorez où.

— Je n'ai pas obtenu de réponse lorsque j'ai demandé quand ils rentraient à mon ex-mari. Pour mon… avocat, du fait de son problème d'alcool et de sa dépression, la police devrait s'en soucier. Qu'en pensez-vous ?

Jazz se souvenait de David Millar, désespéré et agité, devant ce même bureau. Le nom de Rory Millar semblait surgir un peu trop régulièrement.

— S'il refuse de vous dire où il se trouve avec votre fils, il y a peut-être matière à s'inquiéter. En même temps, il n'y a aucune raison de croire qu'il soit en danger, n'est-ce pas ? C'est son père, après tout.

Elle lut dans le regard bleu d'Angelina que la jeune femme partageait ce point de vue.

— C'est ce que j'ai signalé à mon avocat, qui a insisté pour que je vienne vous voir ce matin.

— Avez-vous une idée de l'endroit où votre ex-mari a pu emmener Rory ?

— Non. Mon avocat redoute qu'il l'ait emmené à l'étranger, mais c'est impossible car j'ai le passeport de Rory à la maison.

— Il a pu en obtenir un duplicata pour lui-même.

— Ah bon ? s'étonna Angelina. Oh, non…

— Je vais lancer un avis de recherche général. Auriez-vous une photo de votre fils et de votre mari, par hasard ? J'aurai besoin de la numériser.

— Oui. Juli… mon avocat avait prévu que vous en voudriez une.

Angelina sortit une enveloppe de son sac et la remit à Jazz.

— Pourvu que tout aille bien pour lui…

— J'en suis sûre. Cependant, il vaut mieux savoir où il est. En attendant, je vais retourner à mon bureau. Je viendrai faire le point avec vous plus tard, monsieur Jones.

Elle leur sourit et prit congé.

De retour à son poste, Jazz sortit les photos de l'enveloppe. Sur la première, elle reconnut David Millar, avant qu'il ne sombre dans l'alcool et avant que sa vie ne se désintègre. Elle s'intéressa ensuite à Rory Millar et en demeura bouche bée.

— Nom de Dieu !

Elle chercha vivement la photo de Corin Conaught et la posa à côté du portrait de Rory. Puis elle fit signe à Miles de s'approcher.

— Qu'est-ce que vous en pensez ?

— Waouh ! Ils ont un lien de parenté, c'est certain, répondit Miles.

— Celui-ci s'appelle Corin Conaught. Il a été l'amant de Hugh Daneman et est décédé. Et voici Rory Millar, l'enfant disparu.

— Attendez ! Vous dites que ce Corin est un garçon ?

— Oui. Mon cher Papa a joué les détectives. La ressemblance est frappante, non ?

— Incroyable ! Vous savez s'il existe un lien de parenté ?

— Pas encore. La mère de Rory vient de me confier cette photo. Il peut s'agir d'un hasard.

Les photos sont souvent trompeuses. J'aimerais retrouver Rory rapidement. Numérisez ces clichés et constituez un dossier de personne disparue.

— Pas de problème. On est attendus à Conaught Hall à onze heures. J'ai parlé à la gouvernante de lord Conaught. Elle ne m'a rien appris. Elle m'a dit que son patron est invalide et n'aime pas les visites.

Quelqu'un frappa à la porte.

— Entrez !

Le sourire faux de Sebastian Fredericks apparut.

— Vous vouliez me voir ?

— Asseyez-vous, monsieur Fredericks.

— Des nouvelles du pauvre Rory ?

— Non, pas encore. Monsieur Fredericks, pourquoi n'avez-vous rien fait pour empêcher Charlie Cavendish de harceler ses camarades, notamment Rory Millar ?

— Qui vous a raconté ça ? s'enquit-il en arquant les sourcils.

— Peu importe. Répondez à ma question.

— Vous avez peut-être entendu dire que Charlie était parfois une brute avec les plus jeunes garçons…

— Oui, de façon répétée. Vous affirmez que c'est faux ?

— Non, mais ce n'était jamais méchant, et je ne pense pas que Charlie s'en prenait à Rory Millar en particulier.

— Ah non ? Alors comment se fait-il que Cavendish ait enfermé Rory dans la cave pendant une nuit entière ? Cela me semble très particulier.

— Écoutez, rien ne prouve que ce soit Charlie…

— C'est plus que probable.

— Peut-être, concéda Fredericks. Mais, inspectrice, que pouvais-je faire sans preuve ?

Jazz poussa un soupir exaspéré.

— Vous enseignez depuis vingt ans et vous êtes responsable d'une maison depuis huit ans. Vous devez avoir l'expérience de ces situations. Même ses copains savaient que c'était lui. N'est-ce pas, Miles ?

— Absolument, confirma le sergent.

Fredericks était en nage.

— Je vous garantis, inspectrice, que je réprimande très sévèrement le moindre harcèlement. C'est toujours le même problème. La victime craint tellement les conséquences qu'elle ne dénonce pas son bourreau.

— Donc Rory ne vous a pas dit que c'était Charlie qui l'avait enfermé dans la cave ?

— Non. Comment aurait-il pu le savoir ? Il se trouvait derrière la porte. Toutefois, j'ai compris que Rory était terrorisé. C'est moi qui l'ai trouvé. J'ai cru que c'était à cause de la légende liée à cette maison. Il y aurait le fantôme d'un garçon mort au sous-sol. Quand je l'ai libéré, il avait l'air d'un fantôme lui-même.

— Il est étonnant que personne ne l'ait entendu crier plus tôt, commenta Miles. Pauvre gosse.

— Les garçons dorment aux deuxième et troisième étages et, comme vous le savez, je loge dans une aile. Le problème n'est pas que nous aurions dû l'entendre. Personne ne l'a entendu, point barre.

— Il était bouleversé quand il est sorti de la cave ? Avez-vous contacté ses parents ?

— Bien sûr. Rory était malheureux depuis un

moment et il était de plus en plus renfermé. J'ai attribué ça au divorce de ses parents. Après cet incident, j'ai cru bon de parler aux parents. Au lieu d'affoler la mère, Mme Millar, qui a tendance à couver son fils et est un peu hystérique quand il s'agit de Rory, j'ai décidé d'appeler le père. Je lui ai parlé il y a une dizaine de jours.

— Au vu des circonstances, Mme Millar a de quoi s'inquiéter du bien-être de son fils, rétorqua Jazz, exaspérée. David Millar a réagi ?

— On a discuté au téléphone. J'ai été très prudent pour n'affoler personne. J'ai suggéré à M. Millar de parler à son fils pour essayer de savoir ce qui n'allait pas. Ensuite, j'ai dit à Rory d'appeler son père.

— Il l'a fait ?

— Je me rappelle l'avoir vu au téléphone de la maison… C'était jeudi. La veille de la découverte de la mort de Charlie.

— Vous ignorez s'il était en ligne avec David Millar ?

— Oui, mais… en fait…

— Oui, monsieur Fredericks ?

— Je viens de penser à une chose. Le lendemain du jour où j'ai vu Rory au téléphone, donc le vendredi de la mort de Charlie, je suis parti à mon rendez-vous vers sept heures trente, le soir. Je quittais le parking de l'école quand j'ai vu David Millar descendre de sa voiture.

— Je vois.

— Pas mal de parents arrivaient pour le concert donné dans la chapelle. Rory faisait partie de la chorale. Son père venait peut-être l'écouter chanter. Cependant… je ne l'ai jamais vu dans la chapelle.

— Je suppose que la voiture de M. Millar était partie à votre retour ? demanda Jazz.

— Bien sûr. Je suis rentré à minuit environ. Inspectrice, je ne suggère rien, mais Rory a pu confier à son père qu'il soupçonnait Cavendish de l'avoir enfermé dans la cave.

— Donc vous admettez maintenant que Charlie s'en prenait à lui ?

— Les garçons se chamaillent. Certains le supportent, d'autres non, comme Rory. Et vous avez raison, soupira-t-il. J'aurais pu intervenir plus tôt. Maintenant, il s'est enfui… mais…

Fredericks semblait déconcerté.

— Quoi ?

— Ça ne colle pas. Si Rory avait été la cible de Charlie, il ne se sentirait plus de joie à l'heure qu'il est. Pourquoi s'enfuir, alors ?

— Aucune idée, répondit Jazz, qui ne voulait pas évoquer ses hypothèses avec un potentiel suspect. Monsieur Fredericks, je dois vous demander une nouvelle fois où vous vous trouviez ce vendredi soir.

— Je ne peux pas vous le dire.

— C'est faire entrave à notre enquête. Retenir des informations constitue un délit, vous savez.

— Je vous répète que l'endroit où j'étais n'a aucun rapport avec votre enquête.

— C'est à moi d'en juger. Parlez ! Vous avez admis avoir posé les cachets d'Epilim de Charlie Cavendish sur sa table de chevet avant de sortir.

Rien ne prouve que vous n'avez pas substitué les médicaments.

— Si je l'avais fait, pourquoi vous aurais-je dit que j'avais posé les médicaments ?

— Parce que c'est un fait établi, inscrit sur le registre de l'armoire à pharmacie. Vous avez pu penser que la mort de Charlie ne serait pas mise en doute, que c'était une crise d'épilepsie.

— C'est ce que tout le monde a pensé, inspectrice…

— Et que vos actions ne feraient pas l'objet de soupçons.

— Vous m'accusez ? s'exclama Fredericks en se levant d'un bond.

— Non. Bien sûr que non. Je trouve simplement plus raisonnable que vous nous disiez où vous étiez ce soir-là. Votre refus intensifie mes soupçons au lieu de les atténuer.

Fredericks se voûta soudain.

— Je ne peux pas. Vraiment pas…

— Dans ce cas, je vais peut-être devoir vous arrêter pour entrave à la justice. J'imagine que vous protégez quelqu'un, mais je vous préviens, vous mettez aussi en péril votre propre intégrité en tant que responsable de maison chargé d'assurer la sécurité de Charlie Cavendish. Si vous refusez de me présenter un alibi qui corrobore votre absence, rien ne me prouvera que vous n'étiez pas ici.

Jazz consulta sa montre.

— Merci d'être passé, conclut-elle.

Fredericks se retira sans un mot de plus tandis que la jeune femme enfilait son manteau.

— Qu'est-ce que vous en pensez ? s'enquit Miles en levant les yeux de son écran.

— Il ne pourra pas se permettre de garder le silence encore longtemps. Ce que je ne comprends pas, c'est pourquoi il n'a rien fait pour empêcher Cavendish de terroriser les plus jeunes… Oh, non ! Je ne trouve plus mes clés de voiture. Vous pouvez me conduire là-bas ? On discutera de certains points en chemin.

Le soleil venait de surgir de derrière les nuages lorsque Miles s'engagea sur la route reliant Foltesham à King's Lynn.

— Que pensez-vous de Fredericks ? lui demanda Jazz.

— Disons que je n'aimerais pas qu'il me plaque au rugby, grimaça le sergent. Donc, David Millar est venu à l'école le soir de la mort de Charlie… Si Rory avait accusé Charlie au téléphone, Millar aurait pu le tuer par vengeance, selon vous ? David Millar savait-il que Cavendish était allergique à l'aspirine ?

— Tous les garçons de Fleat House ont été informés des allergies de leurs camarades, de l'arachide au parfum, expliqua Jazz. Rory a pu évoquer le sujet avec son père, qui sait ? Quoi qu'il en soit, il faut qu'on le retrouve. Mon instinct me dit que Millar junior est impliqué dans cette histoire. D'autant qu'il brille par son absence.

— C'est comme dans le bon vieux temps, inspectrice, fit Miles avec un large sourire.

— Que voulez-vous dire ?

— Votre instinct vous trompe rarement. Vous étiez réputée pour ça.

— Ah bon ? s'esclaffa-t-elle. Pourtant, j'avoue que je ne me suis jamais sentie plus paumée.

— Vous y arriverez, inspectrice. Vous y arrivez toujours, assura Miles en tournant à gauche. L'entrée doit se trouver ici, juste après le garage, d'après la gouvernante.

Miles franchit une vieille grille en fer forgé flanquée d'un pavillon de gardien. L'allée serpentait dans un parc parsemé de chênes séculaires. Au loin, les eaux d'un étang scintillaient au soleil.

— Bon sang, marmonna le sergent en contournant un bassin circulaire. On se croirait dans *Retour à Brideshead*, vous savez, l'histoire de cet étudiant d'Oxford qui est fasciné par la famille de son ami aristocrate.

Au centre du bassin trônait une fontaine couverte de mousse représentant un chérubin soufflant dans une conque.

— C'est moche, vous ne trouvez pas ? commenta Jazz. Je dirais victorien tardif.

Elle toisa la bâtisse carrée en briques rouges dont les nombreuses fenêtres reflétaient la lumière. La toiture était jalonnée ici et là de gargouilles menaçantes et en piteux état.

— Un vrai décor de film d'horreur, reprit-elle.

— Les factures de chauffage doivent être faramineuses, railla Miles.

Ils gravirent les marches du perron. À côté de la porte, une plaque en cuivre indiquait : « Pour les livraisons, sonnez à la porte de service. »

Une femme entre deux âges, en uniforme noir, les accueillit.

— Bonjour, madame. Inspectrice Hunter et sergent Miles. Nous venons voir lord Conaught.

— Par ici…

Ils pénétrèrent dans une entrée austère dont le sol en marbre avait connu des jours meilleurs. Jazz frémit en suivant l'employée dans un labyrinthe de couloirs sombres. Il faisait plus froid à l'intérieur qu'à l'extérieur.

Ils s'arrêtèrent devant une lourde porte en chêne.

— J'ai expliqué à lord Conaught que vous vouliez lui parler, mais c'est un homme malade. Il a fait une chute de cheval, il y a quelques années, et se déplace en fauteuil roulant. Son arthrite le fait souffrir. De plus, il a subi récemment un deuil dans sa famille.

— Ce ne sera pas long, c'est promis, assura Jazz.

La gouvernante frappa à la porte.

— Entrez !

Dès que l'employée s'effaça, Jazz remarqua un contraste saisissant entre la dureté du reste de la maison et cette pièce chaleureuse, ornée de boiseries. Des scènes de chasse sur les murs, une moquette usée, un feu de cheminée… De part et d'autre de l'âtre, des bibliothèques regorgeaient d'ouvrages plus ou moins bien rangés. Il flottait une odeur de chien mouillé. Un spécimen était couché pour profiter de la chaleur des flammes.

Edward Conaught était installé au coin du feu, un exemplaire du *Telegraph* sur les genoux. Près de lui, une desserte était jonchée de magazines cornés et de flacons de médicaments.

Il adressa un sourire las aux deux policiers.

— Enchanté. Edward Conaught. Asseyez-vous, je vous en prie.

Le canapé était plein de poils de chien.

— J'ignore pourquoi vous voulez me voir. J'espère que je n'ai pas d'ennuis. Cela en arrangerait certains, par les temps qui courent, déclara-t-il en ricanant.

— Non, lord Conaught, vous n'avez aucun problème.

— Je vous en prie, appelez-moi Edward. Que puis-je faire pour vous ?

— C'est à propos de votre frère Corin, répondit Jazz.

Le visage d'Edward se troubla.

— Il est mort depuis quarante ans, le pauvre.

— Oui, nous sommes au courant, monsieur, intervint Miles. Nous venons vous parler d'un ami de Corin qui vient de décéder. Le coroner a conclu au suicide, mais il existe peut-être un lien avec un homicide sur lequel nous enquêtons. Nous avons besoin que vous nous parliez de votre frère.

— Je vois, soupira Edward. Qui était cet ami ?

— Hugh Daneman.

— Ah… oui, ils étaient… proches.

— D'abord, j'aimerais savoir si vous connaissez la nature particulière de leur relation.

— Bien sûr ! Toute la famille était au courant. C'est en partie à cause de Hugh que je me retrouve dans cette espèce de mausolée. Je passe ma vie à essayer de maintenir ce domaine à flot. Corin était mon aîné. C'est lui qui aurait dû hériter. Vous le saviez ?

— Oui, monsieur.

— On ne peut pas reprocher aux autres ses propres erreurs, naturellement. Il n'empêche que les frasques de Corin me sont retombées dessus. Il a découvert la drogue et la débauche à Oxford. Mon père l'a déshérité juste avant de mourir.

— Vous rappelez-vous Hugh Daneman, à l'époque ?

— Oh, oui ! Hugh suivait mon frère partout comme un petit chien. Si Corin avait des sentiments pour lui, cette relation signifiait bien davantage pour Hugh.

— D'après mes informations, Hugh a été prié de démissionner de son poste à Oxford à cause de cette relation illicite avec votre frère, ajouta Jazz.

— Cela ne m'étonne pas. Ce que je sais, c'est que, quelle qu'ait été la nature de leur relation, Hugh a beaucoup aidé Corin à gérer ses addictions à la drogue et à l'alcool. Il s'est installé avec Corin dans le cottage que j'ai donné à mon frère, au sein du domaine, après qu'il a été déshérité. Hugh a fait de son mieux pour soigner Corin, mais son cas était désespéré, hélas. Il a succombé à une surdose d'héroïne et d'alcool, un mélange mortel. Le pauvre… Quel gâchis ! Il n'avait que vingt-six ans. C'est à se demander si cette famille n'est pas maudite…

— Pourquoi cela ? s'enquit Miles.

— Eh bien, la semaine dernière, une nouvelle tragédie a touché notre famille. Daneman s'est suicidé… Était-il déprimé ?

— Nous l'ignorons encore. Je vais vous demander de ne pas divulguer cette information dans l'immédiat. Je vous en remercie, dit Jazz avec un sourire.

— Hugh travaillait encore à St Stephen.

Ce n'était pas une question, mais une affirmation.

— Oui.

Edward riva sur la jeune femme son regard gris et pétillant d'intelligence.

— Vous gardez cette information parce que vous pensez qu'elle a peut-être un lien avec la mort de Charlie Cavendish, n'est-ce pas ?

— Vous avez appris la mort de Charlie dans le journal, monsieur ? demanda Miles.

Edward Conaught émit un rire triste.

— Non. Charlie Cavendish est mon neveu.

— Votre neveu ? s'étonna Jazz.

— Absolument. Désolé, inspectrice, je vous croyais au courant et pensais que c'était le motif de votre visite.

— J'avoue mon ignorance et je vous présente mes condoléances, bredouilla Jazz en rougissant.

— Comment auriez-vous pu le savoir ? Adele et Charlie portent le nom de Cavendish à cause de ce sale type qu'elle a choisi d'épouser. Il est naturel que vous n'ayez pas eu le temps d'étudier l'arbre généalogique de Charlie. En fait, Adele vient me voir cette semaine. Nous devons discuter du sort de cette maudite maison maintenant que Charlie n'est plus là. Il était notre unique héritier faute d'autre parent de sexe masculin. La plupart sont morts pendant la guerre et les survivants n'ont eu que des filles.

— Donc Adele est...

— Ma sœur, oui. Elle a treize ans de moins que

moi et elle en avait quinze de moins que Corin. Elle n'avait que onze ans quand il est mort.

— Pourquoi n'héritera-t-elle pas du domaine ? s'enquit Miles.

— Je suis sûr que la commission pour l'égalité des chances fera un jour en sorte qu'une femme puisse hériter d'un titre de noblesse et d'un domaine en Angleterre. Pour l'heure, c'est la primogéniture qui prévaut et l'héritier doit être un homme. Ainsi, la lignée des Conaught s'est arrêtée il y a quelques jours.

— Votre sœur Adele possède un cottage à Cley ? demanda Jazz.

— Non. Quand elle vient dans le Norfolk, elle loge ici. J'ai largement assez de place, ajouta Edward avec un sourire désabusé. Pourquoi ?

— Je l'ai vue à Cley il y a quelques jours. Elle sortait des sacs de provisions de sa voiture.

— Ah oui ? Elle a pas mal d'activités caritatives, des distributions de repas aux personnes âgées, notamment. Ou elle rendait visite à des amis. Je m'étonne qu'elle ne m'ait pas informé de sa présence dans le Norfolk. Enfin, ma sœur fait ce qu'elle veut…

— En effet, coupa Jazz, car Edward semblait enclin à continuer sur sa lancée.

— Je suppose que vous vous demandez à présent pourquoi Charlie et Hugh, qui était lié à cette famille, ont tous les deux été retrouvés morts à quelques jours d'intervalle.

— L'existence d'un lien entre eux me fournit déjà une nouvelle piste.

— D'après sa mère, Charlie aurait succombé à un choc anaphylactique. C'est vrai ? s'enquit Edward.

— Oui. Nous faisons de notre mieux pour établir comment il en est venu à avaler ces cachets d'aspirine qui l'ont tué. Que pensiez-vous de votre neveu ?

Lord Conaught prit le temps de la réflexion.

— Il ressemble beaucoup à son père, avec qui je n'ai aucune affinité. Cela répond à votre question ?

— Oui. Cependant, vous étiez prêt à lui transmettre le patrimoine des Conaught après votre décès.

— Chère madame, des générations de pères ont été désespérées par leurs fils. Le mien était relativement progressiste. Il a préféré me confier le patrimoine familial plutôt qu'à mon frère aîné. Il avait le choix. Le nom et la lignée comptent plus que tout le reste. J'avais beau ne pas être très proche de Charlie, il aurait peut-être été un excellent maître de ce domaine et aurait peut-être engendré des fils. Cette maison aurait grand besoin de modernité. Nous sommes au troisième millénaire, que diable ! Les responsabilités ont fait de moi un homme. Il aurait pu en être de même avec Charlie.

— Et votre mère ? Elle est encore en vie ? s'enquit Jazz.

— Oh, oui. Elle m'enterrera sans doute, railla Edward. Elle loge dans l'aile est et est alerte pour ses quatre-vingt-sept ans.

— Pourrions-nous lui rendre visite ?

Edward soupira.

— Adele et moi lui avons caché la mort de Charlie

pour ne pas la bouleverser. Tant que nous n'aurons pas décidé du sort du domaine, nous ne voulons pas l'inquiéter.

— Je comprends, mais je souhaite la voir rapidement.

— Dans ce cas, permettez-moi de la préparer, de lui annoncer moi-même la nouvelle. Je lui dirai aussi que vous voulez l'entretenir d'un vieil ami de Corin récemment décédé. Cela lui plaira. Corin a toujours été son enfant préféré, ajouta Edward d'une voix mal assurée.

— Sans vouloir vous brusquer, pourriez-vous nous prévenir dès que vous lui aurez parlé ?

— Accordez-moi quelques jours, répondit Edward en hochant la tête.

— Bien sûr, concéda Jazz en se levant.

Les deux policiers serrèrent la main à lord Conaught.

— Je doute de vous avoir été utile. Ayez l'obligeance de me tenir informé. L'Histoire est mon dada, voyez-vous. Depuis mon accident d'équitation, je passe mon temps à étudier le passé des Conaught. J'aimerais inclure les membres de la famille de l'époque moderne dans mon livre.

— Je vous le promets. Une dernière question : Corin n'a jamais eu d'enfant, n'est-ce pas ?

Edward parut surpris.

— Pas à ma connaissance, non. Pourquoi ?

— Pour rien. Simple vérification.

— S'il avait eu un fils, je pourrais au moins dormir sur mes deux oreilles au lieu de m'inquiéter pour l'avenir de mon domaine.

— Je comprends, dit Jazz.
— Bonne journée à vous deux, conclut Edward.

La gouvernante les raccompagna. Au moment de monter en voiture, Jazz se retourna vers la maison. Le soleil avait disparu derrière de gros nuages et une bruine froide s'était mise à tomber. Jazz eut soudain l'impression de voir une silhouette reculer derrière une fenêtre de l'étage.

Elle réprima un frisson et se réfugia dans la chaleur de l'habitacle.

15

Vingt minutes plus tard, Jazz se présenta chez Angelina Millar. Un homme élégant et élancé lui ouvrit. Il avait un menton volontaire et des cheveux noirs coiffés avec soin.

— Je peux vous renseigner ?

— Bonjour, je suis l'inspectrice Hunter. Je viens voir Mme Millar. Je suis bien chez elle ?

— Chez *nous*, oui. Julian Forbes, enchanté. Je suis le compagnon d'Angelina. Je vis également ici. Entrez, je vous en prie. J'ai suggéré à Angelina de monter se reposer, mais je doute qu'elle soit endormie.

Il introduisit Jazz au salon.

— Si vous voulez bien patienter, je vais voir si elle est réveillée.

Sur ces mots, il s'éloigna. Jazz examina la pièce impeccable, digne d'un décor de théâtre. Il flottait encore une odeur de peinture fraîche. Il y avait des portraits bien alignés de l'angélique Rory et plus aucun de son père. C'était normal, compte tenu de la présence du nouveau petit ami de sa mère. Comment les enfants de divorcés supportaient-ils qu'un parent supprime les photos de l'autre pour les remplacer par celles d'une tierce personne ?

Au moment où Jazz s'installait sur le canapé, Julian revint en compagnie d'Angelina.

— Bonjour, madame Millar.

Quoique épuisée, Angelina était très élégante, elle aussi. M. Forbes et elle formaient un couple parfait.

— Vous avez du nouveau ?

L'expression d'Angelina oscillait entre la peur d'une mauvaise nouvelle et l'espoir d'une bonne, une réaction que Jazz connaissait bien.

— Pas pour l'instant, non.

— Ah…

Abattue, elle s'assit à côté de Julian, qui lui prit la main un peu brusquement.

— J'imagine que vous n'avez été contactée ni par Rory ni par votre ex-mari.

— Non. Je…

Angelina peinait à retenir ses sanglots.

— J'ai laissé un tas de messages sur le portable de David. Il ne répond jamais.

— Nous allons placer votre portable et votre ligne fixe sur écoute, madame Millar. S'il sonne et si c'est votre mari, essayez de le faire parler le plus longtemps possible afin que nous puissions le localiser.

— Il n'appellera pas, affirma Angelina. Il a Rory et il ne voudra pas le rendre.

— Inspectrice, que font vos hommes pour gérer cette situation ? demanda Julian d'un ton brusque.

— Père et fils sont inscrits sur le fichier des personnes disparues et leurs photos ont été envoyées aux forces de police de tout le pays.

— La belle affaire ! railla Julian. Des centaines de personnes disparaissent chaque jour et les ordinateurs regorgent de portraits. Il s'agit d'un enlèvement, que diable ! Par un père instable psychologiquement et agressif. Qui sait ce qu'il pourrait infliger à ce garçon. Désolé, chérie, mais je me dois de le dire.

Jazz ignora Julian pour se tourner vers Angelina.

— Jugez-vous votre ex-mari agressif, capable de faire du mal à Rory ?

— Non, assura-t-elle, la voix tremblante. En dépit de son problème d'alcool, David adore son fils. C'est presque une obsession.

— Selon vous, David est obsédé par Rory ?

— Non, désolée, je voulais dire… Il aime Rory plus que tout, comme n'importe quel père normal. Quand nous nous sommes séparés, il a dû beaucoup souffrir. C'est ma faute, en réalité. J'aurais dû me rendre compte de sa détresse.

— Madame Millar, à votre connaissance, Rory était-il harcelé à l'école ?

— Non, répondit-elle en écarquillant ses yeux bleus. Rory ne m'a jamais rien dit de tel.

— Il y a du harcèlement dans toutes les écoles, Angelina, intervint Julian. Il y en avait quand j'étais à St Stephen. Il faut vivre avec sans aller pleurnicher auprès de ses parents, et s'endurcir.

— Heureusement que, de nos jours, la plupart des responsables d'école ne sont plus de cet avis, monsieur Forbes, rétorqua froidement Jazz, irritée par son insensibilité. La lutte contre le harcèlement est une priorité et je suis certaine que le personnel de St Stephen en est conscient.

— Oh, je n'en doute pas. Je dis simplement qu'il

ne faut pas éliminer cette possibilité. Les garçons sont ainsi.

Julian tapota la main d'Angelina.

— Rory ne t'en aurait pas parlé, chérie. Il ne faut pas culpabiliser.

— David a pu l'apprendre. C'est pourquoi il est venu ici la semaine dernière. Il avait reçu un coup de fil bizarre de Rory. Il voulait m'en parler parce qu'il s'inquiétait pour lui et…

— Je l'ai jeté dehors, compléta Julian. Il était ivre mort et je ne voulais pas de lui chez moi. Ensuite, je l'ai revu en pleine rue et il a menacé de me tuer.

— Chéri, ce n'est pas exactement ça. Il a menacé de te tuer si tu touchais à un cheveu de Rory. Il venait d'apprendre que nous étions en couple. Il faut le comprendre.

— Pour l'amour du ciel, Angelina ! Vous êtes divorcés, David et toi. Il n'a pas à se mêler de ta vie !

— Madame Millar, Sebastian Fredericks m'a déclaré aujourd'hui que votre fils était harcelé par Charlie Cavendish, le garçon qui est mort. Rory vous a-t-il déjà parlé de lui ?

— Non, jamais. Pourquoi M. Fredericks ne m'a-t-il rien dit ? Je suis la mère de Rory !

— Je l'ignore, répondit Jazz qui ne souhaitait pas évoquer le raisonnement de Fredericks. Vous ne saviez donc pas que votre fils avait des problèmes à l'école…

— Il s'était un peu renfermé, reprit Angelina en crispant nerveusement les mains. J'ai mis cela sur le compte du divorce. Pauvre Rory. Pourquoi ne s'est-il pas confié à moi ?

— Les enfants se confient rarement à leurs parents. De plus, vous avez laissé votre fils avec des personnes censées être responsables et agir en votre nom le cas échéant.

— Absolument, admit Julian. S'il faut blâmer quelqu'un, c'est le personnel de l'école.

— Je suis sa mère. J'aurais dû savoir. David sentait que quelque chose n'allait pas. C'est pourquoi il est venu ici.

Angelina leva les yeux vers Julian, qui demeurait impassible.

— M. Fredericks a vu votre ex-mari le soir de la mort de Charlie Cavendish. Il garait sa voiture sur le parking de l'école. Il y avait un concert de la chorale à la chapelle. Votre fils chantait, je crois. Vous y êtes allée vous-même ?

— Oui.

— Y avez-vous vu votre ex-mari ?

— Non. Mais le soir où David est venu à la maison, il m'a dit qu'il était allé à l'école, soupira-t-elle. C'est totalement irréel. Inspectrice, David était en voie de guérison jusqu'à il y a quelques jours. Il n'avait pas bu une goutte d'alcool depuis des mois et je sais qu'il allait à ses réunions des Alcooliques anonymes. La femme de son parrain, qui fait partie de l'association, est une amie. Elle a un enfant du même âge que Rory.

— Chérie, tu ne sais pas vraiment ce que faisait David. Au cours des derniers mois, tu ne l'as pratiquement pas vu. Tu es mal placée pour dire s'il buvait, depuis quelque temps. Quand il est venu ici, il était ivre.

N'obtenant pas de réponse de sa compagne, Julian s'adressa à Jazz :

— Inspectrice, seriez-vous en train de suggérer que David Millar avait découvert que Charlie Cavendish harcelait Rory et qu'il a décidé de faire justice lui-même ?

Jazz le foudroya du regard.

— Au vu des circonstances, on ne peut éliminer cette possibilité.

— David ? Tuer quelqu'un ? réagit Angelina, qui retrouva enfin l'usage de la parole. C'est absurde ! Il a un problème d'alcool et est traumatisé par la perte de son emploi, de son couple et de son quotidien avec son fils. Cela ne fait pas de lui un meurtrier ! Inspectrice, je vous assure que David est un homme doux, pas un tueur !

— Chérie, intervint Julian en prenant ses mains dans les siennes. Sois honnête. Je veux bien croire que, quand il est sobre, David est gentil. Souviens-toi quand même de ce qui est arrivé le soir où il a perdu son boulot. Sans parler du lendemain matin, quand il s'est mis à divaguer devant la maison avant de casser un carreau pour entrer par effraction.

Julian se tourna vers Jazz.

— Angelina a dû obtenir une injonction d'éloignement contre son ex-mari il y a quelques mois. Il s'est montré violent et elle a eu très peur. N'est-ce pas, chérie ?

— Il avait des circonstances atténuantes, non ? gémit Angelina.

— Oui, je l'admets, concéda Julian. Le problème, c'est que la situation dont parle l'inspectrice présente des circonstances atténuantes, elle aussi. Tu as dit que David était un père protecteur de façon obsessionnelle. Il est tout à fait possible que, s'il était ivre mort, David ait voulu voir Charlie disparaître.

Angelina posa sur Julian un regard incrédule.

— Tu ne peux pas croire que… Non !

— Madame Millar, intervint Jazz pour couper court à l'attitude dominatrice de Julian, je sais que vous vivez des moments difficiles et je suis désolée d'empirer les choses. Je crois que nous allons devoir intensifier nos recherches. Où David aurait-il pu emmener Rory ? Y a-t-il un endroit spécial où il se serait rendu ou qu'il aurait aimé visiter ?

— Il espérait prendre Rory pour les vacances scolaires et était fâché quand il a appris mon intention de l'emmener aux sports d'hiver. Il était même furieux. Hélas, je ne lui ai pas demandé où il envisageait d'aller.

— Apprécie-t-il particulièrement une région ? Un lieu où il serait allé dans sa jeunesse ?

— Il aimait beaucoup l'escalade et la randonnée, qu'il a pratiquées avec son père dans divers endroits : le pays de Galles, l'Écosse, la région des lacs… Il disait toujours qu'il ferait pareil avec Rory, quand il serait assez grand.

— Et ses parents ?

— Son père est mort depuis plusieurs années et sa mère récemment, expliqua Angelina.

— Il a des amis proches ? Des frères et sœurs chez qui se réfugier ?

— David est fils unique et il n'avait pas vraiment d'amis proches. Il a toujours été un peu solitaire.

— De plus, intervint Julian, il devait se douter que la police le chercherait d'abord du côté des amis et de la famille.

— Monsieur Forbes, vous partez du principe que David s'est enfui avec Rory. Il a peut-être considéré qu'ils avaient besoin de passer quelques jours ensemble, tout en ayant l'intention de le ramener ensuite. Madame Millar, je crois que j'en ai terminé pour l'instant. Je vous tiens au courant.

Angelina hocha lentement la tête.

— Je veux retrouver mon fils. Vous croyez qu'il est en danger, inspectrice ?

— Il est avec son père qui, d'après vos dires, l'adore. Un agent vous appellera à propos des écoutes téléphoniques. Ne me raccompagnez pas, je connais le chemin.

Miles l'attendait dans la voiture.

— Vous avez glané quelque chose d'intéressant ? demanda-t-il en démarrant.

— On a un suspect potentiel. Un alcoolique instable sur le plan psychologique, qui savait peut-être que son fils était harcelé par notre victime. Et pourtant…

— Oui ?

— Il y a quelque chose qui cloche. J'ai rencontré David Millar, brièvement, certes, mais je ne l'imagine pas en train de mettre au point et de perpétrer un assassinat.

— Pouvait-il savoir que Charlie Cavendish était allergique à l'aspirine ? demanda le sergent.

— Rory le lui avait peut-être dit. Ce n'était pas un secret, en tout cas.

Tandis que Miles roulait vers Foltesham, Jazz consulta ses messages sur son portable.

— Norton veut savoir quand on annoncera la mort de Hugh Daneman à la presse. Si on attend plus longtemps, il y aura des soupçons.

— On a déjà vu des enseignants en fin de carrière se suicider pour ne pas affronter la retraite, objecta Miles.

— Je sais. J'ai regardé un film sur ce thème et j'ai pleuré.

— Vous ? J'ai peine à le croire.

— Parce que je suis une flic échaudée et sans cœur ? railla-t-elle. Merci !

— Désolé, inspectrice, souffla Miles en rougissant. C'est que je vous vois un peu comme… un des gars de l'équipe. Et les hommes ne pleurent pas devant un film.

Conscient de s'enfoncer dans sa maladresse, il s'empressa de changer de sujet :

— Au fait, j'ai parlé au notaire de Daneman. Il détient en effet le testament. Il va contacter les bénéficiaires au plus vite et, quand ce sera fait, il nous transmettra les détails.

— Tant mieux. La priorité est de retrouver Millar et son fils, répondit Jazz tandis qu'elle rappelait Norton. Allô, monsieur, c'est l'inspectrice Hunter. Vous avez une minute pour faire le point ?

*

Il faisait beau lorsque David et Rory atteignirent le pied de Scafell Pike, après un détour par un magasin pour s'équiper de bottes et d'imperméables. David avait réglé ses achats en espèces pour ne pas être trahi par sa carte bancaire.

Il ignorait encore quand il rentrerait. Il profitait de l'instant présent. À son réveil, Rory avait meilleure mine. Il avait dévoré un petit déjeuner copieux et semblait impatient de monter jusqu'au sommet nimbé de brume.

— On va vraiment aller jusqu'en haut, Papa ?

— J'espère bien, tant que le temps ne se gâte pas trop. Allez, en route ! Il est déjà dix heures et demie.

Ils prirent leurs sacs à dos, puis suivirent les autres courageux sur la piste, foulant des cailloux et s'efforçant d'éviter les crottes de mouton.

— La pente est assez douce, mais elle s'accentue vers le sommet. Tes efforts seront récompensés par le spectacle, tu verras. On va marcher d'un pas régulier, Rory. N'en fais pas trop. Tu as été malade, il faut faire attention.

— Franchement, ça va beaucoup mieux. Je me sens bien.

— C'est mon fiston, ça ! s'exclama David en lui ébouriffant les cheveux avec affection.

Ils cheminèrent en silence durant la majeure partie de l'ascension. Au grand air, en compagnie de son fils, David avait les idées claires pour la première fois depuis des mois. Il commençait à retrouver une énergie positive. Il n'avait pas bu une goutte d'alcool depuis plus de vingt-quatre heures, son fils l'aimait encore et, même si son couple était fichu et sa carrière à l'arrêt, il était encore en âge de prendre un nouveau départ, non ?

— Faisons une halte pour boire un peu d'eau et souffler.

David indiqua une corniche offrant une vue sur la vallée en contrebas. Ils s'assirent côte à côte et se désaltérèrent.

— Tu vois le chemin qu'on a parcouru ?

— Oh, oui, répondit Rory. Je me sens en sécurité, ici, loin de tout.

David lut de la terreur dans les yeux de son fils.

— Rory, quand tu m'as téléphoné, depuis l'école, l'autre jour, tu avais peur de quelque chose. De quoi ?

— Rien, assura l'enfant en secouant la tête.

— Je sais que quelque chose t'a bouleversé. Je suis ton père et tu sais que tu peux tout me dire, même si c'est terrible. C'est à cause du divorce avec Maman ?

Rory ne dit rien et se contenta de regarder droit devant lui.

— Je sais que ça a été dur pour toi et je n'ai pas été un très bon père, ces derniers temps. Je te promets que je vais beaucoup mieux, et même si je ne peux pas vivre à la maison, comme avant, je serai toujours là pour toi.

— Papa, ce n'est pas ça, admit Rory, prudent. C'était triste de ne plus te voir à la maison, mais… mon problème est mille fois pire que ça.

— Qu'y a-t-il de pire que de ne plus voir ton vieux père chaque jour ? plaisanta David pour détendre l'atmosphère.

Rory se contenta d'arracher quelques touffes d'herbe à ses pieds.

— Allez, fiston, dis-moi ce qui ne va pas. Tu as commencé, alors autant aller jusqu'au bout.

Rory hésita, puis poussa un long soupir.

— Papa… Je peux te le murmurer ?

— Personne ne nous entendra ici, mais fais-le si ça te rassure.

— D'accord.

Rory prit son courage à deux mains et se pencha vers son père pour chuchoter à son oreille.

16

Après l'appel téléphonique, Jenny Colman avait passé une nuit sans sommeil, consciente qu'elle devait l'affronter. Vingt-cinq ans sans se voir, c'était long, or ne disait-on pas que le passé finissait toujours par nous rattraper ?

Après la découverte du cadavre de Charlie Cavendish, le choc de la mort de Hugh, voilà que ce passé refaisait surface. Jenny se sentait particulièrement vulnérable. Pire encore, M. Jones, qu'elle aimait en secret depuis des années, semblait au bord de la crise de nerfs, lui aussi.

Au moins, cette femme inspecteur de police, avec sa superbe chevelure flamboyante à la Rita Hayworth, semblait croire que le décès de Hugh ne constituait pas un crime. Jenny n'en avait jamais douté. Qui voudrait tuer Hugh ? Il n'aurait pas fait de mal à une mouche. Et ce qu'il avait fait pour elle quand elle était en difficulté… Jenny n'oublierait jamais sa gentillesse et son soutien dans l'adversité.

En sortant du travail, Jenny avait acheté une bouteille de vin au supermarché avant de rentrer mettre son hachis parmentier au four. Elle préférait qu'elles se voient chez elle, sur son propre terrain.

Quelle tristesse, songea-t-elle en s'affairant dans sa cuisine. Elle couvrit la table d'une toile cirée et dressa le couvert pour deux. Comment pouvait-on appréhender de dîner avec sa meilleure amie d'enfance ?

À quoi devait-elle s'attendre ? Qui était Maddy, à présent ?

Il s'était passé tant de choses à l'époque. Faire remonter les souvenirs n'était jamais une bonne idée. Jenny s'en était sortie en les enfouissant profondément… la plupart du temps.

Elle alla dans sa chambre se poudrer le nez et appliquer un peu de rouge à lèvres. Le bruit de la sonnette la fit sursauter. Elle prit une grande inspiration avant d'aller ouvrir.

Son invitée brandit une bouteille de vin.

— Salut, Jen, dit-elle avec un sourire.

— Entre, Maddy.

— Tu as une très jolie maison, commenta-t-elle lorsque Jenny l'entraîna dans son petit salon.

— J'ai dû économiser longtemps. Tu me donnes ton manteau ?

— Tu as dû être surprise de me voir débarquer en tant qu'intendante à l'école, non ?

— J'étais sciée, comme disent les jeunes, avoua Jenny. Bien sûr, j'étais absente au trimestre dernier pour mon opération de la hanche. Je ne suis de retour au travail que ce trimestre, c'est la raison pour laquelle j'ignorais ta présence. Je n'arrive pas à croire que c'était il y a quinze jours. Avec tous ces événements, cela me semble bien plus ancien.

Jenny se rendit compte qu'elle babillait nerveusement.

— On boit un verre ?

— Volontiers. Ce vin est frais. Tu veux que je débouche la bouteille ?

— Je m'en occupe.

Jenny alla chercher un tire-bouchon et deux verres en espérant qu'elle se sentirait plus à l'aise après quelques gorgées de vin.

— Santé ! lança Madelaine en trinquant avec elle. À une amitié de longue date !

— Ça ne nous rajeunit pas, confirma Jenny avec un sourire.

— Tu as dû te demander ce que j'étais devenue, déclara Madelaine.

— Absolument. Au fil de ces années sans nouvelles de toi, j'ai pensé que tu pouvais être morte.

— Charmant ! Tu saisis pourquoi j'avais besoin de tourner la page. Après ce qui est arrivé… Disons que j'ai mis un moment à m'en remettre.

— Rien d'étonnant à cela. Ce qui est arrivé était terrible, Maddy. Terrible.

Jenny ne put réprimer un frisson.

— Et tu as réussi ? reprit-elle. À t'en remettre, je veux dire.

— Non, mais je comprends que je ne m'en remettrai jamais. C'est une consolation. L'acceptation est la clé. En quittant le Norfolk, j'étais dans un état lamentable.

— Je m'en souviens, dit tristement Jenny. Quand tu es partie sans dire au revoir, j'étais désemparée.

— Je m'en voulais. J'aurais dû me rendre compte de la gravité de la situation. J'étais là et je n'ai rien fait pour empêcher ça…

Madelaine eut soudain le regard vide.

— Personne n'était conscient de la gravité. Comment était-ce possible ? C'est une de ces choses dont on perd le contrôle. Alors ? Où es-tu partie ?

— En Australie. J'avais une cousine à Perth qui a proposé de m'héberger pendant quelque temps. J'ai fait une dépression et j'ai passé neuf mois en psychiatrie. J'ai même reçu des électrochocs.

— Oh, Maddy ! C'est affreux. Si j'avais su… Je t'aurais écrit.

— À l'époque, je n'aurais pas voulu que tu m'écrives. Il m'était insupportable d'affronter le passé. J'ai fait deux tentatives de suicide et, la seconde fois, je me suis ratée de peu.

Lorsqu'elle remonta sa manche, Jenny découvrit avec effroi d'affreuses cicatrices rouges sur son poignet.

— Bref, c'est du passé, reprit Madelaine en baissant sa manche. Quand je suis sortie de l'hôpital, j'ai décidé de suivre une formation médicale pour devenir infirmière. Je me suis installée à Sydney et j'ai travaillé à l'hôpital, puis je suis partie pour les États-Unis.

— C'est très intéressant. Je ne suis jamais sortie de ce pays… En tout cas, tu as perdu ton accent du Norfolk, commenta Jenny.

— C'est vrai, reconnut Madelaine en finissant son verre. Ce qui est arrivé a élargi mes horizons, c'est certain. Enfin, assez parlé de moi. Et toi, qu'as-tu fait pendant toutes ces années ?

— Pas grand-chose, par rapport à toi. J'ai suivi mon petit bonhomme de chemin à St Stephen. J'ai été promue à l'arrivée du nouveau directeur, il y a quatorze ans. J'adore mon travail et je suis bien traitée, dans cette école. Passons à la cuisine. Il faut que je mette les petits pois en route si on veut dîner avant minuit !

Madelaine la suivit dans la cuisine immaculée et la regarda s'affairer en l'écoutant d'une oreille distraite.

— Je suis à quelques années de la retraite. Ensuite, je devrai décider de ce que je vais faire. J'aimerais bien voyager, puisque je ne suis jamais allée nulle part. Au moins, j'aurai une bonne retraite grâce à mes années d'ancienneté.

— On devrait partir ensemble, un genre de « Thelma et Louise » version seniors, et semer la destruction sur notre passage ! s'esclaffa Madelaine.

— On formait un sacré duo, à l'école, admit Jenny en riant. On enchaînait les bêtises.

Elle posa deux assiettes sur la table.

— Nos mères s'arrachaient les cheveux, tu te rappelles ? Le Norfolk manquait un peu d'action, au contraire de maintenant, mais on s'amusait comme on pouvait.

— Et comment ! Tu te souviens de Tommy Springfield ? On était toutes les deux amoureuses de lui. Il n'avait pas une chance d'y échapper, le pauvre ! On avait parié sur celle qui l'embrasserait la première.

Les yeux de Jenny pétillaient d'enthousiasme à ce souvenir.

— Oui, et tu as gagné !

— Toi, tu l'as embrassé le lendemain soir et il s'est pris pour le roi du monde.

— Il était gentil, concéda Madelaine en leur servant du vin.

— Nos parents en ont bavé avec nous, mais c'était le bon temps, le temps de l'innocence. On avait quoi, quinze ans ? Seize ?

— À peu près. J'ai rencontré Jed quand on est allés à ce bal, dans une grange, à Gately, et j'avais dix-sept ans.

— Et alors tu es tombée amoureuse et tu étais bien moins rigolote, gronda Jenny. Jed avait des copains très moches et tu cherchais toujours à me caser avec eux.

Jenny alla chercher une autre bouteille de vin.

— On a toujours rêvé de se marier en même temps et d'élever nos enfants en étant voisines, soupira Madelaine.

— Les choses se sont déroulées autrement…

— Oui. Enfin, elles sont arrivées, mais dans le mauvais ordre.

Jenny observa son amie par-dessus son verre.

— Tu aurais épousé Jed si tu n'étais pas tombée enceinte ?

— Qui sait ? fit Madelaine. Je l'ai épousé, non ? Enfin, je n'ai pas eu à le supporter très longtemps. Un mariage forcé, puis ce coup au bas-ventre un mois après la naissance du bébé.

— Tu n'as jamais été dédommagée par le domaine, n'est-ce pas ?

— Quelques centaines de livres sterling. De quoi payer une bonne éducation, répondit Madelaine en croisant le regard de Jenny avant d'éclater de rire. Quelle ironie du sort !

— On peut le dire. Seigneur, c'est si loin, tout ça…

— Je n'avais que dix-huit ans, reprit Madelaine. Je me rappelle à peine la tête de Jed ou les sentiments que j'avais pour lui. Au moins, je ne l'ai pas mis sur un piédestal après sa mort, au contraire de certains que je connais.

Jenny hocha la tête en encaissant la réflexion.

— Je sais.

Madelaine lui tapota la main.

— Tu ne l'as pas oublié, n'est-ce pas ? lui demanda-t-elle.

Des larmes embuèrent les yeux de Jenny. Elle n'avait pas l'habitude de boire ni de recevoir de la compassion.

— Non, admit-elle.

— Après toutes ces années… C'est pour ça que tu ne t'es jamais mariée ?

— En partie, oui… Je crois que je n'ai pas rencontré la bonne personne. Bon, tu veux de la tarte aux pommes ?

Après le dessert, elles prirent le café au salon. Jenny alluma le chauffage. Plus détendues, elles avaient retrouvé leur familiarité d'autrefois.

— Tu retournes parfois voir le domaine ? s'enquit Madelaine.

— Jamais. Ma mère est morte il y a dix ans et aucun de mes frères et sœurs n'est resté. Ils se sont éparpillés dans le pays. Je vois ma sœur aînée à Noël. Tous ses enfants sont partis et ont leur propre famille, soupira Jenny. C'est fou ce qu'on vieillit, Maddy.

— Je sais. De l'eau a coulé sous les ponts…

— Bref, tu sais combien de temps tu vas rester à St Stephen ?

— Jusqu'à la fin du congé maternité de l'intendante que je remplace, si elle reprend son poste.

— Tu ne trouves pas ça trop dur, de travailler là-bas ? Cela doit raviver des souvenirs…

— Bien sûr, mais bizarrement c'est plutôt réconfortant, avoua Madelaine. Je suis allée le voir plusieurs fois.

— Ah, lâcha Jenny, qui ne savait pas quoi dire.

Madelaine consulta sa montre.

— Il est presque onze heures. Je ferais mieux de rentrer. Je me lève à six heures, demain matin, pour m'occuper des garçons.

— Ce sont de bons petits gars, n'est-ce pas ? commenta Jenny avec un sourire. Je dis souvent que St Stephen donne des enfants polis et équilibrés.

— Enfin, il y a toujours quelques brebis galeuses, lâcha gravement Maddy.

— Tu penses à Charlie Cavendish ? Il était dans ta maison, il me semble. Cette inspectrice Hunter t'a sans doute interrogée. Tu lui as dit que c'était une vraie teigne ?

— Ne t'inquiète pas, je lui ai fait part de mon opinion sans détour.

Madelaine prit son manteau dans l'entrée.

— Et n'oublie pas la disparition de Rory Millar, ajouta-t-elle. Ça ne m'étonne pas qu'il se soit enfui, avec tous les problèmes qu'il a à l'école et à la maison. Son père est peut-être un alcoolo, mais il n'a rien d'une brute. Pauvre petit bonhomme…

— C'est dur pour une mère seule. Tu es bien placée pour le savoir, Maddy. Et Mme Millar adore Rory.

— Si elle est dévouée à ce point, elle devrait donner la priorité à son fils et choisir avec soin ses amants, persifla Madelaine. Bref, merci pour cette agréable soirée. On remet ça la semaine prochaine ? On pourrait sortir en ville. Ou bien aller au Royal à Cromer…

— Oh ! Je n'y ai pas mis les pieds depuis des années. Depuis que Harry Gurney m'y a emmenée. Tu te souviens de lui ? Il embrassait très mal, ricana Jenny.

— Je suis libre mardi soir, déclara Madelaine. On y va ?

— Ce serait bien. Tu veux que je regarde quel film y passe ?

— D'accord. On en reparle à la cantine, conclut Madelaine en l'embrassant. Ça valait le coup de revenir, ne serait-ce que pour te revoir.

— Je suis contente que tu sois revenue. Je me suis fait du souci pour toi, durant ces années sans nouvelles. En t'apercevant dans la grande salle, l'autre jour, j'ai cru voir un fantôme.

— Je suis bien là. Allez, à demain à l'école, sans doute.

Jenny referma la porte derrière elle et alla ranger sa cuisine, le cœur léger. Elle remit de l'ordre dans la pièce, chaque chose à sa place, et se prépara un chocolat chaud, comme chaque soir, avant de se coucher.

Deux filles de la campagne, toutes simples, qui avaient vécu tant de choses…

Elle brûlait d'envie de parler à Maddy de la mort de Hugh, mais elle ne pouvait trahir le secret que lui avait confié M. Jones tant que la nouvelle ne serait pas rendue publique.

Pauvre Hugh… Les yeux de Jenny s'embuèrent de larmes. Il allait tellement lui manquer !

Et pourtant… Le Seigneur donne et reprend, disait-on…

Maddy était peut-être revenue au bon moment.

*

Thora Birtwhistle était inquiète. Il était neuf heures et demie du soir et ce papa et son fils n'étaient pas encore rentrés. D'ordinaire, elle ne se tourmentait pas pour les clients de son *bed and breakfast* qui sortaient le soir, néanmoins M. Millar lui avait assuré qu'ils seraient de retour pour le dîner. Elle l'avait alors prévenu que le repas serait servi à huit heures.

Sa tourte à la viande avait refroidi sur le plan de travail de la cuisine et ses légumes avaient ramolli dans la casserole. En regardant par la fenêtre, Thora vit qu'il pleuvait des cordes. Elle n'osait imaginer le temps qu'il faisait à flanc de montagne. Ses deux clients étaient peut-être coincés quelque part. Et s'il y avait de la neige au sommet ? Ces citadins n'avaient aucune notion du danger qui les guettait à cette altitude, surtout en plein hiver où la température pouvait chuter très vite.

Autrefois, Thora avait perdu son mari, un montagnard de la chaîne des Pennines, lors d'une de ces nuits. Désemparée, elle soupira. Que faire ? Elle avait entendu le petit parler de Scafell Pike au petit déjeuner. Ce pauvre gamin était parti avec un pull fin sur le dos…

S'ils n'étaient pas de retour à onze heures, elle appellerait les secours.

*

En milieu d'après-midi, Jazz avait rapporté son ordinateur et ses dossiers à la maison. La salle de St Stephen était trop exiguë pour trois policiers. Le sergent Roland se plaignait encore de ses dents et, malgré ses efforts, il avait le don d'agacer la jeune femme.

En arrivant chez elle, elle avait compris que ses conditions de travail seraient à peine meilleures, car le plombier était en train d'installer le système de chauffage à l'étage. Jazz ferma toutes les portes et s'efforça d'ignorer les coups de marteau, le son de la perceuse et le sifflement de l'artisan au-dessus de sa tête.

Finalement, elle enfila sa parka et ses bottes pour sillonner la campagne, afin de prendre un bol d'air. Le ciel s'assombrissait à vue d'œil et, à la tombée du jour, la mer ressemblait à un vaste édredon gris menaçant de s'abattre sur la côte. Jazz frissonna et revint sur ses pas.

À son retour, le plombier était parti et, en dépit du froid qui régnait, Jazz s'était calmée. Elle se prépara une tasse de thé et alluma un feu de cheminée pour étudier ses notes sur l'affaire en cours.

Sur le registre de l'armoire à pharmacie, à la date de la mort de Charlie, elle constata qu'un mot avait été effacé au Tipp-Ex et remplacé par un autre.

22 h 45 : deux comp. de paracétamol pour Rory Millar.

La signature était un gribouillis illisible. Encore Rory…

Qu'y avait-il d'écrit à l'origine sous « paracétamol » ?

Jazz fit de son mieux pour le deviner, en vain. Elle glissa donc la feuille dans une enveloppe destinée au laboratoire de la police scientifique. Les techniciens n'auraient aucun mal à enlever la couche de Tipp-Ex.

Et s'il s'agissait du mot « aspirine » ?

Et si Rory Millar s'était vu remettre la marque de comprimés qui avaient tué Charlie Cavendish, pouvait-il être impliqué ? À moins que quelqu'un ne cherche à l'incriminer ? Ou à le protéger ?

Elle fut interrompue dans ses pensées par la sonnerie de son téléphone.

— Jazz ? C'est moi, Jonathan. Je vous dérange ?

— Euh… non. Ça va, répondit-elle, légèrement irritée d'être coupée dans son élan.

— Vous préférez que je vous rappelle à un autre moment ?

— Non, ça ira, assura-t-elle, se sentant un peu grossière. Désolée, j'ai eu une journée chargée…

— Pas de problème. Je serai bref. Est-ce qu'on peut se voir demain ou mercredi ? J'ai encore quelques questions à vous poser. Ma thèse a pris du retard et le temps presse, alors j'ai décidé de faire un saut dans le Norfolk. Je sais que vous êtes trop occupée pour venir à Cambridge en ce moment.

— C'est vrai.

Elle avait encore l'esprit absorbé par le registre de l'armoire à pharmacie.

— Alors ?

— Alors quoi ?

— Vous voulez bien qu'on se voie, que je vous soutire encore quelques informations ?

— Euh… oui. Mais vous ne pouvez pas venir chez moi parce que je suis en pleins travaux.

— D'accord, dites-moi où. Dans un pub, peut-être ?

— Il y en a un en front de mer, à Cley, le Coach & Horses. Nous pourrions nous y retrouver.

— Volontiers. Demain, ça vous va ?

— Pour l'instant, oui. Je dois vous prévenir que je suis en pleine enquête pour homicide et que s'il y a du nouveau…

— Je comprends. Je croise les doigts. À demain, vers huit heures ?

— Parfait.

— Merci, Jazz. C'est très aimable à vous.

— À demain.

La jeune femme s'écroula sur son canapé avec un long soupir.

Cela faisait si longtemps qu'elle ne s'était pas trouvée en position d'apprécier les attentions d'un homme. En Italie, elle avait bien remarqué quelques regards admiratifs, mais elle était bien trop renfermée sur elle-même.

Elle alla se servir un verre de vin et s'installa

devant la cheminée pour se réchauffer. Elle se rappela le conseil de sa mère. Elle ne devait pas se laisser gagner par l'amertume. Après ce qu'elle avait subi, ce ne serait pas chose facile. Comment faire confiance à nouveau ?

En vérité, elle avait une totale confiance en Patrick. Pire encore, elle l'avait aimé.

Ce qui l'effrayait à présent, c'était qu'elle l'aimait toujours, malgré ce qu'il lui avait infligé. Malgré la pire des humiliations, malgré des mois à se répéter à l'infini qu'il était le dernier des salauds, il lui arrivait encore de se réveiller la nuit et de tendre la main vers l'autre côté du lit.

Une petite aventure lui changerait peut-être les idées…

Jonathan était séduisant et elle était certaine de lui plaire.

Devait-elle coucher avec lui ?

Pensive, Jazz but une gorgée de vin.

Elle avait tant de copines célibataires qui n'hésitaient pas à passer une nuit avec un homme qui leur plaisait, sans complications, sans projets d'avenir, rien que pour quelques heures de plaisir.

Cependant… Même avant Patrick, Jazz n'était pas aussi libérée. En dépit de ses efforts, elle n'avait jamais réussi à distinguer le sexe et l'amour. Si elle n'avait pas manqué de prétendants, elle avait eu très peu d'amants.

Il fallait peut-être qu'elle grandisse, qu'elle prenne le contrôle de sa vie, qu'elle mette ses sentiments profonds de côté. Si elle avait envie de coucher avec Jonathan, pourquoi s'en priver ?

Jazz secoua la tête. Elle ne changerait sans doute jamais.

Miles n'avait peut-être pas tort de la comparer à miss Marple, songea-t-elle en dégustant un plat de pâtes. Elle risquait de finir vieille fille, à résoudre des crimes sans s'engager sur le plan sentimental…

Elle parcourait ses notes pour préparer sa journée du lendemain quand, peu avant minuit, elle reçut un appel.

— C'est Norton. David Millar vient de se présenter dans un poste de police à Windermere, près du lac, dans le nord du pays. Il a avoué le meurtre de Charlie Cavendish.

17

Le lendemain matin, à huit heures, Jazz se présenta au poste de police de Foltesham. David Millar l'attendait dans une salle d'interrogatoire.

— Bonjour, monsieur Millar. Nous nous sommes croisés à St Stephen, dit-elle en prenant place.

— Ah bon ? Désolé, je ne me souviens pas de vous. Je devais être saoul…, bredouilla-t-il d'un ton morne.

— Je dois vous informer que vous avez droit à la présence d'un avocat, ce que je vous conseille.

— Pour quoi faire ? demanda-t-il avec un haussement d'épaules. J'ai avoué le crime, non ?

— Comme vous voudrez.

Jazz déclencha l'enregistrement.

— Huit heures dix-neuf. Premier interrogatoire de David Millar par l'inspectrice Hunter. M. Millar renonce à la présence d'un avocat. Il a avoué avoir tué Charlie Cavendish le vendredi 15 janvier. Monsieur Millar, souhaitez-vous faire une déclaration préalable ?

David secoua la tête avec lassitude.

— Monsieur Millar, hier soir, vous avez informé un agent du poste de police de Windermere que, le soir du vendredi 15 janvier, vous aviez tué Charlie Cavendish. Confirmez-vous vos propos ?

— Oui.

— J'aimerais que vous me relatiez avec précision les événements de cette soirée du 15 janvier.

— Je vais essayer mais j'étais ivre, ce soir-là. Certains détails sont flous.

— Prenez votre temps, monsieur Millar.

Jazz avait coutume de chercher à obtenir des confessions plutôt que le récit d'un crime déjà avoué.

— Eh bien, je savais que ce Charlie Cavendish harcelait mon fils Rory à l'internat.

— Qui vous l'a dit ?

— Rory, bien sûr !

— Quelqu'un d'autre vous avait-il parlé de cette situation ? Sebastian Fredericks, par exemple, le professeur responsable de Fleat House ?

— Il a suggéré que Rory n'était pas heureux. Apparemment, ce Charlie avait enfermé Rory dans la cave pendant toute une nuit.

— Vraiment ? M. Fredericks vous a déclaré que c'était Charlie qui l'avait enfermé ?

— Non. C'est Rory.

— Comment Rory pouvait-il en être certain ? Il se trouvait derrière la porte de la cave.

— Mon fils m'a confié que Cavendish lui faisait vivre un enfer. C'était suffisant à mes yeux, d'accord ?

— Quand Rory vous a-t-il appris que Charlie le harcelait ?

— Je ne me rappelle pas très bien, pour être

honnête. Sans doute la veille du jour où j'ai… tué Charlie.

— Le jeudi 14 janvier, précisa Jazz. Et il était au téléphone commun de Fleat House ?

— Oui. Après cet appel, je me suis saoulé. Le lendemain, j'ai voulu discuter avec M. Fredericks et le directeur. Aucun des deux n'a répondu à mes messages. J'ai donc pris ma voiture pour me rendre à l'école. Il fallait que je parle à quelqu'un. Je ne voulais pas que Rory passe une nuit de plus à la merci de ce garçon.

— Quelle heure était-il ?

— Je ne sais pas trop… C'était le soir.

— Vous êtes allé à l'école dans l'intention de tuer Charlie Cavendish ?

— J'étais furieux au point de le tuer, inspectrice, mais, franchement, je n'avais pas de plan précis en tête. À Fleat House, M. Daneman m'a dit que Sebastian Fredericks était sorti. Et je n'ai pas pu voir Rory parce qu'il chantait dans la chorale qui se produisait dans la chapelle.

— Vous rappelez-vous à quelle heure approximativement vous êtes arrivé à l'école ?

— Vers sept heures et demie, peut-être. Le parking était plein et de nombreuses personnes se dirigeaient vers la chapelle.

— Bien. Qu'avez-vous fait ensuite ?

— M. Daneman m'a suggéré de venir une autre fois, puis un appel téléphonique l'a accaparé, alors… j'ai décidé de chercher ce Cavendish moi-même pour lui dire ce que je pensais de lui.

— Vous l'avez vu ?

— Non. Je suis monté dans le couloir des terminales et il n'était pas dans sa chambre.

— Où êtes-vous allé ensuite ?

— Je me suis un peu attardé au cas où Charlie rentrerait. En vain.

— Monsieur Millar, quelqu'un vous a-t-il vu à Fleat House ? Lors de votre arrivée ou tandis que vous cherchiez la chambre de Charlie ?

— Je vous l'ai dit : M. Daneman. Posez-lui la question. Il vous le confirmera.

— Quelqu'un d'autre ?

— Non. Je pense avoir croisé deux garçons dans l'escalier, mais j'ignore leur nom.

— Un vendredi soir vers sept heures trente, le hall devait être animé, non ? Avec ces allées et venues d'élèves, quelqu'un a dû vous voir.

— Peut-être… Vous n'avez qu'à les interroger.

Jazz soupira. Il n'était pas courant d'entendre un suspect chercher des témoins de sa présence sur le lieu d'un crime.

— Monsieur Millar, qu'avez-vous fait ensuite ?

— Je suis resté un moment dans la chambre de Cavendish et, voyant qu'il ne rentrait pas, j'ai réalisé qu'il devait passer la soirée dehors. Il ne servait à rien de rester plus longtemps. Soudain, en voyant les comprimés, sur la table de chevet, j'ai eu une idée. Rory m'avait raconté que Cavendish était allergique à l'aspirine. Ayant un problème de boisson, j'ai toujours des antalgiques sur moi, contre les maux de tête. On prétend que les alcooliques n'ont pas la gueule de bois. C'est faux. J'ai sorti ma boîte de la poche de ma veste pour voir ce que c'était. En général, j'achète ce qu'il y a de moins cher, qu'il s'agisse de paracétamol, d'aspirine ou d'ibuprofène, je ne suis pas regardant. Bref, par chance, du moins par chance pour moi, j'avais de l'aspirine.

Jazz ne dit rien pour l'inciter à continuer.

— J'en ai sorti deux cachets que j'ai posés à côté des comprimés de Charlie. Ils se ressemblaient tellement que j'ai décidé de les échanger.

— Vous étiez conscient qu'ils tueraient Charlie ?

— Bien sûr que non ! Je ne savais pas que son allergie était grave. Je voulais juste qu'il en bave pendant quelques heures, pour venger Rory. Franchement, inspectrice, j'étais trop saoul pour raisonner avec logique. J'ai agi de façon impulsive. J'ai échangé les comprimés et je suis parti.

— Pour aller où ? demanda Jazz en tapotant la table de son stylo.

— Chez moi. J'ai continué à boire et je me suis écroulé de sommeil. Le lendemain, à mon réveil, je me suis rappelé ce que j'avais fait.

— Comment vous sentiez-vous ?

— Très mal, évidemment. J'ai réalisé que, quoi que Charlie Cavendish ait infligé à Rory, je n'avais pas le droit de l'exposer à un danger. J'ai bu encore un peu pour me calmer, en espérant que, au pire, Charlie ait passé une mauvaise nuit à l'hôpital après un lavage d'estomac.

— Quand avez-vous appris ce qu'il lui était arrivé ?

— Rory a dû m'appeler dans l'après-midi pour m'annoncer sa mort... Je ne me rappelle rien d'autre de ce jour-là.

— Qu'avez-vous ressenti en réalisant que vous l'aviez tué ?

— J'étais anéanti. Je n'arrivais pas à croire que j'avais fait quelque chose d'aussi débile. Je suis un ivrogne, pas un meurtrier.

— Personne ne l'est avant d'avoir commis un crime, monsieur Millar, rétorqua froidement Jazz. Que faisiez-vous dans le bureau du directeur, quelques jours plus tard, quand je vous ai croisé ?

David parut surpris par cette question.

— Je voulais voir Rory ! Je n'avais toujours pas réussi à le voir.

— Je m'étonne que vous soyez revenu sur les lieux sachant que vous aviez tué un élève, monsieur Millar.

— Question de point de vue. Je voulais seulement voir mon fils.

— Quand avez-vous décidé d'avouer le meurtre ?

— Eh bien, je n'ai cuvé qu'il y a quelques jours, quand j'étais dans la région des lacs, avec Rory. Là-bas, j'ai compris ce que je devais faire. Il fallait que je me rende aux autorités, quelles que soient les conséquences. Je ne peux pas vivre avec le poids de cette culpabilité.

— Pourquoi n'êtes-vous pas simplement allé prendre Rory à l'école avant de disparaître avec lui ?

— Attendez !

Pour la première fois depuis le début de l'entretien, David semblait sur la défensive.

— D'abord, je n'ai pas « pris » Rory. Il s'est présenté chez moi dimanche. Il ne se sentait pas très bien. Je devais lui parler, alors je me suis dit que quelques jours de vacances me permettraient de m'expliquer. De plus... après mes aveux, je ne le reverrai que rarement pendant des années. J'ai envoyé un texto à Angie pour lui dire qu'on allait bien tous les deux.

— Fin de l'interrogatoire de David Millar à huit heures quarante-cinq.

Jazz coupa l'enregistrement et dévisagea David pendant un long moment.

— Monsieur Millar, vous allez retourner en cellule pour réfléchir aux événements de ce soir-là. Et réfléchissez aussi aux raisons qui vous ont incité à avouer le meurtre de Charlie Cavendish.

— Je vous ai dit que j'étais incapable de vivre avec ce sentiment de culpabilité. Ça ne vous suffit pas ?

— Encore faut-il qu'un jury d'assises vous déclare coupable, monsieur Millar.

— Puisque j'ai avoué, ça devrait être vite réglé, non ?

— Les faits restent à établir. De plus, un bon avocat vous obtiendra une peine minimale.

Jazz appuya sur un bouton pour appeler un agent de police.

— Emmenez M. Millar en cellule, voulez-vous ? Je vous revois dans une heure.

Jazz réécouta l'entretien, puis elle téléphona à Angelina Millar.

Angelina n'avait pas fermé l'œil de la nuit. À quatre heures du matin, enfin autorisée à aller chercher Rory au poste de police, elle était descendue à pas de loup pour ne pas réveiller Julian.

Après des retrouvailles pleines d'émotion, elle avait ramené son fils à la maison et l'avait bordé dans son lit, puis elle l'avait regardé dormir en caressant ses boucles blondes.

Si Rory était désormais en sécurité, Angelina était perturbée par ce que lui avait annoncé l'inspectrice Hunter. À sept heures, elle prépara du café pour Julian et le réveilla avec douceur.

— Bonjour, chérie…, fit-il en ouvrant les yeux.

— Chut ! Rory est là.

— Ils l'ont retrouvé ? demanda Julian en se redressant d'un bond.

— Oui. Dans la région des lacs. La police l'a ramené et je suis allée le récupérer.

— Tu aurais dû me réveiller. Je t'aurais emmenée là-bas. Il va bien ?

— Physiquement, il semble en forme. Très fatigué, bien sûr, et… Tu veux bien t'en aller avant son réveil ? Je préfère qu'il ne te trouve pas ici. Je ne voudrais pas qu'il soit davantage traumatisé, surtout tant que je ne saurai pas ce qui lui est arrivé durant cette escapade.

— Moi qui pensais que tu m'apportais un café par amour…, soupira Julian. C'est pour mieux me mettre à la porte de chez moi, en réalité.

— Pas du tout ! Les circonstances sont particulières. S'il te plaît, ne me culpabilise pas…

— Excuse-moi, mais ces cachotteries commencent à me peser.

— Je sais et j'en suis désolée. Quand tout sera

revenu à la normale, je lui parlerai. Même toi, tu peux comprendre que le moment est mal choisi pour lui révéler ta présence dans ma vie… et dans la sienne.

— Même le sale égoïste que je suis peut s'en rendre compte, c'est ça ?

Julian but une gorgée de café, l'air morose.

— Écoute, il y a autre chose, reprit Angelina. D'après l'inspectrice Hunter, David a avoué le meurtre de Charlie Cavendish.

— Quoi ?

Il faillit s'étouffer.

— Je sais, je n'arrive pas à y croire…

— Je ne te dirai pas « je t'avais prévenue ».

— Ne me le dis pas, en effet ! s'emporta Angelina. J'en ai vraiment marre ! Alors, lève-toi et va-t'en !

Quarante minutes plus tard, Julian apparut dans la cuisine, impeccable dans son costume, sa mallette à la main. Il s'approcha d'Angelina pour l'embrasser sur la joue.

— Pardonne-moi, chérie. Je sais que tu es sous pression.

Angelina refusa son étreinte.

— Non, tu n'en sais rien, bredouilla-t-elle.

— Parce que je n'ai pas d'enfants. Tu me l'as déjà dit.

— En effet.

Julian préféra ne pas s'aventurer sur ce terrain glissant.

— Tu es sûre que ça ira ?

— Ça ira.

— Tu es très pâle, insista Julian.

— Je te dis que ça ira ! L'inspectrice Hunter vient de m'appeler. Elle passe en milieu de matinée pour parler à Rory.

— Dans ce cas, il vaut mieux que je reste.

— Ne dis pas de bêtises ! Je suis en état de gérer maintenant que Rory est en sécurité.

Angelina esquissa un sourire forcé et redressa sa cravate.

— De plus, j'aurai ainsi une chance de lui expliquer qui tu es.

— Et ce soir ? Je suis consigné dans mon appartement ou je peux revenir dormir dans mon propre lit ?

— Je t'appelle plus tard.

— D'accord.

Il l'embrassa sur le front.

— Au moindre problème, contacte-moi sur mon portable.

— Je vais bien. David est en cellule. Tu n'as plus à t'inquiéter de lui.

Au moment de partir, Julian fit volte-face.

— Ah ! J'ai failli oublier… Je viens de recevoir un mail de mon assistante. J'ai un client qui ne peut me voir que ce soir à sept heures, alors je rentrerai tard. Salut, chérie !

Sur ces mots, il sortit par la porte de la cuisine.

À onze heures, Angelina accueillit l'inspectrice Hunter.

— Comment se sent Rory, ce matin ? s'enquit Jazz lorsqu'elles furent installées au salon.

— Il n'est réveillé que depuis vingt minutes. Je lui ai monté son petit déjeuner au lit. Il est dans son bain. Je le trouve un peu taciturne mais il n'est pas blessé.

— Il n'a pas commenté les aveux de son père sur le meurtre de Charlie Cavendish ?

— Non. Je ne lui ai rien demandé. Je suis simplement heureuse qu'il soit rentré à la maison. Il sera confronté à ces questions bien assez vite. C'est un cauchemar… et je me sens responsable. Si je n'avais pas quitté David, si j'étais restée à ses côtés, rien de cela ne serait arrivé.

— On fait toujours ce qu'on pense être le mieux sur le moment, madame Millar. Vous ne pouviez pas prévoir…

— Ce n'est pas ma faute si David a perdu son travail ou s'il boit. En revanche, mon comportement… Enfin, ce qui est fait est fait. Il ne me reste qu'à aider Rory à surmonter cette épreuve.

— Il faut que je lui parle, madame Millar. Avant de poursuivre la procédure contre votre ex-mari, j'ai quelques questions à poser à Rory.

— Maintenant ? Le pauvre…

— Oui. Rassurez-vous, je ne le brusquerai pas.

— Bon, je vais voir s'il est habillé, soupira Angelina.

Quelques minutes plus tard, Rory Millar fit son entrée, les mains protectrices de sa mère posées sur ses épaules. Jazz fut à nouveau frappée par sa ressemblance avec le jeune homme figurant sur la photo trouvée chez Hugh Daneman. Ils partageaient une beauté un peu féminine. Bientôt, la puberté atténuerait l'air angélique de Rory, avec ce teint pâle, ses yeux bleu clair qui lui mangeaient le visage et ses lèvres purpurines. Ses boucles blondes lui arrivaient presque aux épaules.

Il était plus grand que Jazz ne l'avait imaginé, et filiforme. Si elle décela un peu de David en lui, il ne présentait aucun air de famille avec sa mère.

— Rory, je te présente l'inspectrice Hunter. Elle a des questions à te poser, mais elle sait que tu es très fatigué. Ce ne sera pas long.

Jazz se leva et, lorsqu'elle lui serra la main, elle sentit sa paume glaciale.

— Bonjour, Rory, je suis contente de te rencontrer enfin.

— Bonjour, madame, répondit-il en prenant place en face d'elle sur le canapé.

— Madame Millar, puis-je vous demander un peu de café ? La matinée a été longue et j'en meurs d'envie.

— J'aurais dû vous le proposer ! J'y vais. Ça ira, Rory ?

— Oui, Maman, ça va.

Sa voix étrangement aiguë n'avait pas encore mué.

— Dis-moi, Rory, quelle aventure ! commença Jazz quand Mme Millar fut sortie de la pièce. Tu te rendais compte que ta mère serait folle d'angoisse au moment où tu as disparu ?

— Non. Je ne pensais qu'à moi, sur le moment. Je regrette les problèmes que j'ai provoqués.

Il s'exprimait de façon posée, presque maniérée.

— Rory, tu es allé délibérément chez ton père,

dimanche, n'est-ce pas ? Ce n'est pas lui qui est venu à l'école pour t'emmener de force ?

— Oh, non ! Je me suis enfui. Pauvre Papa… Il a de gros ennuis à cause de moi. On avait juste envie de partir en vacances ensemble pendant quelques jours. Il voulait faire quelque chose de bien avec moi.

— Pourquoi as-tu fugué de l'école ?

— Pour voir mon père.

— Il n'y avait pas d'autre raison ?

— Non.

— Rory, tu étais présent quand ton père s'est rendu à la police de Windermere en affirmant avoir tué Charlie Cavendish. Tu crois que c'est la vérité ?

Rory haussa les épaules.

— Pourquoi il aurait raconté ça si c'est faux ? Ça doit être vrai.

— Vois-tu une raison pour laquelle ton père aurait voulu tuer Charlie ?

— Peut-être…

— Charlie était-il un harceleur ?

— Oui.

— Et il te harcelait ?

— Oui. Charlie harcèle… enfin, il harcelait tout le monde.

— Au téléphone, as-tu dit à ton père que Charlie t'avait enfermé une nuit entière dans la cave ?

Le regard de Rory erra dans la pièce.

— C'est possible…

— Tu ne peux avoir oublié si tu lui en as parlé ou non, Rory.

— Oui, j'ai dit à mon père que j'avais été enfermé

à la cave, mais je ne savais pas que c'était Charlie qui m'y avait enfermé. Je ne pouvais pas le savoir. J'ai juste entendu la clé tourner dans la serrure.

Angelina n'allait pas tarder à revenir avec le café. Jazz alla droit au but :

— Rory, où étais-tu le soir où Charlie est mort ?

— J'avais un concert de la chorale à la chapelle. Ensuite, je suis rentré à Fleat House et j'ai bu un chocolat chaud.

— C'est M. Daneman qui te l'a préparé ? Je sais que M. Fredericks était sorti.

Pour la première fois, Jazz décela de la peur sur le visage impassible de Rory, qui crispa les poings.

— Oui.

— Ensuite, tu es allé directement te coucher ?

— Oui.

— Tu n'as pas vu Charlie, ce soir-là, ou quelqu'un d'autre, près de sa chambre ?

— Non. Pourquoi j'aurais vu quelqu'un ?

— Rory ? Tout va bien, chéri ? s'enquit Angelina, sur le seuil. Tu es bien pâle. L'inspectrice ne te perturbe pas, j'espère ?

— Non, Maman. Je suis un peu fatigué. Je peux monter m'allonger ?

Angelina posa son plateau et prit son fils dans ses bras.

— Bien sûr, répondit-elle avec un coup d'œil en direction de Jazz. Il est épuisé. Pourriez-vous repasser plus tard, quand il ira mieux ?

— Naturellement. Une dernière chose, Rory… Le vendredi où Charlie est mort, t'a-t-on donné des cachets pour soigner un mal de tête ?

Rory se tourna vers elle.

— Je nc m'en souviens pas. Peut-être. J'ai souvent des maux de tête.

— Le registre de l'armoire à pharmacie indique que tu as reçu des cachets, ce jour-là. De quel médicament s'agissait-il et qui te les remettait, en général ?

— Je ne sais pas ce que c'était… Des antidouleurs, sûrement, répondit le jeune garçon.

— C'est M. Daneman qui te les a donnés ?

— Oui. Je peux monter, maintenant, Maman ? demanda-t-il en se lovant contre sa mère.

— Bien sûr, chéri. Ce sera tout pour l'instant, inspectrice. Rory, monte vite. Je te rejoins dès que j'aurai raccompagné l'inspectrice.

Il s'éloigna sans un mot.

— Je vous laisse, conclut Jazz. Je regrette de fatiguer Rory, mais je dois établir les faits au plus vite. Merci, madame Millar.

Sur le pas de la porte, Angelina prit son courage à deux mains pour questionner :

— Je ne tiens pas vraiment à le savoir mais… comment David a-t-il tué ce garçon ?

— Il a remplacé son traitement contre l'épilepsie par deux cachets d'aspirine qu'il avait dans sa poche en cas de gueule de bois. Vous savez sans doute que Charlie était allergique. David était au courant, en tout cas.

— Quoi ? s'étonna Angelina, soudain déstabilisée. David avait de l'aspirine dans sa poche ?

— C'est ce qu'il m'a déclaré, oui.

— C'est impossible !

— Pourquoi ?

— David fuit l'aspirine comme la peste, inspectrice. Cela n'a aucun sens !

— Pourquoi ? insista Jazz.

— David souffre d'une allergie très grave à l'aspirine, lui aussi.

18

Jazz regagna le poste de police de Foltesham. Dans la salle d'interrogatoire, Miles écoutait l'enregistrement des réponses de David Millar.

— Vous avez obtenu quelque chose du garçon ? s'enquit-il.

— Non, pas vraiment, admit la jeune femme en s'asseyant. Sa mère le protège comme une louve, c'est normal, mais… devinez quoi !

— Quoi ?

— D'après Mme Millar, son ex-mari était allergique à l'aspirine.

— Ah oui ? Quant à cet entretien, j'ai rarement entendu des aveux aussi peu crédibles. On dirait qu'il raconte n'importe quoi en espérant que ça passe.

— Sa version des événements vient de tomber à l'eau, soupira Jazz. Soit le crime était totalement prémédité car, son ex-femme est formelle, David ne toucherait jamais un cachet d'aspirine, soit il ment pour protéger quelqu'un.

— Il affirme que ce n'était pas prémédité, que l'idée d'échanger les cachets lui est venue comme ça. De plus, s'il était bourré, il aurait plutôt débusqué Charlie pour lui casser la figure.

— Bref, ces aveux ne tiennent pas la route.

— Je suis allé à l'école et aucun garçon ne se rappelle l'avoir vu à l'étage dans le couloir des terminales. Vous voulez un sandwich ? Œuf et cresson ou bacon-laitue-tomate.

Miles posa un sac en papier sur le bureau.

— Non merci, je n'ai pas faim. Apparemment, Millar a dit qu'il avait parlé à Hugh Daneman ce soir-là.

— Ça nous fait une belle jambe, marmonna Miles en choisissant son sandwich.

Jazz demeurait pensive.

— Reste à savoir pourquoi il ment. On sait qu'il adore son fils… et que c'est Rory qui est allé chez son père dimanche dernier. Et s'il avait avoué à son père une quelconque implication dans la mort de Charlie, au cours de leur voyage ?

— Le père aurait décidé de porter le chapeau… Cela se produit parfois.

— À neuf heures, ce soir-là, quelqu'un a donné à Rory deux comprimés d'antalgique. Le registre indique qu'il s'agissait de paracétamol, mais le mot est écrit sur du Tipp-Ex. J'attends le verdict du labo pour savoir ce qui se cache dessous.

Miles lança son emballage de sandwich vers la corbeille à papier et manqua sa cible.

— Donc, si on découvrait que le mot « aspirine » a été masqué et remplacé par « paracétamol », Rory a non seulement le mobile, mais le moyen.

— C'est un peu dur d'accuser un gosse de treize ans de meurtre, commenta Jazz.

— Oui, et s'il est dans le coup, quelqu'un est au

courant et a effacé le mot « aspirine » pour protéger Rory.

— À moins qu'il n'ait trafiqué lui-même la feuille du registre, hasarda Jazz.

— Elle est rangée à l'intérieur de l'armoire à pharmacie qui est verrouillée en permanence. Les seuls à avoir la clé sont Fredericks, l'intendante et, bien sûr, Hugh Daneman, ce soir-là.

— Pourquoi a-t-il fallu qu'il se suicide, celui-là ? soupira Jazz.

— Il était peut-être impliqué dans le meurtre, lui aussi. On connaît le mobile de Rory, mais pourquoi un adulte, par exemple Hugh Daneman, chercherait-il à le protéger ?

— Hélas, ce ne sont que des conjectures tant qu'on n'aura pas de nouvelles du labo. Cette enquête se traîne…

— C'est ça, la cambrousse, inspectrice ! railla le sergent. Ça ne nous fera pas de mal. En retournant à Londres, on appréciera mieux la vie là-bas.

— Vous, peut-être, Miles. Pas moi, rétorqua la jeune femme.

Le sergent jugea préférable de changer de sujet :

— Qu'avez-vous pensé de Rory ?

— Je n'ai pas eu le temps de me faire une idée précise. Il était sur la défensive, ce qui peut s'expliquer de plusieurs façons. Je le qualifierais de « bizarre ». Cela dit, c'est le cas de la plupart des adolescents, qui ne sont pas des tueurs pour autant.

— C'est sûr, mais votre instinct vous trompe rarement.

— J'ai dû en laisser une partie en Italie. Il y a

quelque chose qui m'échappe. J'ai l'impression que le suicide de Hugh Daneman n'est pas une coïncidence. Quoi qu'il en soit, j'ai appelé Isabella, ce matin. Elle est en route pour faire une évaluation de Millar et de son fils. S'il y en a une qui parviendra à communiquer avec eux, c'est bien notre experte en psychologie criminelle.

— Issy a accepté de quitter la pollution londonienne pour monter dans le Norfolk ? s'étonna Miles. Quel honneur !

— On se connaît depuis longtemps. De plus, Millar est en garde à vue dans une affaire de meurtre. C'est son domaine de prédilection. Je lui ai réservé une chambre dans le même hôtel que vous. Vous pourrez l'inviter à dîner, ce soir. Elle verra Millar aujourd'hui et Rory demain matin.

— Comment comptez-vous franchir l'obstacle qu'est sa louve de mère ? s'enquit Miles.

— Il suffira de présenter les choses sous un certain angle. Issy a travaillé auprès d'enfants ayant subi un traumatisme. C'est le cas de Rory. Elle affirmera qu'une évaluation psychologique est nécessaire pour Rory. S'il en ressort un élément pertinent pour l'enquête, j'expliquerai à Mme Millar qu'Issy est obligée de le signaler et que c'est l'une des meilleures psychologues de la capitale. Angelina Millar est sensible à ce qui brille. Je retourne à l'école pour voir notre directeur démoniaque. J'aimerais que vous ayez un entretien avec David Millar. Ne lui révélez pas qu'on est au courant de son allergie à l'aspirine. Attendez l'arrivée d'Issy et dites-le-lui avant qu'elle ne l'interroge. Elle devrait être là vers trois heures.

— C'est compris. Vous dînerez avec nous ce soir ?
— Non. Débrouillez-vous tout seul, Miles. Vous vous en sortirez très bien. Je serai là à cinq heures pour écouter le compte rendu d'Issy. À plus tard !

Lorsque Jazz informa Robert Jones des aveux de David Millar, il se détendit visiblement.
— Les nouvelles sont bonnes ! Rory est sain et sauf et on a un coupable pour le meurtre de Cavendish. St Stephen va retrouver un semblant de normalité.
— Le retour de Rory sain et sauf est une bonne nouvelle, en effet, mais je doute que l'affaire s'arrête là concernant la mort de Charlie Cavendish.
— Millar a avoué ! Le dossier est bouclé, non ?
— Sa version des faits présente des lacunes et ne tient pas la route. Nous risquons de devoir repartir de zéro.
— Je vois, soupira Jones. Et maintenant ?
— Nous poursuivons notre enquête. Monsieur Jones, j'ai une question à vous poser : l'intendante de Fleat House vous a alerté à plusieurs reprises sur les agissements de Charlie Cavendish et le danger qu'il représentait pour ses victimes. Pourquoi n'avez-vous pas exclu cet élève ?
— Charlie ne laissait pas de traces, se défendit Jones, mal à l'aise.
— Si je n'ai jamais dirigé une école, je suis à la tête d'une équipe d'enquêteurs. Quand il y a une brebis galeuse, cela se sait. Le nom de Cavendish a dû être prononcé plus d'une fois. Pourquoi avez-vous ignoré ses agissements ?
— Son père est un avocat très en vue, un ténor

du barreau, et son oncle fait partie du comité des gouverneurs de l'école... Que vouliez-vous que je fasse ?

— Que vous assuriez la sécurité et le bien-être de vos autres élèves, par exemple, répondit-elle froidement. Ce n'est pas à moi de juger de votre compétence de directeur, mais si Mme Millar venait à dénoncer votre gestion, ce qu'elle est en droit de faire, soit dans les médias, soit en justice, votre réputation et celle de votre école en pâtiraient.

— Je sais. C'est une terrible erreur de jugement de ma part, admit Jones.

Jazz consulta sa montre.

— Je voulais aussi vous informer que nous allons révéler la mort de Hugh Daneman à la presse aujourd'hui. Je vous suggère d'organiser une réunion avant que les élèves et le personnel ne l'apprennent dans le journal. Sachez que le coroner a conclu à un suicide. Pour l'heure, rien ne relie ce décès à celui de Charlie Cavendish. Vous pouvez le confirmer. Je retourne au poste de police de Foltesham. Désormais, ce sera notre QG. Le sergent Roland et quelques-uns de ses agents resteront ici en cas de problème.

Enfoncé dans son fauteuil, Jones regarda la jeune femme sortir de son bureau.

*

Sebastian Fredericks s'assit à son bureau et ouvrit un tiroir fermé à clé pour en sortir une enveloppe arrivée le matin même :

Objet : Succession de M. Hugh Ronald Daneman

Cher M. Fredericks,

Notre étude représente M. Daneman qui nous a confié son testament. Nous sommes ainsi chargés de la répartition de son patrimoine. Veuillez prendre rendez-vous afin que j'évoque avec vous les dispositions de son testament, dans lequel vous êtes cité. Il est de votre intérêt de nous contacter au plus vite afin que cette succession soit traitée dans les meilleures conditions.
Je vous adresse mes sincères condoléances.
Veuillez, Monsieur, agréer mes salutations distinguées,

Thomas Sanders, notaire

Sebastian n'en revenait pas. Il avait été l'élève de Hugh à St Stephen, avant de devenir son collègue pendant des années, sans pour autant être proche de ce brave vieux Daneman. Il éprouvait même un certain dégoût pour son côté maniéré. Il était manifeste qu'il était gay et, au risque de ne pas être politiquement correct, Sebastian avait du mal à accepter l'homosexualité.

Pour être honnête, Sebastian était persuadé que cette antipathie était réciproque.

Mais après tout, à quoi bon se perdre en conjectures avant d'avoir vu le notaire ? Il avait rendez-vous dans quelques jours et, si Daneman lui avait légué quelque chose, il serait le premier surpris. Il rangea la lettre et observa la chevalière qu'il portait à l'auriculaire. Plus que perturbé, il passa une main dans ses cheveux.

Il n'avait plus de raison de l'enlever, maintenant. Plus jamais.

*

Isabella Sherriff était une femme opulente qui arborait d'amples caftans en soie, des foulards et des colliers à profusion. Sa superbe crinière blond vénitien lui arrivait à la taille. À Scotland Yard, elle était surnommée «la pie» à cause de son goût pour le clinquant. Elle portait des bagues à chaque doigt et des bracelets qui tintaient au moindre de ses mouvements.

Jazz admirait Isabella pour son style unique et ses compétences hors pair en psychologie. Issy se trompait rarement, et lors des procès ses témoignages étaient décisifs. Norton ne jurait que par elle.

En entrant dans la salle d'interrogatoire, Jazz songea qu'Issy avait tout d'une Madame Irma, sauf la boule de cristal.

— Bonjour, ma chérie ! Tu as une mine superbe ! Le Norfolk te réussit, on dirait.

— C'est gentil, Issy. Merci encore d'être venue. On a besoin de renforts. Ce qui semblait être une enquête facile se révèle plus complexe que prévu.

— Comme toujours, non ? répondit la psychologue. Contrairement à ce que semblent croire les flics de Scotland Yard, le crime est partout. Elle est sympa, cette salle. On se croirait dans une série policière des années soixante.

— C'est parce que les subventions vont aux commissariats des grandes villes, paraît-il, intervint Miles. Dans ce modeste poste de police, le manque de matériel et de personnel est flagrant.

Issy lui tapota la joue.

— Vous êtes tellement mignon quand vous êtes en colère, mon chou ! Il est à croquer ! N'est-ce pas, Jazz ?

Miles rougit et Jazz ignora la boutade.

— Bon, dit-elle en s'installant. Je présume que tu as vu notre suspect.

— Oh, oui, répondit Issy en posant son généreux postérieur sur une chaise. J'ai parlé avec M. Millar pendant quarante-cinq minutes.

— Alors ?

— On ne peut avoir de certitude à cent pour cent mais, s'il est notre tueur, je mange mon chapeau. Je l'ai soumis à des tests psychométriques en plus de mes petites questions pièges. Selon moi, David Millar est un individu non agressif et réactif dont le fonctionnement ne colle pas avec un meurtre prémédité.

— Et l'explication selon laquelle il était saoul ?

— Là encore, l'alcool l'aurait poussé à frapper et non à mettre en œuvre un meurtre. Non, je n'y crois pas une seconde.

— Même pour défendre son fils ? insista Jazz.

— Il est clair que ce garçon est le soleil de sa vie, et j'ai hâte de le rencontrer pour me faire une idée plus précise. Je sais que je ne suis là que pour te donner mon avis de professionnelle. Même sans ce mensonge éhonté sur la présence d'aspirine dans sa poche, le scénario de Millar ne colle pas. Le pauvre ! J'ai l'impression qu'il en a bavé.

— Pourquoi prétend-il que c'est lui ? demanda Jazz.

— Il y a deux possibilités : soit il protège quelqu'un qui ne peut être que son fils, soit c'est un appel à l'aide, une recherche d'attention. C'est assez fréquent. Une personne au bout du rouleau avoue un crime qu'elle n'a pas commis pour attirer l'attention sur elle. David Millar n'est peut-être pas un meurtrier, mais il a perdu pied. Le deuil de son mariage, le traumatisme ont affecté son esprit. Il faudrait que je lui parle plus longuement pour aller au fond des choses. Je ne saurais trop recommander un suivi psychologique. Je te suggère aussi de le réinterroger en lui disant que tu es au courant de son allergie à l'aspirine. Et demande-lui pourquoi il a menti.

— Je vais le voir de ce pas. Merci, Issy. À propos, quand tu verras Rory, joue la carte de la psychologue pour enfants. Ce gamin est peut-être complice d'un meurtre et on a besoin de découvrir ce qu'il sait. Efforce-toi de ménager la mère, aussi. Il ne faut pas l'effaroucher.

— Tu peux compter sur moi, ma chérie, j'ai des heures de vol. À présent, j'ai faim ! Où est l'auberge la plus proche ?

— On t'a réservé une chambre dans le même hôtel que Miles, en ville. Il t'invite à dîner.

— Génial ! Et toi ? Tu ne viens pas avec nous ?

— Non, désolée, bredouilla Jazz en rougissant soudain. Je ne peux pas.

— J'ai l'impression que tu as un rendez-vous galant, toi ! Je me trompe ? railla Issy avec un sourire entendu.

— Je vais simplement dîner avec quelqu'un que j'aide dans le cadre de sa thèse. Je le connais à peine.

— Vous allez faire plus ample connaissance… Bon, je dois appeler Norton. Je te tiens au courant.

En sortant, Jazz songea qu'Issy était une vraie Madame Irma, même sans boule de cristal.

David était sur le point de s'assoupir quand il entendit la clé tourner dans la serrure. Il était si épuisé qu'il ne se rappelait pas quand il avait bien dormi pour la dernière fois.

En ouvrant les yeux, il se trouva face à la jolie femme inspecteur.

— Bonjour, monsieur Millar. Comment vous sentez-vous ?

David se frotta les yeux.

— Pas très net. Comme un lendemain de cuite.

— Nous avons un problème avec vos aveux.

— Ah oui ? Lequel ?

— Vous affirmez toujours que le meurtre n'était pas prémédité ? Que vous aviez des cachets d'aspirine dans votre poche et que vous avez agi de façon impulsive ?

— Absolument.

— Ce matin, votre femme m'a dit que vous êtes allergique à l'aspirine, vous aussi. Il est donc exclu que vous en ayez eu dans votre poche.

— Nom de Dieu…, souffla David, abattu.
— Avez-vous tué Charlie Cavendish ?
— Je…
— C'est un oui ou un non ?
— Inspectrice, je l'ai peut-être tué. Je ne me rappelle pas grand-chose de cette soirée.
— Vous vous rappelez vous être arrêté, en route pour l'école, pour acheter de l'aspirine dans l'intention de tuer Charlie ?
— Non… Je…
— Qui cherchez-vous à protéger ?
— Personne ! Je… Personne.
— Rory ne vous a rien confié pendant que vous étiez dans la région des lacs ? Par exemple qu'il avait donné par erreur des cachets d'aspirine à Charlie ?
— Bien sûr que non ! Écoutez, inspectrice, c'est Rory, la victime !
— Charlie aussi. Avec vos aveux truffés d'incohérences, vous nous portez à croire que vous protégez peut-être Rory.
— Non ! s'exclama David, apeuré. Mon fils est innocent ! Il n'a rien fait.
Il se prit le visage dans les mains et fondit en sanglots.
— Vous ne vous êtes pas rendu à l'école avec une boîte d'aspirines dans l'intention de tuer Charlie Cavendish, n'est-ce pas ?
— Non, assura-t-il en secouant la tête. Son père est un raté qui pense qu'il a peut-être tué quelqu'un, mais Rory n'a rien à voir là-dedans. Laissez-le en dehors de tout ça. Il a assez souffert !
Jazz posa une main sur son épaule.

— Je sais. Je vous renvoie chez vous. Vous avez besoin d'une bonne nuit de sommeil. Demain, quand vous serez plus calme, je passerai vous voir, d'accord ?

— Vous me libérez ?

— Vous vous êtes rendu aux autorités et vous n'êtes pas inculpé. Un sergent va vous raccompagner puisque votre voiture est restée dans la région des lacs. Je vous verrai demain vers onze heures.

Elle se dirigea vers la porte.

— Je vous jure que Rory n'a rien à voir là-dedans, inspectrice.

— On en reparlera demain. Au revoir.

Jazz rejoignit Issy dans le couloir. Celle-ci hocha la tête en signe d'approbation et suivit Jazz dans l'escalier.

— Tu vois, il protège quelqu'un ! J'ai hâte de rencontrer le jeune Rory. Je sens qu'il va éclairer notre lanterne, surtout quand je lui dirai que son père est libre. Jazz ?

— Désolée, j'étais distraite. Tu diras à Miles que je suis au Coach & Horses à Cley, en cas de besoin. Sur la côte, le réseau est un peu capricieux.

— Promis. Et bonne soirée ! ajouta Issy d'un air espiègle.

19

— Je peux partir, monsieur Forbes ? Il est six heures passées et Steve m'attend devant le Forum. Vous devrez actionner l'interphone pour laisser entrer votre dernier client.

— Pas de problème, répondit Julian à Stacey, son assistante. À demain.

Stacey fila pendant que Julian avait le nez plongé dans son dossier.

Vingt minutes plus tard, il consulta sa montre et appela Angelina.

— Comment va Rory, chérie ?

— Il regarde *Les Simpson* à la télé. Il a l'air d'aller bien. Il n'est pas très bavard, ce qui est compréhensible. Une psy de la police vient le voir demain matin de Londres. Tu crois que c'est une bonne idée ?

— Tu connais ma méfiance à l'égard de ces gens-là, mais cela ne peut pas lui faire de mal. Tu veux que je rentre ce soir ? J'arriverai tard, quand Rory sera couché, proposa-t-il, hésitant. J'aimerais me racheter après mon comportement un peu brusque de ce matin.

Le silence d'Angelina fut éloquent.

— D'accord, j'irai dans mon appartement.

— Désolée, chéri. Je tiens à ce que Rory se remette et il serait traumatisé s'il trouvait un inconnu dans le lit de sa mère.

— Quand le renvoies-tu à l'internat ?

— Après ce que j'ai appris sur cet ignoble Charlie Cavendish et ce qu'il a infligé à Rory, je refuse de le renvoyer là-bas. Je ne vais plus le quitter des yeux, désormais.

— Charlie ne risque plus de faire le moindre mal à Rory.

— Je sais, Julian... On en reparlera. Rory n'ira nulle part cette semaine.

— Ce qui signifie que je suis consigné à l'appartement jusqu'à nouvel ordre.

— Désolée. Je croyais que tu comprenais que j'accorde la priorité à mon fils en ce moment.

— Je comprends, mais je ne suis pas obligé d'aimer ça, Angelina. Je ne te verrai donc pas pendant plusieurs jours ? Tu me manques.

— Écoute..., répondit-elle d'une voix plus douce. Si Rory va mieux, demain, je pourrai demander à Lily, son ancienne baby-sitter, de venir pour quelques heures dans la soirée. Je te rejoindrais à Norwich avec un repas à emporter.

Mais Julian n'était pas d'humeur à se laisser amadouer.

— Peut-être. On verra. Je te laisse. J'attends un client d'une minute à l'autre. À plus !

Il raccrocha sans attendre de réponse. Angelina ferait-elle passer Rory avant lui quelles que soient les circonstances ? À certains égards, il valait mieux que David Millar ne soit pas emprisonné trop longtemps.

Par le passé, Angelina refilait au moins le gamin à son père un week-end sur deux. Si elle jouait les mamans poules en le scolarisant près d'elle, Rory serait omniprésent dans leur vie.

En attendant son client, Julian consulta ses mails, notamment une réponse au message qu'il avait envoyé la veille. Son sang se figea dans ses veines.

Soudain, l'interphone se mit à bourdonner.

— Oui ? Entrez, c'est au deuxième.

Julian ferma sa boîte mail et gagna la réception du cabinet pour accueillir son client.

*

Après avoir posté un agent de police devant le cottage de David Millar, Jazz était de retour chez elle.

Elle se lava les cheveux à l'eau glacée dans l'évier de la cuisine. Grelottant de froid, elle noua une serviette en turban sur sa tête et courut se réchauffer au coin du feu.

Le plombier lui avait promis de l'eau chaude et du chauffage pour le lendemain. Dans le cas contraire, Jazz devrait se réfugier à l'hôtel. Depuis deux jours, la température avait chuté et le ciel menaçant annonçait de la neige. Il régnait un froid polaire dans la chambre à coucher. Jazz en avait assez d'aller se coucher sous plusieurs couvertures, à la lueur d'une bougie, et de mal dormir.

N'ayant pas le courage de chercher son sèche-cheveux dans le noir, à l'étage, Jazz secoua ses mèches humides devant la cheminée. Cette nuit, elle dormirait sur le canapé, au chaud.

Elle enfila un jean, un gros pull, et s'appliqua un maquillage discret avant de sortir.

En négociant les routes verglacées, elle sentit qu'elle était tendue. Le moindre grain de sable dans sa routine l'angoissait, comme en cet instant

Ressaisis-toi ! Ce n'est qu'un dîner ! se dit-elle en garant sa voiture devant le pub.

Prenant son courage à deux mains, elle franchit le seuil. Jonathan était installé devant la cheminée avec une pinte de bière. En voyant la jeune femme, il sourit et se leva pour l'accueillir.

— Comment vas-tu, Jazz ? demanda-t-il en admirant sans vergogne ses longues jambes. Qu'est-ce que tu bois ?

— Je veux bien un verre de vin.

— Assieds-toi près du feu. Je vais chercher la carte. Les suggestions du jour sont alléchantes.

Elle l'observa de loin. Il dépassait les autres clients d'une tête et, ce soir-là, semblait plus mûr. Dans le cadre de l'université, elle avait vu en lui un étudiant, alors qu'il n'avait que sept ans de moins qu'elle.

— Tiens, fit-il en s'asseyant à côté d'elle. La cuisine ferme à huit heures trente, alors n'hésite pas trop longtemps.

— À Londres, l'activité commence à peine dans les restaurants à cette heure-là, plaisanta-t-elle en jetant un coup d'œil sur l'ardoise. Le choix est facile, *fish and chips*.

— Ce sera la même chose pour moi. Au bord de la mer, on se doit de manger du poisson, même s'il vient sans doute de Norvège, en l'occurrence.

— C'est l'intention qui compte…

— Absolument. C'est sympa, une femme qui ne compte pas les calories… Cela dit, tu n'en as pas besoin, enfin… tu es… tu as une jolie silhouette…

Conscient de sa maladresse, il s'empourpra violemment.

— Bref, c'est pénible d'inviter une femme qui se contente d'une feuille de salade.

— Ne crains rien, j'ai une faim de loup. Si on passait commande avant qu'il ne soit trop tard ?

Jazz se détendit rapidement. Jonathan avait le même humour teinté d'ironie qu'elle, à tel point que la jeune femme se permit un autre verre de vin.

— Je suis prête à répondre à tes questions. Je regrette d'avoir été un peu brusque, l'autre jour.

— Ce n'est rien. J'apprécie les gens passionnés par leur métier.

— On oscille entre passion et désillusion, avoua Jazz. Il y a encore quinze jours, j'avais quitté la police.

— Ah bon ? Pourquoi ?

— J'ai été trahie, professionnellement et personnellement. Je n'entrerai pas dans les détails pour ne pas remuer le passé.

— Je comprends. Ton père m'a dit que tu étais divorcée depuis peu.

— Ah oui ? Et qu'est-ce qu'il t'a raconté ?

— En gros, que c'était la meilleure décision que tu aies prise.

— Mon père n'a jamais été très fan de mon ex-mari.

— J'avais saisi. Tu es heureuse de ton choix ?

— Personne ne se réjouit d'un échec. Or un divorce, c'est un échec. En revanche, je suis contente d'avoir tourné la page.

— Et tu as repris ton travail ?

— Il semblerait que oui. Je pensais rendre service à mon ancien patron, mais… On verra bien.

— Tu aurais renoncé à beaucoup de choses. En tout cas, tu as gravi les échelons, ce qui doit être compliqué pour une femme.

— Pas particulièrement, non. Je suis un flic comme les autres.

— Pas vraiment, corrigea Jonathan. Tu es plus jolie que Columbo, en tout cas.

— Je vais prendre cette réflexion comme un compliment et non une insulte.

— J'ai toujours eu envie d'exercer un métier utile pour la société, chirurgien ou inventeur, par exemple. Je t'admire, Jazz. Moi, je suis cantonné à la théorie.

— Au départ, je voulais être artiste peintre. Et j'en rêve encore.

— Je sais que tu as fait des études d'histoire de l'art.

— Mon cher papa s'est montré bien bavard ! lança la jeune femme en fronçant les sourcils.

— Ne lui en veux pas. Je l'ai un peu cuisiné. Je n'ai eu aucun mal à lui tirer les vers du nez, car tu es son sujet de conversation préféré. L'intérêt de posséder un don, c'est qu'il ne nous quitte jamais. Moi, je n'ai aucun talent artistique. Je ne serais même pas capable de peindre un mur…

— Tu as la capacité de raisonner avec logique et

d'exprimer tes pensées par écrit. L'écriture est une création, non ?

— Tu me plais de plus en plus, Jazz Hunter. C'est une façon très élégante de donner du sens à une existence dérisoire. Tu veux un café ?

— Volontiers, répondit Jazz en consultant sa montre. Ensuite, il faudra que je rentre.

— Comment se déroule ton enquête ?

Jazz avait vécu dix ans avec un homme qui exerçait le même métier qu'elle et qui en comprenait les moindres aspects. Ils discutaient de leurs enquêtes librement, sans crainte de violer le secret de l'instruction.

— Elle est plus complexe que prévu, mais c'est fréquent.

— Ta présence dans le Norfolk est temporaire ?

— Non. Je me suis installée ici. J'adore cette région.

— Le paysage est assez sauvage, commenta Jonathan en lui prenant la main. Au risque de te sembler audacieux, j'ai beaucoup apprécié cette soirée. Et si on se revoyait ? Après tout, je ne t'ai toujours pas posé mes questions.

— Je...

Elle était peu habituée aux codes des relations amoureuses. Que lui répondre ? Une silhouette hélas familière entra à cet instant dans la salle et lui coupa la parole. L'homme lui adressa un large sourire et vint à sa rencontre.

— Salut, Jazz.

Patrick, son ex-mari.

— Tu as une mine superbe !

Lorsqu'il glissa un bras sur ses épaules, elle perçut son parfum reconnaissable entre mille. Pétrifiée, elle attendit qu'il s'écarte d'elle.

— Qui est ce charmant jeune homme qui t'accompagne ?

Patrick le toisa d'un regard hostile.

— Qu'est-ce que tu fais ici ? demanda-t-elle.

— Allons ! Je suis à Norwich pour le boulot. En fait, j'ai amené Issy en voiture.

— Issy ? répéta Jazz, la gorge nouée.

— Il se trouve que j'ai dîné avec Miles et notre psy préférée.

— Qu'est-ce que tu fabriques dans ce pub ? insista-t-elle froidement.

— Désolé d'interrompre ta petite soirée, mais Norton veut te parler de toute urgence. Tu ne réponds pas sur ton portable. Heureusement, le sergent Miles savait où te trouver. J'ai décidé de te délivrer le message en personne.

Jazz n'eut pas la force de rétorquer. Quant à Jonathan, il semblait mal à l'aise.

— Je vais rentrer, dit-il en se levant. Les routes sont verglacées.

— Jazz, tu ne nous présentes pas ? intervint Patrick en posant une main sur l'épaule de Jonathan.

Quelle ordure…, songea la jeune femme.

— Jonathan, voici Patrick Coughlin, mon ex-mari.

— Je vois. Au revoir, Jazz. On s'appelle.

Gêné, Jonathan s'éclipsa.

— Je pars aussi, décréta la jeune femme.

Patrick l'attrapa fermement par le bras.

— Allez ! On pourrait se montrer civilisés, non ? Prendre un verre ensemble comme deux vieux amis ?

— On n'est pas amis, Patrick, et on ne le sera jamais !

Il la dévisagea, puis afficha un sourire malin.

— Ta réaction suggère que tu as encore des sentiments pour moi... Sinon, tu serais capable de prendre un verre avec moi.

Furieuse, Jazz se rassit.

— Un seul et je m'en vais, concéda-t-elle.

— La même chose que d'habitude ?

Elle hocha la tête, le cœur battant. Il savait tout d'elle.

— Alors ? Qui est ton copain ?

— Un ami. Je l'aide à rédiger sa thèse.

— Selon moi, il s'intéresse à autre chose. Je le comprends. Tu couches avec lui ?

— Patrick, pour l'amour du ciel ! Mêle-toi de tes affaires. Je viens de le rencontrer.

— Il est un peu jeune pour toi, non ?

— La différence d'âge n'a pas toujours été un problème pour toi, rétorqua-t-elle malgré elle.

— Touché, admit-il en buvant une gorgée de whisky. Franchement, c'était une aventure sans importance.

— Épargne-moi ton baratin ! Tu mens. Cette liaison a duré au moins un an. Le pire, c'est que tout le service était au courant.

— J'avoue que je me suis mal comporté, mais...

— Mal ? répéta-t-elle, le feu aux joues. Tu as été immonde ! Tu la culbutais dans ton bureau, les rideaux tirés ! Quitte à me tromper, tu aurais pu le faire ailleurs qu'au boulot.

Les clients de la table voisine semblaient apprécier le spectacle.

— Je regrette sincèrement, soupira Patrick. Il y a longtemps que nous aurions dû avoir cette conversation. Je tenais à m'expliquer, à te demander pardon. Hélas, tu t'es enfuie. Bref, j'avoue que je me suis conduit comme un moins que rien. Je suis rongé par la culpabilité de t'avoir fait souffrir. Et je le regrette d'autant plus que mon comportement t'a poussée à quitter Scotland Yard.

— Comment voulais-tu que je reste ? demanda-t-elle, au désespoir. Comme le disait la princesse Diana, être trois dans un couple, c'est un de trop. Et elle ne devait pas côtoyer sa rivale chaque jour au bureau…

Pour une fois, Patrick se trouva à court de repartie. Il se contenta de la dévisager en silence.

— Bref, c'est du passé et, franchement, j'ai envie d'avancer. Quel culot de venir ici ! Je n'en reviens pas.

— Jazz, je suis au bout du rouleau. Depuis des mois, je ne suis plus moi-même. Je te cherche partout. Ton avocat refusait de me dire où tu te cachais.

— Je ne voulais pas te voir à l'époque et c'est toujours le cas.

— J'ai pourtant été réglo en acceptant un divorce rapide. J'aurais pu refuser de signer.

— Tu veux une médaille ? railla Jazz avec un rire amer. Ce que tu peux raconter comme conneries ! Si tu as accepté le divorce, c'était aussi dans ton propre intérêt, non ? Pour être libre de vivre avec Chrissie.

— Tu veux un autre verre ?
— Non. Je conduis.
— Je peux te déposer.
— Non. J'ai besoin de ma voiture demain matin. Que voulait Norton, d'ailleurs ?
— C'était un prétexte pour te voir.
— Je vais étrangler Miles pour t'avoir dit où j'étais, maugréa la jeune femme.
— Je lui ai menti, à lui aussi.
Il lui prit la main.
— Tu m'as tellement manqué…
Elle se libéra vivement de son emprise.
— Qu'est-ce qui te prend ? Ta jeunette t'a largué et tu te sens seul ? J'ai honte de m'abaisser à ton niveau. Je l'aimais bien, Chrissie. Outre le fait qu'elle se tapait mon mari, c'était une bonne flic.
— Si ça peut te rassurer, elle m'a largué il y a plusieurs mois pour un trader de la City bien plus jeune et bien plus riche que moi. Je me retrouve seul.
Jazz émit un rire forcé.
— Si c'est ma compassion que tu recherches, tu peux toujours courir. J'espère que tu en as bavé.
— En effet, mais pas à cause d'elle. Je m'en voulais d'avoir été débile au point de risquer de te perdre.
— C'est ça ! Tu as toujours su charmer ton monde. Ton côté irlandais, sans doute. Désolée, ça ne marche plus. Sur ce, il faut vraiment que j'y aille, conclut-elle en se levant.
— On a des choses à se dire. Ton salaire est toujours sur notre compte joint et ton nom figure sur l'acte de notre appartement.
— C'est *ton* appartement, désormais. Tu m'as

racheté ma part. Tu n'as qu'à envoyer un chèque et d'éventuels documents à signer à mon avocat.

Patrick la suivit sous la neige qui commençait à tomber dru.

— J'ai du mal à t'imaginer en paysanne, railla-t-il en l'accompagnant à sa voiture. Toi, la citadine.

— C'est fou comme on s'adapte à tout, quand il le faut. Salut, Patrick. Rentre bien dans ta ville polluée.

Au moment où elle allait ouvrir la portière, il la prit dans ses bras.

— C'est fou ce que tu m'as manqué..., souffla-t-il en lui caressant les cheveux. Si tu voulais au moins réfléchir...

Elle se dégagea vivement.

— Non ! C'est fini ! Tu dois l'accepter.

Sur ces mots, elle s'installa au volant et claqua la portière avant de démarrer sur les chapeaux de roues.

Cette nuit-là, incapable de trouver le sommeil, la jeune femme regarda la neige tomber derrière la fenêtre de son salon. L'humiliation qu'elle avait ressentie en découvrant l'infidélité de Patrick, alors que le service entier était déjà au courant, revint la submerger.

Ce soir-là, toutefois, elle s'en voulait plus à elle-même qu'à son ex-mari, car elle avait été troublée quand il l'avait prise dans ses bras.

20

Comme chaque matin, Jenny Colman fit couler un bain, se prépara une tasse de thé corsé, remplit son bol de céréales… Par la fenêtre de la cuisine, elle regarda l'épaisse couche de neige tombée sur la campagne durant la nuit.

De son armoire, elle sortit l'une des trois robes qu'elle portait à tour de rôle pour travailler. Début janvier, au moment des soldes, elle prenait le bus pour Norwich afin de les remplacer par d'autres. Elle se maquilla, se parfuma derrière les oreilles et au creux des poignets. Soudain, elle entendit les pas du facteur dans l'allée.

— Encore des factures, grommela-t-elle.

Enfant, elle guettait le préposé avec impatience, surtout à l'époque de son anniversaire ou à Noël.

Il glissa deux enveloppes dans la fente. L'une contenait de la publicité pour un plombier du coin, et l'autre… Jenny observa l'épais papier crème portant son adresse dactylographiée. Elle venait de Londres. Jenny chaussa ses lunettes et s'assit au salon. Qui diable pouvait lui écrire de la capitale ?

L'expéditeur était une étude de notaire. Jenny dut parcourir la lettre deux fois pour en avoir le cœur net. Quand elle eut terminé, elle ôta ses lunettes et regarda dans le vide… Un « petit legs »… Surtout, ne pas céder à de faux espoirs. Le notaire souhaitait la voir.

Elle n'avait jamais mis les pieds à Londres. Comment se rendrait-elle à la gare ? Et ensuite, comment saurait-elle où aller ?

Maddy l'accompagnerait peut-être ? Au moins jusqu'à la gare de Norwich…

Jenny rangea l'enveloppe dans son sac à main. Elle demanderait à M. Jones une journée de congé et se ferait remplacer par une employée de l'intendance.

Ensuite, elle passerait son appel.

Elle enfila ses bottes fourrées et quitta sa maison en foulant prudemment la neige fondue.

Cher Hugh, songea-t-elle avec tristesse. C'était adorable d'avoir pensé à elle, même s'il ne s'agissait que d'un petit souvenir.

En entrant dans son bureau, elle constata que la porte de M. Jones était ouverte. Il lisait le journal local avec *The Times* et *The Telegraph* posés devant lui.

— Bonjour, monsieur. Comment allez-vous ?

— Entrez donc !

Il lui désigna la une du quotidien régional :

UN ENSEIGNANT RETROUVÉ MORT À SON DOMICILE.

— Mon Dieu, soupira Jenny. Qu'est-ce qu'ils disent ?

— L'article évoque surtout Hugh et ses compétences universitaires, mais il est aussi question de la mort de Charlie. Les deux autres journaux publient un court article…

— Il devait être réputé pour que la presse nationale s'intéresse à lui.

— En effet, admit Robert, un peu nerveux. Vous voulez bien préparer du café pour l'inspectrice Hunter et moi ? Elle ne devrait pas tarder. Elle veut me parler.

— Bien sûr, monsieur Jones.

Elle s'attarda sur le seuil, cherchant le courage de solliciter une journée.

— Autre chose ? s'enquit-il.

Jenny secoua négativement la tête. Ce n'était pas le bon moment.

— Non. Je m'occupe du café.

À cinq heures du matin, Jazz avait renoncé à chercher le sommeil. Il faisait moins froid lorsqu'elle s'était mise en route pour le poste de police de Foltesham.

À huit heures, Miles et Issy apparurent. Ils avaient une mine épouvantable.

— Vite, un café ! gémit Issy.

Jazz l'ignora. De son côté, Miles avait l'air penaud.

— Il t'a trouvée ? demanda enfin Issy.

— Vu que vous lui avez dit où j'étais, bien sûr qu'il m'a trouvée, rétorqua-t-elle sèchement.

— Alistair, mon chou, pour te racheter de m'avoir enivrée, hier soir, essaie de me dénicher un bon café fraîchement moulu.

— Je ne promets rien quant à la qualité du café de la police locale.

— Merci, mon grand.

Issy regarda Jazz qui faisait mine de se concentrer sur son dossier.

— Il t'aime encore et tu le sais.

Jazz referma brutalement son ordinateur et croisa le regard de la psychologue.

— Bien fait pour lui !

— Allons, Jazz. Pas à moi ! Tu étais très amoureuse et tu l'es encore, sans doute.

— Non ! C'est fini. Il m'a fallu du temps pour en arriver là et je n'ai aucune envie de revivre ce passé douloureux. Et c'est ce qui est arrivé hier soir, à cause de toi.

— Désolée, Jazz. Il est important que vous parliez, tous les deux. Il n'est pas sain de fuir ses démons.

— Ne me traite pas comme une de tes patientes ! Comment oses-tu te mêler de mes affaires ?

— Tu es mon amie et je te comprends. Je tiens à toi, déclara Issy avec calme. Ton point faible, c'est ton orgueil. Patrick t'a humiliée et tu t'es enfuie sans lui donner la possibilité de s'expliquer.

— Écoute, laisse tomber, d'accord ? Patrick et moi sommes divorcés. C'est fini.

— Certains couples divorcés finissent par se remettre ensemble…

— Issy ! Il a couché avec une collègue, et pas seulement une fois. Elle a raconté partout que c'était le grand amour. Ils faisaient des projets de vie commune. Et maintenant qu'elle l'a largué, il se sent seul, voilà tout.

— Oui, j'entends bien, mais il ne l'aimait pas, cette fille. Chrissie ne t'arrive pas à la cheville, intellectuellement. C'est un comportement très masculin lié au désir charnel, l'attrait de la nouveauté. Plaire à une jeunette flatte l'ego qui, chez Patrick, est surdimensionné… Je parle bien de son ego, pouffa Issy.

— Justement. Patrick n'aurait jamais dû se marier. Il a besoin de changement, ce qu'une épouse ne peut lui donner. C'est un dragueur. Chrissie n'était certainement pas la première et je n'ai aucune envie d'être mariée à un coureur de jupons.

— Je sais, soupira Issy. Tu dois avoir raison. Au moins, vous avez parlé. Dieu seul sait comment il a appris ma venue dans le Norfolk. Il a insisté pour m'emmener dans sa voiture.

— Tu n'aurais pas dû accepter, ne serait-ce que pour moi.

— Je déteste les transports en commun.

— Désolée, ce n'est pas une excuse. Tu te dis mon amie ? J'ai failli avoir une crise cardiaque quand il a débarqué au pub. Tu aurais au moins pu me prévenir.

— Il m'a fait jurer de ne pas te dire qu'il était là. Il savait que tu t'enfuirais, et moi aussi, admit la psychologue. Allez, ne le nie pas : une petite partie de toi était contente de voir Patrick débarquer pendant que tu dînais avec un amant potentiel !

Jazz en demeura sans voix. Comment Issy avait-elle osé faire une chose pareille ?

— En gros, tu as tout manigancé ? Tu ignorais avec qui j'avais rendez-vous !

— Franchement, peux-tu me jurer que tu n'as rien ressenti en voyant Patrick ?

Jazz se sentit rougir.

— Arrête ! Et ne te mêle plus de mes affaires. Je ne plaisante pas, Issy !

— D'accord. Excuse-moi, dit-elle en haussant les épaules.

Par chance, Miles réapparut avec trois tasses.

— C'est du café soluble, hélas. J'ai pas trouvé mieux.

Comme s'il percevait le malaise, il n'ajouta rien de plus.

— Je vais vite avaler ce café et me rendre chez les Millar, déclara Issy. Tu m'accompagnes, Jazz ?

La jeune femme fulminait encore.

— Non. Je dois voir M. Jones, cet incompétent de directeur, pour lui donner des nouvelles. L'affaire Hugh Daneman est sortie dans la presse. Il doit être sur les dents. Miles, quand vous aurez déposé Issy chez les Millar, contactez le notaire de Hugh Daneman pour voir s'il peut nous révéler les détails du testament. On se retrouve ici à midi. Tu me parleras de Rory Millar, Issy.

— J'ai hâte de le voir. Les adolescents à problèmes sont mon dada, en ce moment.

Jazz prit un appel sur son portable.

— Hunter.

— C'est Roland, inspectrice. J'ai une mauvaise nouvelle…

— Laquelle ?

— D'après mes hommes, Millar a disparu.

— Oh non ! Comment ça ?

— Ils ne savent pas vraiment. Ils étaient postés en face du cottage. Personne n'est entré ni sorti.

Ce matin, à neuf heures moins vingt, le facteur s'est présenté avec un colis pour Millar, qui n'a pas répondu. Mon agent a eu des doutes et est allé vérifier. La porte de derrière était déverrouillée et la maison vide. Désolé, inspectrice… Vous nous aviez demandé d'être discrets.

— C'est vrai. Il va falloir le retrouver, et vite.

— Je suis en route pour le cottage. Je vais diffuser un avis de recherche au niveau national. On l'aura certainement.

— Il vaut mieux, Roland. Tenez-moi au courant. Et postez quelqu'un devant chez Mme Millar jusqu'à ce qu'on mette le grappin sur lui. Merci.

Elle se tourna vers Issy.

— Je suppose que tu as saisi le sens de cette conversation.

— En effet. Pas de panique. Je pense qu'il a répondu à l'appel de l'alcool. Le pauvre a dû se retrouver à sec. Il n'a pas pu aller bien loin.

— Je l'espère, répondit Jazz en s'éloignant. Je ne m'attendais pas à cela. Et pas un mot à Mme Millar sur la disparition de son ex. Elle nous ferait une crise, et son petit ami aussi, cet arrogant d'avocat.

— Je peux lui parler de la libération de David ? J'aimerais voir sa réaction.

— S'il le faut. À plus tard.

Jazz prit sa voiture pour se rendre à St Stephen. Elle était encore folle de rage contre Issy et s'inquiétait de la disparition de David Millar. L'entrevue de la veille et l'appel du sergent Roland l'avaient déstabilisée. Perdre un suspect était une chose, mais en perdre un qui avait avoué un meurtre avant d'être libéré sans charge en était une autre.

Et si elle s'était trompée ?

En marquant un stop, Jazz se mit à marteler rageusement le volant. Elle pensa à son séjour en Italie, quand elle n'avait d'autre souci que le choix du restaurant où elle irait déguster des pâtes.

Que faisait-elle dans ce trou ?

Elle ne pouvait fuir éternellement. Issy n'avait pas tort en affirmant qu'elle avait besoin d'affronter son passé.

Elle était déjà partie une fois. Elle pourrait recommencer.

Le ciel limpide se couvrit, annonçant un nouvel épisode neigeux. D'après les prévisions météorologiques, tout l'est du pays était menacé. Elle décida de ne pas regagner Londres et de passer la nuit à l'hôtel, le même que Miles.

Alors qu'elle remontait la rue principale de Foltesham, son portable sonna. Elle se gara pour prendre l'appel.

— Jazz ?

— Bonjour, Maman. Comment ça va ?

— Je…

En entendant la voix de sa mère se briser, elle comprit qu'il s'était passé quelque chose de grave.

— C'est Papa ?

— Oui, souffla Celestria dans un sanglot. Il s'est écroulé il y a une heure et on l'a conduit à l'hôpital. J'y suis en ce moment. Les médecins s'occupent de lui. J'ai préféré t'appeler.

— Oh non… C'est sérieux ?

— Tu connais les médecins. Ils ne disent rien. Ils vont faire des examens pour confirmer que c'est un infarctus.

— Grave ?

— Assez, je crois. Jazz, si tu voyais sa tête…

— J'arrive ! Il est dans quel hôpital ?

— Papworth, mais il fait un temps épouvantable, ici. Une vraie tempête de neige. Il est déconseillé de prendre sa voiture, sauf en cas d'urgence.

— Ici, ça va. Je pars. Tiens bon, Maman, et dis à Papa de s'accrocher.

— Chérie, je… merci. Il est en soins intensifs. Sois prudente.

— Promis. Je serai là dans environ une heure.

Prise d'un vertige, Jazz laissa tomber le téléphone sur ses genoux et se pencha sur son volant. C'était l'appel qu'elle avait redouté toute sa vie d'adulte.

Ressaisis-toi, songea-t-elle. *Il est encore en vie. Il s'en sortira. Il le faut.*

Quelqu'un frappa à sa vitre.

En se redressant, elle vit Patrick. *The Times* glissé sous son bras, il l'observait d'un air inquiet. Avant qu'elle ne puisse l'en empêcher, il ouvrit la portière.

— Qu'est-ce qui t'arrive ?

— Ma mère vient de m'appeler. Mon père a eu une crise cardiaque et est en soins intensifs.

— Oh non… Je peux monter ? Il gèle.

Elle n'eut pas la force de résister. Lorsqu'il s'installa à côté d'elle, son parfum la rassura et l'angoissa à la fois. Il posa une main gantée sur son bras.

— Tu dois filer à l'hôpital, je suppose ? Tu es en état de conduire ? Les conditions météo vont se dégrader.

— Oui, ça ira. Désolée, j'ai reçu l'appel à l'instant.

— C'est… grave ?

— Ma mère ne m'a pas appris grand-chose, mais le fait qu'elle m'ait prévenue est un signe.

Elle esquissa un sourire triste.

— Ça ira. Je pars.

— Jazz, tu es pâle comme un linge, en état de choc. Il n'est pas question que je te laisse rouler en pleine tempête de neige. Allez, je prends le volant. On dépose ta voiture au poste de police, c'est sur le chemin, et on prend la mienne. Mieux vaut que je conduise.

Il fit le tour de la voiture sous les yeux de la jeune femme prostrée.

— Pour une fois dans ta vie, mon ange, fais ce que je te dis sans discuter. Je ne bougerai pas d'ici tant que tu ne m'auras pas cédé le volant.

Patrick croisa les bras. La bataille était perdue d'avance.

— D'accord, grommela-t-elle. Merci.

Au moment où elle descendait de voiture, ses jambes se dérobèrent et elle dut s'accrocher à Patrick.

— Alors ? On met le cap sur Cambridge, je suppose.

— Oui…

Il jeta son journal sur le siège arrière et démarra.

— Tu n'es pas obligé de faire ça. Je m'en serais très bien sortie toute seule.

— J'en suis certain. Tu n'as pas quelques appels à passer ?

Jazz hocha la tête.

— Tu pourras prévenir Norton que je rentrerai à Londres plus tard que prévu ?

Elle fronça les sourcils, mais opina du chef à contrecœur.

— Si tu lui expliques la situation, il comprendra. On a été mariés pendant dix ans. Je t'emmène auprès de ton père malade, pas en voyage à Venise.

— Je sais. Excuse-moi.

Elle prit son portable et passa un appel.

Ils roulèrent sans encombre jusqu'à Ely, où la neige se mit à tomber dru. Jazz regardait par la fenêtre en silence, folle d'angoisse à l'idée de ce qui l'attendait. Le portable de sa mère était éteint. En fait, Celestria ne s'en servait guère. Si son père s'y était mis avec enthousiasme et envoyait même des textos, Celestria demeurait réfractaire.

Aux abords de Cambridge, sur l'A14, ils se retrouvèrent coincés.

— Un bouchon, déclara Patrick en se penchant vers l'extérieur. Un accident ou une panne. Tu es prête à foncer ?

— Tu ne devrais pas…

— C'est parti !

Patrick passa sur la bande d'arrêt d'urgence et posa le gyrophare sur le toit de la voiture avant d'enclencher la sirène.

— Au pire, on perdra notre boulot. Comme tu as déjà démissionné, ce n'est pas grave. De plus, c'est une question de vie ou de mort.

Sur ces mots, il accéléra et l'angoisse de la jeune femme monta d'un cran.

— Quel cauchemar, cette circulation ! Où est la police ? s'exclama-t-il.

— Dans cette voiture ? railla Jazz avec l'esquisse d'un sourire.

Patrick lui prit la main, ravi de cette note d'humour.

— Et pourquoi est-ce le chaos chaque fois qu'il tombe trois flocons de neige dans ce foutu pays ?

En se tournant vers Jazz, il fut surpris par sa pâleur.

— On est presque arrivés.

À l'approche de l'hôpital, elle se demanda si elle n'aurait pas préféré rester coincée dans les bouchons plutôt que d'affronter cette épreuve.

21

Angelina faisait les cent pas dans la cuisine, une troisième tasse de café entre les mains. Elle observa un instant le paysage enneigé et prit son portable pour appeler à nouveau le numéro de Julian.

Sur la boîte vocale, elle ne laissa pas de message car elle en avait déjà enregistré trois, un la veille au soir et deux dans la matinée. Elle n'avait aucune nouvelle de lui depuis leur conversation de la veille au soir, quand il lui avait promis de la rappeler.

Une idée germa dans sa tête : et si Julian en avait assez de jouer les seconds rôles et avait décidé d'exprimer sa lassitude en ignorant ses appels ?

La jeune femme s'assit à la table. Dieu que les hommes étaient égoïstes ! Était-ce sa faute si Rory avait besoin de sa mère, de calme et de sécurité pendant quelques jours ? Le problème, comme souvent, était que Julian n'avait pas d'enfants. Il ne comprenait pas cet instinct de protection.

Angelina se laissa aller à la complaisance. Et elle, alors ? Elle avait subi l'enlèvement de son enfant et les aveux de son ex-mari, qui était peut-être un meurtrier. Ce n'était pas rien ! Soudain, la colère monta en elle. Si Julian la punissait de façon aussi puérile, grand bien lui fasse !

Quelqu'un sonna à la porte. Ce devait être la psychologue. Sur le seuil, elle découvrit une femme corpulente dont le chapeau à large bord était couvert de neige, ainsi que son manteau.

— Isabella Sherriff, enchantée. Vous devez être Mme Millar, la mère de Rory.

— En effet, répondit la jeune femme, qui eut soudain envie de rire face à ce bonhomme de neige vivant. Entrez !

Isabella ôta son chapeau et secoua la poudreuse de ses épaules.

— J'ai voulu marcher un peu. Mauvaise idée, dit-elle, les yeux pétillants de malice.

Angelina la trouva d'emblée sympathique.

— Donnez-moi votre manteau que je le fasse sécher.

— Volontiers. Je vais aussi enlever mes bottes pour ne pas laisser de traces dans votre superbe maison.

En se déchaussant, elle révéla une chaussette rouge et une chaussette noire.

— Désolée pour le côté dépareillé, mais j'ai été prévenue au dernier moment et je n'ai guère eu de temps pour préparer mes bagages.

— Ne vous en faites pas, répondit Angelina qui l'entraîna dans la cuisine.

Issy s'approcha du fourneau pour se réchauffer les mains.

— J'ai l'impression que je ne pourrai pas regagner Londres ce soir…

— Il neige très fort, confirma Angelina en regardant distraitement par la fenêtre.

Soudain, la peur l'envahit. Et si Julian avait eu un accident en regagnant son appartement ?

— Je peux me permettre ?

Angelina émergea de ses pensées et vit Issy désigner la cafetière à piston.

— Désolée… Bien sûr, je vais vous en préparer. Celui-ci est froid.

— Je peux vous appeler Angelina ?

— Bien sûr.

— Et vous pouvez m'appeler Issy. Comment va Rory ?

— Il n'a pas passé une bonne nuit. Je l'ai entendu crier mais, quand je suis allée le voir, il dormait. Il avait fait un cauchemar.

— Ce matin, vous l'avez interrogé sur ce cauchemar ?

— Non, j'ai préféré ne pas en parler.

— Les cauchemars sont des phénomènes sains, quoique désagréables. C'est le subconscient qui s'empare des problèmes ou des peurs en essayant de les rendre rationnels afin que la personne puisse les gérer.

— Je vois.

Pourtant, Angelina ne comprenait pas vraiment, toujours perturbée par le silence de Julian.

— J'aime le café bien fort, précisa Issy en s'asseyant. Rory s'est confié sur les moments passés avec son père ? De quoi ont-ils parlé, par exemple ?

— Je n'ai pas voulu mentionner David pour ne pas bouleverser Rory davantage. Comment un enfant peut-il encaisser d'avoir un meurtrier pour père ?

Angelina posa la cafetière devant la psychologue, ainsi qu'une tasse et du sucre.

— Servez-vous.

— Ce n'est pas parce qu'une personne avoue un crime qu'elle l'a forcément commis, déclara Issy. Vous qui connaissez bien David, qu'en pensez-vous ?

Elle versa du café brûlant dans la tasse.

— J'ai été stupéfaite. Et horrifiée. J'ai dit à l'inspectrice Hunter que je ne croyais pas David capable de tuer.

— Même quelqu'un qui a brutalisé son fils ?

— Je le vois réagir violemment, c'est sûr, mais…

Angelina eut soudain l'air soupçonneux.

— Comment se fait-il que vous sachiez tout ça ? Je vous croyais psychologue.

— La police a dû vous informer que j'exerce aussi dans le domaine criminel. À ce titre, j'ai parlé avec le père de Rory, hier soir, expliqua-t-elle en buvant une gorgée de café. Il est délicieux, merci, celui du poste de police est infect.

— Je suis perdue, admit Angelina. L'inspectrice croit David coupable ? Je lui ai expliqué que David était allergique à l'aspirine et qu'il n'en aurait jamais acheté pour lui-même car il risquait la mort.

— En fait, M. Millar a été libéré hier soir.

— Ah bon ?

— C'est une bonne nouvelle, non ? Quelle mère aurait envie de voir le père de son enfant inculpé pour meurtre ?

— D'accord, mais… et ses aveux ?

— Ils ne tenaient pas la route. Vous-même avez déclaré à l'inspectrice que David n'était pas capable de tuer.

— Les gens changent. En toute honnêteté, ce qui m'inquiète le plus, c'est que David ait pété les plombs et tué Charlie, peut-être par accident. Vous savez, il m'a agressée une fois. Ensuite, il a essayé d'entrer dans la maison par effraction pour me…

Issy posa une main rassurante sur son épaule.

— Allons… Je comprends à quel point cette situation est stressante pour vous.

— Oui… Je suis bavarde. C'est nerveux. Cette histoire me bouleverse.

— Naturellement. À présent, si vous alliez chercher Rory afin que je puisse discuter avec lui ? Ensuite, je vous laisserai tranquilles.

En dépit de sa confiance en son instinct infaillible, Issy eut soudain hâte que David Millar soit localisé. En patientant, elle finit son café.

Assis devant la fenêtre de sa chambre, Rory contemplait lui aussi la neige.

— La psychologue est arrivée, chéri. Elle est très gentille. Tu vas l'apprécier.

— D'accord.

— Après son départ, je me disais qu'on pourrait faire un bonhomme de neige dans le jardin, proposa-t-elle en l'embrassant sur le front.

— Non, merci. Je préfère rester au chaud.

— Viens, qu'on en finisse.

Elle le prit par la main et l'entraîna. Il suivit sa mère à contrecœur dans l'escalier.

— J'espère que je ne devrai pas parler longtemps. Je suis tellement fatigué, en ce moment.

— N'oublie pas que cette dame est là pour t'aider, lui rappela Angelina avec un large sourire. Rory, je te présente Isabella Sherriff.

Issy se leva pour venir à sa rencontre.

— Bonjour, Rory. Tu peux m'appeler Issy. Tu as vu toute cette neige ? J'aurais pu venir avec mon traîneau et mon renne.

Le jeune garçon esquissa un vague sourire de politesse.

— On reste ici, au chaud, ou bien préfères-tu qu'on s'installe ailleurs ?

Elle interrogea Angelina du regard.

— Ici, ce sera très bien, dit-il.

Angelina approcha une chaise pour Rory mais, au moment où elle allait s'asseoir à son tour, Issy l'en empêcha.

— Puis-je m'entretenir seule avec votre fils pendant quelques minutes ? Je vous promets d'appeler à l'aide si Rory menace de me frapper.

Cette fois, le jeune garçon fut franchement amusé.

— Très bien, je vous laisse. Ne le fatiguez pas, d'accord ?

— Du moment que ce n'est pas lui qui m'épuise…, répondit-elle avec un clin d'œil pour Rory.

Rassurée, Angelina quitta la cuisine et se rendit dans la buanderie pour vider sa machine à laver. Soudain, elle entendit sonner la ligne professionnelle de Julian dans le bureau et alla décrocher.

— Bonjour, c'est Stacey, l'assistante de M. Forbes. Puis-je lui parler un instant ?

— Il n'est pas là. Il a passé la nuit dans son appartement. En fait, je ne l'ai pas vu depuis hier matin.

— J'ai essayé de le joindre là-bas et sur son portable, en vain. Je me suis dit qu'il était avec vous à la maison, hier soir, et que, à cause du mauvais temps, il avait préféré ne pas s'aventurer à Norwich.

— Non. Il a peut-être un rendez-vous ? À moins qu'il ne soit au tribunal ?

Angelina comprit aussitôt l'absurdité de ces hypothèses. L'assistante de Julian était au courant de ses déplacements.

— Justement. Il avait rendez-vous avec une cliente ici même à dix heures trente. Cette dame patiente depuis vingt minutes à la réception. En général, M. Forbes me prévient du moindre retard ou s'il a besoin d'annuler un rendez-vous.

Des images terribles surgirent à l'esprit d'Angelina.

— Vous croyez qu'il a pu avoir un accident ? Je devrais peut-être appeler les hôpitaux…

— Vous auriez été prévenue, à l'heure qu'il est. Peut-être a-t-il eu une panne d'oreiller ? hasarda Stacey, peu convaincue.

Elles savaient toutes les deux que c'était impensable.

— J'ai peur qu'il n'ait eu un malaise dans son appartement, reprit Angelina. Je m'y rendrais bien mais, avec les intempéries, j'ai peur de ne pouvoir arriver jusque là-bas. De plus, j'ai mon fils. Il est avec une psychologue de la police…

— L'appartement est proche du cabinet et je sais que M. Forbes garde un double des clés dans le tiroir de son bureau. S'il n'est pas là à midi, vous voulez que j'aille y jeter un coup d'œil ?

— Je ne sais pas... On se fait peut-être des idées. Il doit bien y avoir une explication !

Stacey ne répondit pas immédiatement.

— J'irai voir à midi, d'accord ?

— Je veux bien, si ça ne vous dérange pas. Et tenez-moi au courant !

— Promis. Bon, je vais dire à la cliente que M. Forbes est retardé par la neige et je lui donnerai un autre rendez-vous.

— Appelez-moi dès votre arrivée là-bas. Merci, Stacey.

Angelina raccrocha, folle d'angoisse.

Comment sa vie de rêve avait-elle pu basculer dans l'horreur en l'espace de quelques jours ?

22

Celestria était seule, dans une salle d'attente, devant l'entrée des soins intensifs.

— Chérie, tu as fait vite ! s'étonna-t-elle en embrassant sa fille.

— Ce trajet m'a semblé durer une éternité, Maman.

Elle s'assit et prit les mains de sa mère dans les siennes.

— Il y a du nouveau ?

— J'attends le spécialiste qui doit m'expliquer la situation, déclara Celestria en consultant sa montre. Je suis là depuis trois quarts d'heure. Je n'ose pas insister. Les gens sont très occupés.

— Comment était Papa ?

— Je ne l'ai pas vu depuis mon coup de téléphone. Ils ont effectué un tas d'examens. Mon pauvre Tom est branché à des machines… Ils viendront m'avertir dès que je pourrai le voir. Merci d'être là. Je sais que tu es débordée…

— Ne me remercie pas. J'avais besoin d'être présente.

— Tu veux un café ? Il y a un distributeur, au bout du couloir.

— Non, merci.

— C'était comment sur la route ?

Au vu des circonstances, elles ne pouvaient qu'échanger des banalités.

— Affreux. Par chance, Pat…

La porte s'ouvrit soudain et un homme séduisant, entre deux âges, apparut.

— Madame Hunter ? Je suis le Dr Robert Carlisle. C'est moi qui m'occupe de votre mari. Et vous êtes… ?

— C'est notre fille, Jazmine.

— D'accord, fit le médecin en approchant une chaise pour s'asseoir en face d'elles.

— C'est un infarctus ? s'enquit Jazz, incapable de se contenir.

— Oui, je le crains.

— C'est grave ? insista Jazz en serrant la main de sa mère dans la sienne.

— Nous poursuivons les examens. Il souffre également d'une infection pulmonaire. Madame Hunter, est-ce qu'il toussait, ces derniers temps ?

— Oui, mais il affirmait que ce n'était rien.

— Ne vous sentez pas coupable. Ce n'est pas cette infection qui a provoqué l'infarctus, même si elle n'a pas arrangé les choses. Le problème qui se pose est celui du traitement. Deux organes majeurs, le cœur et les poumons, se sont remplis de fluide à cause de l'infection et du fait que le cœur ne pompe pas le sang de façon satisfaisante. Son corps n'évacue pas le fluide comme il le devrait.

— Est-ce qu'il… enfin…

Celestria fut incapable de terminer sa question.

— Madame Hunter, votre mari est très malade. Nous faisons de notre mieux pour l'aider. Nous l'avons mis sous perfusion d'antibiotiques pour essayer d'endiguer l'infection et d'autres médicaments pour stabiliser le cœur. De plus, il est sous oxygène pour chasser le fluide de ses poumons. C'est désagréable pour lui et le spectacle est anxiogène. Pour l'heure, il ne pourra pas vous parler.

Un silence s'installa, le temps que les deux femmes assimilent ces informations. Enfin, Jazz retrouva l'usage de la parole :

— Quelles sont ses chances ?

— Les prochaines vingt-quatre heures seront décisives. Nous sommes inquiets à cause de ses antécédents cardiaques. Si vous voulez un pourcentage… je dirais qu'il a environ trente pour cent de chances de s'en sortir.

Jazz hocha la tête en retenant ses larmes.

— Nous ferons le maximum. Il est combatif, commenta Carlisle avec un sourire. Il ne faut jamais sous-estimer la volonté des patients. Vous pouvez aller le voir, mais ne restez pas longtemps. Il est réveillé, ce qui est bon signe. Il sait qu'il ne peut pas parler, donc ne l'encouragez pas à le faire.

Celestria et Jazz se levèrent.

— Merci, docteur. Je suis sûre que mon mari est entre de bonnes mains.

— Nous faisons au mieux. Vous n'avez qu'à sonner et les infirmières vous feront entrer. À présent, veuillez m'excuser, j'ai un autre patient à voir.

Les deux femmes quittèrent la pièce et regardèrent le médecin s'éloigner dans le couloir. Tandis qu'elles attendaient d'avoir accès au service, Celestria prit les mains de sa fille dans les siennes, une fois de plus.

— Chérie, il ne faut pas qu'il sache à quel point c'est grave.

— Il s'en doute, Maman.

Une infirmière les accueillit à la porte du service.

— Nous venons voir Tom Hunter, annonça Jazz.

Elles pénétrèrent alors dans un lieu étonnamment silencieux. En les voyant, Tom leur fit un signe de la main. Jazz resta en retrait pour permettre à sa mère de l'embrasser. Elle la vit murmurer à son oreille. Aussitôt, le regard de son père s'illumina. Celestria lui prit la main et s'assit au bord du lit. Jazz s'approcha, de l'autre côté.

Elle embrassa son père sur le front.

— Salut, Papa, murmura-t-elle. Tu ressembles à un bébé éléphant avec ce tuyau sur le nez. Ne ris pas sinon je vais me faire gronder.

Elle le vit sourire.

— Cela te ressemble bien, de tomber malade le jour de la pire tempête de neige depuis des années, railla Celestria en lui caressant le dos de la main. Ta fille a dû venir du Norfolk à ski.

— Il fait même mauvais sur la côte, ce qui est rare, renchérit Jazz, consciente de la banalité de ses propos. En réalité, elle aurait voulu lui dire : *Ne me quitte pas, j'ai besoin de toi, je t'aime et te voir souffrir me brise le cœur…*

Un quart d'heure plus tard, Tom s'assoupit.

— Maman, je peux te laisser ici quelques minutes ? Un besoin pressant…

— Bien sûr, chérie.

Un sourire aux lèvres, Celestria caressait le front de son mari.

— Je le connais, il ne se reposera que si je suis là pour veiller à ce que les médecins ne fassent rien à son insu. Profites-en pour boire un café et prendre un peu l'air. Je suis très bien ici.

Jazz comprit que sa mère voulait rester seule avec lui.

— D'accord. À tout à l'heure.

En parcourant les couloirs en quête d'une cafétéria, elle trouva l'odeur de l'hôpital difficile à supporter. Pourtant, lorsqu'elle s'y rendait pour interroger un témoin ou une victime, elle n'était en rien incommodée. L'expérience était différente quand il s'agissait d'un proche…

La cafétéria était quasiment déserte. Le mauvais temps semblait avoir découragé les visiteurs et les patients en médecine ambulatoire. Attablé près de la fenêtre, Patrick lisait le journal.

Épuisée, la jeune femme s'assit en face de lui.

— Alors ?

L'expression de Jazz en disait long. Il serra sa main dans la sienne en signe de soutien et se leva.

— Je vais te chercher un café et tu me racontes tout ça.

— Je préfère un thé. Et un verre d'eau.

— Tu veux manger quelque chose ?

— Non merci, répondit-elle en observant les flocons de neige qui donnaient presque l'impression qu'il faisait nuit.

Si le pire se produisait ce jour-là, elle ne supporterait plus jamais la neige…

— Allez, bois, ça te fera du bien.

Patrick posa devant elle une théière en inox et une tasse. Jazz se servit sous le regard attentif de son ex-mari. Enfin, elle prit la parole :

— Il a trente pour cent de chances de s'en sortir. Il est au plus mal et les prochaines vingt-quatre heures seront déterminantes.

— Tu l'as vu ?

— Oui. Il a un masque à oxygène et ne peut pas parler. Écoute, Patrick, c'est très gentil de m'avoir amenée, mais je vais passer du temps ici et je ne veux pas que tu restes.

Patrick désigna la neige qui tombait dehors.

— Tu crois que je peux reprendre la route avec ces intempéries ? J'ai appelé le bureau et c'est calme, en ce moment. Cette météo n'est pas favorable pour le crime, comme tu le sais.

— Tu n'es pas sur une enquête ?

— Je viens d'en boucler une. Le chef de la police était ravi et m'a félicité.

— Tant mieux pour toi, commenta Jazz, qui s'en moquait. Tu ne vas pas traîner ici la journée entière !

— Je fais ce que je veux et, pour l'instant, je suis très bien ici, à lire mon journal. Si je m'ennuie trop, je sortirai faire un bonhomme de neige, railla-t-il d'un air espiègle.

— Il faut que j'appelle Miles et les portables sont interdits à l'intérieur de l'hôpital.

— Confie-moi ton portable et je m'en occupe. Je dirai à tes collègues que tu es là et je te transmettrai leurs messages. Jazz, oublie un peu ton enquête et concentre-toi sur ton père. Je te promets de t'avertir en cas d'urgence.

Jazz admit que sa proposition était sensée et lui remit son téléphone.

— Surtout, ne disparais pas.

— Je ne bouge pas. Fais-moi confiance.

Jazz ravala une réflexion sarcastique. Ce n'était pas le moment.

— Je t'attends ici.

— Merci, Patrick. J'y retourne.

*

À l'issue de son entretien avec Issy, Rory avait meilleure mine. Plus détendu, il était monté lire dans sa chambre.

— Vous trouvez qu'il va bien ? s'enquit Angelina en lui tendant son manteau.

La psychologue hocha la tête.

— Oui, dans l'ensemble. En revanche, quelque chose le tourmente. Je n'ai pas réussi à lui faire dire quoi. J'ai l'impression que cela n'a aucun rapport avec son père, mais plutôt avec l'école.

— Vraiment ? Aurait-il évoqué un harcèlement ?

— J'ai essayé de creuser cette piste. Hélas, Rory n'a pas été réceptif. C'est un garçon très réservé.

— Un peu comme David, avant qu'il ne pète les plombs, l'an dernier.

Issy boutonna son manteau.

— C'est le problème avec les personnes qui ont du mal à exprimer leurs sentiments. Les garçons, surtout. Ils sont comme des volcans. La lave monte, monte, jusqu'au jour où survient l'éruption.

— Oui…

— Vous vous sentez bien ? lui demanda la psychologue.

— Oui. Un peu de fatigue… le stress des derniers jours.

— Il faut prendre soin de vous.

— Julian, mon conjoint, a disparu. Je suis sûre qu'il va bien, mais je n'ai pas de nouvelles de lui depuis hier et il n'est pas encore arrivé à son bureau, ce qui ne lui ressemble pas.

— Ah, les hommes ! soupira Issy. On ne peut pas compter sur eux. Essayez de ne pas vous inquiéter.

— D'accord…

— Si le temps continue de se détériorer, je vais me retrouver coincée ici jusqu'à demain. Cela vous ennuierait que je revienne voir Rory ? Je crois avoir gagné sa confiance et il se confiera peut-être un peu plus.

— Bien sûr, répondit Angelina machinalement, obnubilée par Julian.

— Ne me raccompagnez pas, je connais le chemin. Et ne vous en faites pas trop pour votre compagnon. Il va réapparaître avec une explication parfaitement raisonnable, même s'il vous a rendue folle d'angoisse. Au revoir et merci pour le café.

Après son départ, Angelina fit chauffer de la soupe en conserve et dressa le couvert pour elle et Rory. Elle se servit un verre de vin, histoire de se détendre un peu. Dès que Rory s'attabla, elle posa un bol de soupe devant lui.

— Il faut manger, Rory. Tu es maigrichon.

— Je ressemble à Papa, c'est ma nature.

— Issy t'a annoncé la bonne nouvelle ?

— Non, laquelle ?

— Papa a été libéré sans être inculpé.

Rory se figea.

— Mais… puisqu'il a avoué, pourquoi ils ne le croient pas ?

— Je ne connais pas les détails. En tout cas, ils ne l'auraient pas laissé sortir s'ils le croyaient coupable. C'est une bonne nouvelle, non ?

— Oui, bien sûr, admit Rory sans enthousiasme.

— Ça n'a pas l'air de te faire plaisir. Qu'est-ce qui… ?

La sonnerie du téléphone l'interrompit. Elle se précipita vers le combiné.

— Angelina ? C'est Stacey. Je vous appelle de l'appartement.

— Alors ?

— Il n'est pas là.

— Ah…

Au moins, Julian ne gisait pas dans une mare de sang.

— Vous avez l'impression qu'il est passé dernièrement ?

— Non. Le lit n'est pas défait, même s'il a pu le faire avant de partir ce matin. Il n'y a aucun relief de petit déjeuner et la brosse à dents est sèche.

— Stacey, vous regardez trop de séries policières à la télévision ! plaisanta Angelina pour donner le change.

— C'est une question de bon sens, rétorqua-t-elle

un peu sèchement. Que voulez-vous que je fasse, maintenant ?

— Regardez si ses vêtements sont toujours dans l'armoire, au cas où il ait décidé de filer sans nous le dire.

— C'est fait, mais comme je ne sais pas combien de vêtements il possède… L'armoire est pleine.

Un silence s'installa tandis que les deux femmes cherchaient que faire de plus.

— Je ne comprends pas, admit enfin Angelina. Cela ne ressemble pas à Julian. Vous connaissez son côté rigide. Ce n'est pas quelqu'un d'impulsif.

— Je sais.

— Bon, je vais appeler les hôpitaux, au cas où il aurait eu un accident. Il a peut-être perdu la mémoire. Ce sont des choses qui arrivent.

— En effet, répondit Stacey, sceptique. De mon côté, je retourne au cabinet. On est en plein blizzard et je crois que M. Peters va fermer le bureau cet après-midi. Les tribunaux sont à l'arrêt car de nombreux jurés n'ont pas pu venir. Prévenez-moi si vous avez des nouvelles de M. Forbes. J'en ferai autant de mon côté. Ne vous inquiétez pas. Il finira par rentrer en s'étonnant que l'on ait fait tant d'histoires !

— Merci, Stacey. À plus tard.

Angelina raccrocha, perplexe. Quelque chose clochait, elle le sentait.

En se retournant pour parler à Rory, elle ne vit qu'un bol de soupe à moitié vide et une chaise vide.

*

Jazz et Celestria entouraient Tom tels deux anges gardiens. Celestria avait refusé de quitter son chevet, et même de lâcher sa main, comme si son amour parvenait à faire battre le cœur fragile de son mari et à diffuser un peu de sa force dans son corps.

Le ronronnement régulier des appareils qui maintenaient son père en vie devint un mantra auquel Jazz s'accrocha.

Tom alternait les phases de sommeil et de réveil, rassuré par leur présence. Celestria avait les paupières lourdes et le teint pâle.

— Maman…

Celle-ci sursauta et écarquilla les yeux.

— Fais une pause et va manger quelque chose. L'infirmière vient de dire que Papa était stable et je serai là s'il se réveille.

Celestria consulta sa montre. Cinq heures moins dix.

— D'accord. Je fais un saut à la cafétéria. Si jamais…

— Je sais. Tout ira bien. N'est-ce pas, Papa ?

Au moment où Celestria lâcha la main de son mari, Jazz prit l'autre dans la sienne.

Jazz laissa ses pensées vagabonder vers son enquête. Comment Issy s'en était-elle sortie avec Rory ? Ses collègues avaient-ils retrouvé David Millar ? Issy et elle devaient avoir raison de croire en l'innocence de David. Et quel lien unissait Charlie et Hugh Daneman ?

Charlie était le neveu de Corin Conaught. Hugh, l'amant présumé de Corin, alias Cory, autrefois.

Charlie savait-il que Hugh avait été proche de cet oncle décédé bien avant sa naissance ?

Maintenant que Charlie était mort et qu'il n'y avait plus d'héritier, Adele Cavendish, la mère de Charlie, devait décider avec son frère Edward de l'avenir du domaine.

La mère de Corin éclairerait peut-être sa lanterne. Cependant, d'après les dires d'Edward, lady Emily Conaught était fragile et peu fiable…

En percevant une légère pression sur sa main, Jazz se tourna. Son père avait les yeux ouverts et lui souriait sous son masque à oxygène. Elle se pencha pour l'embrasser sur le front.

— Salut, Papa. Tu as bien dormi ?

Il hocha imperceptiblement la tête et la tourna vers le côté où s'était tenue Celestria.

— Je l'ai envoyée manger quelque chose. Elle n'a rien avalé de la journée. Tu te sens mieux ?

Tom acquiesça et parut essayer de parler, en vain.

— Ne t'énerve pas. Tu ne garderas pas ce masque longtemps. Il est plutôt ridicule, d'ailleurs. Il ne te manque plus que deux grandes oreilles grises.

Tom leva les yeux au ciel. Il ôta sa main de celle de Jazz et fit semblant d'écrire.

— Tu veux du papier et un stylo ?

Tom leva le pouce.

Jazz fouilla son sac, puis glissa un stylo dans la main de son père et son calepin ouvert dans l'autre. Péniblement, Tom parvint à griffonner quelques mots.

Comment va ta mère ?

— Bien. Elle s'inquiète pour toi, naturellement.

Tu veilleras sur elle pour moi, d'accord ?

Jazz ravala un sanglot.

— Tu sais bien que oui, mais tu rentreras bientôt à la maison pour veiller toi-même sur elle.

Je n'ai pas peur.

Au bord des larmes, elle fut incapable de répondre.

Comment avance ton enquête ?

— Pas très bien, pour être honnête. J'ai du mal à réunir les pièces du puzzle, mais je suis sûre qu'on fera bientôt une découverte capitale, comme souvent quand j'ai l'impression d'être dans une impasse.

Cherche la sagesse dans le passé et l'espoir dans l'avenir.

La jeune femme hocha la tête. C'était un dicton cher à son père.

Je t'aime, chérie, et je suis très fier.

Épuisé par cet effort, Tom baissa les mains. La jeune femme eut le cœur serré en observant les pattes de mouche. Elle caressa doucement son front. Il s'était rendormi.

Mon Dieu, on l'aime et on a besoin de lui. Ne nous le prenez pas encore…

23

Adele Cavendish ferma son sac de voyage, puis elle traîna les deux grandes valises jusqu'au sommet de l'escalier. Elle retourna dans la chambre qu'elle partageait avec son mari depuis vingt ans et referma l'armoire pour cacher qu'elle était vide.

Sur sa table de chevet, elle prit le petit cadre contenant la photo de Charlie bébé et le glissa dans une poche de son fourre-tout. Elle balaya la pièce du regard une dernière fois avant de refermer la porte derrière elle.

Quand ses bagages furent dans le coffre de sa voiture, Adele revint faire le tour du rez-de-chaussée plongé dans le silence. C'était une maison superbe, assurément, mais elle n'avait plus d'âme depuis longtemps. Quand Charlie rentrait pour les vacances, il insufflait un peu de vie dans cette atmosphère lugubre. Les amis qu'il amenait parfois l'emplissaient de leurs rires et Adele se sentait à nouveau utile en nourrissant ces garçons en pleine croissance.

Hélas, Charlie était parti, plus rien ne serait pareil.

William rentrait le vendredi et regagnait son appartement londonien le dimanche soir. En le voyant dévorer son déjeuner dominical, Adele devinait qu'il était impatient de retourner en ville, laissant son épouse débarrasser la table et affronter une semaine de solitude.

De nombreuses épouses des villages des environs, dont les maris travaillaient dans la capitale, étaient également des « veuves de la semaine ». Cela ne semblait pas les perturber outre mesure, car cette absence était le prix à payer pour leur train de vie. Elles étaient solidaires et passaient leurs journées à accompagner des sorties scolaires, à faire du yoga ou à déjeuner ensemble.

William avait toujours souhaité qu'elle soit plus sociable, en dépit de son caractère réservé. Lui était exubérant et adorait les soirées animées, les grandes tablées de personnes ayant réussi mais qu'Adele trouvait superficielles.

Il lui arrivait de se demander pourquoi William l'avait épousée, elle qui était insignifiante et préférait écouter que parler. La triste vérité était que l'ambition implacable de William avait besoin d'une femme bien née qui flatte ses ambitions. Adele était la fille d'un lord dont le vaste domaine familial était un cadre prestigieux pour un mariage.

Naturellement, au départ, Adele avait été flattée d'être courtisée par cet homme séduisant et charismatique. Mais à mesure que sa carrière décollait, elle avait perdu tout attrait aux yeux de son mari. Elle savait à présent qu'il ne l'avait jamais aimée.

Dans la cuisine, elle parcourut la lettre qu'elle avait rédigée à six heures du matin. Elle avait passé tant d'heures dans cette pièce, à essayer d'être une épouse parfaite et une bonne mère !

Loin d'être une femme libérée, elle avait mené l'existence d'un personnage de roman du XIXe siècle. Comme c'était arrivé à tant d'autres avant elle, un homme charmeur et insensible l'avait prise dans ses filets.

Si elle était restée, c'était uniquement pour Charlie.

Cher William,

J'ai l'impression que nous ne sommes plus un couple depuis longtemps. Charlie étant parti, je n'ai plus aucune raison de rester et de prolonger ce calvaire pour nous deux. Tu admettras que nous devons cesser de faire semblant.
Mon avocat te contactera à propos de la procédure de divorce. Je retourne dans le Norfolk. Je suggère que nous vendions la maison du Rutland, à moins que tu ne veuilles la garder, auquel cas tu rachèteras ma part. Je souhaite un divorce aussi courtois et rapide que possible afin que nous puissions tourner la page.
Merci pour les vingt-cinq dernières années. J'en garde quelques souvenirs précieux. Et surtout merci pour Charlie, qui a donné un sens à ma vie.

Adele

Sans changer une virgule de son texte, elle glissa la feuille dans une enveloppe et y inscrivit le nom de William avant de la poser dans l'entrée. Comment réagirait-il ? En tout cas, il ne se lancerait pas à ses trousses.

En ouvrant la porte, elle ne ressentit aucune souffrance, malgré ces vingt-cinq années de mariage.

Soudain, elle se rappela un détail et remonta vivement à l'étage. Dans la chambre de Charlie, elle prit un ours en peluche posé sur l'oreiller avant d'émerger à nouveau sur le perron enneigé. Elle referma la porte sans un regard en arrière.

*

Jazz consulta l'horloge. Vingt et une heures trente. Son père dormait paisiblement. Sur le seuil de la chambre, Celestria lui fit signe de la rejoindre dans la salle d'attente.

— Chérie, je viens de parler à un médecin. Ton père n'est pas en danger dans l'immédiat. Il ne sert à rien que nous passions toutes les deux une nuit blanche. Si ton père se sent mieux demain, tu retourneras au travail et il faut que tu te reposes. J'ai discuté avec Patrick. Il a trouvé un hôtel à quelques centaines de mètres d'ici. Tu peux y aller à pied. En cas de problème, je t'appelle.

— Viens avec nous.

— Je préfère rester ici. Les infirmières ne me laisseront pas passer la nuit dans la chambre. Je serai à proximité.

— Allez, Maman ! Tu as besoin de dormir, toi aussi.

— Même au Ritz, je ne fermerais pas l'œil. Tu viendras me remplacer demain matin pour quelques heures…

— Très bien, mais promets-moi de m'appeler si…

— C'est promis. Allez, file. Patrick t'attend à l'entrée.

— Tu sais, sa présence est une pure coïncidence.

— Chut ! Je comprends. Comme dirait ton père, les voies du Seigneur sont impénétrables. Je suis contente qu'il soit là pour te soutenir. Au moins, il comprend. Va vite te reposer.

Patrick fumait une cigarette devant l'hôpital.

— Ça va ? demanda-t-il avec un sourire.

Jazz hocha la tête.

— Si l'hôtel n'est pas très reluisant, il est accessible. Ma voiture a disparu sous la neige, mais au moins il ne neige plus. Il paraît que tout aura fondu demain matin. On y va ?

Il lui offrit son bras. La pleine lune illuminait le manteau blanc qui scintillait de mille feux.

— Fais attention, ça glisse, surtout avec tes chaussures.

Seul le crissement de leurs pas rompait le silence qui enveloppait le parking.

— C'est fou comme les sons sont étouffés. Quel calme !

— Patrick ?

Il fallait qu'elle lui parle pendant qu'elle en avait le courage.

— Merci d'être présent. C'est important pour moi.

— Pas de problème.

Jazz claquait des dents sous son manteau de laine. Lorsqu'elle trébucha, Patrick la prit par la taille.

— On n'est plus très loin…

En d'autres circonstances, Jazz n'aurait jamais mis les pieds dans un tel établissement. La réception était exiguë et sombre. Patrick se chargea de les enregistrer.

Les marches de l'escalier étaient couvertes d'une moquette élimée.

— C'est là…

Patrick la fit entrer dans une chambre étonnamment coquette, puis il la suivit et referma la porte derrière lui.

— Je te fais couler un bon bain chaud ? suggéra-t-il.

— Ne t'en fais pas, je m'en charge. Va te reposer. Tu dois être crevé.

— Moi ? J'ai passé la journée à lire le journal et à boire du thé. Je suis en pleine forme.

— Quoi qu'il en soit, je te remercie, conclut-elle en l'embrassant sur la joue. Bonne nuit.

Sur ces mots, elle se dirigea vers la salle de bains. Sur le seuil, Patrick la regarda se pencher vers la baignoire.

— Jazz, c'était leur dernière chambre libre. Ils sont débordés à cause du mauvais temps. Je dois dormir ici, mais je peux prendre le fauteuil, si tu veux.

Jazz fit volte-face.

— Tu plaisantes ?

— Pas du tout ! Appelle la réception si tu ne me crois pas.

— Nom de Dieu ! jura la jeune femme en faisant couler l'eau chaude.

— Désolé. Je te jure que ce n'est pas une stratégie pour coucher avec toi. C'est le mauvais temps…

Jazz garda le silence.

— Je te comprends, reprit-il. Je vais dormir dans la voiture.

La jeune femme étouffa un cri de frustration et lui emboîta le pas.

— Ne sois pas ridicule ! Tu vas mourir de froid et j'aurai ta mort sur la conscience !

Elle observa le lit qui, heureusement, était de bonne taille.

— Je m'en remettrai, marmonna-t-elle avant de s'enfermer dans la salle de bains en claquant la porte.

Elle savoura l'effet bénéfique de l'eau chaude sur ses muscles tendus. Les yeux fermés, elle s'efforça de réfléchir posément. En dépit des épreuves qu'il lui avait fait traverser, Patrick s'était bien comporté au cours de cette journée, et il n'était pas responsable des intempéries.

Ils étaient adultes.

En se drapant d'une fine serviette, elle se rendit compte qu'elle n'avait pas de pyjama. Elle remit donc ses dessous avant de regagner la chambre. Patrick était déjà au lit. Il avait posé ses vêtements sur une chaise. Les mains croisées derrière la tête, il la regardait.

Jazz fit le tour du lit et se glissa entre les draps.

— Arrête ! railla-t-il en riant. On a passé dix ans ensemble. Je te connais sous toutes les coutures.

— Tu ne vis plus avec moi. Je te rappelle qu'on est divorcés, maugréa-t-elle.

Elle lui tourna le dos et chercha une position confortable sur le matelas de mauvaise qualité.

— Tu te rends compte qu'on est dans la suite nuptiale ? Je plains ceux qui démarrent leur vie conjugale dans ce lit, commenta Patrick.

— On s'en contentera. C'est déjà bien. Tu as mon portable ?

— Oui. Je l'ai posé sur la commode. Et il est allumé.

— Merci. Je devrais appeler le bureau, mais…

— J'ai contacté Miles. Il n'a rien d'urgent à te transmettre, il fera le point avec toi demain matin.

— Autrement dit, ils n'ont pas encore localisé David Millar.

— Qui ça ?

— Un suspect qui a disparu.

— Ah.

Ils gardèrent un moment le silence.

— Ça va ? demanda enfin Patrick.

— Tu parles de quoi, là ?

— De ton père.

— Je n'arrive pas à réaliser qu'il est entre la vie et la mort, soupira-t-elle. Pourvu qu'il s'en sorte… Sinon, je n'ose pas imaginer…

— Mon cœur, je sais combien vous êtes proches, tous les deux.

Jazz hocha la tête, au bord des larmes. Soudain, elle sentit une main sur son bras.

— Il faut y croire. Il va s'en sortir. Il s'est toujours battu. On sait que les premières vingt-quatre heures sont cruciales.

Elle ne put prononcer un mot.

— Et quoi qu'il arrive, je serai là pour toi.

Soudain, Jazz ne put retenir ses larmes et fondit en sanglots.

— Je ne veux pas qu'il meure ! J'ai besoin de lui et Maman aussi. Il est si courageux…

— Je sais, souffla-t-il en l'embrassant sur le sommet de la tête. Je sais.

— Il n'a que soixante-cinq ans. C'est encore jeune ! Quand on pense à ces nonagénaires en maison de retraite… Pourquoi lui ?

Elle se tourna vers Patrick.

— Il va s'en sortir, hein ?

— Bien sûr.

Lentement, il se pencha pour l'embrasser sur le front, puis le nez, avant de s'emparer de ses lèvres. Il s'enhardit à l'enlacer et l'embrassa avec fougue. Lorsqu'il posa les mains sur ses seins, elle ne résista pas, submergée par un désir aussi intense que le sien. Haletante, elle le sentit se coucher sur elle et, presque aussitôt, la pénétrer avec aisance. Il lui murmura des mots d'amour qu'elle n'entendit pas. Elle ne voulait pas l'écouter. Seul comptait ce plaisir qui montait en elle après sept mois d'abstinence, jusqu'à l'explosion. Après un ultime spasme, il s'écroula sur elle, pantelant.

Les yeux fermés, le souffle court, elle plongea dans une douce torpeur qui l'empêcha de réfléchir aux conséquences de ce qu'elle venait de faire.

— Oh… c'était… génial, vraiment génial, murmura Patrick. Tu m'as tellement manqué.

Jazz demeura silencieuse dans le noir, n'osant rompre la magie de ce moment.

— Je t'aime, Jazz. Je suis sincère. Je te supplie de me pardonner.

— Il y a longtemps que je t'ai pardonné, Patrick.

*

Angelina avait avalé un comprimé de Valium une heure plus tôt, mais il n'atténuait en rien l'angoisse qui l'étreignait. Elle regarda par la fenêtre de la cuisine. Les réverbères illuminaient un paysage féerique.

Elle alla chercher une bouteille de cognac dans le placard et se servit un grand verre qu'elle but d'un trait et qui lui coupa le souffle.

Il était presque dix heures et demie du soir. Était-il trop tard pour appeler la police ?

Brusquement, une idée lui vint. La disparition de Julian avait-elle un rapport avec Rory ? Et la libération de David ? Son ex-mari en voulait-il à Julian de ce qu'il s'était passé ?

Il était peut-être allé le voir, la veille au soir, après sa libération. Était-il assez dérangé pour le tuer ?

Angelina étouffa un cri d'angoisse et se mit à faire les cent pas dans la cuisine. Vingt-quatre heures plus tôt, David était en garde à vue pour un meurtre qu'il avait avoué… et voilà qu'elle se demandait si son ex-mari avait tué son compagnon !

Angelina rinça son verre et verrouilla les portes avant de monter. Rory dormait paisiblement.

Dans son lit, elle ouvrit son livre, en quête d'un semblant de normalité, mais elle fut incapable de se concentrer. Allongée dans le noir, elle passa en revue toutes les hypothèses. Julian en avait peut-être assez de Rory et David, au point de la quitter. Toutefois, cela n'expliquait en rien pourquoi il n'avait pas honoré ses rendez-vous avec ses clients.

Non.

Il avait pu avoir un accident grave en pleine

tempête de neige. Et s'il était blessé, sans possibilité d'appeler à l'aide ?

Plausible.

Elle appela à nouveau son portable. Pas de réponse.

Le lendemain matin à la première heure, elle appellerait le numéro que lui avait laissé l'inspectrice Hunter lors de la disparition de Rory.

*

— Entrez, monsieur Fredericks. J'espère que le trajet n'a pas été trop périlleux, déclara Thomas Sanders en serrant la main à Sebastian.

— Pas du tout. C'est agréable de venir en ville de temps en temps. J'ai suivi une formation à Wimbledon. Parfois, je me demande pourquoi je suis retourné dans le Norfolk. Le destin, sans doute…

— Asseyez-vous, proposa le notaire. Je peux vous offrir un thé ? Un café ?

— Je prendrai volontiers un café, merci.

Sebastian admira le superbe bureau, les boiseries, les hautes fenêtres de style géorgien donnant sur Grosvenor Square. Comment un simple professeur tel que Hugh avait-il choisi cette étude de standing ?

— Monsieur Fredericks, saviez-vous que M. Daneman vous avait attribué un legs ?

— Absolument pas. Je connaissais Hugh depuis plus de trente ans. J'ai été son élève à St Stephen, puis nous sommes devenus collègues.

— Très bien, dit le notaire en prenant une feuille de papier avant de chausser ses lunettes. Outre ses manuscrits très précieux qui reviennent au British Museum et un autre legs, le patrimoine vous revient.

Sebastian en demeura bouche bée.

— Moi ? Mais pourquoi ? Il doit avoir de la famille qui attend cet héritage !

— Non. Apparemment, il n'a plus de parents vivants. Si le patrimoine n'est pas énorme, il comprend quand même un appartement à Kensington, ainsi que de l'argent et des assurances pour un peu plus de deux cent mille livres sterling. Ah, Sophie. Posez votre plateau. Nous nous servirons, merci.

Tandis que la jeune assistante s'éloignait, Sebastian eut du mal à contenir son enthousiasme.

— Je vous sers, dit le notaire. Du sucre ?

— S'il vous plaît. Est-ce que... Hugh vous a expliqué pourquoi il me léguait ses biens ?

Sanders lui tendit une tasse.

— Non. Je ne pose jamais de questions. Connaissant Hugh depuis plus de trente ans, je suis certain que ses dernières volontés sont le fruit d'une réflexion poussée, comme toutes les décisions qu'il prenait.

— Eh bien..., souffla Sebastian en portant la tasse à ses lèvres.

— En tant qu'exécuteur testamentaire, je peux agir en votre nom, si vous le souhaitez. Ce sera plus simple.

— C'est très aimable, maître. Vous parliez d'un appartement à Kensington ?

— Oui. Il s'agit peut-être d'une propriété à bail, comme c'était souvent le cas dans les années soixante-dix. Auquel cas il faudrait voir quand ce bail arrive à échéance. Je peux me renseigner.

— Je veux bien, car je ne suis pas un expert des questions juridiques. Je suis un simple prof…

Sanders enleva ses lunettes.

— Cet héritage doit être une manne tombée du ciel.

— Et comment !

— Avez-vous de la famille, vous-même ?

— Non. Mes parents sont morts et je n'ai pas encore réussi à convaincre une femme de fonder ma dynastie, plaisanta Sebastian avec un large sourire.

— À votre connaissance, vous n'êtes pas un enfant adopté ?

Sebastian fronça les sourcils.

— Non. Du moins, mes parents ne m'ont rien dit de tel.

— Hum…, fit Sanders en buvant une gorgée de café.

— Seriez-vous en train de suggérer que… ?

— Monsieur Fredericks, je ne suggère rien. Ce n'est pas mon rôle. Je suis notaire depuis quarante ans et je peux vous dire que la folie apparente d'un testament a toujours une explication rationnelle. À vous de déterminer laquelle. Je peux mettre de l'huile dans les rouages de la loi, pas dans ceux de l'esprit humain. Je vais tout consigner par écrit, mais je dois hélas mettre fin à notre entretien car je vous ai glissé entre deux clients, aujourd'hui.

Sebastian émergea dans la rue comme sur un nuage. Il entra dans le pub le plus proche et but un whisky pour remettre de l'ordre dans ses idées.

Sanders avait-il insinué que Hugh Daneman était… son père ?

C'était impossible !

Chacun savait que Hugh était gay.

Peut-être Hugh n'avait-il personne au monde. Il avait toujours montré un intérêt paternel pour lui, même quand il était un simple élève.

Sebastian se rendit à la gare de Liverpool Street en taxi. Il pouvait se permettre cette folie, car il serait bientôt riche. Durant tout le trajet, il rêva de son avenir. Garderait-il son poste à St Stephen ou voyagerait-il ? Du cricket aux Antilles… Du rugby en Nouvelle-Zélande… Le monde était à lui !

Et *elle* ? Que dirait-elle quand il lui apprendrait la nouvelle ? Serait-il enfin en mesure de lui offrir ce qu'elle méritait ?

24

À six heures, Jazz se réveilla en sursaut. Elle retrouva vite ses esprits et consulta fébrilement son portable.

Il n'y avait aucun appel en absence, mais son cœur battait à tout rompre. Elle brûlait d'aller voir son père. Tandis qu'elle s'habillait à la hâte, Patrick se retourna.

— Il est quelle heure ? gémit-il d'une voix ensommeillée.

— Six heures passées. Je vais à l'hôpital.

— D'accord. Je te retrouve là-bas ?

Elle regarda par la fenêtre.

— La neige fond rapidement. Tu pourras regagner Londres sans problème.

— Jazz…

Il tendit une main qu'elle ignora.

— J'y vais. Je t'appelle dès que j'ai des nouvelles de Papa.

En voyant sa fille entrer dans le service de soins intensifs, Celestria lui sourit.

— Salut, Maman, dit-elle en embrassant son père endormi. Il va comment ?

— Ça va. Les fonctions vitales sont stables et il a bien dormi.

— Dieu merci ! s'exclama-t-elle avec un sanglot d'émotion.

— Il n'est pas encore tiré d'affaire, prévint Celestria, mais chaque heure passée est un progrès. L'infirmière m'a dit qu'ils lui enlèveraient peut-être son masque à oxygène pour voir s'il arrive à respirer seul.

— Va donc prendre un petit déjeuner. Je reste avec lui.

— D'accord. La neige a fondu. Tu vas pouvoir retourner chez toi.

— Maman, je resterai ici tant que je n'aurai pas l'assurance que Papa va mieux.

— Bien sûr, chérie. Je reviens très vite.

Tom avait meilleure mine. Elle rougit soudain à l'idée qu'il apprenne ce qu'elle avait fait pendant qu'il luttait pour rester en vie. Il n'aimait pas Patrick qui, selon lui, n'était pas l'homme qu'il lui fallait. Et il n'avait jamais caché son hostilité.

Elle lui caressa doucement la main et soupira. Elle s'en voulait d'avoir cédé à la tentation, cette nuit-là. C'était bel et bien fini entre Patrick et elle. Pas moyen de revenir en arrière. Il n'aurait pas dû profiter de ce moment de vulnérabilité.

Sauf qu'elle l'avait laissé faire.

En sentant une pression sur sa main, elle constata que son père avait les yeux ouverts. Une infirmière entra pour vérifier les écrans.

— Bonjour ! C'est très bien, tout ça.

Jazz vit son père sourire.

— Le docteur vous autorise à enlever votre masque pendant dix minutes, du moment que vous ne bavardez pas trop avec votre fille.

Tom hocha la tête. L'infirmière le libéra et remit à Jazz un bol de glaçons.

— Votre père aura la bouche très sèche. Donnez-lui de la glace à sucer.

Dès que Jazz entreprit d'hydrater ses lèvres gercées, Tom émit un soupir d'aise.

— Tu vas beaucoup mieux, murmura-t-elle d'une voix brisée par l'émotion.

— Je n'en reviens pas d'être encore là. Dieu n'a pas voulu de moi.

— Maman est partie manger un morceau, une preuve que tu vas mieux. Elle ne t'a pas quitté depuis dix-huit heures.

— Dis-lui que je l'aime, murmura Tom, les yeux embués de larmes.

— Tu le lui diras toi-même à son retour. Essaie de ne pas trop parler.

Tom hocha la tête et ferma les yeux. L'infirmière vint lui remettre son masque. Quand sa mère les rejoignit, Jazz lui transmit le message de son père.

— C'est formidable qu'il ait pu prononcer quelques mots. Au fait, Patrick est à la cafétéria. Il attend tes instructions, selon sa propre expression.

Jazz se sentit rougir.

— Je devrais aller lui dire de s'en aller.

— Je crois qu'il est ravi de t'attendre. Il pense faire un tour dans Cambridge, ce matin.

— Il n'a pas à faire ça, insista Jazz en se levant d'un bond. Je reviens tout de suite.

Patrick était attablé au même endroit que la veille, devant un café.

— Tu veux boire quelque chose ? lui demanda-t-il.

— Non. Je remonte voir mon père. Il ne sert à rien que tu restes. Je ne partirai que lorsque le médecin aura examiné Papa et déclaré qu'il est tiré d'affaire. Le sergent Miles viendra me chercher. Merci encore d'avoir été présent, hier.

— On pourrait au moins se revoir pour discuter de cette nuit, non ? implora-t-il d'un air triste. Au risque de passer pour une vraie gonzesse, ça compte pour moi, même si tu n'en avais rien à faire.

— Je t'appelle plus tard pour te donner des nouvelles. On en parlera à ce moment-là.

Elle était consciente de sa froideur, néanmoins c'était sa seule façon de gérer la situation.

— Merci, Patrick, dit-elle en l'embrassant sur la joue.

Sur ces mots, elle fila sans se retourner vers l'entrée de l'hôpital. En prenant une grande bouffée d'air frais, elle sentit son front moite. Elle s'assit sur un banc pour appeler Miles.

— Comment ça se passe ? demanda le sergent d'un ton inquiet.

— Mon père a passé la nuit et il va un peu mieux.

— Tant mieux !

— Le chemin est encore long et je ne sais pas quand je reviendrai. Où en est-on ? Vous avez retrouvé Millar ?

— Pas encore. On passe la ville au peigne fin.

Franchement, je commence à me demander s'il n'a pas trop bu. Il a pu tomber dans un fossé et finir gelé.

— Dans ce cas, vous le retrouverez aujourd'hui avec le dégel. On a le testament de Hugh Daneman ?

— Oui. J'ai parlé au notaire qui me l'a adressé. C'est assez surprenant. Il laisse tout, à part un petit legs, à Sebastian Fredericks.

— Ah oui ?

Jazz y trouva matière à réflexion.

— De plus, Daneman a modifié son testament il y a moins d'un mois. Au départ, il léguait presque tout à la British Library. Jenny Colman touche un peu d'argent. C'est l'assistante du directeur. Vous voulez que j'aille voir Fredericks pour en savoir plus ?

— Et comment ! Le changement est peut-être une coïncidence, cela dit. Certains sont obsédés par leurs dernières volontés. Le notaire vous a-t-il éclairé sur le sujet ?

— Il n'en a aucune idée. Il m'a répondu que cela ne le regardait pas. Toutefois, selon lui, rien ne se fait au hasard et il y a toujours une logique derrière ce qui peut sembler fou. Il a pensé que M. Fredericks était un ami proche ou un parent.

— Le labo a donné ses conclusions sur le registre de l'armoire à pharmacie ?

— Oui. Le Tipp-Ex couvrait le mot « aspirine ». Vous aviez raison.

— Et l'entretien d'Issy avec Rory, hier ?

— Il s'est bien passé. Elle retourne le voir ce matin et est impatiente de vous en parler à la première occasion. Elle tombe bien, cette neige.

— Pourquoi ?

Miles marqua un temps d'arrêt avant de répondre :

— C'était sympa d'avoir un peu de compagnie.

— Je remonte voir mon père. Je vous tiens au courant. Il faudrait que vous veniez me chercher. Si Issy pouvait s'attarder encore, que je puisse lui parler… Je l'appelle à midi, quoi qu'il arrive.

— Elle compte passer encore une nuit ici, de toute façon.

— Ah bon ? C'est étonnant. Elle déteste la campagne. Ce doit être votre charme irrésistible, Miles. À plus tard !

À peine avait-elle coupé l'appel que son téléphone se mit à sonner, un numéro inconnu.

— Inspectrice Hunter ? Bonjour, c'est Angelina Millar. Désolée de vous déranger. Ce n'est peut-être rien, mais… mon… compagnon, Julian, semble avoir disparu.

Il ne manquait plus qu'une névrosée larguée par son amant !

— Disparu ? Vous êtes sûre ?

— Oui. Cela fait deux jours que je n'ai aucune nouvelle de lui. Depuis mardi soir. Hier, il ne s'est pas présenté à son bureau. Il est avocat et son assistante n'a aucune nouvelle non plus. Il ne répond pas sur son portable et n'est pas dans son appartement.

— Je vois, répondit Jazz, impatiente de retourner à l'intérieur. Je regrette, je ne suis pas disponible en ce moment. Je vais vous donner le numéro de mon sergent, qui pourra vous aider. Vous avez de quoi noter ?

— Oui.

Jazz lui fournit les coordonnées de Miles.

— Merci, inspectrice. Vous devez me prendre pour une folle, et je le suis peut-être, mais Julian n'est pas du genre à faire faux bond à ses clients.

— Avez-vous contacté les hôpitaux ? Avec la tempête d'hier…

— Oui, et personne ne répond à sa description.

— Appelez donc le sergent Miles. Je dois vous laisser, madame Millar. Bon courage.

Jazz s'empressa d'éteindre l'appareil pour ne plus être dérangée et se concentra sur son père.

*

Sebastian Fredericks dormait à poings fermés quand il fut réveillé par la sonnerie de son portable. La chambre était baignée dans une lumière blanche que reflétait la neige.

Il tendit la main vers l'interrupteur, mais pas assez vite pour prendre l'appel. Sa montre indiquait six heures trente. En se levant, il frissonna de froid. En général, Fleat House était surchauffée.

Il trouva son portable dans une poche de sa veste. Il avait un message vocal. Sebastian retourna vite sous sa couette pour en prendre connaissance.

« Salut, chéri, c'est moi. Je voulais te parler avant que tu ne commences ton travail. J'aimerais te voir, ce soir, si possible. Je serai là toute la soirée, alors peu importe l'heure. Appelle-moi quand tu pourras. Je t'aime. »

Sebastian réfléchit à un moyen de se libérer. Son métier l'accaparait. En cours d'année, il était de garde en permanence. Hugh étant parti, il n'avait aucun renfort. Pour l'heure, James Cox, un élève de terminale, l'aidait, mais il ne pouvait confier la responsabilité de la maison à un gamin de dix-huit ans.

Pourvu qu'il touche bientôt cet héritage afin qu'ils puissent faire des projets d'avenir. Sebastian ne lui avait encore rien dit. Il préférait lui annoncer la nouvelle quand ils seraient ensemble pour mieux savourer ce moment. Il ne serait plus le parent pauvre. Cela changerait-il leurs rapports ? En tout cas, il aurait l'autonomie nécessaire pour prendre les décisions qu'il fallait pour eux deux. Quelques jours plus tôt, il n'aurait jamais cru cela possible.

Sebastian esquissa un sourire. Malgré une situation apparemment intenable, ils allaient enfin pouvoir avancer.

La sonnerie du réveil le fit sursauter. Sous la douche, il poussa un cri en sentant un jet d'eau glaciale sur sa peau alors qu'il avait pourtant actionné le robinet d'eau chaude. Il sortit de la cabine en grommelant. Il devait y avoir un problème avec la chaudière…

Il appela Bob, le responsable de l'entretien, qui n'était pas encore arrivé, bien sûr. C'est sa femme qui décrocha, et Bob lui promit de venir au plus vite.

— Avec la fonte de la neige, certains tuyaux explosent, maugréa-t-il.

Sebastian grimaça en songeant à ses soixante-dix élèves privés de douche.

Elle prit l'appel dès la première sonnerie.

— Bonjour, chérie, c'est moi. Comment ça va ?

— Je… eh bien, ça va, répondit-elle après une légère hésitation.

— Qu'est-ce que tu fais là ? Je ne t'attendais pas avant le week-end.

— Disons qu'il y a eu un changement.

— Tu es là pour combien de temps ?

— C'est ce dont je voulais te parler ce soir.

— Écoute, on a un petit problème technique que je dois régler. Je t'appelle plus tard, en tout cas j'espère me libérer vers vingt heures, mais seulement pour une heure, hélas. C'est mieux que rien. En fait, j'ai une nouvelle à t'annoncer.

— Une bonne nouvelle ?

— Oui, très bonne, même.

— Et moi aussi, j'ai une bonne nouvelle pour toi, dit-elle avec un sourire dans la voix. Je te laisse, chéri. À plus tard.

Sebastian glissa son portable dans la poche de son pantalon et alla prévenir les résidents des trois étages qu'il n'y avait pas d'eau chaude à Fleat House.

*

— Je pars voir le jeune Rory, annonça Issy à Miles, à la réception de l'hôtel.

— Je t'y conduis. Je viens d'avoir Angelina Millar. Apparemment, son petit ami s'est volatilisé.

— Toujours pas rentré ? Elle était très inquiète, hier.

Le trottoir et la chaussée étaient glissants. Des rigoles de neige fondue coulaient sur le bitume.

— Elle n'a pas beaucoup de chance avec les

hommes, celle-ci. Son ex et son amoureux ont disparu. Tu crois que…

— Je doute qu'il y ait un rapport avec l'enquête. Je ne vois pas comment, mais je ferais mieux de lui parler.

Miles ouvrit la portière du passager tandis qu'Issy évitait les flaques pour monter à bord.

— C'est quand même bizarre, qu'il se soit volatilisé juste à ce moment, commenta-t-elle.

— C'est sûr. Cette Mme Millar n'est pas mon genre de femme. Je parie qu'elle le harcèle en permanence. Elle est du genre à te faire ramasser ta serviette humide sur le sol de la salle de bains et à repasser les caleçons et les chaussettes.

— C'est quoi, ton genre de femme, mon chou ? s'enquit-elle en posant une main sur sa cuisse.

Il l'en ôta doucement.

— Sois sage ! Je suis au volant ! gronda-t-il.

Miles s'engagea dans l'allée de la maison d'Angelina Millar.

— Tu penses en avoir pour combien de temps avec Rory ?

— Le temps qu'il faudra.

— Je vais dire deux mots à Mme Millar, puis je dois filer à St Stephen. Tu rentreras au poste de police par tes propres moyens, d'accord ?

— Je me débrouillerai, bougonna Issy. Je déteste marcher.

Miles effleura ses fesses d'une petite tape.

— Un peu d'exercice te fera du bien, plaisanta-t-il.

Issy fut accueillie par une Angelina blême.

— Entrez. Rory est dans sa chambre.

— Je monte ?

— Si vous voulez. C'est la deuxième porte à gauche.

— À plus tard, Miles ! lança-t-elle avant de gravir les marches.

Mme Millar conduisit le sergent dans la cuisine.

— Vous voulez du café ?

— Si vous en préparez, volontiers.

Miles s'attabla.

— Vous avez des nouvelles ?

Angelina secoua négativement la tête.

— Aucune. J'ai tout essayé. Stacey vient de me dire qu'il ne s'est pas présenté au cabinet, ce matin…

Elle se mit à pleurer.

— Désolée, je n'ai pas beaucoup dormi ces derniers jours.

— Je m'en doute. Ne vous inquiétez pas, nous ferons le maximum pour retrouver M. Forbes.

Lorsqu'elle posa une tasse devant lui, Miles lui adressa un sourire rassurant.

— Merci. Dites-moi où et à quelle heure vous avez parlé à M. Forbes pour la dernière fois.

Angelina lui relata leur conversation du mieux qu'elle put.

— Donc Rory n'a jamais rencontré M. Forbes ?

— Non. Je jugeais cela préférable, au vu des circonstances. Je voulais que mon fils se remette de l'absence de son père à la maison avant de lui présenter son futur beau-père.

— M. Forbes et vous comptez vous marier ?

— Nous allions annoncer nos fiançailles lors de la fête organisée pour les quarante ans de Julian.

Des larmes coulèrent sur les joues de la jeune femme.

— J'étais tellement contente ! J'avais commencé à contacter d'anciens camarades de St Stephen et…

— Votre fiancé est allé à St Stephen ?

— Oui. À Fleat House, même. C'est une coïncidence. Rory était déjà inscrit quand j'ai rencontré Julian.

— Qui étaient ses anciens camarades ?

Angelina énuméra quelques noms.

— Bien sûr, Julian connaissait Sebastian Fredericks, l'actuel professeur responsable de Rory. Le monde est petit, commenta-t-elle.

— Il semble l'être, dans le coin, confirma Miles. Que pense M. Forbes du fait de devenir le beau-père d'un garçon qu'il n'a pas encore rencontré ?

— Je crois qu'il appréhende un peu, car lui-même n'a pas d'enfants. Il a toujours su que Rory faisait partie du tableau. On a réservé des vacances aux sports d'hiver. Julian se disait que ce serait l'occasion de tisser des liens.

— Et que pense M. Forbes des aveux de votre ex-mari du meurtre de Charlie Cavendish ?

— Il était sous le choc, mais pas particulièrement surpris. Il sait à quel point David est instable.

— Sait-il que M. Millar a été libéré sans charge ?

— Sergent Miles, je n'ai pas de nouvelles de lui depuis qu'Issy m'a annoncé la nouvelle.

— Bien sûr. La dernière fois que vous avez vu

M. Forbes, a-t-il dit ou fait quelque chose suggérant un problème ?

— Pas vraiment, non, soupira Angelina. Il n'était pas content de devoir dormir dans son appartement parce que Rory est à la maison. J'avais proposé d'aller le voir hier soir à Norwich et de prendre un dîner à emporter.

— Pouvez-vous me fournir l'adresse de cet appartement et la clé ? Je vais envoyer quelqu'un sur place.

— Son assistante y est allée. Elle n'a vu aucun signe d'un départ à la hâte. Julian n'est pas impulsif et n'est pas du genre à négliger son travail. J'ai contacté les hôpitaux, sans résultat. Il s'est volatilisé.

— Donnez-moi une photo. Je lance un avis de recherche.

— C'est tout ce que vous pouvez faire ?

— Nous irons à son appartement et son cabinet, mais… c'est un adulte. Sauf preuve du contraire, on peut penser qu'il est parti de son plein gré.

— Et… mon ex-mari ? Il détestait Julian. Il l'a même menacé en pleine rue, devant témoins. De plus, la libération de David correspond à la dernière fois que j'ai eu des nouvelles de Julian…

— Je comprends, coupa Miles. Essayez de ne pas trop vous inquiéter. Je doute qu'il existe un rapport. Vous avez déclaré vous-même que M. Millar n'est pas violent. Excusez-moi, j'ai un autre rendez-vous, conclut-il en se levant. Je suis certain qu'il existe une explication rationnelle.

— J'espère. La coïncidence avec le reste est un peu trop grande.

Angelina chercha dans son sac à main la clé de l'appartement.

— Nous ferons au mieux, promit le sergent. Je file. Mme Sherriff regagnera le poste de police par ses propres moyens. Je vous tiens au courant.

— Merci d'être venu, dit Angelina en le raccompagnant.

Dès qu'il fut sorti, Miles contacta le sergent Roland pour savoir s'il avait des nouvelles de David Millar.

*

À l'entrée de Bob, le responsable de l'entretien, Sebastian leva les yeux de ses dossiers.

— C'est fait, monsieur Fredericks. Le tuyau est réparé. Je descends à la cave pour rallumer la chaudière. Ensuite, je file.

Le visage de Bob était encore plus rubicond que de coutume.

— Tant mieux. Vous avez la clé ?

— Oui, je l'ai.

Bob longea le couloir et descendit lentement l'escalier irrégulier menant au sous-sol. Les malles des élèves étaient stockées dans la chaufferie, où il faisait chaud et sec. Sur la dernière marche, Bob se mit à renifler.

L'odeur n'était pas très forte, mais il reconnut la puanteur de la décomposition.

— Encore un rat crevé, marmonna-t-il en scrutant le sol en quête de déjections.

Il ne trouva rien derrière les malles, où l'odeur

s'accentuait. En se penchant, il eut l'impression qu'elle provenait d'une malle.

Pourvu que la sale bête ne soit pas entrée dedans. L'élève à qui elle appartenait risquait d'avoir un choc…

Bob souleva le couvercle.

Le hurlement d'effroi qui rompit le silence de Fleat House fit sursauter Sebastian Fredericks.

25

Pleines d'appréhension et d'espoir à la fois, Jazz et Celestria regardèrent le Dr Carlisle s'asseoir en face d'elles.

— Bonne nouvelle, annonça-t-il avec un sourire. M. Hunter réagit bien au traitement. S'il n'est pas complètement tiré d'affaire, ses poumons commencent à se vider de leur liquide et sa pression artérielle s'est stabilisée. Autrement dit, son cœur fonctionne mieux qu'hier. Le pronostic est bien plus favorable. S'il continue sur cette voie, il devrait pouvoir quitter les soins intensifs dans quelques jours.

Celestria sourit et serra la main de sa fille dans la sienne.

— C'est formidable, docteur ! N'est-ce pas, chérie ?

— Oh oui…

— Je dois vous prévenir : il devra se montrer très raisonnable à l'avenir. Son cœur est fragilisé et affaibli…

— Franchissons déjà cette étape, voulez-vous ? Nous nous préoccuperons de l'avenir le moment venu, coupa Celestria, désireuse de rester sur une note optimiste.

— D'accord, acquiesça le médecin. Il est en effet plus sage d'avancer pas à pas.

— Il n'est donc plus en urgence absolue ? s'enquit Jazz.

— Avec des patients dans cet état, on n'a aucune garantie, mais il est sur la bonne voie, je le répète, conclut Carlisle en se levant. À demain, mesdames.

Une fois seules, Jazz et Celestria s'étreignirent.

— J'ai eu tellement peur de le perdre ! avoua la jeune femme.

— Ton père est un battant, assura sa mère. Tu peux regagner le Norfolk, à présent.

— Je vais descendre un instant pour appeler Miles. S'il n'y a pas d'événement majeur dans mon enquête, je préférerais rester ici.

— Je sais d'instinct que ton père va s'accrocher. File passer ton appel. Je rejoins Tom pour lui faire part de l'optimisme du médecin. Qu'est-ce que je ferais sans toi, ma fille ? Merci d'être là.

— Allons, Maman ! Je reviens.

Devant l'entrée de l'hôpital, Jazz vit qu'elle avait un message de Miles. En l'écoutant, elle blêmit.

*

Issy dégustait l'excellente soupe au poulet d'Angelina quand son portable se mit à sonner.

— Tu es encore chez les Millar ? s'enquit Miles.

— Oui. J'allais justement regagner le poste de police.

— Tu es seule ? Tu peux parler en toute discrétion ?

— Attends une seconde…

Issy percevait une certaine tension dans la voix du sergent.

— Désolée, souffla-t-elle à Angelina. C'est mon chef qui m'appelle.

Elle quitta la cuisine pour se diriger vers le salon.

— Vas-y, je t'écoute.

— On vient de retrouver le cadavre de Julian Forbes dans une malle, au sous-sol de Fleat House.

Issy porta une main à sa bouche.

— Non ! Qui l'a trouvé ?

— Le concierge, enfin l'homme d'entretien, en rallumant la chaudière. Un coup de chance, en fait. Si un tuyau n'avait pas cédé à cause de la neige, le cadavre n'aurait pas été découvert avant les vacances de Pâques, quand les garçons auraient récupéré leurs malles.

— Il est mort depuis combien de temps ?

— Environ deux jours, selon moi. Les techniciens de la police scientifique sont en route.

— Pauvre Angelina… Elle va s'effondrer.

— Je veux bien te croire. Issy, j'ai besoin que tu me rendes un service. Tu peux rester sur place ? Tu ne risques rien, on a posté un agent devant la maison en apprenant la disparition de Millar, mais je ne veux pas que Mme Millar ou Rory sortent de chez eux dans l'immédiat. J'ai appelé Jazz. Elle sera là dans l'heure.

— L'ex d'Angelina a refait surface ?

— Non. Vérifie que les portes sont fermées à clé, au cas où David Millar décide de s'en prendre à son ex-femme.

— J'en doute.

— Je sais que tu en doutes, Issy, mais Millar a été relâché à peu près au moment où Mme Millar a cessé d'avoir des nouvelles de Julian Forbes. Et il demeure introuvable.

— C'est peut-être une coïncidence, murmura la psychologue. D'autant que j'ai du nouveau sur Rory…

— Je te rappelle dès que Jazz sera arrivée. Pour l'instant, ne parle de rien.

— Je vais m'efforcer d'entretenir une conversation aimable.

— Merci, chérie. Désolée de t'entraîner dans cette galère.

— Ce n'est pas grave. Je retrouverai un peu de calme en retournant à Londres, railla-t-elle. À plus tard !

Issy afficha un sourire forcé avant de regagner la cuisine.

Jazz avait réussi à contacter son ex-mari au moment où il allait s'engager sur l'A14 en direction de Londres. Patrick était venu la prendre devant l'hôpital et ils avaient aussitôt mis le cap sur le Norfolk.

La jeune femme avait passé une grande partie du trajet au téléphone avec Norton.

— La situation est délicate, Hunter. J'ai déjà envoyé la police scientifique sur les lieux, mais vous aurez besoin de renforts. Vous avez un officier de police très chevronné juste à côté de vous. Le problème est de savoir si vous êtes capable de travailler avec lui.

Jazz n'avait pas vraiment le choix. Si elle disait non, Norton penserait qu'elle manquait de professionnalisme. Si elle répondait par l'affirmative, elle serait condamnée à coopérer avec Patrick jusqu'à la conclusion de l'enquête.

— Bien sûr, répondit-elle vivement.

— Tant mieux ! J'ai contacté King's Lynn. Ils vous envoient des agents qui assureront au moins une présence à l'école.

— Justement, j'y venais. Vous voulez que je fasse fermer St Stephen sur-le-champ ? Le sergent Miles a évacué Fleat House. Les garçons seront logés dans d'autres maisons et dortoirs pour l'instant. Dès que la nouvelle d'un troisième décès se répandra – un meurtre, sans l'ombre d'un doute –, ce sera la panique générale.

— Vous aurez une vision plus globale une fois là-bas. Appelez-moi quand vous aurez examiné la scène de crime.

— Très bien, monsieur.

Elle raccrocha et regarda droit devant elle.

— Ça va ? s'enquit Patrick en posant une main sur la sienne.

La jeune femme la retira aussitôt.

— Oui, oui, ça va.

— Tu es épuisée. Tu viens de passer deux jours éprouvants.

— Je t'assure que ça va, persista-t-elle sèchement. Je peux gérer la pression sans problème.

Son orgueil était de retour.

— Je me rends compte que travailler avec moi est la dernière chose dont tu aies envie.

— D'autant que tu es mon supérieur hiérarchique, depuis ta promotion, maugréa-t-elle.

— Je te promets de ne pas piétiner tes plates-bandes. Tu veux bien me briefer sur les progrès de l'enquête ?

— Je ferai de mon mieux, marmonna-t-elle.

Lorsqu'ils atteignirent Foltesham, Patrick n'ignorait plus rien du dossier en cours.

— Je ne vois pas ce que Julian Forbes vient faire dans tout ça, avoua-t-il. À moins qu'Issy et toi ne vous soyez trompées sur David Millar et qu'il ait vraiment pété les plombs…

Jazz ouvrit la bouche pour lui répondre, mais Patrick reprit :

— Non, je ne te critique pas ! Je trouve simplement que les faits ne collent pas au personnage. En revanche, Millar a un mobile pour Charlie Cavendish et l'amant de son ex-femme.

— Cela expliquerait la mort de Charlie et Julian. Millar se serait vengé du harcèlement subi par son fils et aurait éliminé son rival. Cependant, il nous reste Hugh Daneman…

— Tu m'as affirmé que c'était un suicide. Il n'y a pas forcément de lien avec les autres morts.

— Il y a pourtant un rapport avec Charlie. Hugh Daneman a été l'amant de son oncle, autrefois.

— Et alors ? C'est peut-être une coïncidence. Le monde est petit, surtout dans le Norfolk…

— Peut-être, mais je veux en avoir le cœur net. La mère de l'amant décédé de Daneman est encore de ce monde. Même si c'est aujourd'hui une vieille dame fragile, elle peut nous renseigner sur les événements de l'époque et leurs conséquences sur le présent.

Dans l'enceinte de St Stephen, Fleat House était entourée d'un ruban jaune de la police.

Le directeur de l'école rejoignit la jeune femme sur les premières marches du perron. Il était dans tous ses états.

— Dieu merci, vous êtes là ! C'est un cauchemar ! Il y a des policiers dans tous les coins. Les élèves se demandent ce qui se passe. Ils ne vont pas tarder à appeler leurs parents. Je sais que vous allez fermer l'école pour évacuer les lieux, sans parler de la presse qui va débarquer... St Stephen ne s'en relèvera pas !

— Je comprends votre désarroi, monsieur le directeur. Ce n'est pas le meilleur scénario. J'aimerais vous parler mais, auparavant, je dois jeter un coup d'œil à la scène de crime pour me faire une idée. Au fait, je vous présente l'inspecteur-chef Coughlin, qui va nous aider à éclaircir ce mystère au plus vite. Vous préférez patienter dans votre bureau ou vous nous accompagnez ?

— Non, non, bredouilla-t-il, sur le point de défaillir. Je vous attends dans mon bureau.

Sur ces mots, il tourna les talons et fila sans demander son reste.

Jazz et Patrick traversèrent la pelouse centrale, parsemée de plaques de neige.

Le sergent Roland les accueillit à l'entrée de Fleat House, l'air satisfait.

— Mes hommes ont mis le bâtiment sous scellés.

Nul n'a pu entrer depuis notre arrivée sur les lieux. Les garçons ont été évacués. M. Fredericks, Bob, l'agent d'entretien qui a trouvé le corps, et le sergent Miles vous attendent dans le bureau de M. Fredericks.

— Merci, Roland, répondit Jazz. Des nouvelles de David Millar ?

— Aucune, inspectrice. Il s'est volatilisé.

— Inspecteur-chef Coughlin, déclara Patrick en lui serrant la main. Mettez vos effectifs sur le coup. Il faut qu'on le retrouve.

Jazz entraîna Patrick le long du couloir et ils rejoignirent Miles, Sebastian Fredericks et un homme plus âgé en tenue de travail, visiblement nerveux.

— Bonjour ! lança Jazz avant de présenter Patrick à Bob et à Fredericks.

— Donc c'est vous qui avez découvert le corps, monsieur… ?

— Bob Gilkes. Un tuyau a éclaté à cause du froid et la chaudière est tombée en panne. J'ai dû descendre la rallumer. En bas, j'ai senti une odeur bizarre et… c'est là que je l'ai trouvé…

— En entendant Bob pousser un hurlement, je me suis précipité à la cave. Et j'ai pu l'identifier, renchérit Fredericks.

— Vous connaissiez cet homme ? demanda Jazz.

— Il se trouve que oui. Cela dit, je ne l'avais pas vu depuis un bon bout de temps. Il avait un an d'avance sur moi quand nous étions internes ici, à St Stephen. J'ai tout de suite su que c'était Julian. Le pauvre ! Je n'arrive pas à y croire.

— Vous ne l'aviez pas vu depuis combien de temps ?

— Une quinzaine d'années, peut-être... On est allés à l'université, puis on a vécu à Londres pendant un moment. On se voyait rarement, puis je suis revenu dans le Norfolk et il est resté dans la capitale. J'avais entendu dire qu'il était dans le Norfolk depuis peu, mais aucun d'entre nous n'avait fait l'effort de contacter l'autre. Vous savez ce que c'est...

Jazz remarqua que Bob Gilkes avait le teint verdâtre.

— Vous devriez rentrer chez vous et vous allonger un peu, lui suggéra-t-elle. Vous laisserez vos coordonnées à mon collègue posté à l'entrée.

— Merci, madame, répondit-il avec gratitude.

— Le sergent Miles vous a certainement demandé de ne parler à personne de votre découverte dans l'immédiat. Nous ne voulons pas effrayer les élèves et le personnel tant que ce qu'il s'est passé à la cave n'a pas été formellement établi.

— Je ne le dirai même pas à ma femme, c'est promis.

— Merci.

Jazz attendit qu'il ait quitté la pièce pour s'adresser à Fredericks :

— Saviez-vous que Julian était sur le point de devenir le beau-père de Rory Millar ?

Sebastian parut sincèrement surpris.

— Non, je l'ignorais. Je ne l'ai jamais vu avec Rory. Je ne savais pas que Mme Millar était en couple. Rory ne m'a jamais parlé de lui.

— Il n'était pas au courant, pour Julian et sa

mère. Mme Millar voulait laisser du temps à son fils pour se remettre du divorce avant de lui présenter Julian, expliqua Jazz.

À cet instant, le sergent Roland entra.

— Les techniciens de la police scientifique sont arrivés, annonça-t-il. Ils sont en train de décharger leur matériel.

— Je viens les voir dans cinq minutes, répondit la jeune femme. Monsieur Fredericks, vous venez d'avoir une rentrée d'argent, je crois.

Sebastian arqua les sourcils en tripotant nerveusement la chevalière en or qu'il portait à l'auriculaire.

— Oui. C'est donc de notoriété publique ?

— Non, mais au vu des circonstances, nous voulions savoir à qui M. Daneman avait légué son patrimoine. Vous deviez être proche de lui…

Sebastian haussa les épaules.

— Pas au point d'imaginer une seconde qu'il me léguerait la majeure partie de sa fortune. Franchement, j'étais sidéré ! C'est une sacrée bonne surprise.

— Vous ne vous doutiez pas du tout que vous étiez nommé dans le testament ? intervint Patrick.

— Non !

— Je vois…, commenta Patrick, perplexe.

— Vous connaissez Jenny Colman, monsieur Fredericks ? s'enquit Jazz.

— Je la connais, oui, mais pas intimement. Elle travaille ici depuis une éternité. Pourquoi ?

— C'est l'autre bénéficiaire du testament de M. Daneman.

— C'est déjà plus logique. C'étaient de vieux

amis. Si je me souviens bien, c'est Hugh qui a fait entrer Jenny à St Stephen.

Le sergent Roland réapparut et lança :

— Désolé, inspectrice, mais les techniciens vous attendent.

— J'arrive ! Sergent Miles, vous voulez bien prendre la suite de la déposition de M. Fredericks ? Viens avec moi, Patrick.

— Inspectrice Hunter ! lança Sebastian au moment où elle allait quitter la pièce.

Elle fit volte-face.

— Ce n'est pas moi qui ai trouvé le corps de Julian ou qui l'ai placé là. Et je n'ai pas demandé à hériter de Hugh ! J'étais le premier étonné. Demandez au notaire.

— Je sais. Parfois, la vie réserve bien des surprises, n'est-ce pas ?

— En effet, admit-il, soulagé.

Tandis que Jazz et Patrick rejoignaient les techniciens, la jeune femme se réjouit que Patrick n'ait pas interrompu son interrogatoire.

— C'est un peu bizarre que Daneman ait légué de l'argent à ce Fredericks, s'étonna-t-il.

— Le notaire a déclaré à Miles que Hugh avait modifié son testament récemment en faveur de Fredericks. Il faut en apprendre davantage sur la famille de Fredericks. Bonjour, Martin ! Je suis contente de te voir ici. Merci d'être venu. On est en plein cauchemar. Je te mets au parfum ?

— Je t'écoute. J'ai l'impression que le temps presse. Salut, Patrick ! Ça va ? lança Martin Chapman, le responsable des techniciens.

S'il était surpris de voir l'inspecteur-chef Coughlin dans le Norfolk en compagnie de son ex-épouse, il n'en montra rien.

— On sait comment la victime s'est retrouvée dans ce sous-sol ? demanda Chapman à Jazz tandis qu'elle déverrouillait la porte de la cave.

— Je n'en ai pas la moindre idée. Je viens d'arriver, admit-elle.

À mesure qu'ils descendaient les marches, une odeur familière de décomposition envahit leurs narines. D'ordinaire, ce désagrément n'affectait en rien la jeune femme. Cette fois, elle chancela.

— Attention ! s'exclama Patrick en l'empêchant de perdre l'équilibre.

Lorsqu'il lui prit la main, elle sentit chez lui de la compassion après l'épreuve qu'elle venait d'affronter. Elle ôta sa main de la sienne, mais lui sourit.

— Merci.

— Alors, qu'est-ce qu'on a ?

Chapman se pencha sur l'intérieur de la malle.

— Il y a d'importantes ecchymoses à la tempe gauche et sur le front. Il a pris un sacré coup. Bonnetti, des gants, s'il te plaît !

Son assistant apparut avec une mallette dont il sortit tout un attirail.

Jazz et Patrick se mirent en retrait pendant que Chapman soulevait délicatement la tête de Julian Forbes. Jazz avait toujours apprécié le respect dont il faisait preuve envers les victimes, au contraire de certains de ses collègues.

— La cause de la mort ne fait guère de doute, annonça-t-il. Regardez !

Le bord de la malle était maculé de sang.

— Un coup violent à l'arrière de la tête, poursuivit Chapman avant d'examiner une main. La paume est égratignée et couverte d'une poudre blanche. L'autre aussi. À en juger par l'état de ses mains et de son front, il a été frappé par-derrière pendant qu'il descendait l'escalier. Il a chuté tête la première. Il a certainement tendu les bras par réflexe, ce qui signifie qu'il était encore conscient, ne serait-ce que quelques secondes, avant d'être frappé à nouveau.

Chapman observa la nuque de la victime.

— Je pense qu'il a reçu au moins trois ou quatre coups.

Jazz commençait à se sentir mal dans cet espace confiné et nauséabond.

— Avec quel genre d'arme ?

— Un objet tranchant, une hache, par exemple, ou un tranchoir de boucher. Une attaque violente.

Il se retourna pour scruter le sol, au pied de l'escalier.

— Vous voyez, il y a des traces de sang, ici aussi. On dirait que notre meurtrier l'a achevé par terre avant de le traîner jusqu'à cette malle.

— D'après toi, il est mort depuis combien de temps ?

— Difficile à dire avant l'autopsie et, à cause de la chaleur, le corps s'est détérioré plus vite.

— La chaudière était en panne ce matin à cause d'un tuyau crevé, précisa Jazz. Julian avait disparu depuis mardi soir.

— Dans ce cas, il a pu mourir peu de temps

après. Au plus tard mercredi en fin de matinée. Bonnetti, fais descendre la civière. On va sortir la victime de là, qu'il ait un peu de dignité. Je vais jeter un coup d'œil aux alentours et effectuer quelques prélèvements. Le meurtrier a peut-être laissé des indices.

— Vous l'emmenez où ? s'enquit Jazz.

— J'ai appelé le coroner de Norwich. Leur labo n'est pas aussi fonctionnel que le mien, mais je m'en contenterai.

— Tu peux me donner des infos rapidement ? Il faut qu'on avance.

— Dès que j'en aurai terminé sur les lieux, je m'y mettrai. Tu auras un rapport ce soir, mais tu n'en sauras sans doute pas plus que ce que je viens de te dire sur la cause de la mort. Si je trouve des traces ADN, je te préviens.

— Merci, Martin.

— Bon, je crois qu'on en a terminé, dit Patrick en gravissant les premières marches.

Jazz s'approcha de la malle pour lire les initiales imprimées sur le devant : *R. M. M.*

D'autres pensionnaires de Fleat House pouvaient correspondre, mais le prénom et le nom de famille évoquaient Rory Millar.

Elle salua Martin et suivit Patrick dans l'escalier. Miles les attendait dans le hall.

— J'ai la déposition de Fredericks, inspectrice. Martin Chapman a pu vous fournir des éléments ?

— Julian serait mort mardi soir tard et ce serait un meurtre. Patrick, tu peux aller voir le directeur pour lui faire part des conclusions de Martin ? En douceur, car il semble au bord de la crise d'apoplexie. Préviens-le que l'école va bientôt grouiller de policiers et qu'il ne risque pas d'y avoir un autre meurtre dans les prochaines vingt-quatre heures…

— … car le coupable sera sous les verrous, compléta-t-il. Je ferai de mon mieux, d'autant que l'affaire est délicate. Si j'étais un parent d'élève, ma précieuse tête blonde ne mettrait pas les pieds dans cet endroit.

— Heureusement que Fleat House était désert quand Bob a trouvé le corps de Julian Forbes. Seul Fredericks l'a entendu hurler de terreur, commenta Miles. Les garçons croient qu'ils ont été évacués et que la police est là à cause de restes humains anciens découverts dans le sol de la cave lors de la réparation de la chaudière. Ils sont surexcités et rivalisent d'hypothèses.

— C'est un peu tiré par les cheveux, non ? s'étonna Jazz.

— Non, inspectrice. D'après la légende de Fleat House, la maison est hantée par un jeune garçon qui était si malheureux, quand il étudiait ici, qu'il s'est pendu à un crochet du plafond, dans la cave. Les élèves pensent que c'est lui.

— Il y a vraiment eu une pendaison ? demanda Jazz.

— J'ignore si cette histoire est véridique ou non, admit Miles. Elle fait partie du folklore. Je poserai la question à Fredericks. D'ailleurs, il m'a demandé s'il pouvait se rendre dans les différents dortoirs où ses garçons sont répartis.

— Dites-lui qu'il peut. En revanche, il ne doit pas

quitter l'enceinte de l'école. Et s'il a un portable, prenez son numéro.

— J'y vais.

— Au fait, où était l'intendante au moment de la découverte du corps de Julian ?

— Aucune idée. Je l'ai vue accompagner les garçons à l'extérieur de la maison à l'arrivée de la police.

— Trouvez-la et prenez sa déposition.

— Et Issy ? Elle vient d'appeler, elle ne sait plus quoi raconter à Angelina Millar. Elle aimerait que quelqu'un prenne la relève. Par ailleurs, elle brûle d'impatience de vous parler de Rory.

— Et si tu allais régler ce problème maintenant, Jazz ? suggéra Patrick. Miles et moi pouvons gérer ici. Je vais prendre des nouvelles des recherches concernant David Millar.

— D'accord, souffla la jeune femme. Ce serait bien de rassurer Angelina sur ce point en même temps qu'on lui annoncera la mort de Julian. Je ne crois pas que Millar soit notre meurtrier, de toute façon.

— Tu as toujours été de cet avis puisque tu l'as libéré sans charge, répliqua Patrick. Si on le retrouve, j'aimerais bien l'interroger, si possible.

— D'accord, concéda la jeune femme, un peu crispée. Tu fais ce que tu veux. Tu es mon supérieur hiérarchique, non ? Tu n'as qu'à charger le sergent Roland de rassurer le directeur. Bon, je file.

Sur ces mots, Jazz traversa la pelouse centrale en direction de sa voiture. L'ingérence de Patrick l'avait agacée. C'était ridicule. Elle aurait dû se réjouir d'avoir des renforts. Néanmoins, un sentiment familier de frustration planait entre eux, prêt à ressurgir à la moindre occasion. Il s'agissait de *son* enquête et elle l'avait acceptée sans se douter un instant que Patrick viendrait s'en mêler…

À Scotland Yard, naguère, Patrick prenait un malin plaisir à l'humilier sous les yeux de son équipe et de ses supérieurs. Vers la fin, Patrick était le plus sexiste de la bande. Hélas, elle ne pouvait rien y faire, car elle était mariée avec lui.

Ce comportement odieux n'avait pas échappé à Norton. Il le lui avait confié lorsqu'il était venu la voir chez elle, la semaine précédente. Voilà qui était intéressant…

Chassant Patrick de ses pensées pour se concentrer sur l'affaire en cours, elle se mit en route. Elle avait toujours détesté annoncer un décès à une famille. Après ces vingt-quatre heures passées dans la peur de perdre son père, elle n'en avait que plus de compassion pour la douleur qui serait celle d'Angelina.

Sur la route, elle appela l'hôpital pour prendre des nouvelles de son père. L'infirmière lui annonça qu'il faisait des progrès et qu'elle pourrait peut-être lui parler plus tard. Rassurée, Jazz poursuivit son chemin, l'esprit en alerte et en pleine poussée d'adrénaline malgré sa fatigue.

Deux meurtres et un suicide en rapport avec Fleat House… Charlie, un élève, Julian, un ancien élève, et Hugh, le tuteur de la maison.

Et si Patrick avait raison ? Si elle s'était laissé attendrir par David Millar ?

Non. Patrick n'avait pas le droit de saper son assurance.

Décidément, il commençait déjà à l'énerver, celui-là…

26

En sonnant à la porte d'Angelina, Jazz rassembla tout son courage. Issy l'accueillit et l'interrogea du regard.

— Tu as pris ton temps… Ça fait deux heures que je joue les nounous avec Rory. Sa mère est dans la cuisine. Bon, j'y retourne. Préviens-moi quand tu auras fini. Il faut que je te parle au plus vite.

— Merci, Issy. Tu en profiteras pour demander à Rory quel est son deuxième prénom.

Dans la cuisine, Angelina était attablée et feuilletait distraitement une revue de décoration. Dès l'entrée de l'inspectrice, elle se leva, pleine d'espoir, malgré sa grande pâleur.

— Vous l'avez retrouvé ?

— Asseyez-vous, madame Millar…

Angelina scruta le visage de Jazz en quête d'un signe rassurant. En vain. Soudain, elle s'affola.

— Il va bien, n'est-ce pas ? Dites-moi qu'il va bien ! Il a eu un accident à cause de la neige ? Je savais qu'il lui était arrivé malheur. Je m'en doutais ! Où est-il ?

Jazz la fit asseoir avec douceur avant de s'installer à côté d'elle, puis elle prit les mains de la jeune femme dans les siennes.

— Je suis désolée, mais je dois vous annoncer une mauvaise nouvelle. Je n'irai pas par quatre chemins… Julian est mort.

— Mort ? Il est mort ? Non ! C'est impossible ! Il ne peut pas être mort…

Elle se tut pour dévisager Jazz. Peu à peu, elle assimila l'information et, soudain, se recroquevilla sur elle-même.

— Comment ? souffla-t-elle.

— On a retrouvé son corps sans vie dans une malle, au sous-sol de Fleat House, il y a quelques heures. Je suis désolée.

Angelina se redressa, incrédule.

— Comment ça ? Pourquoi ?

— Nous n'en savons rien, encore. Il est évident que quelqu'un l'a déposé à l'intérieur. Je suis navrée d'avoir à vous fournir ces détails, mais il semble avoir été agressé par-derrière et avoir fait une chute fatale dans l'escalier menant à la cave. Le meurtrier l'a ensuite placé dans la malle.

— Vous… vous voulez dire qu'il a été… Que c'est un meurtre ?

— C'est presque certain, oui. Autant que vous le sachiez.

Angelina avait le regard vide.

— Julian… Il n'avait aucun ennemi… Tout le monde l'adorait et le respectait.

— Il était avocat, madame Millar. Il a dû se faire des ennemis dans le cadre de son travail. C'est une piste à envisager.

— Il était au sous-sol de Fleat House… dans la même maison que Charlie Cavendish, il y a une quinzaine de jours… Et le tuteur qui s'est suicidé… Qu'est-ce qui se passe, là-bas ? Et pourquoi vous ne l'avez pas découvert avant que Julian ne se fasse tuer ?

Angelina se leva d'un bond et se prit la tête dans les mains.

— Où est David ? C'est lui qui a tué Charlie et Julian ! Et maintenant, il va s'en prendre à Rory et à moi ! Si Julian est mort, c'est parce que vous avez libéré David !

Ivre de douleur, elle se rua sur Jazz, les poings crispés, pour la frapper. L'inspectrice la saisit par les poignets, mais la jeune femme se débattit de plus belle, mue par la force de sa rage.

— Madame Millar, je comprends que vous soyez sous le choc…

— Non ! Vous ne comprenez rien ! Julian est mort ! Il est mort !

Soudain, Angelina se retrouva impuissante, vidée de son énergie, et s'écroula dans les bras de Jazz en sanglotant. L'inspectrice la fit asseoir, s'efforçant de garder son sang-froid face à cette souffrance extrême.

Enfin, les pleurs se calmèrent. Angelina se leva et alla chercher une boîte de mouchoirs en papier d'un pas chancelant.

— Désolée, inspectrice. J'ai perdu le contrôle.

— Je vous en prie. Il n'y a rien de plus normal. Je suis sans doute la dernière personne que vous ayez envie de voir. Je peux appeler quelqu'un pour vous ?

Il y eut un moment de silence, puis les yeux d'Angelina s'embuèrent à nouveau de larmes.

— D'instinct, j'ai failli vous demander d'appeler Julian…

— Et vos parents ? Vous aurez peut-être besoin d'aide pendant quelques jours, avec Rory…

— Pauvre Rory ! Il ne connaissait même pas Julian. Il va se demander ce qui me met dans un tel état. Il a déjà tellement souffert… Qu'est-ce que je dois lui dire ?

— C'est à vous d'en décider. Puisque Rory ne connaissait pas Julian, il ne subira pas le processus du deuil, c'est déjà ça.

— C'est vrai… Je vais appeler ma mère. Rory et elle sont très proches.

— Madame Millar… Angelina, je sais que c'est dur pour vous, mais pourriez-vous me relater votre dernière conversation avec Julian, mardi soir ?

Angelina faisait les cent pas en tordant un mouchoir entre ses doigts crispés.

— Je ne sais pas… Je ne sais plus…

— Plus vous m'en direz sur cette soirée, plus vite nous trouverons qui a commis ce meurtre.

— Il n'y a rien à raconter !

— Julian semblait agité ? Angoissé ?

— Il était fâché car je lui avais demandé de dormir à Norwich, dans son appartement, à cause de la présence de Rory. Mon Dieu ! Les choses auraient été différentes si je l'avais laissé rentrer ici. Il ne serait peut-être pas mort… C'est ma faute !

— Bien sûr que non ! Nous sommes presque certains que Julian n'est pas allé chez lui. Quelque chose ou quelqu'un l'en a empêché. À quelle heure lui avez-vous parlé ?

— Vers sept heures moins le quart. Rory regardait *Les Simpson* à la télévision.

— Julian travaillait souvent tard, au bureau ?

— Parfois, mais… ah oui, je me souviens. Ce mardi matin, avant de partir… la dernière fois que je l'ai vu… il m'a dit que même s'il rentrait ici, ce serait tard parce qu'il avait un rendez-vous à sept heures, ce soir-là.

Jazz prit quelques notes dans son calepin.

— Il avait coutume de voir des clients en dehors des heures de bureau ?

— Cela se produisait, oui. Julian adorait son travail. Désolée, inspectrice, je ne me sens pas bien… J'ai besoin de m'allonger un peu.

— Bonne idée. Je vous remercie. Je sais à quel point c'est difficile. Vos informations me seront utiles. Voulez-vous que j'appelle un médecin qui vous prescrira un calmant ?

— Non. Il m'a déjà donné du Valium au moment de la disparition de Rory. Je pensais alors que la situation ne pouvait empirer. Vous voulez bien prévenir Rory que je me repose ?

— Naturellement. Je crois qu'il a sympathisé avec Issy. Je suis sûre qu'elle acceptera de rester encore un peu, jusqu'à l'arrivée de votre mère. Vous voulez que je lui téléphone ?

— Non. Je le ferai de ma chambre. Ce sera un choc pour elle. Pour tout le monde, d'ailleurs…

En sortant de la cuisine, Angelina chancela et dut s'appuyer à la poignée de la porte pour ne pas s'écrouler.

— Et David ? Vous savez où il est ? Et s'il venait ici ?

— Essayez de ne pas vous inquiéter. Je vous donne ma parole qu'un agent de police sera posté devant la maison en permanence. Rory et vous êtes en sécurité, je vous le garantis.

Jazz attendit que la jeune femme ait quitté la pièce pour consulter son portable. Un message de Patrick l'informait que David Millar avait été appréhendé à Norwich, en état d'ébriété. La police le conduisait au poste de Foltesham pour le placer en cellule de dégrisement. Patrick quittait St Stephen et la rejoindrait au poste de police.

Ensuite, Jazz monta voir Rory et Issy dans la chambre du jeune garçon. Ils étaient en pleine course automobile sur la console de jeux.

— Te voilà ! s'exclama Issy. Tu tombes à pic. Je viens de renverser trois piétons et une poussette, et je me retrouve dans une impasse. Angelina va bien ? ajouta-t-elle dans un murmure.

Jazz lui fit signe que non.

— Bonjour, Rory ! Comment ça va ?

— Bien, répondit-il, concentré sur son écran.

— Écoute, lui dit Issy, cette chose dont on a discuté, à propos de M. Daneman… J'aimerais que tu la racontes à Jazz.

— Je suis obligé ? geignit-il avec angoisse. Je croyais que ce serait notre secret !

— Je voudrais que Jazz soit dans la confidence. Cela l'aiderait à avancer dans son enquête. Elle ne le répétera à personne. N'est-ce pas, Jazz ?

— Absolument. Je suis inspectrice de police, Rory. Les secrets font partie de mon travail.

— C'est que…

Inquiet, Rory se tourna vers Issy en quête de soutien.

— C'est la honte, avoua-t-il. Si les autres garçons le savaient, à l'école… ils me trouveraient encore plus bizarre.

— Je comprends. Je ne dirai rien à tes camarades, c'est promis, réitéra Jazz.

— Tu peux lui faire confiance, renchérit Issy. Raconte-lui ce qui s'est passé vendredi soir quand tu es allé voir M. Daneman pour obtenir un antalgique et soigner ta migraine.

— Voilà…, souffla l'adolescent en baissant la tête. J'avais très, très mal à la tête. C'était après le concert de la chorale, dans la chapelle. L'intendante n'était pas dans son appartement, alors je suis descendu au bureau de M. Fredericks pour voir s'il pouvait me donner un médicament. M. Fredericks était sorti. Il y avait M. Daneman à sa place.

— Il était quelle heure ?

— Je ne sais pas trop. Vers neuf heures et demie, je crois. Les autres élèves de ma classe étaient couchés.

— Et que s'est-il passé ?

— M. Daneman m'a dit de m'asseoir pendant qu'il allait me chercher les cachets. En revenant, il m'a dit qu'il allait préparer du chocolat chaud et m'a demandé si j'en voulais. J'ai accepté parce que je me sentais triste.

— Pourquoi ?

Rory haussa les épaules.

— Oh, comme d'habitude…

— Raconte-moi, l'encouragea Jazz.

— Les autres qui me harcèlent, surtout.

— Quelqu'un en particulier ?

— Personne n'est sympa avec moi, mais Charlie Cavendish m'embêtait tout le temps. Cet après-midi-là aussi et j'étais démoralisé.

— Très bien, donc M. Daneman et toi avez bu un chocolat chaud ?

— Oui. M. Daneman est… était très gentil avec moi. Il veillait sur moi. Il savait ce que c'était. Il m'a confié qu'il était harcelé, lui aussi, à l'école. On s'entendait très bien. C'était mon ami.

— Donc il te soutenait.

— Oui. Il m'a demandé ce qui n'allait pas et je lui ai répondu que Charlie m'avait traité de « petit pédé » dans les vestiaires, après l'entraînement de rugby. M. Daneman m'a conseillé d'ignorer ce genre de remarques. D'après lui, si Charlie me parlait comme ça, c'est par manque d'assurance. Tout le monde savait que c'était un harceleur. J'ai bu mon chocolat et je me suis senti mieux, jusqu'à…

Rory était de plus en plus nerveux.

— Issy… il faut absolument que je le dise ?

— Oui, mon grand. Tu sais que ça aidera Jazz à établir les événements de cette soirée.

— Bon… voilà : M. Daneman est venu s'asseoir à côté de moi sur le canapé. J'avais pleuré alors il a mis son bras sur mes épaules, puis il m'a promis de parler à Charlie, de lui ordonner de me laisser tranquille. Et soudain… il m'a dit qu'il avait connu quelqu'un qui me ressemblait énormément. Il a pris mon visage entre ses mains et il…

La gorge nouée, Rory prit une profonde inspiration.

— Continue, intima Issy. Tu y es presque…

— Eh bien… il m'a embrassé… sur la bouche… et… il a essayé de mettre la langue…

Machinalement, Rory porta une main à ses lèvres comme pour les essuyer.

— C'était dégoûtant !

Jazz hocha la tête en silence et se tourna vers Issy.

— Je te comprends. Comment as-tu réagi ?

— Je me suis enfui et je suis monté dans mon dortoir en courant. Je me suis couché, ma couette sur la tête, et j'ai pleuré. M. Daneman était mon seul ami. Il me protégeait. Et je savais que c'était fini, que c'était un vieux pervers, qu'il était aussi mauvais que les autres. Je me retrouvais seul. Je ne pouvais plus faire confiance à personne, à part…

— Ton père ? suggéra Jazz.

Rory hocha la tête.

— Je lui ai téléphoné. Comme il ne répondait pas, je suis allé chez lui.

— Ton père a tout fait pour savoir ce qui se passait et pourquoi tu étais bouleversé à ce point. Je l'avais croisé quelques jours plus tôt dans le bureau de M. Jones. Il exigeait de te voir.

— Et il n'a pas eu le droit, je suppose. Il était saoul ?

— Je ne sais pas, mentit Jazz. Il était très contrarié. Quand tu es parti en vacances avec lui dans la région des lacs, tu lui as raconté ce que M. Daneman t'avait infligé ?

— Oui. Il m'a promis de ne le répéter à personne. Il n'a rien dit, j'espère ?

— Non, pas un mot, assura Jazz. Une dernière

chose : tu as pris tes comprimés quand M. Daneman te les a donnés ?

— Je crois que oui, bredouilla Rory en blêmissant. Je ne me rappelle pas…

— Essaie de te souvenir. C'est très important.

— Oui, je sais…, gémit le jeune garçon.

Issy fit signe à Jazz que l'entretien était terminé.

— Tu as été formidable, Rory, conclut l'inspectrice. Et très utile. Si un détail te revient, voici ma carte.

— D'accord, répondit-il en l'empochant.

— Ta maman ne se sent pas très bien. Elle est allée s'allonger un peu. Ta grand-mère va venir passer quelques jours ici pour s'occuper de toi. Issy, tu peux rester jusqu'à l'arrivée de la grand-mère de Rory ? Il faut que je file, désolée.

La psychologue la foudroya du regard.

— Elle arrive dans combien de temps ? maugréa-t-elle, la mâchoire crispée.

L'esprit tourmenté par les révélations de Rory, Jazz se gara devant le poste de police de Foltesham.

Dans la minuscule salle d'interrogatoire, Patrick s'était installé à son bureau. Refrénant une remarque sarcastique, elle le salua d'un signe de tête et posa son sac sur la table.

— Je vois que tu as réussi à trouver du café digne de ce nom…

— J'ai envoyé un charmant agent m'en chercher. Il y en a un pour toi aussi.

— Merci, soupira-t-elle en levant les yeux au ciel. On voit qu'un grand ponte de Scotland Yard vient de débarquer. On n'a jamais eu droit à ce traitement de faveur.

— Mon charme irlandais est irrésistible…

Jazz frémit à cette pensée.

— Comment ça s'est passé avec Mme Millar ? s'enquit Patrick.

— Elle est anéantie, naturellement. Issy est géniale. Elle a réussi à faire parler Rory du soir de la mort de Charlie Cavendish. Figure-toi que Hugh Daneman l'a embrassé.

— Quoi ? Je croyais que ce genre d'abus avait plus ou moins disparu, même dans les collèges privés anglais. Pauvre gosse ! Il va être traumatisé à vie. Je n'ose penser au nombre de victimes de ce vieux pervers…

— Je crois que c'est bien plus complexe. Je suis sûre que Hugh Daneman n'avait jamais rien fait de tel auparavant. Cette fois, il n'a pas pu s'en empêcher. À mon avis, il a eu tellement honte qu'il s'est suicidé.

Jazz était consciente de justifier un comportement délictueux et inacceptable mais, au vu des circonstances, elle comprenait pourquoi Hugh en était arrivé là.

— Désolé, déclara Patrick en devinant ses pensées. Aucune circonstance ne saurait justifier un tel geste.

— Tu as raison. Mais Rory est le portrait craché de l'amour de sa vie, expliqua-t-elle. Daneman a perdu la tête. Ensuite, il n'a pu vivre avec la culpabilité. L'affaire serait sortie.

— David Millar ? Le poivrot qu'on a mis en cellule

de dégrisement ? Il est arrivé il y a une heure, ivre mort. On ne tirera pas un mot de lui avant demain matin. L'affaire commence à se profiler. David Millar tue Charlie Cavendish qui harcelait son fils, Hugh Daneman se suicide parce qu'il a embrassé Rory, puis Millar assassine Julian Forbes, beau-père et amant, dans un accès de vengeance et de jalousie. Ça tient la route.

— La situation est bien plus compliquée que ça, Patrick, objecta Jazz avec toute la patience dont elle était capable.

Cet échange faisait remonter à la surface leurs désaccords du passé, lorsqu'ils collaboraient sur une enquête. Patrick prisait l'approche factuelle et globale, alors que Jazz considérait l'aspect humain dans ses moindres détails. Leur binôme était complémentaire. Hélas, quand l'un tentait de prendre le dessus sur l'autre, comme souvent, la catastrophe n'était pas loin. Patrick cherchait à boucler ses dossiers rapidement, tandis que Jazz prenait son temps et suivait son instinct. Elle s'intéressait aux personnes elles-mêmes avant de tirer la moindre conclusion.

— Je crois que David Millar couvre son fils en avouant le meurtre de Charlie, reprit-elle. Son ex-femme a déclaré qu'il était allergique à l'aspirine, lui aussi. Il ne pouvait pas en avoir dans sa poche.

— À moins qu'il n'ait prémédité le meurtre et acheté de l'aspirine avant d'arriver à l'école. Il te ment peut-être. C'est une possibilité, avoue-le.

— Oui, concéda Jazz. Toutefois, c'est Rory qui a eu accès à de l'aspirine, ce soir-là. Hugh Daneman lui en a remis deux cachets. Quand j'ai demandé à

Rory s'il les avait avalés, il a prétendu ne pas s'en souvenir. Il faut qu'Issy insiste un peu et lui tire les vers du nez.

— Tu crois un gamin de treize ans capable de faire ça ? s'étonna Patrick. C'est moche ! Dès que Millar aura retrouvé ses esprits, j'ai l'intention de lui parler sérieusement.

— Comme tu voudras, mais Issy est de mon avis. Ce n'est pas David Millar qui a fait le coup.

— Un autre cadavre est apparu depuis la dernière fois que tu as discuté avec Millar. Aurais-tu oublié ce détail ? On l'a interpellé à Norwich, non loin du bureau de Forbes. Tu ne peux ignorer les faits, Jazz.

— Je ne les ignore pas et, franchement, je n'ai pas envie de perdre mon temps à discuter de ça. Où est Miles ?

— À Norwich, au cabinet de Forbes. Il prend les dépositions.

— Bon, je vais voir la mère de Corin Conaught. Elle m'éclairera peut-être sur la relation entre son fils défunt et Hugh Daneman. Ensuite, je rentrerai chez moi. On se retrouve ici demain matin.

— Tu perds ton temps, Jazz. C'est certain. Daneman s'est suicidé. Il n'est pas impliqué dans le meurtre, contrairement au suspect qu'on a en cellule et qui a un mobile parfait…

L'agacement de Jazz prit le dessus sur ses bonnes intentions.

— On s'était mis d'accord, non ? C'est *mon* enquête, pas la tienne, Patrick ! Et tant qu'on n'a pas procédé à une arrestation, je vais interroger quiconque pourra me renseigner sur la mort de trois hommes en une semaine. Ou tu vas profiter de ta supériorité hiérarchique pour me l'interdire ?

Elle le foudroya du regard. Patrick tendit les mains dans un geste d'apaisement.

— Je n'en ai aucune intention, assura-t-il. Allez, file. À demain. À moins… que tu n'aies envie d'un peu de compagnie, ce soir…

Jazz réprima son envie de souligner l'absurdité de cette suggestion.

— Je suis crevée et j'ai besoin de dormir. Bonne nuit, Patrick.

Sur ces mots, elle quitta le poste de police et monta en voiture. Enfin, elle laissa libre cours à sa colère et se mit à frapper le volant de toutes ses forces en poussant un cri de rage.

27

Devant l'entrée de Walsingham House, où logeaient désormais douze de ses plus jeunes élèves de Fleat House, Sebastian Fredericks sortit son portable.

— Allô, chérie, murmura-t-il. Je ne vais pas pouvoir me libérer ce soir, finalement. C'est l'enfer, ici. Je peux t'appeler plus tard ? Je passerai peut-être demain matin. D'accord… je t'aime. À plus tard.

Il rempocha l'appareil et alla prendre des nouvelles des garçons.

*

Il faisait nuit lorsque Jazz atteignit Conaught Hall. S'il n'y avait pas de lumière dans l'habitation principale, elle décelait une lueur dans l'aile gauche de la bâtisse. Elle eut beau sonner à la grande porte, nul ne lui ouvrit. De guerre lasse, elle longea la façade et frappa à une entrée latérale surmontée d'une lanterne.

Au bout de quelques secondes, elle entendit un bruit de pas discret.

— Qui est là ? s'enquit une voix chevrotante.

— C'est l'inspectrice Hunter de la police judiciaire. Je viens voir lady Emily Conaught.

Il y eut un instant de silence, puis la personne reprit :

— Pourquoi ?

— Ne vous inquiétez pas, madame. Je viens simplement vous parler de votre famille dans le cadre d'une enquête qui implique un… ami.

La porte s'ouvrit sur une femme très âgée encore belle et qui avait une certaine prestance.

— Vous avez un justificatif ? Je ne doute pas de vous, mais on n'est jamais trop prudent de nos jours…

— Bien sûr, répondit Jazz en brandissant sa carte. Puis-je entrer ?

La vieille dame s'effaça.

— Merci. Vous êtes madame… ?

— Emily Conaught. Enchantée, inspectrice.

Jazz remarqua aussitôt une ressemblance physique entre Adele Cavendish et sa mère, toutes deux élancées et élégantes. Si elle portait une jupe en tweed et un pull en cachemire, elle était chaussée de pantoufles.

— Suivez-moi. Il y a du feu au salon.

Avec une légère claudication, elle entraîna Jazz dans un couloir étroit, vers une pièce chaleureuse. Les murs étaient ornés de peintures à l'huile dont le format suggérait qu'elles étaient exposées dans un lieu plus vaste, autrefois. Lady Emily s'empressa d'éteindre la télévision.

— Désolée, je n'attendais pas de visite… Asseyez-vous. Vous voulez un peu de thé ?

— C'est très aimable, mais non merci. Je ne vous

dérangerai pas longtemps. J'ai besoin de votre aide pour remettre dans l'ordre quelques éléments du passé.

— Mes enfants me disent souvent que je vis dans le passé... Vous vous adressez donc à la bonne personne, plaisanta lady Emily avec un sourire. Que voulez-vous savoir ?

Cette femme lucide et alerte ne collait en rien à la description qu'Edward Conaught lui avait faite de sa mère.

— Vous devez savoir que, selon nous, la mort de votre petit-fils Charlie n'est pas accidentelle.

Lady Emily hocha lentement la tête.

— Edward me l'a suggéré, sans entrer dans les détails, de peur de me brusquer. Il me voit comme une petite chose fragile et incapable de faire face. En réalité, j'ai enduré bien plus de drames qu'il n'en connaîtra jamais et je suis encore de ce monde. Avez-vous découvert qui a commis ce crime ?

— Nous avons un suspect, en effet, mais je préfère en savoir plus sur les antécédents familiaux de la victime avant de tirer des conclusions. Vous vivez des moments difficiles, à n'en pas douter.

— Bien sûr. La mort de Charlie m'a bouleversée. Pour être honnête, je n'ai jamais été très proche de ce garçon. Je ne l'appréciais guère. Je devrais m'en sentir coupable... C'était mon petit-fils, après tout. Hélas, il me rappelait trop son père, un imbécile doublé d'un arrogant.

Jazz réprima un sourire amusé.

— Vous souhaitez néanmoins savoir pourquoi il est mort...

— Naturellement. Pardonnez-moi, inspectrice. Le seul avantage du grand âge est de pouvoir dire ce que l'on pense sans détour. Je vous écoute…

— Charlie n'est pas le seul à être mort dernièrement. Un tuteur de St Stephen, Hugh Daneman, s'est suicidé.

Le visage de la vieille dame se voila imperceptiblement.

— J'ai lu le faire-part dans *The Times*. Un très gentil garçon, très doux, quoique égaré, le pauvre.

— Pourquoi ?

— Vous êtes sans doute au courant de son orientation sexuelle, inspectrice. Et du fait qu'il a été fou amoureux de mon fils pendant une grande partie de sa vie.

— En effet. Lady Conaught…

Jazz sortit un sachet en plastique de sa mallette.

— Reconnaissez-vous ce garçon ?

— J'ai besoin de mes lunettes, répondit la vieille dame en glissant une main derrière ses coussins. Ah ! Les voici.

Elle étudia un long moment la photo, puis ôta ses lunettes pour plonger dans le regard de Jazz.

— Évidemment ! Il s'agit de mon fils Corin.

— Il se trouve que non. Ce garçon s'appelle Rory Millar. C'est un élève de St Stephen.

— Je n'en reviens pas ! s'étonna la vieille dame. La ressemblance est frappante, surtout quand Corin avait son âge. Quand il est mort, il avait le visage ravagé par l'alcool et la drogue, il paraissait cinquante-six ans et non vingt-six.

Elle rendit le cliché à Jazz.

— Je vous remercie. Vous venez de confirmer une de mes hypothèses. Pourriez-vous m'en dire davantage sur la relation entre Corin et Hugh ?

— Eh bien, soupira la vieille dame, ce fut une histoire tragique. Edward a dû vous raconter que Corin était turbulent, extravagant. Dieu seul sait de qui il tenait ce caractère, car ni son père ni moi-même n'étions des rebelles. Petit, déjà, Corin était indomptable, avoua-t-elle avec un sourire nostalgique. Un fieffé coquin ! Il ne dormait presque pas, peut-être parce qu'il avait l'impression de perdre son temps. Naturellement, ses études à Oxford n'ont rien arrangé. En revanche, pour lui, quelle aubaine ! Il ne travaillait pas et dépensait son énergie à s'amuser, à vivre des expériences. Il a tout essayé, à cette époque.

— C'est là-bas qu'il a rencontré Hugh ?

— Oui. Hugh avait beau être enseignant, il n'avait que quelques années de plus que ses étudiants. Un garçon très brillant. Quel gâchis... Il serait allé très loin s'il n'avait pas connu mon fils.

— Ils avaient... une liaison ?

— Inutile de tourner autour du pot, inspectrice. Vous le savez très bien, gloussa-t-elle. Et quand la hiérarchie d'Oxford l'a découvert, Hugh s'est fait congédier sur-le-champ. Ils ont renvoyé mon fils peu de temps après pour des transgressions impardonnables, dont l'absentéisme durant un trimestre entier.

— D'après vous, Corin aimait Hugh ?

Elle réfléchit un instant.

— À sa façon, peut-être. Après son renvoi, il est revenu vivre sur le domaine. Très vite, Hugh est monté dans le Norfolk, lui aussi, pour enseigner à St Stephen. Hugh ne quittait pas Corin d'une semelle. Chaque fois que je rendais visite à mon fils dans son cottage, Hugh était présent. Si vous me demandez si les sentiments étaient aussi intenses de part et d'autre, je peux vous assurer que non. Voyez-vous, Corin n'était pas… comment dire… homosexuel à plein temps. Et même s'il l'avait été, il ne serait pas resté fidèle à Hugh. En réalité, Corin aimait aussi les femmes, et c'est ce qui a fini par poser un problème entre eux.

— Ah bon ? s'étonna Jazz. Corin est tombé amoureux d'une femme ?

— Non, ma chère, s'amusa lady Emily. Je viens de vous le dire, Corin était bien trop égoïste pour tomber amoureux de qui que ce soit. En revanche, il cédait volontiers à ses bas instincts. Bref, un jour, Hugh s'est rendu au cottage de Corin et l'a trouvé au lit avec une *femme*.

Elle leva les yeux au ciel.

— Comment rivaliser ? Le pauvre Hugh est venu me voir, anéanti. Je vous garantis que ce fut une étrange tâche que de consoler un jeune homme amoureux de mon fils qui le trompait avec une fille. Le malheureux n'avait personne vers qui se tourner.

— Ils se sont séparés ?

— Oui, du moins pendant un certain temps. Hugh a cessé ses visites. Hélas, la santé de Corin s'est rapidement dégradée. Il était en permanence ivre ou drogué. Quand il était en manque, il appelait Hugh et ce dernier arrivait en courant à son chevet. Corin est mort peu après d'une overdose d'héroïne. C'est Hugh qui l'a trouvé.

— Quelle horreur, commenta Jazz. Si jeune…

— Franchement, inspectrice, je crois que je ne me suis jamais remise de la perte de mon aîné. On a toujours un lien particulier avec son premier enfant, vous savez. C'est fou : la plupart des gens passent leur vie à rêver d'amour, or il est parfois extrêmement destructeur. Hugh, lui, n'a plus jamais été le même.

Jazz réfléchit un instant à sa question suivante.

— Dites-moi, êtes-vous certaine que Hugh était exclusivement homosexuel ? Aurait-il pu avoir une liaison avec une femme, comme Corin ?

— Aussi certaine qu'on puisse l'être, oui. Hugh aimait mon fils à la folie. Pourquoi cette question ?

— Hugh a légué son patrimoine à un des professeurs responsables de St Stephen. Il avait modifié son testament quelques semaines avant de mourir. Cet homme et Hugh n'étaient pas particulièrement proches, même s'ils étaient collègues depuis des années et si Hugh l'avait eu comme élève. Je me demandais s'ils pouvaient être… parents. J'ai vérifié aux archives de l'état civil. Il n'existe aucun lien de parenté officiel entre eux… Mais Hugh aurait-il pu concevoir un enfant à peu près à l'époque de la mort de Corin, il y a une quarantaine d'années ?

— Non, répondit-elle en secouant la tête. *Hugh* n'a pas eu d'enfant. Mais… non… c'est impossible…, murmura-t-elle pour elle-même, soudain troublée.

— Quoi ? murmura Jazz.

— Ce doit être une coïncidence… Comment diable Hugh aurait-il pu… ?

— Quoi ? répéta Jazz.

— Je dois me tromper, bien qu'il y ait une chance que…

— J'avoue que je ne vous suis pas.

— Oh mon Dieu… mon Dieu…

La vieille dame était visiblement en proie à un cruel dilemme. Jazz attendit patiemment.

— Inspectrice, je n'ai jamais dit cela à personne, pas même à mon défunt mari. Croyez-vous que ce soit pertinent pour votre enquête ?

— Je ne le saurai que quand vous m'aurez parlé. Si vous pensez que oui, je vous en prie, expliquez-vous.

— Eh bien, voilà… Il y a bien eu un enfant… de Corin. Il ne l'a jamais su. Il est mort avant la naissance du bébé. Hugh, lui, était au courant.

— Je vois. Et vous, comment l'avez-vous appris ?

Lady Emily posa sur elle un regard un peu vague.

— C'est Hugh. Il est venu me voir, quelques mois après la mort de Corin, pour me parler d'une jeune fille enceinte. Elle s'était présentée chez lui en pleine détresse. Elle était enceinte de quatre mois et ne savait pas quoi faire. Si Hugh avait toutes les raisons de la détester, il avait un cœur d'or. Peut-être se sentait-il responsable d'elle et des agissements de Corin.

— Excusez mon manque de tact, intervint Jazz, mais au vu des circonstances que vous me décrivez, cette jeune fille aurait eu intérêt à mettre un terme à cette grossesse, non ?

— Ma chère, répondit la vieille dame avec un sourire, il y a quarante ans, l'avortement était à peine légal, alors pour cette jeune fille issue d'une famille catholique… et le Norfolk en était encore à l'âge de pierre.

— Une époque très différente, c'est certain, admit Jazz. Qu'a-t-elle fait ?

— Hugh est venu me demander conseil. Il considérait que je devais être informée. Moi aussi, je suis catholique, voyez-vous. Vous devez comprendre qu'il n'y avait pas de place dans notre famille pour l'enfant illégitime de Corin, d'autant que la mère était la fille d'un de nos employés, sur le domaine. J'ai suggéré à Hugh qu'elle accouche discrètement dans une clinique réservée aux mères en détresse, puis qu'elle fasse adopter l'enfant. Je lui ai aussi proposé de l'argent, ce qu'elle a accepté. La jeune fille a suivi mon conseil et je n'en ai plus jamais entendu parler. En réalité, c'est la première fois que j'évoque le sujet depuis quarante ans.

— Désolée de raviver ce souvenir douloureux. Vous savez ce qu'est devenu ce bébé ?

— Mon Dieu, non ! Il ou elle peut être n'importe où, inspectrice.

— Et cette personne ignore tout de ses origines ?

— Absolument. À l'époque, on faisait très attention à ces choses-là.

— Et si Hugh avait découvert l'identité de cet enfant…, hasarda Jazz.

— Je ne vois pas comment, mais continuez !

— Revenons un pas en arrière, proposa Jazz d'un air pensif. Edward m'a dit que Charlie était l'unique héritier des Conaught. Depuis sa mort, il n'y a plus d'héritier, n'est-ce pas ?

Lady Emily acquiesça :

— Un généalogiste fouille actuellement notre arbre en quête d'un lointain cousin ou d'une branche oubliée. Sinon, à la mort d'Edward, la lignée s'éteindra, le domaine sera vendu et l'argent ira à des œuvres. Plus de quatre siècles d'histoire… Quelle tristesse !

— Et s'il y avait un héritier ? Disons le fils de Corin, votre aîné ? Je crois savoir qu'il faut un héritier de sexe masculin.

— Voyons, inspectrice ! Cet enfant, encore faut-il que ce soit un garçon, serait né hors mariage ! Et donc illégitime.

— Il n'en demeure pas moins de votre sang. Il suffirait d'un test ADN pour en avoir la preuve. Ces dernières années, les tribunaux ont accordé à des enfants naturels le droit d'hériter d'un titre.

— De toute façon, le débat est clos puisque Corin est mort depuis quarante ans et qu'il est impossible de prouver une filiation. Il ne reste rien de lui, pour l'amour du ciel !

— Vous n'avez rien conservé ?

— Quelques souvenirs d'enfance, des photos, des babioles, mais rien de sa personne.

— Auriez-vous un album de naissance détaillant le poids de Corin, son premier sourire, sa première dent, ce genre de choses ?

— Bien sûr ! En quoi est-ce utile ?

— Si vous allez me le chercher, je vous montrerai, suggéra Jazz en croisant les doigts. Savez-vous où il est rangé ?

— Plus ou moins…

Jazz la soupçonnait de savoir exactement où était rangé l'album.

— Lady Conaught, si vous pouviez vous en souvenir, je vous serais très reconnaissante.

La vieille dame n'hésita qu'un instant.

— D'accord. Accordez-moi une minute.

Jazz la regarda s'éloigner en espérant devenir un jour une octogénaire aussi pleine d'allant. Elle pensa à son père et sortit son portable pour vérifier ses messages. Miles lui en avait laissé un, qu'elle décida d'écouter plus tard. En revanche, pas de nouvelles de l'hôpital.

— Je l'ai trouvé ! annonça lady Emily d'un air triomphal.

Elle lui remit un album couvert de satin bleu, conservé avec soin.

— Je ne vois pas en quoi il vous sera utile, mais regardez toujours.

— Merci, répondit la jeune femme en feuilletant les premières pages.

Jazz savait précisément ce qu'elle cherchait. Fébrile, elle étouffa un cri de joie en voyant un petit sachet en Cellophane recelant une précieuse boucle blonde.

— Voilà ! Cette mèche contient l'ADN de Corin et peut constituer une preuve de filiation.

— Les miracles de la technologie moderne…, commenta la vieille dame. Vous croyez connaître l'identité de l'enfant de Corin, n'est-ce pas ?

— Ce n'est qu'une intuition, pour l'instant, avoua Jazz. Vous serez la première informée si cela se confirme.

— Je ne sais plus que penser…

— Essayez de ne pas vous tourmenter. Ce petit-fils naturel serait providentiel, non ?

— Peut-être. Allez savoir…

— La lignée des Conaught ne va peut-être pas s'éteindre, finalement !

— Ce serait assez extraordinaire, certes, concéda-t-elle de mauvaise grâce.

La jeune femme observa ses mains tremblantes.

— Votre chevalière est singulière, commenta Jazz, qui avait vu la même au doigt de quelqu'un d'autre, dernièrement.

— Oui. Elle remonte à l'époque élisabéthaine. Les Conaught descendent à l'origine de la famille Dudley. Vous avez entendu parler du célèbre Robert Dudley, amant potentiel et favori de la reine Élisabeth Ire ? Les armoiries, qui représentaient un gland, ont changé il y a environ deux cents ans, avec l'inclusion d'une alouette, quand l'ancêtre de mon mari a contracté un mariage au sein d'une autre grande famille du Norfolk, dont le fief se trouvait à Holkham.

— Ah bon ? Et seuls les membres de la famille ont le droit de porter la chevalière ?

— En effet. Cela me fait penser que celle de Corin avait disparu, quand on a retrouvé son corps. Nous avons tous pensé qu'il l'avait mise en gage pour s'acheter de l'héroïne.

— Ah oui ? Donc il manque une chevalière ?

— Oui. Nous n'avons jamais pris la peine de la remplacer. À quoi bon ? Je doute que quelqu'un la porte à l'avenir.

— On verra, conclut Jazz en se levant. Merci beaucoup de m'avoir accueillie et renseignée. Je vous rendrai cette mèche de cheveux dans quelques jours et je vous tiens au courant. Ne vous levez pas, je connais le chemin.

— Au revoir, inspectrice. Je suis ravie d'avoir pu vous être utile.

Au moment de sortir, Jazz se ravisa.

— Une dernière question : vous rappelez-vous le nom de la jeune femme que Corin a mise enceinte ?

— Naturellement ! rétorqua la vieille dame. En dépit de ce que raconte mon fils, je ne suis pas sénile ! Elle a été sa femme de ménage pendant quelques mois, quand il vivait au cottage. Elle s'appelait Jenny Colman.

De retour dans sa voiture, Jazz prit connaissance du message vocal de Miles. Il s'était rendu au cabinet de Julian Forbes pour interroger ses collègues et rencontrer les techniciens de la police scientifique. Il n'avait rien d'urgent à lui communiquer et lui donnait rendez-vous au poste de police le lendemain matin.

Elle appela ensuite Martin Chapman.

— Martin, où es-tu ?

— Au labo de médecine légale de Norwich.

— J'ai besoin de faire analyser et comparer des échantillons d'ADN de toute urgence.

— Ça ne peut pas attendre mon retour à Londres ?

— Non. J'en ai besoin au plus vite. Donne-moi l'adresse du labo. Je vais charger Miles de t'apporter les échantillons.

Elle nota les coordonnées.

— On vient de recevoir la voiture de Julian, lui apprit Martin, qui va m'occuper une bonne partie de la nuit. Je vais essayer de faire analyser ton ADN sous vingt-quatre heures.

— J'ai besoin des résultats pour demain, Martin.

— Je ferai de mon mieux, mais Patrick exige un rapport complet. Sinon, il devra fermer l'école, d'après lui.

— Ah oui ? persifla Jazz, qui s'en voulut aussitôt d'avoir trahi sa contrariété. Je compte sur toi, Martin, et je te dois un dîner.

— Attention, je vais te prendre au mot ! On se voit demain pour mon rapport médico-légal.

— J'ai hâte. Merci, Martin !

Elle appela ensuite Miles.

— Où êtes-vous, sergent ?

— À l'hôtel. J'allais m'attabler pour dîner.

— Seul ?

— Euh… non, avec Issy.

Jazz sourit intérieurement en percevant sa gêne.

— Désolée d'interrompre ce tête-à-tête, mais j'ai besoin que vous portiez un prélèvement au labo de Norwich. Retrouvez-moi sur le parking de l'école dans un quart d'heure.

— D'accord, inspectrice.

— Où est Patrick ?

— Toujours au poste de police.

— À tout de suite, Miles.

Jazz démarra enfin et longea l'allée bordée d'arbres du domaine des Conaught. L'ingérence de Patrick la rendait folle. Enfin, mieux valait se concentrer sur son nouvel élément, un enfant dont la mère n'était autre que Jenny Colman… Encore un lien avec St Stephen.

Ce n'était pas l'enfant de Hugh Daneman, mais un héritier des Conaught.

Hugh devait être persuadé que Sebastian Fredericks était le fils de Corin, donc un fils de cœur, à ses yeux. Jazz ne voyait pas d'autre explication à la modification soudaine de son testament.

Et si Hugh Daneman avait révélé à Fredericks qui il était ? Ce dernier aurait compris qu'il pouvait revendiquer l'héritage des Conaught, dont la valeur s'élevait à plusieurs millions… Or Charlie Cavendish, le dernier héritier connu, constituait un obstacle. Afin de s'assurer que la voie était libre et s'épargner des dizaines de milliers de livres sterling en honoraires d'avocat pour prouver qu'il était bien le fils illégitime de Corin, Sebastian devait éliminer Charlie.

Jazz s'engagea sur la route menant à la fois chez elle et à St Stephen. Elle était épuisée et avait très envie d'un bain chaud. Hélas, elle ne pourrait se reposer tant qu'elle n'aurait pas parlé à Fredericks. Et elle voulait aussi vérifier la présence de ce détail qui avait poussé Hugh Daneman à croire que Sebastian était le fils de Corin…

28

À St Stephen, Jazz remit son échantillon et l'adresse du labo à un Miles un peu chafouin, puis elle partit en quête de Sebastian Fredericks. Elle le trouva au réfectoire. Il dînait en compagnie de quelques élèves qui cherchaient à lui soutirer des informations sur la mise sous scellés de Fleat House.

— Les garçons, voici quelqu'un qui pourra vous renseigner. L'inspectrice Hunter en personne !

Sebastian afficha son sourire faux et se leva en emportant son assiette vide.

Jazz constata qu'elle ne s'était pas trompée : la chevalière qu'il portait à l'annulaire était identique à celle de lady Conaught.

— Vous voulez bien nous laisser une minute, les enfants ? leur demanda-t-elle en leur faisant signe de s'éloigner. J'ai besoin d'informer M. Fredericks du déroulement de l'enquête.

— Vous avez trouvé un cadavre, inspectrice ? s'enquit un élève. Celui du gars qui s'est pendu à la cave, c'est ça ? C'est la rumeur qui circule.

— File, James ! ordonna Fredericks. Je passerai à Walsingham House vous dire bonsoir dans une heure.

Les élèves obéirent à regret.

— Cela vous ennuierait que nous parlions en faisant quelques pas ? proposa Fredericks. Je n'ai pas eu le temps de préparer mes affaires. Je vais dormir à Walsingham House ce soir, et l'agent de police de garde va bientôt verrouiller Fleat House pour la nuit.

— Si vous voulez.

Ils traversèrent la pelouse.

— Qu'est-ce que c'est que cette histoire de pendu dans la cave ? s'enquit Jazz.

— Oh, elle fait partie de la légende de St Stephen. Les enfants ont tendance à l'enjoliver un peu.

— Un garçon s'est vraiment pendu au sous-sol de Fleat House ?

— Effectivement, confirma Sebastian, un peu gêné. Il y a très longtemps.

Ils durent se pencher pour franchir le cordon de sécurité. Devant l'entrée, un jeune agent faisait les cent pas pour se réchauffer.

À l'intérieur de la bâtisse plongée dans le noir, Fredericks actionna l'interrupteur. En passant devant la porte de la cave, il ne put réprimer un frisson.

— Quelle journée ! J'ai encore peine à y croire. Pauvre Julian… Vous avez une idée de ce qui se passe ici ?

— On y travaille, monsieur Fredericks, répondit Jazz d'un ton neutre.

Ils s'arrêtèrent devant la porte de l'appartement de fonction.

— J'en ai pour une seconde, le temps de prendre

quelques affaires, déclara Sebastian en la laissant au salon.

Jazz en profita pour faire le tour de la pièce. Sur le bureau trônait la photo d'un couple d'âge mûr.

— Ce sont vos parents ? s'enquit la jeune femme dès qu'il revint avec son sac.

— En effet.

— Ils sont encore de ce monde ?

— Hélas non.

— Ils sont morts récemment ?

— Mon père il y a quinze ans et ma mère il y a quelques mois.

— Je vois. Vous avez des frères et sœurs ?

— Non, je suis fils unique.

— Ils vivaient dans la région ?

— Oui… Écoutez, inspectrice, je ne vois pas ce que ma famille vient faire là-dedans. Peut-on parler d'autre chose ? J'étais très proche de ma mère et elle me manque.

— Désolée. Je peux vous demander un verre d'eau ? Je meurs de soif.

— Bien sûr. Ce sera de l'eau du robinet. Si vous préférez de l'eau minérale, il faudra aller aux cuisines.

— De l'eau du robinet fera l'affaire, merci.

La jeune femme s'empressa de subtiliser l'objet qu'elle convoitait dans le sac et le glissa dans sa poche au moment où Fredericks réapparut.

— Merci, dit-elle en prenant le verre. J'imagine que vous avez hérité des biens de votre mère.

— Oui, du moins ce qu'il en restait. Elle souffrait de la maladie d'Alzheimer depuis dix ans. Elle n'avait que soixante ans, dont sept passés dans un établissement spécialisé. J'ai dû vendre sa maison pour couvrir les frais.

— Elle vous a légué ses biens ?

— Naturellement, répondit Fredericks, irrité. Pourquoi ?

— Monsieur Fredericks, pardonnez-moi de vous poser cette question mais, à votre connaissance, avez-vous été adopté ?

— Quoi ? Absolument pas ! Ou si je l'ai été, mes parents ont réussi à me le cacher. Désolé, inspectrice, j'ai fait preuve de patience, mais vos questions sont un peu trop personnelles à mon goût et fort déplaisantes. Je ne vois pas pourquoi je devrais vous répondre. Je ne suis pas en état d'arrestation, il me semble.

— Non. Une dernière question : quelle est votre date de naissance ?

— Le 10 avril 1965.

— Bien, ce sera tout. Merci beaucoup.

Sebastian passa une main nerveuse dans ses cheveux.

— C'est à cause du testament, n'est-ce pas ? Eh bien, sachez que je n'en sais pas plus que vous. Le testament de Hugh en ma faveur ne fait pas de moi un criminel. Franchement, je commence à me demander si c'est une bonne chose.

— Je vous laisse réunir vos affaires. Prévenez l'agent de votre départ.

En traversant la pelouse pour rejoindre sa voiture, Jazz sortit son portable.

— Roland ? Ici Hunter. Oui, la journée a été

agitée. Non, aucune nouvelle. J'aimerais qu'on surveille Sebastian Fredericks de près. Dites à un agent de le suivre. S'il quitte l'enceinte de l'école, ne le lâchez pas d'une semelle, d'accord ? À demain matin. Je reste joignable en permanence.

Jazz appela ensuite Patrick, dont le téléphone était éteint, pour une fois. Fatiguée, elle décida de rentrer chez elle en longeant la côte. Dans les rues étroites de Cley, un souvenir lui revint. Elle se promit de s'en occuper ultérieurement.

Dans son cottage régnait une température idéale. Le plombier lui avait écrit un mot indiquant qu'il avait laissé le chauffage allumé pour éviter qu'un tuyau n'explose durant la vague de froid. Jazz lui en fut reconnaissante.

Elle se prépara un chocolat chaud en écoutant ses messages téléphoniques. Le maçon s'excusait de ne pas être présent sur le chantier, sa mère avait passé la nuit chez elle pour se reposer et son père sortirait peut-être des soins intensifs le lendemain.

La jeune femme monta sa tasse à l'étage et se prélassa avec délices dans un bain réconfortant. Elle n'était pas de force à faire le point sur les événements des dernières vingt-quatre heures et encore moins de se les expliquer.

Un quart d'heure plus tard, elle était couchée. Patrick demeurait injoignable et Issy était sur boîte vocale. Elle lui laissa un message la priant de retourner voir Rory. Il fallait qu'il lui dise précisément ce qu'il avait fait des deux cachets d'aspirine qu'on lui avait donnés le soir de la mort de Charlie.

Enfin, elle contacta Celestria.

— Salut, Maman. Pas de panique, ce n'est que moi.

— Ah ! J'ai cru que c'était l'hôpital.

— Désolée. Je voulais juste avoir de vos nouvelles. Je te réveille ?

— Non. Ils m'ont conseillé de prendre un somnifère, mais j'avais peur de ne pas entendre la sonnerie.

— Prends-en un quand même. Tu as besoin de repos. Comment va Papa ?

— Bien mieux, chérie. Cependant, le spécialiste m'a répété qu'il n'était pas encore hors de danger.

— Tu es suffisamment rassurée pour être rentrée à la maison.

— C'est vrai. S'il continue sur cette voie sans autre incident, il devrait s'en sortir. Ton père est un être hors du commun, tu sais.

— Je sais. J'espère aller le voir ce week-end. Je serais bien passée demain, mais l'enquête s'emballe et Patrick est fidèle à lui-même, soupira la jeune femme.

— Oh non... J'ignorais qu'il travaillait sur cette affaire.

— Ce n'était pas le cas, au départ, mais... C'est une longue histoire.

— Je compatis. Tu n'avais pas besoin de ça.

— En effet... Cela dit, sa présence m'a rappelé pourquoi j'étais malheureuse avec lui et pourquoi je l'ai quitté... Elle m'a permis d'évacuer les derniers vestiges de mes sentiments.

— Ne sois pas trop dure envers toi-même, Jazz. Il faut se rappeler les bons moments et oublier les mauvais.

— À condition de ne pas se laisser entraîner sur la mauvaise voie, murmura la jeune femme.

— Patrick t'a sauvé la mise, hier, non ? Et quand son ego ne lui joue pas des tours, quand il ne se sent pas menacé, il tient beaucoup à toi. Ton père et moi avons toujours considéré qu'il n'était pas un homme pour toi. Parfois, l'amour est destructeur.

— Je suis d'accord avec toi, concéda-t-elle en étouffant un bâillement. Bon, tiens-moi au courant. J'ai une journée très chargée, demain, donc j'aimerais que tu me laisses un message pour me rassurer sur la santé de Papa.

— C'est promis. À présent, va te coucher et bon courage pour demain.

— Merci, Maman. Bonne nuit.

En sombrant dans le sommeil, Jazz songea aux personnes dont la vie avait été détruite par l'amour.

*

Le lendemain, à sept heures trente, Jazz frappa à la porte de Jenny Colman.

— Qui est là ?

— C'est l'inspectrice Hunter, madame Colman ! Désolée de vous déranger de si bon matin, mais je voulais vous parler avant votre départ pour l'école. Je peux entrer ?

— Bien sûr, inspectrice, répondit Jenny avant de l'entraîner au salon. Rien de grave, j'espère !

— Non ! Je souhaitais juste discuter avec vous d'une question personnelle, répondit Jazz en s'asseyant sur le canapé en face de Jenny.

— Laquelle ?

Elle semblait sur le qui-vive.

— J'irai droit au but : hier soir, je suis allée voir Emily Conaught qui m'a parlé de vous et Corin Conaught… et de l'enfant que vous avez mis au monde il y a quarante ans.

Jenny encaissa le coup. Pétrifiée, elle demeura immobile, les yeux embués de larmes.

— Je suis désolée, poursuivit Jazz. Je me rends compte à quel point c'est douloureux, mais j'ai besoin de savoir si la vieille dame a dit vrai. Êtes-vous la mère de l'enfant de Corin ?

Jenny hocha la tête en se tapotant les yeux d'un mouchoir.

— Vous n'avez découvert votre grossesse qu'après la mort de Corin, n'est-ce pas ?

Elle acquiesça.

— Et Hugh Daneman vous a aidée ?

— Oui, murmura Jenny. Il a été très gentil. Je ne sais pas comment je m'en serais sortie sans lui, à l'époque. Il s'est occupé de moi et m'a même trouvé un emploi à St Stephen. Je ne pouvais pas retourner dans ma famille. Mes parents vivaient et travaillaient sur le domaine des Conaught.

— Je comprends. Le bébé a été adopté ?

— Oui.

— Une fille ou un garçon ?

— Un beau petit garçon, répondit tristement Jenny.

Jazz eut une poussée d'adrénaline.

— Savez-vous qui l'a adopté ?

— Non. Les bonnes sœurs étaient très strictes sur

la confidentialité. Elles tenaient à ce que les mamans ignorent où partaient les bébés. Et elles avaient raison. À quoi bon ? On n'allait pas récupérer nos petits, de toute façon. Ce fut la pire journée de ma vie. J'ai accouché et, quelques heures plus tard, mon enfant avait disparu. Et ensuite, les douleurs, les montées de lait, les bandages sur la poitrine… Désolée pour ces détails, inspectrice.

Jazz se pencha vers elle afin d'énoncer sa théorie :

— Auriez-vous remis un objet aux sœurs à l'intention des parents adoptifs ?

— Oh non ! C'était interdit.

Jenny avait beau secouer la tête, il y avait une lueur d'incertitude dans son regard.

— Vous êtes sûre ?

— Oui ! Je n'ai rien donné aux sœurs, je vous le jure.

— Très bien, alors je vais m'exprimer autrement. Auriez-vous, par exemple, réussi à dissimuler un objet dans les vêtements du bébé que ses parents adoptifs auraient pu trouver et garder pour plus tard, quand leur fils aurait grandi et cherché à connaître ses origines ?

Horrifiée, Jenny se couvrit la bouche de son mouchoir.

— Comment avez-vous… ? Oui ! Oui ! avoua-t-elle avant d'éclater en sanglots. Je voulais que mon bébé sache d'où il venait. Il était le fils d'un lord, même si Corin était mort, et sa mère n'était qu'une bonniche dont les Conaught voulaient se débarrasser !

— Prenez votre temps, madame Colman…

— Excusez-moi, inspectrice. Je suis sous le

choc… Vous connaissez un secret que je garde en moi depuis très longtemps.

— Le problème, c'est que je ne sais pas tout. Je ne vous juge pas, madame Colman. J'ai besoin de votre aide pour mettre en place les différentes pièces du puzzle. Et vite. Si vous avez la force de continuer, dites-moi ce que vous avez caché sur votre bébé avant qu'il ne soit remis à ses parents adoptifs.

— Eh bien… une chevalière avec le blason des Conaught. J'espère que je ne vais pas avoir d'ennuis… Je ne l'ai pas volée, hein !

— Je vous promets qu'il ne vous arrivera rien. Où l'avez-vous dissimulée ?

— Les bonnes sœurs m'ont permis de tenir mon bébé dans mes bras quelques instants. Il était habillé et sur le point d'être remis à ses nouveaux parents. Il était tellement mignon avec son petit bonnet, ses chaussons. Il avait une couche sous sa grenouillère, une de ces couches en tissu à l'ancienne, fermée par une grosse épingle à nourrice. Ça m'a donné une idée. J'ai sorti la chevalière de mon placard et je l'ai enfilée sur l'épingle à nourrice en la dissimulant au mieux sous la grenouillère.

Jenny esquissa un sourire triste avant de poursuivre :

— Je me suis toujours demandé si les bonnes sœurs avaient repéré et récupéré la chevalière ou si les parents adoptifs l'avaient trouvée et vendue de peur qu'elle ne leur rappelle que l'enfant n'était pas leur fils biologique.

Jazz peinait à contenir son émotion.

— Si cela peut vous consoler, je trouve que c'est

une très belle idée. J'ai de l'admiration pour votre geste.

— J'aurais fait n'importe quoi pour le garder, vous savez. C'était un peu de Corin… Je l'aimais et je l'aime encore, même s'il est mort depuis quarante ans. Il ne se passe pas une journée sans que je pense à lui et à notre fils.

D'instinct, Jazz lui prit la main.

— Je n'ose imaginer votre souffrance.

— J'ai survécu, répondit Jenny d'un air mélancolique. Tout juste. Au moins, j'avais Hugh à mes côtés. Il me comprenait. Il aimait Corin, lui aussi. Nous avions ça en commun.

— Je sais… Dites-moi, comment vous êtes-vous retrouvée en possession de cette chevalière ?

— Oh, c'est Hugh qui me l'a donnée. Il est venu me voir plusieurs fois au couvent où on m'avait envoyée. Lors de sa dernière visite, avant mon accouchement, il a sorti la bague de sa poche en disant qu'il voulait que j'aie ce souvenir de Corin. Je crois qu'il avait de la peine pour moi. J'ai trouvé ça très gentil.

— C'est vrai, admit Jazz. Avez-vous expliqué à Hugh ce que vous aviez fait de la chevalière ?

— Oui. Je ne voulais pas qu'il pense que je l'avais perdue, par exemple. Je me devais de le mettre au courant puisque je la tenais de lui. Hugh a approuvé ma décision, même si nous n'avions aucune idée du sort de la chevalière. Selon Hugh, cela n'avait pas d'importance, seul le geste comptait.

Jenny sentit les larmes lui monter à nouveau aux yeux.

— Seigneur, il me manque tellement ! Il était le seul à être au courant, à part ma meilleure amie, Maddy.

— J'ai l'impression qu'il vous a beaucoup soutenue, commenta Jazz.

— Oh oui ! Et il m'a nommée sur son testament. Paix à son âme. Avec les événements récents à l'école, je n'ai pas encore réussi à aller chez le notaire, à Londres.

— Madame Colman, savez-vous qui hérite du reste du patrimoine de Hugh ?

— Non.

— C'est Sebastian Fredericks.

— Sebastian ? s'étonna Jenny. C'est bizarre. Hugh ne l'a jamais apprécié, que ce soit dans sa jeunesse ou à l'âge adulte. C'était le jour et la nuit, ces deux-là. À Fleat House, ils se complétaient à merveille.

— Et vous, que pensez-vous de Sebastian ?

Elle haussa les épaules.

— La même chose que Hugh, je suppose. Étant enfant, c'était une petite frappe. Hugh le trouvait trop brutal pour un responsable de maison. Cela dit, certains élèves récalcitrants ont besoin de poigne et d'autorité.

— Savez-vous pourquoi Hugh a rédigé un testament en faveur d'un homme qu'il n'appréciait pas particulièrement ?

— Aucune idée, inspectrice. Je trouve ça très étrange, mais qui suis-je pour juger ? Hugh devait avoir ses raisons. C'était un homme très réfléchi qui ne laissait rien au hasard.

— Oui, c'est l'impression que j'ai de lui. Je me

demande vraiment pourquoi il a modifié son testament en faveur de Sebastian…

— Cela n'a aucun sens…

— À moins que…

Jazz choisit ses mots avec soin :

— Madame Colman, et si Hugh avait vu quelque chose… un objet appartenant à quelqu'un… qui l'a porté à croire qu'il avait identifié votre bébé ?

— Je ne vois pas ce que vous voulez dire, inspectrice. Comment est-ce possible ?

— La chevalière.

Jenny demeura pétrifiée.

— Votre fils est né il y a quarante ans, c'est ça ?

— Il aurait quarante ans cette année, oui.

— À quelle date ?

— Il est né le 4 avril.

— Le 4 ? s'étonna Jazz. Vous êtes sûre ?

— Sans vouloir vous manquer de respect, inspectrice, vous croyez que je pourrais me tromper ?

— Bien sûr que non, assura Jazz en se levant. Merci beaucoup, Jenny.

— Je vous en prie, inspectrice, vous ne pouvez pas me laisser comme ça ! Vous savez qui est mon fils, n'est-ce pas ? Je vous en supplie, dites-le-moi !

Jazz fut touchée par son désespoir.

— Je serais irresponsable de lancer une affirmation à la légère, expliqua-t-elle avec douceur. Laissez-moi vérifier mes informations et je vous promets que vous serez la première au courant. Il s'agit peut-être d'une coïncidence.

— Une coïncidence que Hugh ait vu un homme de l'âge de mon fils porter ma chevalière ?

— Il existe peut-être plusieurs bagues identiques…

— Non ! Ces chevalières n'étaient attribuées qu'aux membres de la famille Conaught. Hugh m'a assuré qu'il n'en existait pas d'autre.

— Quelqu'un a pu réaliser une copie, suggéra Jazz.

— Pourquoi diable ? s'emporta Jenny. Elle ne signifie rien pour les autres. Si Hugh a trouvé quelqu'un qui porte la chevalière, il savait si elle était authentique ou non. Seigneur… Je sais ! Je sais qui est mon fils. Voilà pourquoi Hugh lui a légué son patrimoine. Parce qu'il est le fils de Corin ! Et le mien. Je vous en prie, dites-moi si Sebastian Fredericks est mon enfant !

La sentant au bord de la crise de nerfs, Jazz prit ses mains tremblantes dans les siennes.

— Je ne le sais pas encore. Sebastian porte effectivement une chevalière identique à celle de lady Conaught. Il m'a déclaré que sa mère était morte il y a quelques mois. Elle lui a peut-être laissé ce bijou en héritage, ce qui expliquerait pourquoi il ne l'arbore que depuis peu de temps. J'admets que cette histoire de testament en faveur de Sebastian est troublante, mais ne tirons pas de conclusions hâtives avant d'avoir une preuve absolue.

— Comment voulez-vous que je ne tire pas de conclusions ? s'exclama Jenny en dégageant ses mains des siennes. Je connais Sebastian depuis ses treize ans et jamais il ne m'est venu à l'idée qu'il était mon…

Elle se tut, incapable de prononcer le mot.

— Je devrais pourtant le ressentir dans mon cœur, non ?

— Madame Colman, ne culpabilisez pas ! La bonne nouvelle, c'est que j'ai une solution pour en avoir le cœur net. Lady Conaught a gardé une mèche de cheveux de Corin. Si l'ADN correspond à celui des cheveux de Sebastian, nous aurons la certitude qu'il est votre fils et celui de Corin.

— J'ai fait la même chose, marmonna Jenny.

— Quoi donc ?

Jenny alla ouvrir un tiroir de son buffet et en sortit une vieille enveloppe kraft qu'elle tendit à Jazz.

— Regardez.

L'enveloppe recelait une mèche de cheveux blonds et une photo en noir et blanc. Les larmes montèrent aux yeux de Jazz lorsqu'elle vit la silhouette floue du bébé de Jenny.

— Hugh m'a prêté son appareil pour que je prenne une photo, expliqua Jenny. J'ai dû faire vite, alors elle est un peu ratée. J'ai pleuré toutes les larmes de mon corps quand Hugh me l'a donnée. On le distingue à peine.

— Ce sont les cheveux de votre bébé ?

— Oui. Je les ai coupés à l'insu des bonnes sœurs.

— Madame Colman, acceptez-vous de me les confier quelque temps ? Plus le généticien aura d'éléments, plus nous aurons de chances d'obtenir un résultat.

— D'accord. Vous en prendrez soin ?

— C'est promis, répondit Jazz en glissant la mèche dans un sachet en plastique. Je vais vous laisser. Merci encore.

Jenny la raccompagna à la porte.

— Le plus triste, c'est que j'ai passé des années à me demander ce qui était arrivé à mon garçon, où il était, ce qu'il était devenu, s'il m'avait cherchée. Et j'apprends qu'il a peut-être grandi sous mon nez, que je ne l'appréciais guère adolescent et encore moins en tant qu'adulte, soupira-t-elle.

— Attendons les résultats du labo.

— Mon Dieu ! Mon Dieu !

— Que se passe-t-il ? demanda Jazz, alarmée.

— Je viens de comprendre pourquoi le fait que Sebastian soit le fils de Corin vous intéresse. C'est à cause de Charlie, n'est-ce pas ? Vous croyez que, si Sebastian a découvert qu'il était le fils de Corin, il a pu vouloir se débarrasser de Charlie et revendiquer l'hé…

Quelqu'un sonna à la porte.

— Décidément ! C'est la folie, ce matin, s'exclama Jenny en ouvrant. Bonjour, Maddy !

Jazz reconnut l'intendante de Fleat House et la salua avant de prendre congé.

— Merci, inspectrice. Tenez-moi au courant ! Et bonne chance, lança Jenny.

Les deux amies la regardèrent s'éloigner.

— Tu entres une minute, Maddy ?

— Non, je retournais à l'école. Je suis allée déposer des prélèvements chez le médecin, en ville, pour un des garçons. On pense qu'il a une mononucléose. Tu te sens bien, ma belle ? Tu es pâlichonne.

— Pas étonnant, avec ce qui se passe à l'école, soupira Jenny. Attends, je prends mon manteau et je t'accompagne.

Deux minutes plus tard, elles se mirent en route pour St Stephen.

— Je venais m'excuser d'avoir annulé notre sortie, l'autre soir. Je te l'ai dit, ma voiture est au garage. Si on allait au cinéma, la semaine prochaine ?

— Ce serait bien, répondit Jenny, distraite par sa conversation avec l'inspectrice.

— Je ne sais pas encore quelle soirée je serai libre.

— De toute façon, c'est un peu le chaos, en ce moment, admit Jenny.

— Et comment ! Tous ces garçons à installer dans une autre maison… J'espère que la police va boucler le dossier rapidement pour qu'on reprenne une vie normale. Que te voulait l'inspectrice, au fait ?

— Oh, rien d'important. Des formalités. Personne ne semble savoir ce qui se passe… C'est mauvais pour la réputation de St Stephen.

— Tant que M. Jones ne se montrera pas plus ferme, rien ne s'arrangera.

— M. Jones fait de son mieux, tu sais, rétorqua Jenny. Il doit contenter un tas de gens, ménager les gouverneurs, les parents, les enfants… D'ailleurs, je n'ai pas revu Rory à l'école.

— Je doute qu'il revienne un jour, après ce qui lui est arrivé. Si j'étais sa mère, je le garderais bien au chaud à la maison pour le surveiller. Mme Millar n'a plus que lui maintenant que son compagnon est décédé, et il est fragile, ce gamin. Mieux vaut qu'il fréquente un collège public en externe.

— Oui, admit Jenny, perdue dans ses pensées. Peut-être…

— Tu es sûre que ça va ? Tu as l'air ailleurs.

— Je suis fatiguée, c'est tout. C'est dur d'empêcher M. Jones de craquer au vu des circonstances. Enfin… il y a quand même une chose dont je voudrais te parler.

Elles s'arrêtèrent devant le bâtiment principal de l'école.

— Ah oui ?

Jenny avait l'impression qu'elle allait exploser si elle ne racontait pas à quelqu'un son entretien avec l'inspectrice.

— Passe donc me voir à la pause déjeuner, si tu peux, suggéra Maddy. Je serai au bureau de l'infirmerie. On ira chez moi manger un sandwich.

— Tu crois que j'aurai le droit d'entrer à Fleat House ? Je croyais la maison sous scellés.

— Je peux utiliser l'infirmerie dans la journée. Je te retrouverai devant la porte de derrière.

— D'accord. J'ai besoin de te parler. Merci, Maddy. À plus tard.

Sur ces mots, Jenny gagna son bureau.

29

En arrivant au poste de police de Foltesham, Jazz trouva Miles et Issy en grande conversation sur le parking.

— Salut, Jazz. Je partais voir Rory, dit la psychologue.

— Où est Patrick ?

— À l'intérieur, avec David Millar, répondit Miles.

Jazz fronça les sourcils. Patrick avait-il commencé l'interrogatoire sans elle ?

— Vous avez trouvé quelque chose d'intéressant au cabinet de Julian Forbes, hier soir ?

— Son rendez-vous de sept heures était avec un certain Smith. Sans doute un faux nom. Il n'y avait ni numéro de téléphone ni adresse dans son agenda. La secrétaire ne se rappelait pas avoir pris l'appel, mais elle était en arrêt maladie la semaine précédente et il y avait une intérimaire. L'agence d'intérim était fermée. Dans la liste des clients, il y a cent trente-deux Smith. Autant chercher une aiguille dans une botte de foin.

— Et l'ordinateur de Forbes ?

— J'ai mis quelqu'un dessus, affirma le sergent.

On n'a pas le mot de passe, mais il pense avoir résolu le problème d'ici à une heure. Je vais à St Stephen voir les collègues. Apparemment, la presse a débarqué, on ne pourra pas dissimuler les faits encore longtemps. Je déposerai Issy en passant. À plus tard.

Jazz sentit soudain une main sur son épaule.

— Bonjour, Jazz.

— Ah, Martin !

Issy s'éloigna vers la voiture après une tape sur les fesses de Miles.

— Ces deux-là sont… ? En tout cas, ils étaient très tactiles quand je suis passé boire un verre avec eux, hier soir, à l'hôtel, s'amusa Martin.

— Nous avons un faisceau d'indices concordants, railla Jazz avec un sourire. Alors ? Quoi de neuf ?

— Je viens de remettre un rapport médico-légal complet à Patrick.

— Tu as trouvé quelque chose ?

— Tu n'auras qu'à en parler avec lui, répondit-il sans se mouiller.

— Et mon échantillon d'ADN ?

— Quelqu'un est dessus.

— Bien.

Elle lui tendit deux sachets en plastique.

— L'un de ces échantillons contient les cheveux de « bébé X ». Au moins un des deux autres doit correspondre.

— Je suppose que tu as le consentement du propriétaire ?

— Bien sûr.

— Et cette brosse à cheveux ?

— Non, avoua Jazz. Je l'ai volée.

— Je m'en doutais, soupira Chapman. Légalement, c'est répréhensible. J'aurais dû refuser de l'analyser.

— Martin, s'il te plaît ! C'était ma seule solution. Et je ne peux rien prouver sans savoir si l'ADN correspond.

— D'accord, mais c'est parce que c'est toi… Si c'est un élément décisif pour ton enquête, et après l'arrestation, nous effectuerons la recherche ADN habituelle avant que l'on ne sache que tu étais déjà informée.

Dès qu'il se fut éloigné, Jazz se rendit dans la salle d'interrogatoire. Par la vitre, elle constata que Patrick était seul.

— Ça va, Jazz ? Tu as l'air fatigué.

— Ça va, répliqua-t-elle. Il paraît que tu as déjà interrogé David Millar.

— En effet. Hier soir, il était assez sobre pour parler, alors je l'ai cuisiné pendant deux heures. En obtenant du nouveau de Chapman, j'ai remis ça ce matin.

— Patrick ! s'emporta la jeune femme. On était convenus de l'interroger ensemble !

— Ne t'énerve pas. C'était pour te rendre service. Hier soir, tu étais crevée. Je voulais t'accorder une nuit de sommeil, ne pas te déranger et…

— C'est mon enquête ! coupa-t-elle. Comment oses-tu présumer ce que je veux ?

— Peu importe qui interroge Millar, non ? La bonne nouvelle, c'est qu'on a notre coupable en cellule. Je l'ai mis en état d'arrestation il y a dix minutes. Il est inculpé des meurtres de Charlie Cavendish et Julian Forbes.

Incrédule, Jazz le dévisagea avec effroi.

— Tu as fait quoi ?

— Allons, Jazz ! Tu l'as arrêté il y a quelques jours.

— Non ! Je l'ai interrogé quand il s'est rendu de lui-même au poste de police. Je ne l'ai jamais arrêté !

— Hier soir, en tout cas, il m'a garanti qu'il avait tué Charlie Cavendish.

Jazz leva les yeux au ciel.

— C'est ça, alors qu'il était encore à moitié bourré et sous pression et…

— On a de nouvelles preuves, ce matin. Chapman a trouvé les empreintes de Millar sur la malle dans laquelle reposait le cadavre de Forbes. C'est assez parlant, non ?

Patrick afficha un sourire satisfait.

— Pas si cette malle appartient à son fils, non ! Pour l'amour du ciel, c'est la malle de Rory ! Bien sûr qu'il y a les empreintes de son père dessus ! Cela ne prouve rien et tu le sais bien.

Patrick demeura muet. Jazz se rendit compte qu'il ignorait à qui appartenait la malle.

— Bon, reprit-elle en marchant de long en large dans la pièce. Millar a avoué le meurtre de Julian Forbes ?

— Non. Pas encore, mais il a admis avoir proféré des menaces de mort à son encontre, il y a environ une semaine.

— Si Julian touchait à un cheveu de Rory, ce qui

me paraît difficile, puisqu'il ne l'a jamais rencontré. Nom de Dieu, Patrick !

Jazz finit par s'asseoir.

— Je n'arrive pas à croire que tu ne m'aies pas attendue pour procéder à cette arrestation !

— Je suis désolé, Jazz, mais tout le monde a envie de boucler le dossier au plus vite. Je viens de parler au patron, qui est soulagé. Norton pense qu'on peut gérer la presse en évoquant un problème « interne » ayant dégénéré et…

— Tu n'as pas traîné ! lança Jazz. Tu as déjà raconté à qui voulait l'entendre que tu avais ajouté un nouveau trophée à ton tableau de chasse. L'inspecteur-chef Coughlin qui débarque et qui boucle en quelques heures l'enquête de son ex-femme incompétente !

— Allons, Jazz, voyons les choses en face. Ma présence sur ton lieu de travail t'a toujours posé un problème. D'autant que j'ai été promu…

— Quoi ? Je n'ai jamais eu de problème ! Jamais ! C'est toi qui as un problème ! Même Norton l'a reconnu !

— Ah oui ? Il ne m'en a jamais parlé. Franchement, Jazz, si j'ai un souci, c'est surtout parce que Norton ne jure que par toi et qu'il te favorise…

Patrick se leva et croisa son regard furibond.

— Tu n'as pas le droit de dire ça ! Il ne m'a jamais favorisée. Je suis arrivée là par la force de mon travail et…

— Ce n'est pas l'avis de tout le monde, dans le service, persifla Patrick.

— Salaud !

Incapable de se retenir, Jazz le gifla.

Abasourdis, ils se turent.

— Excuse-moi, bredouilla enfin la jeune femme. Je n'aurais pas dû.

Patrick porta une main à sa joue meurtrie.

— Tu as toujours eu un tempérament volcanique. Et je comprends que tu sois sur les dents, avec la santé de ton père et le reste…

— Non ! Ça n'a rien à voir ! Je suis responsable de cette enquête, point barre ! Et si quelqu'un doit arrêter un suspect, c'est moi ! Tu ne m'as pas accordé la possibilité d'interroger Millar moi-même pour vérifier quelques faits…

— Ne te gêne pas pour moi, répondit Patrick en éteignant son ordinateur. Il est à toi. Norton m'a demandé de regagner Londres immédiatement pour une autre enquête. Tu es débarrassée de moi.

Fulminante, elle le regarda chercher sa clé de voiture dans sa poche. Au moment de sortir, il hésita et fit volte-face.

— Jazz, il y avait suffisamment de pièces à conviction pour arrêter Millar et le temps presse. Les médias ont compris qu'il y avait du grabuge à St Stephen. Les journalistes ne vont pas tarder à fondre sur l'école comme des vautours.

— Je n'en doute pas, répliqua la jeune femme qui ne voyait aucune raison de prolonger cette discussion.

Il lui tendit un dossier.

— Le rapport d'autopsie et le compte rendu des analyses. À toi d'obtenir des aveux pour la mort de Forbes. Millar est fichu, même sans aveux. Il prétend avoir passé le soir du meurtre de Forbes sur un banc, à Norwich.

— Merci.

— Jazz... ce qui vient de se passer explique l'échec de notre mariage, tu ne crois pas ?

— Le fait que tu couchais avec Chrissie n'a rien à voir avec notre séparation, c'est ça ? rétorqua la jeune femme d'un ton chargé de sarcasme.

— Si, aussi, bien sûr... Je voulais dire que, l'autre nuit, entre nous, c'était merveilleux. Nous étions seuls au monde.

Jazz sortit son ordinateur de sa sacoche sans lever les yeux vers son ex-mari.

— L'autre nuit, mon père était mourant et je n'avais pas toute ma tête. C'était une erreur. À mon tour de m'excuser. Merci d'avoir été présent, mais c'est terminé. On est divorcés.

Elle poussa un long soupir et alluma son ordinateur.

— Bon retour à Londres, conclut-elle.

— Jazz, je...

Le téléphone de la jeune femme se mit à sonner. Ignorant Patrick, elle répondit en regardant du coin de l'œil son ex quitter la pièce.

— Allô, inspectrice ? C'est le sergent Roland.

— Bonjour, Roland. Tout va bien ?

— Je voulais vous dire que Fredericks a quitté l'école en voiture il y a environ une heure. Un agent l'a suivi vers un cottage situé à Cley. Il a passé vingt minutes à l'intérieur avant d'en ressortir et de regagner St Stephen. Il vient de rentrer.

— Il avait rendez-vous avec quelqu'un ?

— Fredericks a sonné à la porte et quelqu'un lui a ouvert. L'agent n'a pu voir qui car le cottage se trouve au fond d'une voie étroite. Voici l'adresse.

— Merci pour ces infos. Il y a combien de journalistes en ce moment ?

— Une dizaine, mais ils commencent à affluer.

— Vous avez vu Miles ?

— Il est juste à côté de moi.

— Dites-lui de revenir au poste. J'ai besoin de lui parler.

— Très bien, inspectrice.

— Merci. Je ferai un saut à l'école plus tard. En attendant, tenez bon.

La jeune femme raccrocha et s'étira. La journée commençait à peine et elle était déjà épuisée. Heureusement, Patrick était parti, ce qui était un grand soulagement.

Elle avait à présent un appel à passer avant de perdre courage. Elle réfléchit à ce qu'elle allait dire, puis elle composa le numéro de Norton.

— Félicitations, Hunter ! lança Norton d'un ton jovial. Coughlin m'a parlé de l'arrestation de Millar. C'est une bonne nouvelle, non ?

— En effet, répondit-elle pour ne pas sembler aigrie. Dommage que je n'aie pas été consultée.

— Je vois. Venez-en au fait, Hunter.

— En vérité, je ne suis pas persuadée que David Millar ait commis ce crime. Tant que je ne le serai pas, je vous demande la permission d'exploiter d'autres pistes.

Un silence pesant s'installa, puis Norton reprit :

— Coughlin m'a affirmé qu'il y avait des preuves

irréfutables, outre les aveux de Millar concernant le meurtre de Charlie Cavendish.

— Je dois vous contredire, monsieur, même si je ne mets pas en question le jugement de l'inspecteur-chef Coughlin. Il y a en effet des preuves médico-légales, mais leur pertinence est discutable en termes d'accusation. N'étant arrivé que depuis peu, l'inspecteur-chef Coughlin n'était pas au fait de tous les éléments.

— Ce qui est avéré, c'est qu'un homme est actuellement en cellule, ce qui doit rassurer bon nombre de personnes à l'école, ainsi que Mme Millar et son fils, répliqua Norton.

— Je ne suis pas convaincue que ce soit le bon coupable, monsieur.

— Allons bon…

Jazz sentit que Norton réfléchissait.

— Je vais vous parler franchement, Hunter. Il est évident que l'apparition de Coughlin a dû compliquer les choses pour vous. C'est pourquoi je veux que vous me donniez votre parole que votre besoin de poursuivre vos recherches est d'ordre professionnel et non dicté par des rancœurs personnelles. Peu importe qui a arrêté David Millar s'il a commis le crime.

— Je sais, monsieur. Je vous assure que ce différend n'a rien à voir avec notre situation personnelle. Mon avis de professionnelle est qu'il me reste plusieurs pistes à suivre. Si je les négligeais, j'aurais l'impression de ne pas faire mon travail.

Elle entendit Norton soupirer.

— D'accord, mais je veux que Millar reste en

cellule. Vous avez vingt-quatre heures. Ensuite, je boucle l'affaire.

— Merci, monsieur. Je vous appelle dès que j'ai du nouveau.

— J'y compte bien, Hunter.

Jazz raccrocha, soulagée. Le moment était venu d'écouter l'enregistrement de l'interrogatoire de David Millar.

Quelques minutes plus tard, elle ordonna à l'agent de service d'aller chercher Millar.

Elle le dévisagea tandis qu'il s'installait en face d'elle. Il avait les yeux injectés de sang, le visage émacié, le teint grisâtre.

— Comment vous sentez-vous ? lui demanda-t-elle.

— Comment voulez-vous que je me sente dans ma situation ?

— Je sais que mon collègue vous a déjà interrogé, mais j'ai quelques précisions à vous demander.

— Allez-y, inspectrice.

— Vous avez déclaré que, le soir de la mort de Julian Forbes, vous aviez quitté votre maison pour vous rendre à pied à Foltesham, puis aviez pris un taxi pour Norwich, où vous aviez passé la soirée à boire dans un pub proche de Castle Mall.

— C'est ça.

— Vous vous rappelez quel pub ?

David secoua négativement la tête.

— J'en ai écumé plusieurs…

— Et ensuite ?

— À l'heure de fermeture, on m'a mis dehors. J'ai trouvé un banc et je me suis endormi.

— Quand vous êtes-vous réveillé ?

— Avant l'aube. Il commençait à neiger. J'avais cuvé et j'étais frigorifié. J'ai marché en cherchant un taxi, mais aucun ne voulait me conduire à Foltesham à cause du mauvais temps. J'ai donc fini par prendre une chambre à l'hôtel de la Gare.

— C'était mercredi matin ?

— Oui, je pense… J'ai dormi presque toute la journée et, le soir, je suis retourné au pub. J'ai regagné ma chambre, j'ai dormi, puis la police est venue frapper à ma porte pour m'amener ici.

— Donc, le soir de la mort de Julian Forbes, vous dormiez sur un banc dans une rue de Norwich ?

— Oui.

— Monsieur Millar, soupira Jazz, vous vous rendez compte que cette information ne vous rend pas service ? Personne sans doute ne pourra corroborer cette affirmation.

— Je sais, mais à quoi bon ? Même s'il y avait un témoin, votre collègue a insisté sur le fait que j'avais quand même pu aller voir Julian Forbes à son bureau à sept heures pour le forcer à monter en voiture sous la menace d'une arme, me faire conduire à St Stephen, tuer Forbes et revenir à Norwich pour boire avant de m'endormir sur un banc. Ce matin, il m'a dit que la malle dans laquelle on a trouvé Forbes était couverte de mes empreintes.

— C'est la malle de Rory, répondit Jazz dans l'espoir de susciter en lui un soupçon de combativité.

— Ah bon ? Je l'ignorais.

— Donc vous n'avez pas avoué le meurtre de Julian Forbes ?

— Non.

— Vous vous en tenez à cette déclaration ?

— Bien sûr !

— Je vous pose la question parce que vous semblez changer de version à propos du meurtre de Charlie Cavendish.

— Je vous l'ai dit, inspectrice. Il se peut que je l'aie tué. Je ne m'en souviens pas.

— C'est ce que vous avez déclaré à l'inspecteur-chef Coughlin ? Que vous ne vous souveniez pas ?

— Oui.

Jazz se tut un instant, puis elle hocha la tête.

— Très bien, monsieur Millar. Merci.

— C'est tout ? Vous n'allez pas me cuisiner à petit feu, comme l'autre flic ?

— Non. Je n'ai besoin de rien d'autre.

Elle appela l'agent.

— Veuillez ramener M. Millar en cellule.

Au moment de sortir, David se retourna.

— J'ai compris, vous savez. Si j'ai avoué avoir tué Charlie Cavendish alors que j'étais bourré, j'ai très bien pu en faire autant avec le petit ami de mon ex-femme. C'est peut-être le cas, d'ailleurs. J'étais complètement saoul ce soir-là. Et j'ai un mobile. Julian Forbes était un enfoiré et je ne supportais pas l'idée qu'il élève mon fils à ma place. Et je parie qu'il y a des témoins qui m'ont entendu lui crier que j'avais envie de le tuer, en ville. Je suis foutu…

— Nous en reparlerons plus tard.

— Inspectrice, intervint l'agent de police, le sergent Miles est là. Je le fais entrer ?

— Oui, merci.

Jazz éteignit son portable.

— Vous m'avez demandé ? s'enquit Miles en la rejoignant.

— Oui. Asseyez-vous. Vous étiez au courant de l'inculpation de Millar ?

— Non. C'est M. Jones qui m'en a parlé, à l'école. Patrick ne m'a rien dit. Je me suis senti bête, admit Miles.

— Sans commentaire, soupira Jazz. Bref, Patrick est reparti pour Londres à la demande de Norton, qui nous accorde vingt-quatre heures pour présenter de nouveaux éléments. Ensuite, il boucle le dossier et Millar sera notre homme. Je vais vous dire ce que j'ai découvert hier. Je ne sais pas où ça nous mènera. Si on ne trouve pas la vérité, Millar risque de tomber pour les deux meurtres, malgré une déposition pleine d'incohérences.

— Je vous écoute, inspectrice.

— En gros, si Sebastian Fredericks a appris qu'il était l'héritier biologique mais illégitime des Conaught, il a pu éliminer Charlie parce qu'il constituait un obstacle à l'héritage ? résuma Miles dix minutes plus tard, après avoir écouté l'exposé de Jazz.

— C'est ça.

— Et Julian Forbes ? Pourquoi l'aurait-il tué ?

— Ils étaient élèves à St Stephen ensemble.

Fredericks m'a dit qu'ils étaient amis et qu'ils avaient bu quelques verres ensemble, par la suite. Il faut revenir dans le passé, et vite !

— Je pense que vous avez raison. C'est le seul point commun à tous les événements qui ont eu lieu dans cette école, plus précisément à Fleat House.

— Oui, confirma Jazz. Cette histoire de pendaison à la cave m'intéresse au plus haut point. Qui était ce garçon, quand est-ce arrivé ? Rory Millar s'est retrouvé enfermé dans cette cave il y a quelques semaines. C'est peut-être une coïncidence… ou pas.

— On a besoin d'un employé qui connaisse cette histoire.

— C'est Jenny Colman, la secrétaire du directeur. Elle est là depuis si longtemps… La pauvre, elle ne semblait pas ravie en apprenant que Fredericks était peut-être son fils perdu de vue.

— Je l'imagine…

— Je dois attendre les résultats de Martin Chapman. S'il y a une correspondance ADN, je convoque Fredericks pour l'interroger. Sinon… je veux savoir où il a obtenu cette chevalière. En fait, j'ai ma petite idée, mais… oui, je parie que c'est ça.

— Je ne vous suis pas, inspectrice.

— Je vous expliquerai plus tard, quand ma théorie sera confirmée.

— D'accord. Mon informaticien a pu déverrouiller l'ordinateur de Julian Forbes. Je vais voir ce que j'y trouve. Je peux m'installer ici ?

— Faites comme chez vous. Je vais voir Angelina

Millar pour qu'elle me parle de son petit ami. Appelez-moi si vous avez du nouveau.

— Ça marche. Au fait, Issy demeure persuadée que Millar n'est pas un meurtrier.

— Tant mieux. Vous savez combien je me fie à ses impressions. À propos, elle va bien ? demanda-t-elle d'un ton enjoué.

— Oh... bien... ça va.

— Ouais... Pour quelqu'un qui déteste la campagne, elle semble s'adapter à merveille.

Visiblement embarrassé, Miles détourna la conversation.

— Dites-moi, inspectrice... Roland m'a demandé si vous comptiez passer à l'école faire une déclaration. Les journalistes ont envahi les lieux et ils ne partiront pas bredouilles. Jones est pressé de s'en débarrasser.

— Je donnerai une conférence de presse ce soir à dix-huit heures. Dites à Jones de préparer la grande salle afin que les journalistes puissent installer leur matériel. Il devra tenir le coup jusque-là.

— Vous allez révéler qu'on a inculpé David Millar ? s'enquit Miles.

— Non. Je leur expliquerai qu'il nous aide dans nos recherches. On n'a que vingt-quatre heures. Ensuite, vous repartirez à Londres et je reprendrai ma petite vie tranquille à la campagne.

— Vous y arriverez, inspectrice.

— Merci, et je cherche simplement à arrêter le bon coupable, rien de plus, d'accord ?

— Je sais. Je n'en ai jamais douté.

— Tant mieux, conclut-elle. Je file. Pourvu qu'Issy ait fait des miracles avec Rory. À plus tard !

— Issy fait des miracles, en effet, murmura Miles en la regardant s'éloigner.

— Prenez garde à ne pas souffrir, souffla-t-elle avant de refermer la porte.

30

Angelina semblait frêle, vulnérable, quand elle accueillit Jazz.

— Comment allez-vous ? s'enquit doucement l'inspectrice.

— D'après vous ? rétorqua-t-elle en s'écroulant dans un fauteuil.

— Je peux faire quelque chose ?

Angelina secoua négativement la tête.

— À moins que vous puissiez ressusciter Julian…, souffla-t-elle avec l'esquisse d'un sourire.

Jazz prit sa main dans la sienne.

— Je compatis sincèrement. Nous allons tout faire pour savoir qui a tué Julian et pourquoi. Je dois vous prévenir que les médias ont débarqué à St Stephen. Ils ont eu vent de quelque chose, naturellement. Je n'ai encore fait aucune déclaration sur Julian mais, le moment venu, vous devrez peut-être vous installer ailleurs, provisoirement. Les journalistes vont affluer sur le pas de votre porte. Rory et vous n'avez pas besoin de ça en ce moment.

Angelina hocha distraitement la tête. Elle l'écoutait à peine.

— Et j'ai une autre requête, des plus pénibles. Il faudrait que vous veniez identifier Julian officiellement.

La jeune femme se prit la tête dans les mains.

— Oh non ! C'est indispensable ? Je n'ai jamais vu de cadavre. Non, je n'y arriverai jamais !

— On pourrait contacter ses parents. Je suppose que vous leur avez annoncé le décès.

— Sa mère est morte et son père est en déplacement à l'étranger. Il n'est pas encore au courant. Je ne pouvais pas lui laisser un message sur son répondeur pour l'informer du meurtre de son fils. Je lui ai simplement demandé de me rappeler.

— Dans ce cas, il faudra que vous veniez l'identifier. Je vous accompagnerai.

— S'il le faut… Julian voudrait que je sois forte.

Les larmes lui montèrent aux yeux.

— Cela m'aidera peut-être à accepter la vérité, à la rendre plus réelle. Pour l'heure, je n'arrive pas à y croire.

— Naturellement. Et si je nous préparais du café ? proposa Jazz.

— Si vous voulez.

— Comment va Rory ? demanda Jazz en s'affairant.

— Bien… Issy l'a beaucoup aidé. Ils s'entendent très bien. Ma mère sera là cet après-midi.

— Je ne saurais trop vous conseiller de partir d'ici, reprit l'inspectrice en versant du café dans deux tasses. Tenez, buvez.

— Merci… Non, je vais rester ici, chez nous… chez moi. Avez-vous… ?

— Trouvé le coupable ? compléta Jazz en buvant une gorgée de café. Eh bien, votre ex-mari est actuellement en garde à vue, mais il n'a pas avoué le meurtre de Julian.

Angelina se contenta de regarder dans le vide.

— J'ai quelques questions à vous poser…

— Allez-y, répondit Angelina d'un ton las.

— Savez-vous si Julian connaissait quelqu'un du nom de Smith ? Que ce soit professionnellement ou dans sa vie privée.

— Je ne sais pas… C'est possible.

— Avait-il un répertoire à la maison ?

— Oui. Dans le tiroir de son bureau.

— Je peux y jeter un coup d'œil ?

Angelina alla chercher un petit carnet à couverture en cuir qu'elle tendit à Jazz.

— À propos de ses connaissances, Julian vous a-t-il parlé de Sebastian Fredericks ?

— Pas vraiment, non.

— Ils étaient pensionnaires ensemble.

— Oui, je sais, mais pas dans la même classe. Pourquoi ?

— Pour rien, répondit Jazz. Donc Julian avait un comportement normal, ces dernières semaines ? Vous n'avez rien remarqué de bizarre ?

— Non. Il était très heureux. Le travail marchait bien, on était ensemble…

— Il n'avait pas de soucis ? La perspective de rencontrer enfin Rory et tout ce que cela impliquait…

— Non… Cependant, pour ce qui est de Rory… je viens de penser à quelque chose.

— Oui ?

— Ce n'est sans doute rien mais, samedi dernier, je suis allée à St Stephen avec Julian pour voir Rory, qui était à l'infirmerie parce qu'il était malade. Julian m'a attendue dans la voiture. À mon retour, il a eu un comportement étrange. Il était soudain pressé de quitter l'école. Et le lendemain, quand Rory a disparu, Julian a refusé de m'accompagner à l'école pour participer aux recherches. On s'est même disputés à ce propos. J'avais l'impression qu'il ne me soutenait pas.

— Je vous comprends. Lui avez-vous demandé pourquoi ?

— Bien sûr. Il ne m'a pas répondu. Il avait l'air…

Angelina chercha ses mots.

— Effrayé, je suppose. En arrivant à la voiture, je lui ai demandé s'il avait vu un fantôme. Il était très pâle.

— Peut-être avait-il vu quelqu'un qu'il n'avait pas envie de voir pendant qu'il vous attendait… Après tout, c'était un ancien élève.

— C'est possible, admit Angelina. Il ne me l'a pas dit. Il ne dira plus rien, maintenant.

Le portable de Jazz se mit à sonner. C'était Martin.

— Madame Millar, je dois filer, mais ce que vous venez de me dire est très intéressant. Je peux passer vous chercher cet après-midi vers trois heures pour vous emmener à la morgue ? On parlera encore un peu. Je vais voir Issy. Ne vous levez pas, je connais le chemin.

— Merci, inspectrice.

Jazz monta à l'étage et appela Issy, qui ouvrit la porte d'une chambre.

— Tu as quelque chose ? murmura Jazz.

— On avance lentement. Je lui ai appris que son père était en cellule pour faire appel à sa conscience.

— Tu veux que je lui parle ?

— Non, pas maintenant. Il est terrorisé et je ne sais toujours pas pourquoi. Laisse-le-moi encore un peu.

— D'accord, mais le temps presse. Je me dépêche. On reste en contact.

Dès qu'elle se retrouva dans sa voiture, Jazz rappela Martin.

— Alors ? s'enquit-elle, le cœur battant.

— D'abord, l'échantillon provenant de la brosse à cheveux ne correspond pas aux autres cheveux que tu m'as fournis.

— Non ! s'exclama la jeune femme.

— Désolé. En revanche, deux autres échantillons correspondent. « Bébé X » a un lien de parenté avec « échantillon A ».

— Bien. Merci, dit-elle, déçue.

— Ce n'est pas tout. Un technicien a découvert un détail intéressant. Il est en train de vérifier pour être sûr. Je te rappelle dès que j'en sais davantage.

— Tu peux me dire de quoi il s'agit ?

— Pas tant qu'on n'aura pas de certitude. Patience…

— Je comprends. À plus tard, Martin.

Furieuse, elle appela la réception de St Stephen pour parler à Jenny Colman.

— Madame Colman, c'est l'inspectrice Hunter. Je tenais à vous faire part des résultats.

— Oui ? souffla-t-elle, nerveuse.

— L'ADN de Sebastian Fredericks ne correspond pas à celui de Corin ni à la mèche de cheveux que vous m'avez confiée. Il n'est pas votre fils.

Jenny poussa un soupir de soulagement.

— Mon Dieu ! J'aurai au moins appris que, parfois, il vaut mieux ne pas savoir.

— En effet. Désolée de vous avoir fait endurer ces moments d'incertitude. Juste une petite question : vous rappelez-vous un élève du nom de Julian Forbes ?

Il y eut un moment de silence.

— Julian Forbes ? répéta Jenny. Pourquoi ?

— Je me demandais si vous vous souveniez de lui. C'est le compagnon d'Angelina Millar, la mère de Rory.

— Ah bon ? Je ne le savais pas.

— Vous vous souvenez de lui ?

— Eh bien... oui, mais je ne le connaissais pas bien.

Jazz perçut une certaine réticence chez la secrétaire.

— Une dernière chose : que pouvez-vous me dire sur la légende qui circule sur un garçon qui se serait pendu dans la cave ?

— Rien... enfin, pas grand-chose, bredouilla-t-elle.

— Vous êtes sûre ?

— Enfin, c'est arrivé, mais je ne sais pas grand-chose.

— C'est arrivé alors que vous travailliez à l'école ?
— Oui, mais… Inspectrice, ce n'est pas à moi de vous en parler. M. Jones en sait bien plus que moi.
— C'était un suicide, n'est-ce pas ?
— Oui.
— Vous rappelez-vous le nom de ce garçon ?
Encore un silence.
— Il s'appelait Jamie, répondit Jenny à contrecœur.
— Et son nom de famille ?
— Inspectrice, il vaut mieux que vous vous adressiez à M. Jones. Je… je préfère ne pas en parler.
Jazz comprit qu'elle n'en saurait pas davantage.
— Merci, madame Colman. Pouvez-vous informer M. Jones que je passerai le voir dès que possible ?
— C'est noté. Mon téléphone n'a pas cessé de sonner de la journée. Merci de m'avoir appelée. Au revoir, inspectrice.

Jenny raccrocha et regarda dans le vide. Pourquoi le passé ressurgissait-il maintenant ? Et pourquoi l'inspectrice s'intéressait-elle à cette période ? Sans parler de Julian Forbes…
Savait-elle ce qu'il s'était passé ?
Jenny était mal à l'aise. Avait-elle mal fait de citer le nom de Jamie ?
Sûrement pas. Après tout, ce qui était arrivé concernait les archives…
Mais ce n'était pas à elle d'en parler.

*

Lorsque Jazz arriva devant le cottage, les rideaux du rez-de-chaussée étaient tirés. Elle frappa plusieurs fois à la porte sans obtenir de réponse. Puis, enfin, elle perçut un mouvement à l'intérieur.

— Qui est là ? demanda une voix familière.

Jazz eut alors la confirmation de sa théorie.

— C'est l'inspectrice Hunter. J'aimerais vous parler, madame Cavendish.

Adele apparut sur le seuil.

— Comment avez-vous su que j'étais ici ?

— Je vous ai vue ici, à Cley, il y a quelques jours, dans la rue principale. Vous déchargiez vos courses. Je peux entrer ?

Adele acquiesça à contrecœur et l'entraîna dans un petit salon chaleureux.

— Alors…

Adele ne lui proposa pas de s'asseoir.

— Vous avez du nouveau pour Charlie ?

— Non, mais j'espère en avoir bientôt. Je ne venais pas pour cela.

Sur la défensive, Adele croisa les bras.

— Dans ce cas, que voulez-vous ?

— J'aimerais que vous me parliez de votre relation avec Sebastian Fredericks.

Adele porta une main à son front et poussa un long soupir.

— Mon Dieu ! Sebastian m'avait bien dit que cela finirait par se savoir.

Elle posa sur Jazz un regard plein d'admiration et d'effroi à la fois.

— Comment l'avez-vous su ?

— Peu importe, madame Cavendish. Et votre vie privée ne me regarde en rien. Toutefois, vous comprenez certainement que je me dois d'enquêter sur une relation entre la mère d'une victime et son professeur responsable. Asseyons-nous, voulez-vous ?

— Oui, bien sûr.

Adele se percha sur un accoudoir du canapé et Jazz s'installa dans un fauteuil moelleux.

— Prenez votre temps, madame Cavendish.

— Tout a commencé très lentement. J'ai connu Sebastian parce qu'il était le professeur responsable de Fleat House. Charlie enchaînait les bêtises et les conflits. La première année, Sebastian m'appelait plus souvent que les autres parents.

— Avait-il de l'empathie pour Charlie ?

— Je n'oserais pas le dire publiquement, mais il le comprenait. Il savait exactement comment le gérer, bien mieux que son père.

— À quel moment vos rapports avec M. Fredericks ont-ils évolué ?

— Eh bien, souffla-t-elle en rougissant, il avait emmené les garçons faire de la voile sur le lac de Rutland Water, près de chez moi. William était en déplacement et j'ai suggéré à Charlie d'inviter ses huit camarades à la maison pour dîner, le samedi soir. Sebastian est venu aussi. Ils avaient passé une journée merveilleuse et étaient ravis… Je ne m'étais pas autant amusée depuis longtemps… Je ne suis pas aussi coincée que j'en ai l'air, inspectrice, mais une épouse finit souvent par effacer sa propre personnalité pour s'adapter à la vie de son mari.

Jazz hocha la tête, elle ne le savait que trop bien.

— Bref, nous avons bu un peu trop. Sebastian me faisait rire. Il peut être très drôle quand il le veut. Je rangeais la cuisine pendant que les garçons regardaient un DVD quand Sebastian s'est proposé de m'aider. On a discuté et… j'ai réalisé qu'il m'écoutait vraiment.

Elle sourit avec tendresse.

— Il s'intéressait à ce que je lui racontais. Au moment de raccompagner les garçons au *bed and breakfast* où ils logeaient, Sebastian m'a proposé de poursuivre notre conversation à l'occasion d'un dîner. Il voulait m'inviter pour me remercier de mon hospitalité. J'ai cru qu'il voulait se montrer poli. Après tout, il a sept ans de moins que moi…

— Donc il vous a appelée ?

— Oui, environ trois jours plus tard. Il m'a invitée à déjeuner. Il trouvait ça plus convenable. Je venais d'acheter ce cottage pour avoir un pied-à-terre dans le Norfolk quand j'assistais aux matches de rugby de Charlie et aux événements liés à St Stephen. Je déteste dormir à Conaught Hall. C'est une vraie morgue. Bref, j'ai passé du temps dans la région pour aménager ce cottage.

— Et vous êtes devenus amants, intervint Jazz, désireuse d'en venir au fait.

— Pas tout de suite, répondit-elle en rougissant. Nous sommes restés amis pendant un long moment. N'oubliez pas qu'il était le professeur responsable de Charlie et que j'étais une femme mariée. Cette relation était inappropriée, comme on dit. Je le trouvais séduisant. J'étais même un peu entichée de lui. Jamais je n'aurais supposé que c'était réciproque. Un jour, il m'a avoué que c'était le cas.

— C'était il y a combien de temps ?

— Deux ans. Nous étions obligés de garder le secret tant que Charlie était élève à St Stephen. Ensuite, rien ne nous aurait plus empêchés d'être ensemble. Sebastian aurait cherché un autre poste et j'avais l'intention de quitter William. Nous voulions repartir de zéro.

— Vous comptiez passer le reste de votre vie avec lui ?

— Oui. Nous avons les mêmes goûts, la nature, le sport. J'étais sportive, étant jeune. Je pratiquais l'équitation, la natation… William est un pur citadin. Pour lui, une journée à la campagne consiste à trouver un pub pittoresque et lire les journaux. La mort de Charlie a précipité les choses. Il y a quelques jours, j'ai quitté William. Nous allons divorcer. Ça n'a pas été difficile. Il ne me restait plus rien, là-bas.

— J'apprécie votre franchise, madame Cavendish. Avez-vous donné à Sebastian un objet personnel, un bijou, par exemple… en gage de vos sentiments ?

Adele parut surprise.

— Oui. Je lui ai offert ma chevalière, celle qui porte le blason familial. Et lui m'a donné ceci…

Adele tendit son annulaire gauche pour lui montrer une très jolie alliance constituée de trois anneaux entrelacés.

— Naturellement, Sebastian ne pouvait pas porter la chevalière devant Charlie. Il la gardait dans un tiroir de son bureau et ne la mettait que quand nous étions tous les deux.

— Il la porte en ce moment, objecta Jazz. Je l'ai vue. Quand la lui avez-vous offerte ?

— Début novembre, je crois, répondit-elle en se massant la nuque. Cela semble si loin ! Avant la mort de mon fils, quand la vie était relativement normale. Vous imaginez combien c'est difficile pour nous, depuis.

— Expliquez-moi.

— Vous vous posez vraiment la question, inspectrice ? Mon fils est mort sous la surveillance de Sebastian. Dois-je en dire plus ? Il est rongé par la culpabilité.

— Sauf que… il n'était pas sous la surveillance de Sebastian, déclara Jazz. Le soir de la mort de Charlie, il s'est mystérieusement absenté de Fleat House.

Adele se redressa d'un bond et se prit la tête dans les mains pour se balancer d'avant en arrière.

— Vous ne voyez pas que c'est encore pire ?

— Quoi ? s'enquit Jazz doucement, alors qu'elle connaissait la réponse.

Adele releva la tête. Son visage exprimait une douleur intense.

— Au moment où mon fils a été tué, l'homme qui était chargé de le protéger se trouvait ici… avec moi…

Quand elle regagna le poste de police de Foltesham, Jazz trouva Miles installé à son bureau. Elle lui relata son entretien avec Adele Cavendish.

— Cela explique pourquoi Hugh a cru que Sebastian était le fils de Corin. Il l'avait vu porter la chevalière qu'Adele lui avait donnée en novembre dernier. De plus, Sebastian a à peu près le même âge que l'enfant de Jenny, il a grandi dans le Norfolk, sans parler de ses yeux bleus, de ses cheveux blonds…, conclut Jazz.

— D'accord, mais tout ça nous mène où ?

— Eh bien, je doute que Fredericks ait la moindre idée de la raison pour laquelle Hugh l'a couché sur son testament. Sinon, il serait arrivé à la terrible conclusion qu'il couche avec sa tante.

— Aïe, grimaça Miles. À moins, bien sûr, que Fredericks et Maman Cavendish ne soient dans le coup tous les deux.

— Allons, Miles ! Vous croyez vraiment qu'Adele comploterait pour tuer son propre fils ? C'est peu plausible. Adele adorait Charlie. Mais je comprends à présent pourquoi Fredericks fermait les yeux sur le harcèlement dont Charlie se rendait coupable. Il voulait que Charlie l'apprécie. Il pouvait devenir son beau-père, un jour. Je crains qu'il ne faille rayer Sebastian Fredericks de la liste des suspects…

— Ce qui nous ramène au point de départ.

— Je retourne à l'école parler à M. Jones de ce garçon qui s'est pendu dans la cave, reprit Jazz. D'après Jenny Colman, il s'appelait Jamie. Elle avait l'air gênée. Je veux connaître toute l'histoire. Mon instinct me dit qu'il y a un rapport avec notre enquête.

— Je continue à fouiller l'ordinateur de Forbes.

Je n'ai trouvé aucun Smith dans ses dossiers professionnels. Je commence les dossiers privés.

— Bien. Je parlerai aussi à Fredericks pour lui soutirer des infos sur le jeune pendu. Et je l'interrogerai encore sur Julian Forbes. À plus tard.

— Bonne chance, inspectrice !

Miles étouffa un bâillement et reporta son attention sur l'écran d'ordinateur.

31

Issy regardait Rory dessiner un perce-neige disposé dans un petit vase, sur le bureau de sa chambre.

— Tu es très doué, mon grand.

— Merci, répondit-il, concentré.

— Au fait, ton père est en cellule au poste de Foltesham.

L'adolescent eut une fraction de seconde d'hésitation.

— Ah bon ?

— Oui. La police semble croire qu'il a tué quelqu'un d'autre.

Le crayon resta en suspens.

— Hein ? s'exclama l'enfant, abasourdi.

— Oui, je le crains.

— C'est… c'est impossible.

— Pourquoi ? S'il dit qu'il a tué Charlie, pourquoi ne le soupçonnerait-on pas d'un autre meurtre ?

— Parce que… parce que…

Issy posa les mains sur les frêles épaules de Rory.

— Je sais, mon grand. Ce doit être dur pour toi.

— Non. Ce n'est pas pour moi que c'est dur.

Elle le sentit trembler et, en se penchant, constata qu'il pleurait.

— Allons, mon chou… viens ici.

Elle s'agenouilla près de la chaise et le prit dans ses bras. Il sanglota sur son épaule tandis qu'elle lui caressait les cheveux.

— Allez, il faut que ça sorte. Tu te sentiras mieux ensuite, tu verras.

Rory leva les yeux vers elle.

— Non. Je ne me sentirai jamais mieux. Tout est ma faute.

— Non, mon grand. Tu ne pouvais pas t'attendre à ce que ton père aille tuer Charlie quand tu lui as parlé du harcèlement que tu subissais. Ne t'en veux pas. C'est lui qui a pris cette décision, pas toi. Tu n'es pas responsable de ses actes.

— Si, je le suis !

— Pourquoi ? Dis-le-moi !

— Parce que… parce que…

Rory posa la tête sur son épaule et ferma les yeux dans un soupir.

— Ce n'est pas Papa qui a tué Charlie, c'est moi.

*

— Jenny ! lança Robert Jones en passant la tête dans l'entrebâillement de la porte. Je peux avoir un café, s'il vous plaît ?

— Bien sûr, monsieur. J'en ai pour une minute.

Jenny gagna la kitchenette pour mettre de l'eau à chauffer. Elle était épuisée. Le téléphone n'avait pas cessé de sonner. La presse avait eu vent de l'affaire de Fleat House, et avec ces émotions en montagnes russes dans sa vie personnelle… Elle posa une tasse et du sucre sur un plateau et le porta à son patron.

— Merci, Jenny. Vous vous en sortez ?

Il but une gorgée de café avec bruit.

— Tout juste. Je ne sais pas quoi dire à ces journalistes. Vous êtes au courant de ce qui se passe, vous ?

— Hélas, oui, souffla-t-il. Il y a eu un autre mort.

— Un autre mort ? Oh non !

— Je suppose que je peux vous le dire, à présent. Ça ne changera rien. Le monde entier sera au courant d'ici à quelques heures. Le corps d'un homme a été retrouvé dans une malle, au sous-sol de Fleat House, hier. Un meurtre.

Jenny porta une main à sa bouche.

— Mon Dieu, monsieur Jones ! On sait qui c'est ?

— Julian Forbes, un ancien élève.

Jenny demeura bouche bée.

— Vous connaissiez Julian quand il était élève ici ? s'enquit Robert.

Elle hocha lentement la tête.

— Apparemment, c'était le compagnon d'Angelina Millar, la mère de Rory.

Jenny entendit son téléphone sonner dans la pièce voisine.

— Excusez-moi, dit-elle, retrouvant l'usage de la parole. Je dois répondre.

— Bien sûr. Et pas un mot à quiconque, d'accord ? L'inspectrice Hunter va donner une conférence de presse, tout à l'heure. On en saura davantage.

La gorge nouée, Jenny regagna son espace de travail. Lorsqu'elle raccrocha, elle resta un instant prostrée.

Quelques minutes plus tard, elle se leva et retourna dans le bureau de M. Jones.

— Excusez-moi, monsieur… Avez-vous déclaré que personne n'était au courant de la mort de Julian jusqu'à présent ?

— Personne à part moi, la police, Sebastian Fredericks et Bob, qui l'a trouvé, le pauvre.

— Vous en êtes bien sûr ?

— Absolument. La police nous a ordonné de nous taire. Pourquoi ?

— Oh, pour rien, affirma-t-elle avec un sourire forcé, avant de s'éloigner.

L'esprit en émoi, elle était incapable de remettre de l'ordre dans ses pensées. *Arrête !* se sermonna-t-elle. *Ton imagination te joue des tours.*

Mais il y avait une chose qu'elle ne s'expliquait pas, en dépit de ses efforts.

— Bonjour, madame Colman. Vous allez bien ?

À cet instant, Jenny découvrit la présence de l'inspectrice Hunter.

— Oh, ça va, oui.

— Bien, dit Jazz, aussi distraite qu'elle. M. Jones est là ?

— Oui. Euh, inspectrice ? reprit-elle tandis qu'elle s'éloignait.

— Oui ?

— Je… enfin…

Les mots ne sortaient pas. Après tout, elle se trompait peut-être. Et elle serait bien avancée, alors.

— Rien, affirma-t-elle en secouant la tête.

— Vous êtes sûre ?

— Oui. Je…

Elle se mordit la lèvre. L'inspectrice était si jolie, si gentille, qu'elle avait envie de se confier à elle.

— Je ne veux causer d'ennuis à personne…

— Et si nous discutions quand j'en aurai terminé avec M. Jones ?

— Je prends ma pause déjeuner dans vingt minutes. Je vais voir mon amie.

— Je n'en ai pas pour très longtemps à côté. Et sachez que ce que vous me direz restera entre nous. S'il y a quelque chose…

— Inspectrice Hunter ! Enfin !

Robert Jones apparut sur le seuil de son bureau.

— L'école grouille de journalistes et j'aimerais bien savoir quoi leur dire…

— Je vais vous en parler. Jenny, à tout à l'heure.

Elle lui sourit et entraîna Jones dans son bureau avant de fermer la porte.

Jenny soupira. Comment découvrir ce qu'elle avait besoin de savoir sans provoquer de problèmes ?

Peut-être fallait-il s'adresser directement à la source. Oui, c'était la solution. Elle consulta sa montre et, avant de partir, décrocha son téléphone.

— Je vous conseille de ne pas quitter la réception pour l'instant. Les vautours guettent, déclara Jazz en s'asseyant en face du directeur.

— Partiront-ils quand vous leur apprendrez, lors de la conférence de presse, que le meurtrier a été arrêté ?

— Au bout d'un moment, oui. Monsieur Jones, je dois vous interroger sur le jeune Jamie mort au sous-sol de Fleat House. Que savez-vous de cette histoire ?

— Inspectrice, c'était bien avant mon arrivée. Je n'en sais pas plus que les autres. C'était un garçon de treize ans, si je me souviens bien. Il s'est pendu à un crochet du plafond.

Robert Jones semblait mal à l'aise.

— On sait pourquoi il s'est suicidé ?

— Vous devriez poser ces questions à Jenny. Elle travaillait déjà à l'école. Est-ce vraiment pertinent ?

— Oui, assura Jazz en attendant une réponse.

— C'était une dizaine d'années avant mon arrivée…

— Il y a donc vingt-cinq ans ?

— Environ. Il y avait beaucoup de harcèlement à l'époque. Apparemment, ce Jamie était victime de sévices cruels. Je précise que la police a enquêté et n'a pas conclu à un homicide.

— Savez-vous qui se livrait à ces sévices ?

— Non.

— Qui le saurait ?

— Jenny, peut-être. Et Sebastian Fredericks, qui est un ancien élève.

— De la même époque que Julian Forbes ?

Robert parut troublé.

— Oui, mais il ne pourra plus nous renseigner. En quoi tout cela a-t-il de l'importance ? Vous avez David Millar. Votre patron me l'a dit ce matin.

Jazz ne put s'empêcher de grimacer en entendant le terme de « patron ».

— Il nous reste des points à éclaircir. Par exemple, la nuit que Rory Millar a passée dans la cave de Fleat

House. Vous pensez qu'il s'agit d'une simple coïncidence ?

— J'en doute. On raconte que ce garçon hante la cave où il est mort. Celui qui a enfermé Rory savait ce qu'il faisait.

— Charlie Cavendish, vous voulez dire ?

— Oui. Il a payé le prix de ses méfaits, non ?

Jazz ignora cette remarque.

— Savez-vous où se trouve Sebastian Fredericks ?

Jones consulta sa montre.

— Au réfectoire, sans doute, ou dans les vestiaires où les garçons se préparent à leur entraînement de rugby. La vie continue. Je me demande comment nos élèves interprètent la présence des caméras de télévision, dehors. J'espère que votre conférence de presse suffira à faire partir les journalistes. C'est à dix-huit heures, je crois ?

— Oui. Je vous verrai à ce moment-là. Contactez-moi sur mon portable en cas de besoin.

Sur ces mots, elle prit congé. Dans quelques heures, elle devrait désigner David Millar comme leur suspect numéro un.

Jenny était partie déjeuner. En sortant du bâtiment, Jazz reçut un appel.

— Issy ? Tu as du nouveau ?

— Oui. Tu peux me retrouver au poste de police ?

— Pas pour l'instant. Donne-moi les grandes lignes.

— Rory vient d'avouer que son père le couvre. Lors de leur escapade dans la région des lacs, Rory lui a dit qu'il ne se souvenait pas s'il avait avalé les cachets d'aspirine ou non.

— Bien. Mais ce n'est pas tout, j'imagine.

— Charlie Cavendish avait fait de Rory son larbin. Il lui faisait cirer ses chaussures, ranger ses affaires, tu vois le genre. Le soir de la mort de Charlie, Rory avait reçu l'ordre d'aller dans sa chambre avant son retour du pub pour allumer la couverture électrique. Après la tentative de baiser traumatisante de Hugh Daneman, Rory a dû monter dans la chambre de Charlie…

— Et il pense y avoir laissé l'aspirine par accident.

— C'est ça.

— C'est le cas ? s'enquit Jazz qui vit alors Fredericks traverser le terrain de rugby.

La jeune femme hâta le pas en évitant un journaliste portant une caméra.

— Comment ça ?

— Est-ce qu'il a laissé les cachets dans la chambre de Charlie par accident ? Ou délibérément ? Cavendish faisait de sa vie un enfer.

— Rory se souvient que Hugh Daneman lui a tendu un verre d'eau. Il y a des chances qu'il ait avalé ces aspirines avant de se rendre dans la chambre de Charlie. Il était sous le choc de l'agression de Daneman. Puis il a réalisé qu'il était la dernière personne à être entrée dans la chambre de Charlie avant sa mort et le fait qu'il avait deux cachets d'aspirine dans la main une demi-heure plus tôt… L'imagination de Rory s'est emballée. On appelle ça l'autosuggestion. De plus, je doute que Rory ait été en état de mettre au point un meurtre après ce que Daneman lui avait infligé.

— Issy, cela situe quand même Rory sur le lieu

du crime, avec les moyens d'agir. Ce doit être une possibilité… Issy ? Allô ?

Jazz observa son écran de téléphone. Elle n'avait plus de réseau.

— Oh non, gémit-elle. Monsieur Fredericks ! Je peux vous parler ?

Elle se mit à trottiner vers lui.

— Tant qu'il n'est pas question de mes parents, répliqua-t-il sans ralentir le pas.

— Robert Jones vient de me dire que vous vous rappelez peut-être les élèves qui harcelaient le garçon qui s'est pendu dans la cave de Fleat House.

Fredericks s'arrêta net et se tourna vers elle.

— C'est de l'histoire ancienne, non ? Quel rapport avec les événements actuels ?

— Probablement aucun, mais je vous serais reconnaissante de m'indiquer les noms de ces garçons.

Sebastian semblait méfiant.

— Rien n'a jamais été prouvé, vous savez. Je n'étais même pas ici à l'époque. Je suis arrivé quelques mois plus tard, au premier trimestre. D'après certains élèves, Jamie était instable, un peu dérangé mentalement. Sa mort ne peut être attribuée à personne, selon moi.

— Je comprends, mais il me faut les noms, persista Jazz.

— Écoutez, c'étaient des rumeurs. J'en connaissais certains, qui étaient des gens normaux, qui aimaient plaisanter, comme moi.

— Monsieur Fredericks, je veux des noms.

— D'accord, d'accord. Les harceleurs étaient

quatre et formaient une bande : Adam Scott-Johnson, Freddie Astley, Harry Connor et… Julian Forbes.

— Julian Forbes ? Vous êtes sûr ?

— Oui. Il est ensuite devenu mon pote. Un formidable demi d'ouverture au rugby. Le pauvre… quelle tristesse.

— Merci, monsieur Fredericks. Vous m'avez appris ce que je voulais savoir. Je retourne au poste de police.

Sebastian la regarda s'éloigner d'un pas vif.

À Foltesham, Jazz partit en quête d'Issy.

— Elle est sortie acheter un sandwich, inspectrice. Elle semblait épuisée. Vous êtes au courant, je suppose.

— Oui, oui, s'agaça Jazz. Où est Rory ?

— Chez lui. Issy suggère que vous alliez le voir toutes les deux cet après-midi. D'après elle, Rory aurait simplement été perturbé. De plus, on n'a pas de lien avec la mort de Forbes. Rory était chez lui, avec sa mère, lorsqu'il est mort. Un agent de police était posté devant chez eux.

— Je sais. Ces morts n'ont peut-être aucun lien, ce qui est statistiquement peu probable, puisqu'il y en a eu trois en une semaine. Je viens de parler à Fredericks. Julian Forbes était l'un des harceleurs supposés responsables de la mort du garçon trouvé pendu au sous-sol de Fleat House…

Elle consulta sa montre.

— Oh non ! Il ne me reste que deux heures et demie avant la conférence de presse… Je sais que

David Millar n'est pas coupable… Il y a un rapport avec le passé, mais je n'arrive pas à…

— Répétez-moi les propos exacts de Fredericks, dit Miles avec calme.

Il sentait toujours le moment où l'inspectrice était proche du but.

— Ils formaient une bande…

— Des noms ?

— Oh, Harry quelque chose, Adam… Je les ai notés, mais je n'avais jamais entendu ces noms.

— Attendez une minute, inspectrice.

Il observa son écran et fit défiler les mails.

— Il y a un Freddie ?

— Oui. Pourquoi ?

— Je crois que vous avez raison en affirmant que tout est lié au passé. Regardez ce courriel envoyé à Julian le soir de sa mort. Je l'ai trouvé bizarre.

Miles orienta l'écran vers la jeune femme.

Cher Julian,

C'est sympa d'avoir de tes nouvelles après tant d'années ! Je suis content que tu m'aies écrit. Ce site Web qui permet de retrouver d'anciens camarades de classe est très efficace.

Tu voulais savoir ce que devenaient les autres membres de notre « bande des quatre ». Hélas, les nouvelles ne sont pas bonnes. L'an dernier, la femme de Harry m'a contacté pour m'annoncer sa mort. Il était installé à Sydney, un chirurgien de talent, paraît-il. On l'a retrouvé mort dans une salle de soins de son hôpital. J'ignore les détails de l'affaire, mais sa mort n'avait rien d'accidentel. À ma connaissance, le meurtrier court toujours.

Il y a quelques mois, j'ai appris que Freddie nous avait quittés également. Il est mort il y a environ trois ans aux États-Unis. Un ami d'un ami travaillait avec lui chez Goldman Sachs. Un suicide, apparemment. Il a sauté par la fenêtre de son bureau et s'est écrasé sur le trottoir. Ah, le monde de la finance ! La pression est insupportable. Il n'avait que trente-huit ans. Il laisse deux enfants. Cela fait réfléchir. Donc il ne reste que toi et moi, mon vieux.

Je vis actuellement en Provence où j'apprends à produire du vin. La City, c'est fini pour moi. J'ai deux enfants de mon premier mariage et j'attends un bébé avec ma deuxième femme.

J'adorerais être présent pour ton quarantième anniversaire et je vais essayer de m'organiser. Marseille, ce n'est pas si loin de Norwich. Indique-moi la date.

Désolé que tu aies vu l'enclume. Il y a de quoi être choqué. Je l'aurais été aussi à ta place.

On se contacte au plus vite.

Adam

Jazz garda le silence.

— Harry, Freddie, Adam et Julian. Ces garçons seraient les responsables du suicide de Jamie, il y a vingt-cinq ans.

— Harry, Freddie, Julian… tous morts…, renchérit Miles.

— N'oubliez pas Charlie Cavendish, harceleur notoire.

L'enclume… Ce mot résonnait dans la tête de la jeune femme… *Sydney… les États-Unis…*

Elle sortit son calepin pour parcourir ses notes de la semaine.

Et elle trouva ce qu'elle cherchait.

— Bien sûr…, souffla-t-elle.

— Quoi ?

— L'enclume… je comprends, à présent.

— Qu'est-ce que vous comprenez ? insista Miles.

Mais Jazz était déjà sur le seuil.

— Julian a vu son meurtrier récemment. Angelina Millar m'a dit qu'il semblait avoir vu un fantôme quand il l'a accompagnée à l'école. Quelqu'un qui aimait suffisamment Jamie pour tuer ceux qui étaient responsables de sa mort. Et pour éliminer tous ceux qui étaient coupables du même crime. Envoyez immédiatement un mail à cet Adam. Appelez au besoin la gendarmerie, en Provence. Trouvez-le et mettez-le en garde.

— Contre quoi ?

— « L'enclume ». C'est lui la prochaine victime.

32

Au retour de Jazz, Jenny n'était pas encore rentrée de sa pause déjeuner. Dans son bureau, Jones somnolait dans son fauteuil.

— Avez-vous vu Jenny ? lui demanda-t-elle.

— Oui, elle est à son poste.

— Non, justement.

— Elle est peut-être aux toilettes…

— Monsieur Jones, il faut la trouver au plus vite. Quand l'avez-vous vue pour la dernière fois ?

— Il y a environ une heure.

— Je peux vous emprunter votre téléphone ?

— Bien sûr.

— Sergent Roland, mettez le plus d'hommes possible à la recherche de Jenny Colman, la secrétaire du directeur. Comment ? Non, oubliez les médias et commencez sur-le-champ ! Prévenez-moi quand vous l'aurez localisée.

Elle raccrocha et se tourna vers Jones.

— Il me faut une liste complète des employés de cette école de ces vingt-cinq dernières années. Immédiatement.

— Les dossiers se trouvent aux archives, dans le bureau de l'intendance, répondit le directeur en se levant, enfin conscient de l'urgence de la situation. Je vais vous montrer.

Ils quittèrent le bâtiment par la sortie de secours et traversèrent la pelouse en direction de la grande salle. Jazz gravit les marches quatre à quatre, Robert Jones sur les talons.

— J'imagine que vous passez au crible les références de toutes les personnes employées à l'école.

— Naturellement, répondit le directeur, pantelant en atteignant le troisième étage. On n'est jamais trop prudent, de nos jours.

— Même les employés ayant déjà travaillé ici par le passé ?

— Eh bien, oui…

En nage, Jones ouvrit un grand placard.

— 1985 ?

— Commençons par là, oui, répondit Jazz, agacée par la lenteur de cet homme pédant.

— Voilà.

Il porta un registre vers le bureau et l'ouvrit.

Jazz examina les noms.

— Je peux vous aider ?

Elle l'ignora et tourna fébrilement les pages. Enfin, elle trouva ce qu'elle cherchait et referma le registre.

— Excusez-moi, monsieur Jones, je dois me dépêcher.

En courant vers Fleat House, elle appela Roland.

— Aucun signe de Jenny Colman ?

— Non, inspectrice.

— Vous avez fouillé Fleat House ?

— Non. Je croyais que la maison était sous scellés. Je pensais que vous ne voudriez pas que mes hommes souillent les lieux…

Jazz ne l'écoutait plus. Devant la maison, elle demanda à l'agent en faction si quelqu'un était entré.

— Non, pas depuis une heure.

À l'intérieur, Jazz longea le couloir menant à l'escalier. Elle appela Miles et tomba sur sa boîte vocale.

— Rejoignez-moi à Fleat House de toute urgence avec des renforts ! Et dites à Roland de ramener ses fesses aussi !

Elle gravit vivement les marches. Pourvu qu'elle n'arrive pas trop tard !

À l'étage supérieur, elle tenta d'ouvrir la première porte. Elle était verrouillée.

— Nom de Dieu !

Elle essaya les clés du trousseau de Fleat House, mais aucune n'était la bonne. Elle tenta de défoncer la porte, en vain, alors elle la martela de ses poings.

— Madame Colman ! C'est l'inspectrice Hunter ! Vous êtes là ?

Pas de réponse.

— Inspectrice, vous allez bien ?

Miles venait d'apparaître, accompagné de deux robustes agents de police.

— Défoncez-moi ça, les gars ! Et vite !

Ils réussirent au quatrième assaut.

— Merci. Parfois, je me souviens que je suis une faible femme.

Elle pénétra dans l'appartement accompagnée de Miles. Dans le petit salon, Jenny gisait à terre, inconsciente. Jazz trouva un pouls très faible.

— Appelez une ambulance et dites à Roland de poster des hommes à toutes les issues. Personne ne doit entrer ou sortir sans mon autorisation.

Jazz se rendit dans la chambre. Comme elle s'y attendait, l'armoire et la commode étaient vides.

— Elle a dû faire ses bagages hier et doit être en route pour l'aéroport de Norwich ou Stansted, peut-être, d'où partent des vols pour le sud de la France. Alertez les autorités des aéroports et envoyez-leur un signalement. Je vais voir si l'école dispose d'une photo d'identité.

— Un signalement de qui, inspectrice ? s'enquit Miles.

— De Madelaine Smith, l'intendante de Fleat House, la mère de Jamie Smith, l'enfant qui s'est pendu au sous-sol de la maison il y a vingt-cinq ans. « L'enclume », comme on la surnommait à cause de son nom, Smith, qui signifie « forgeron ».

33

Scotland Yard, Londres, une semaine plus tard

Norton ouvrit la porte pour accueillir Jazz.

— Entrez donc ! Asseyez-vous. Je suis ravi de vous voir, inspectrice Hunter. Cela vous fait un drôle d'effet de revenir ?

— Oui, mais j'ai enterré mes démons, monsieur.

— Tant mieux. J'ai lu votre rapport, mais j'aimerais que vous me l'exposiez. Depuis que je suis un gratte-papier, je vis les enquêtes par procuration grâce à mes officiers.

Jazz lut dans son sourire qu'il était sincère.

— Eh bien, comme vous le savez, j'étais sûre que David Millar n'avait pas tué Charlie. Plusieurs détails ne collaient pas. J'ai toujours pensé qu'il s'agissait d'un crime dont les origines se trouvaient dans le passé. Le seul point commun à ces trois décès était Fleat House. C'est grâce à l'histoire de Jamie et au mail d'Adam Scott-Johnson à Julian Forbes que j'ai compris. Lors de mon premier entretien avec Madelaine Smith, elle m'a dit qu'elle avait travaillé dans cette école autrefois et qu'elle avait ensuite séjourné aux États-Unis et en Australie. Elle s'est gardée de préciser que son fils avait été interne à St Stephen et qu'il s'était pendu.

— Qui d'autre la connaissait ?

— La pauvre Jenny Colman, bien sûr. Elles étaient amies de longue date. Elle m'a avoué que Hugh Daneman avait reconnu Madelaine. Le directeur ne savait rien. Il m'a montré d'excellentes références obtenues en Australie, notamment dans l'hôpital où Harry a connu une mort tragique…

— Vous avez enquêté sur Sydney, je suppose, déclara Norton.

— Oui, sur la mort de Harry Connor. Mme Smith ne retrouvera pas la liberté de sitôt. Elle était en train d'éliminer un à un les membres de la « bande des quatre », avec le plus solide des mobiles : l'amour d'une mère pour son enfant.

— Un mobile des plus solides, en effet, admit Norton. Elle a donc pris ce poste dans le Norfolk dans l'intention de tuer Julian Forbes ?

— Oui. J'ai tendance à la croire quand elle déclare que ce contrat à durée déterminée à St Stephen est une coïncidence. Elle cherchait du travail dans la région et l'occasion d'éliminer Forbes, et voilà ! Quel coup du sort ! Elle avait en plus un logement de fonction et la possibilité de tuer Julian là où son propre fils avait péri. D'après elle, Julian était le chef de la bande. Celui qu'elle rendait responsable du harcèlement ayant poussé son fils au suicide.

— Quant à Charlie Cavendish, déclara Norton, Smith a vu Rory se faire maltraiter sans merci par lui, exactement comme Jamie, vingt-cinq ans plus tôt. Elle a ressenti le besoin d'y mettre fin.

— C'est cela. Intendante et justicière. Là encore, le mobile du meurtre de Charlie tient la route. Elle protégeait Rory. On comprend pourquoi. Sa vulnérabilité lui rappelait celle de son fils. Ainsi, quand elle a vu sur le registre que Hugh Daneman avait donné à Rory deux cachets d'aspirine juste après qu'elle en avait pris deux dans l'armoire à pharmacie pour tuer Charlie, elle a falsifié le registre au Tipp-Ex pour ne pas incriminer Rory.

— Donc elle serait allée au cabinet de Forbes, à Norwich, le soir de sa mort et aurait réussi à le convaincre de revenir avec elle à St Stephen ?

— Il devait être terrifié en la voyant. Quand elle était l'intendante de Nelson House, il y a vingt-cinq ans, les garçons la surnommaient « l'enclume » à cause de son nom signifiant « forgeron », de son caractère implacable et de son physique assez dur.

— La mère tape-dur, railla Norton. J'avais une intendante de ce genre, quand j'étais en pension.

— Pour être honnête, elle devait être normale avant la mort de son fils. Et son mari a été mortellement blessé d'un coup de feu sur le domaine des Conaught quand Jamie n'avait que quelques mois. Les dommages et intérêts qu'elle a reçus de la famille lui ont permis d'envoyer son fils à St Stephen afin qu'il ait un avenir prometteur. Hélas, ce fut le contraire.

— Oui, ça me rappelle certains boursiers, intelligents et d'origine modeste. J'ai honte de le dire, mais ils en bavaient, les pauvres. La société britannique demeure très cloisonnée, ce qui a dû contribuer au suicide de ce garçon.

— Vous avez hélas raison, monsieur.

— Le chagrin a rendu cette femme complètement folle, conclut Norton.

— En effet. Quand j'ai interrogé Adam, il y a peu, il m'a raconté que, quelques jours après la découverte de Jamie, Madelaine Smith a rendu visite à chaque membre de la « bande des quatre » pour leur dire qu'ils paieraient au prix fort ce qu'ils avaient infligé à son fils. Elle a quitté St Stephen peu de temps après et ils n'ont jamais oublié ses paroles.

— Ce n'étaient pas des menaces en l'air. Parlez-moi de Jenny Colman. Comment va-t-elle ?

— Elle est sortie de l'hôpital et est rentrée chez elle. Elle va bien, compte tenu du fait que la femme qu'elle considérait comme sa meilleure amie a essayé de la tuer. Jenny avait deviné la vérité. Dieu merci, nous sommes arrivés à temps. C'est une femme adorable. Elle a gardé la tête haute dans l'adversité, sans rendre qui que ce soit responsable de son malheur. Et il y a une lueur d'espoir, dans cette histoire. Martin Chapman a trouvé quelque chose d'intéressant en comparant les échantillons d'ADN.

— L'identité du fils perdu ?

— Oui. Par une étrange coïncidence, Martin avait vu passer un ADN similaire la veille, en examinant les éléments prélevés sur la scène de crime. Il les a comparés. Ils étaient identiques.

— De qui s'agit-il ? demanda Norton.

— Son identité n'étant pas pertinente pour le dossier, je ne me permettrai pas de vous la révéler. Jenny et son fils doivent être les premiers à le savoir.

— Bien sûr, concéda Norton avec un sourire.

Qu'avait donc affirmé Madelaine Smith à Jenny pour qu'elle comprenne son implication ?

— Jenny a déclaré que celle qu'elle surnomme Maddy avait dit, vendredi matin, le lendemain de la découverte du corps de Forbes, qu'Angelina n'avait plus que Rory, dans la vie, « maintenant que l'autre est parti », selon ses termes. À ce moment-là, la découverte du cadavre était un secret et le nom de Julian Forbes l'était encore davantage. Jenny ne comprenait pas comment Maddy était au courant de la relation entre Angelina et Forbes. Rory ne pouvait pas le lui avoir confié. Le lendemain, quand Robert Jones lui a annoncé que c'était Julian Forbes qui avait été assassiné, Jenny a compris. Elle savait que Maddy tenait Forbes et sa bande pour responsables du suicide de Jamie.

— Avant de se confier à vous, elle est allée demander des comptes à Madelaine Smith ?

— Oui. Madelaine a dit à Jenny que Sebastian Fredericks lui avait parlé de la mort de Forbes, pour la rassurer pendant qu'elle lui préparait une tasse de thé contenant de l'antigel. Pas assez pour la tuer, Dieu merci, mais c'est notre troisième cas. Pouvez-vous suggérer à vos collègues en haut lieu de prendre des mesures ? Ce produit est en vente libre et, s'il ne tue pas, il provoque de terribles souffrances.

— La mort-aux-rats et l'eau de Javel sont en vente libre, Hunter.

— Seul l'antigel n'a aucun goût.

— Certes. Il n'en demeure pas moins que les gens veulent simplement que leur voiture démarre, en hiver. Bref, continuez, Hunter.

— Désolée. Les quelques cas d'empoisonnement à l'antigel sont difficiles, voilà tout.

— Vous êtes un officier de police chevronné et plein d'empathie, et c'est ce que nous souhaitons aux administrés. Ne changez pas, surtout.

— Je ferai de mon mieux, monsieur, répondit-elle, flattée par ce compliment.

— Bon, poursuivez… Mme Smith me semble complètement démente. Est-elle considérée comme responsable de ses actes ?

— Issy l'a longuement évaluée. Elle la trouve saine d'esprit pour une démente, selon ses propres termes. Elle n'a pas le moindre remords. Pour elle, justice est faite, elle a vengé son fils. Le procès ne traînera pas. Elle va se retrouver à l'hôpital psychiatrique de haute sécurité de Broadmoor, selon moi.

— Enfin… Vous avez réussi, Hunter, conclut Norton en refermant le dossier posé devant lui. Félicitations. Et avant la conférence de presse, de surcroît ! Je n'ose penser aux conséquences si vous aviez déclaré à la presse que nous avions arrêté David Millar…

Ils se turent en songeant à ce qui aurait pu se passer.

— En dehors de cette affaire, je voudrais savoir comment vous envisagez l'avenir.

— Je n'ai pas eu le temps d'y réfléchir, monsieur, admit Jazz.

Norton prit une enveloppe sur son bureau.

— Voici votre lettre de démission. Si vous souhaitez toujours démissionner, je vous suggère de réfléchir un peu et de la réécrire. J'imagine que vous ne voulez pas revenir à Londres…

— Non, monsieur.

Norton parut résigné.

— Je ne chercherai pas à vous convaincre puisque vous êtes déterminée. Quoi qu'on en dise, c'est à Scotland Yard que tout se passe et que vous pourriez faire preuve de vos compétences en vue d'une promotion.

— Je comprends, mais je ne suis pas obnubilée par ma carrière. Je veux simplement effectuer mon travail au mieux et être heureuse.

— Et vous pensez être heureuse dans le Norfolk ?

— Pour l'instant oui, je crois.

— Je préférerais que vous reveniez au Yard mais, si ce n'est pas le cas, le directeur de la police veut vous voir dès que possible.

— Ah bon ? Pourquoi ?

— Il a besoin de vos lumières, car il envisage de créer une unité spéciale dans la région de l'East Anglia, qui couvrirait le Norfolk, le Suffolk et certains secteurs du Cambridgeshire et du Lincolnshire, expliqua Norton. En gros, le grand patron en a assez de déployer ses hommes aux quatre coins du pays, d'autant que la ville de Londres a de plus en plus besoin de nos services. On est en train de monter trois autres unités régionales.

— Je vois. Et qu'attend-on de moi, au juste ?

— Que vous preniez la tête de l'unité, bien sûr. D'abord, il faudrait recruter une équipe mobile assurant la liaison avec les différentes brigades criminelles et travailler en tandem. C'est un poste spécialisé, Hunter. Il nécessite des qualités de communication et une grande capacité d'adaptation à diverses situations. L'affaire de St Stephen a été en cela l'épreuve idéale.

Norton était certainement au courant le jour où il était venu chez elle, quelques semaines plus tôt. Ainsi, il l'avait mise à l'épreuve. Elle fut agacée d'avoir été manipulée, mais honorée d'être jugée digne de cette responsabilité.

— J'avoue que je ne m'attendais pas à ça, monsieur. Puis-je avoir quelques jours de réflexion ?

— Pas plus de deux ou trois jours. Je me suis mouillé pour vous et le patron est un peu inquiet à cause de votre « congé sabbatique ». Il redoute que vous ne disparaissiez à nouveau sur un coup de tête. Si vous acceptez ce poste, il faut que nous soyons certains de votre engagement total.

— Je comprends. Et le personnel ? Pourrais-je emmener certains de mes anciens collègues avec moi ?

— Deux au maximum, prévint Norton. J'ai perdu assez de collaborateurs cette année, pour diverses raisons. Vous voudrez sans doute garder Miles. Il est là depuis longtemps. Un nouveau défi lui ferait peut-être du bien, ainsi qu'une promotion. On n'a pas su exploiter ses capacités, je crois. Contrairement à vous, qui parvenez à en tirer le meilleur.

Norton consulta sa montre. Jazz en conclut qu'elle devait se retirer.

— Merci, monsieur. J'apprécie votre confiance. Je vous contacte d'ici à la fin de la semaine, c'est promis.

— Tant mieux. J'espère que votre réponse sera positive.

Au moment où elle allait sortir, il reprit la parole :

— Hunter ?

— Oui, monsieur ?
— Ne lui laissez pas la victoire.

L'esprit en ébullition, Jazz roulait sur l'A11 en direction du Norfolk.

Ne lui laissez pas la victoire.

Des paroles puissantes, néanmoins elle devait prendre sa décision en fonction de l'avenir qu'elle voulait se forger. Elle avait déjà effectué deux changements importants en divorçant et en quittant la capitale. Son cottage commençait à prendre forme et elle s'y sentait bien.

Pouvait-elle vivre sans l'adrénaline d'une enquête ? Même si le boulot de flic était parfois frustrant et démoralisant… Elle était douée pour ce travail et elle aimait les sensations qu'il lui procurait, surtout sans l'attitude condescendante de Patrick.

En voyant le panneau indiquant la sortie vers Cambridge, elle décida de faire un saut à l'hôpital.

Tom avait quitté les soins intensifs. Assis dans son lit, il bavardait avec son voisin de chambre.

— Jazz, ma chérie ! s'exclama-t-il en l'embrassant. Comment va ma fille préférée ?

— Bien, Papa, très bien. Et toi ?

Elle s'assit à son chevet. Il avait le visage émacié et le teint pâle, mais ses yeux pétillaient de joie.

— Je suis en vie. Mon cœur bat, quoique de façon un peu erratique, d'après les médecins. Je suis content de te voir ! Ta mère m'a parlé de ton enquête. Je suis très fier de toi.

— Merci, Papa. Tu sais quand tu pourras sortir ?

— La semaine prochaine si je suis sage et si je prends bien mes bêtabloquants. J'ai hâte. Ils sont tous un peu séniles, ici, ajouta-t-il à voix basse. Je serais bien mieux à la maison, avec ta mère.

— Tu dois écouter les médecins. Ce serait injuste d'inquiéter Maman davantage.

— L'hôpital, c'est dangereux. Les gens y tombent comme des mouches… Bref, assez parlé de moi. Quels sont tes projets ?

— Ma cuisine est presque terminée, j'ai une salle de bains superbe et le peintre est venu hier.

— C'est bien, mais je pensais à ta vie en général.

— J'ai rendez-vous avec le chef de la police la semaine prochaine pour évoquer la création d'une unité spéciale dont je serais responsable pour la région East Anglia.

— C'est un honneur, commenta Tom, impressionné.

— Pour Norton, ce n'est pas aussi prestigieux que Scotland Yard, mais je serais plus ou moins autonome.

— Tu n'aurais pas un chef sur le dos, car ce serait toi le chef. Tu as pris ta décision ?

— Non. J'ai demandé à réfléchir. Quand j'ai quitté Londres, je voulais changer de vie. Qu'en penses-tu ?

— Je t'ai peut-être un peu trop influencée dans tes choix, au fil de ta vie. Je suis trop sûr de moi… et je t'aime tant.

Les larmes aux yeux, il lui prit la main.

— Cette fois, je vais me garder de tout conseil. Fais ce que tu juges bon pour toi.

— D'accord, répondit-elle, émue.

— Ta décision sera la bonne et n'aie pas peur de te tromper, Jazz. Les erreurs font partie de l'existence. On se relève et on avance.

— Tu as raison. Merci, Papa.

— Au fait, Jonathan est passé me voir, l'autre soir…

— Ah oui ?

— Oui. Il m'a demandé de tes nouvelles. Il te dit bonjour et aimerait que tu l'appelles, à l'occasion.

— Papa, arrête de jouer les entremetteurs. Je ne suis pas intéressée.

— Un jour, tu comprendras que l'amour est la seule chose qui nous fait avancer, que ce soit l'amour de sa famille, de la religion, et l'art… Ma chérie, tu auras toujours besoin d'amour, je te le garantis. Tu n'es pas faite pour être solitaire. Tu es bien ma fille !

Tom ferma les yeux et s'assoupit. Jazz sourit, songeant qu'elle ne pouvait imaginer sa vie sans lui.

*

Dans sa cuisine miteuse, David Millar dînait seul d'une boîte de haricots à la sauce tomate. Depuis qu'il avait été libéré, une semaine plus tôt, il avait passé son temps à dormir. Ainsi, il risquait moins de boire.

Si ces deux semaines demeuraient un peu floues, il commençait à retrouver ses esprits et se sentait un peu mieux. Son parrain des Alcooliques anonymes était venu le voir pour le remettre sur les rails. Cette fois, il était déterminé à s'en sortir. S'il voulait reprendre le contrôle de son destin, il ne devait plus avaler une goutte d'alcool.

Il entendit son portable sonner dans le salon.

— David, c'est Angie. Comment ça va ?

— Oh, bien mieux depuis que je ne suis plus inculpé pour un double meurtre.

— Tu sais… je ne t'ai jamais cru coupable. Je l'ai dit à l'inspectrice Hunter.

— Merci, répondit-il froidement.

— Et… je me demandais… si Rory pouvait passer la journée chez toi, jeudi prochain. Ce sont les vacances et je préfère qu'il ne soit pas là pour les funérailles de Julian.

— Bien sûr. Si tu me fais confiance.

— Est-ce que tu… ?

— Je suis sobre. Je n'ai jamais été saoul en présence de Rory. Jamais je ne lui aurais infligé ça.

Un silence pesant s'installa, puis Angelina reprit la parole :

— Je suis désolée, David. Pour tout.

— Oui… Ça ne sert à rien de remuer le passé.

— Non. Ce serait bien qu'on soit amis, dans l'intérêt de Rory, au moins.

— Angie, je t'aimais. Je voulais seulement vous rendre heureux, toi et Rory. Et tu m'as bien eu ! Alors je doute qu'on puisse être « amis ».

— Ces semaines ont été difficiles pour nous deux, David.

— Sauf que tu t'en sors bien mieux que moi. Tu as Rory, la maison, du fric, tu es un beau parti.

Il l'entendit ravaler un sanglot.

— Tu me considères comme une salope, c'est ça ?

— Oui. Amène-moi Rory quand tu veux, jeudi. Je serai là.

Au moment où il raccrocha, quelqu'un frappa à la porte. Il alla ouvrir en maugréant.

— Ah, c'est vous, dit-il en découvrant l'inspectrice Hunter. Vous venez m'interroger sur la disparition d'un nain de jardin chez les voisins ? Ce n'est pas moi qui ai fait le coup.

Jazz ne fit aucun commentaire sur ce sarcasme qu'elle comprenait.

— Je peux entrer ?

— Je le suppose.

Il l'invita dans la cuisine.

— Ne m'en veuillez pas, inspectrice. Je viens d'avoir Angelina au téléphone et je suis énervé.

— Je vois. Je peux m'asseoir ?

Jazz remarqua le désordre qui régnait.

— Faites comme chez vous. Je reste debout, quant à moi.

— Écoutez, David, je viens m'excuser au nom de mes collègues du traitement qu'ils vous ont infligé, même si c'est vous qui vous êtes rendu en avouant le meurtre de Charlie Cavendish.

— Je sais. C'était stupide, mais il fallait que je fasse quelque chose. Je ne voulais pas que Rory paie pour une simple erreur.

— Il a de la chance d'avoir un père qui l'aime au point d'endosser un crime qu'il n'a pas commis. Je vous admire, David. Aurais-je eu ce courage, à votre place ? Cela dit, je connais les prisons…, ajouta-t-elle avec un sourire désabusé.

— Sur le moment, inspectrice, cela ne semblait pas une mauvaise alternative à la vie que je menais.

Il désigna d'un geste son intérieur miteux.

— Ce n'est pas le palais de Buckingham. En comparaison avec la maison où vivent ma femme et mon fils… C'était tout ce que je voulais. Que Rory ait une enfance heureuse.

— Et vous, David ? Vous avez eu une enfance heureuse ?

— Très. Un peu solitaire, parfois, car j'étais fils unique. J'ai été adopté quand j'étais bébé. C'est pourquoi je tenais à ce que Rory ait des frères et sœurs, qu'il fasse partie d'une vraie famille.

— Vous avez grandi dans le Norfolk ?

— Jusqu'à l'âge de deux ans, puis mon père a obtenu un poste dans le Kent. J'ai toujours adoré le Norfolk.

David sourit pour la première fois.

— Vos parents vous ont avoué qu'ils vous avaient adopté ?

— Oui. Ils ne me l'ont jamais caché. Et je sais que je suis né par ici, d'où mon attachement, sans doute. Enfin, vous n'allez pas m'écouter raconter ma triste vie la soirée entière. Que puis-je faire pour vous ?

— En fait, je suis venue vous dire quelque chose. Et vous devriez vous asseoir.

Épilogue

Un mois plus tard

En tirant les rideaux de sa chambre, Jazz vit un beau ciel bleu et un soleil radieux pour la première fois depuis des semaines. Elle ouvrit la fenêtre pour respirer à pleins poumons l'air embaumé, annonciateur du printemps.

Impatiente de peindre avant que le temps ne se dégrade, elle se prépara à la hâte. Elle prit son chevalet, son tabouret, ses pinceaux, et traversa la route en direction des marais.

Une fois installée, elle se rendit compte que le soleil était trompeur. Heureusement, il créait une belle lumière. Elle passa deux heures enchanteresses à représenter le paysage dans ses moindres détails. Elle accrocherait la toile dans son salon pour l'admirer lors des longues journées d'hiver.

De retour au cottage, elle avait les mains et les pieds glacés. Elle prit un bain chaud et prépara une salade.

À treize heures, elle entendit une voiture s'arrêter devant chez elle.

— Sergent Miles… Alistair ! Comment ça va ?

— Très bien, répondit-il en lui faisant la bise.

Elle le fit entrer.

— Très jolie décoration, commenta-t-il en admirant les murs crème, le sol en jonc de mer, les rideaux, les meubles clairs.

— Merci. Je voulais quelque chose de simple.

— C'est chaleureux et élégant, comme vous.

— C'est gentil. Je vous sers un verre ? proposa Jazz.

— Je veux bien un verre de vin. J'avais oublié combien c'est loin de tout, ici. J'ai mis presque quatre heures. Il y a des travaux sur l'A11.

Miles la suivit dans la cuisine blanche équipée d'un fourneau rouge.

— Vous avez fait des prouesses avec ce mélange de moderne et d'ancien.

— C'était mon objectif pour ajouter un peu de lumière dans ce cottage un peu sombre.

Au-dessus de la table, il contempla un tableau abstrait aux couleurs chatoyantes.

— Où l'avez-vous acheté ? C'est un original, non ?

— Oui, je l'ai peint moi-même.

— Vraiment ? Vous avez de nombreux talents, inspectrice.

— Allons nous asseoir au salon.

— Vous devez être heureuse ici, déclara Alistair au coin du feu.

— Oh oui. C'est l'endroit idéal pour une célibataire. D'ailleurs, vous êtes mon premier visiteur officiel.

— Ça fait du bien, un bol d'air. Quand j'ai regagné la capitale, après l'enquête, je me suis senti oppressé pendant un moment.

— Pour l'heure, je n'ai aucune envie de retourner à Londres.

— Alors ? Que s'est-il passé une fois l'enquête bouclée ? Comment a réagi Jenny Colman en rencontrant son fils ?

— Elle était très émue, bien sûr. David Millar aussi. On peut remercier Martin Chapman qui avait, sur la malle de Rory, prélevé l'ADN de David grâce à ses empreintes digitales et à un cheveu trouvé à l'intérieur. Il s'en est souvenu en analysant l'échantillon de cheveux de bébé fourni par Jenny. Il l'a ensuite comparé à celui de Corin Conaught et bingo !

— Waouh ! s'exclama Miles. Parfois, j'ai l'impression que les analyses médico-légales ralentissent plutôt notre travail. Cette fois, je m'en réjouis.

— Jenny Colman et David vont prendre un nouveau départ, répondit Jazz.

— Et l'héritage des Conaught ? David peut-il se revendiquer héritier, quoique fils illégitime de Corin ?

— Absolument. Malgré ses réticences d'autrefois, lady Conaught m'a appelée pour me remercier. David l'a d'abord rencontrée, puis il a emmené Rory, qui est le portrait craché de son grand-père Corin.

— Hugh Daneman s'est peut-être trompé sur Sebastian, mais on comprend pourquoi il était si attaché à Rory, dit Miles.

— Il est mort avec ses remords, soupira Jazz. Les Conaught ont en tout cas sauvé leur lignée grâce à David et Rory. Ils ont déjà proposé à David un cottage sur le domaine. Ils savent qu'il souffre d'une addiction, comme son père, et ils vont veiller sur lui.

— On dit parfois que c'est une tendance héréditaire, suggéra Miles en tendant son verre. Angelina est au courant que le mari qu'elle a largué sans ménagement parce qu'elle voyait en lui un moins que rien sera un jour un lord à la tête d'un des plus prestigieux domaines du Norfolk ?

— Je paierais cher pour voir sa tête quand elle l'apprendra ! Elle a perdu sa chance d'intégrer l'aristocratie, le rêve de toute ambitieuse. Elle va sans doute essayer de se rabibocher avec David. J'espère qu'il la repoussera, vu la façon dont elle l'a traité.

— Je suis content pour David, qui semble être un type bien.

— C'est vrai, admit Jazz. Comme l'a indiqué lady Emily, tant qu'il est sobre, il garde de son expérience dans la City un sens des affaires suffisant pour faire entrer le patrimoine familial dans le XXIe siècle. C'est ce genre de conclusion heureuse qui fait que l'on a l'impression d'être utile. Et si on passait à table ?

Ils s'installèrent dans la cuisine.

— Et Adele Cavendish et Sebastian Fredericks ? demanda Alistair. L'argent du testament de Hugh Daneman aurait dû revenir à David Millar. Cela dit, il sera un jour très riche.

— D'après M. Jones, Fredericks a donné sa démission. Adele et lui veulent tourner la page.

— Ce n'est pas étonnant après ce qui s'est passé. Il faut qu'ils fassent le deuil de Charlie.

— Enfin, cette affaire aura eu quelques conséquences positives quand même.

— Et… pour moi aussi, bredouilla Miles.

Jazz le vit s'empourprer.

— Ah oui ? Lesquelles ?

Jazz le savait mais elle avait envie de l'entendre de sa bouche.

— Issy et moi… enfin… on est ensemble.

— C'est formidable, Alistair ! Vous savez combien j'aime Issy.

— Moi aussi, avoua-t-il timidement. Certains trouvent qu'on est un couple mal assorti, mais je ne suis pas de cet avis. Elle est plus exubérante que moi et elle adore me materner, mais ça me plaît. Je ne sais pas si ça va durer, mais, pour l'instant, tout se passe bien. Nous sommes très heureux.

— C'est l'essentiel. Du café ?

— Volontiers.

— Je vous conseille simplement d'être prudent, Alistair. Je sais que vous n'êtes pas tous les deux flics, au contraire de Patrick et moi, mais vous finirez par coopérer à un moment ou à un autre. Notre couple n'y a pas survécu.

— Issy n'a rien d'un débile arrogant et égocentrique qui cherche à prouver à la moindre occasion sa supériorité sur une épouse plus compétente.

— Vous marquez un point.

— Tout le monde sait que c'est un enfoiré. Il n'est pas apprécié à Scotland Yard. Vous serez ravie d'apprendre que la débâcle liée à David Millar s'est répandue comme une traînée de poudre. J'ignore qui a diffusé la nouvelle qu'il s'était fait remonter les bretelles par Norton, ajouta Miles d'un air innocent.

— Merci, Alistair. Ne vous inquiétez pas, je m'en suis remise. C'est fini. J'aimerais vous parler de quelque chose de bien plus important. Allons prendre le café au salon, près du feu.

Ils s'installèrent confortablement sur le canapé.

— Si je vous ai invité aujourd'hui, ce n'est pas seulement pour que vous me complimentiez sur mes talents de décoratrice, mais pour vous soumettre une idée.

— Si vous voulez que je pose nu pour une de vos peintures, c'est non. Sinon, je vous écoute.

— On m'a demandé de créer une unité spéciale de la police judiciaire dans la région d'East Anglia. Je suis en train de recruter une équipe. Cela vous plairait d'être mon adjoint ?

Miles en demeura bouche bée.

— Désolé, inspectrice, je ne sais pas quoi vous répondre.

— Dites-moi que vous allez y réfléchir sérieusement.

Jazz était un peu déçue par sa réaction.

— On a travaillé ensemble pendant cinq ans avec succès, reprit-elle. Vous auriez une augmentation de salaire, une prise en charge de votre déménagement. Que pensez-vous de quitter Scotland Yard pour la province ?

Alistair poussa un long soupir.

— Ce n'est pas le Yard qui me manquerait, inspectrice. C'est Issy. Nom de Dieu ! Il y a encore quelques mois, j'aurais sauté sur l'occasion. C'est un défi. À présent… je ne sais pas.

— Je comprends. Et si vous en discutiez avec Issy pour voir ce qu'elle en pense ?

— Elle va me dire qu'elle n'aime pas la campagne. Vous la connaissez. Cela m'obligerait à faire des allers-retours. Il faut que je réfléchisse.

— Bien sûr. Je vous veux, si vous me permettez l'expression. Nous formerions une excellente équipe.

— C'est gentil. J'aime l'idée d'une nouvelle unité dépourvue de brebis galeuses…

— Je ne proposerai aucun poste à Patrick, dans ce cas, railla-t-elle.

— C'est préférable. Il y a une jeune agente en détachement qui m'a fait forte impression. Je pense qu'elle vous plairait…

— Donnez-moi son nom, dit Jazz avec enthousiasme. Norton ne veut pas que je décime ses services, mais si elle est détachée, ça ne compte pas. Plus il y aura de femmes, mieux ce sera. On pourra parler chiffons…

Miles se mit à rire.

— C'est bon de vous voir retrouver votre bonne humeur, inspectrice.

— Parce que je l'avais perdue ? demanda-t-elle en fronçant les sourcils.

— Vous n'étiez plus aussi décontractée. Et, franchement, le changement a commencé pas mal de temps avant votre départ.

— Vous avez raison. Je me sens à nouveau moi-même, à présent.

— Tant mieux. Je ne supporte pas l'idée que cet imbécile vous ait anéantie.

— Ce n'est pas le cas, rassurez-vous.

— Bon, il faut que j'y aille, annonça le sergent en consultant sa montre. Je ne voudrais pas me retrouver dans les bouchons de la M25.

— Vous n'avez qu'à utiliser la sirène, comme tout le monde. Sauf moi.

— D'accord. Je vous tiens au courant au plus vite. Et merci pour le déjeuner.

— Repassez quand vous voulez, ce qui, je l'espère, arrivera souvent. Et appelez-moi Jazz !

Elle lui fit la bise.

— Vous me promettez d'y penser sérieusement ?

— Promis. À bientôt, Jazz !

En rangeant sa cuisine, elle regarda par la fenêtre, vers la côte. La marée montait. Dans quelques heures, les chemins et cours d'eau seraient submergés. La jeune femme sourit. Elle était heureuse dans cette région superbe.

En regardant les eaux grises mordre sur les marais verdâtres, elle pensa à Madelaine Smith, une femme aussi résolue que la mer. Sa vie n'avait été qu'un combat entretenu par la souffrance.

Sur la table, son téléphone annonça l'arrivée d'un texto de Jonathan.

Je quitte Cambridge à l'instant. À dans une heure.

Jazz tourna résolument le dos à son passé pour envisager l'avenir.

REMERCIEMENTS

Je tiens à remercier Maria Rejt, de chez Macmillan, dont l'expérience impressionnante et la connaissance de la littérature policière vont permettre aux lecteurs de ce roman de l'apprécier comme ma mère l'aurait voulu. Mille mercis à Lucy Hale et Jeremy Trevathan, deux personnes formidables qui perpétuent l'œuvre de Lucinda.

Comme je l'ai précisé dans l'avant-propos, ce roman date de 2006. À l'époque, j'avais treize ans et je n'ai bien sûr aucune idée des personnes que ma mère aurait voulu remercier. Je vais donc profiter de cette occasion pour saluer l'autrice elle-même.

Elle a écrit non moins de cinq romans au cours de sa longue maladie, ce qui témoigne de sa résistance incroyable. De plus, avec sa série des *Sept Sœurs*, elle a connu un succès planétaire en devenant l'un des auteurs les plus reconnus.

Cependant, elle a toujours fait passer sa famille avant ses livres. Tout au long de sa trop courte vie, pas une fois elle n'a pensé qu'à elle. Lucinda fut la meilleure maman du monde par sa capacité hors pair à soutenir, encourager, consoler et défendre ses quatre enfants.

Grâce à sa grande sagesse, nous connaissons tous le

secret du bonheur, qu'elle nous répétait souvent, et il est de mon devoir de le partager avec vous, à présent :

Saisissez l'instant présent et savourez chaque seconde de la vie, même les moments difficiles.

Harry Whittaker

Découvrez le premier chapitre
de la série des *Sept Sœurs*, de Lucinda Riley,
disponible aux éditions Charleston
et au Livre de Poche :

Maia

ROMAN TRADUIT DE L'ANGLAIS (IRLANDE)
PAR FABIENNE DUVIGNEAU

Titre original :
THE SEVEN SISTERS

1

Je me souviendrai toujours de l'endroit où je me trouvais et de ce que je faisais quand j'ai appris que mon père venait de mourir.

J'étais à Londres, chez Jenny, une vieille amie d'école, et je profitais du soleil de juin, assise dans son joli jardin, un exemplaire de *L'Odyssée de Pénélope* ouvert sur les genoux, pendant qu'elle était allée chercher son petit garçon à la crèche.

Je me sentais calme, heureuse de m'être échappée pour passer quelques jours de vacances ici. J'étais en train d'admirer la clématite en boutons qui dépliait ses fragiles bourgeons roses, donnant naissance à un tumulte de couleurs, lorsque mon portable a sonné.

D'un coup d'œil sur l'écran, j'ai vu que c'était Marina.

— Allô, Ma, ça va ?

J'espérais que, dans ma voix, elle entendrait aussi la belle chaleur estivale.

— Maia, je…

Marina a marqué une pause, et, à cet instant, j'ai compris qu'il était arrivé quelque chose de terrible.

— Qu'est-ce qui se passe ?

— Maia, je ne sais pas comment te le dire, mais ton père a eu une crise cardiaque ici, à la maison, hier après-midi. Et aujourd'hui… tôt ce matin, il… est décédé.

Je suis restée silencieuse, un million de pensées disparates et ridicules me traversant l'esprit, l'une d'elles étant que Marina, pour une raison ou une autre, avait décidé de me faire une blague de mauvais goût.

— Je ne l'ai pas encore annoncé à tes sœurs, Maia. Comme tu es l'aînée, il m'a semblé que c'était toi qui devais l'apprendre en premier… Je voulais te demander si tu préfères les appeler, ou si tu souhaites que je le fasse.

— Je…

Aucune parole cohérente ne me venait aux lèvres, tandis que je commençais à réaliser que jamais Marina, ma chère et bien-aimée Marina, la femme qui avait été pour moi la personne qui se rapprochait le plus d'une mère, ne me mentirait. Il fallait donc que ce soit vrai. Et brusquement, tout s'est effondré en moi.

— Maia, s'il te plaît, dis-moi que ça va. Oh, c'est vraiment l'appel le plus terrible que j'ai jamais eu à passer, mais j'ai pensé qu'il valait mieux me tourner vers toi… Dieu seul sait comment tes sœurs vont réagir.

C'est à ce moment que j'ai entendu la souffrance dans sa voix. J'ai compris qu'elle aussi avait besoin de parler, de partager son fardeau, d'être réconfortée.

— Bien sûr, Ma, je vais prévenir mes sœurs. Sauf que je ne suis pas certaine d'avoir toutes leurs coordonnées sur moi… Ally n'est-elle pas partie faire une régate ?

Et pendant que nous discutions de l'endroit où se trouvait chacune de mes sœurs cadettes, comme s'il fallait les réunir pour fêter un anniversaire plutôt que de pleurer la mort d'un père, la conversation a pris un tour surréaliste.

— Quand faut-il prévoir l'enterrement à ton avis ? ai-je

demandé. Avec Électra à Los Angeles et Ally quelque part en mer, on ne peut certainement pas l'envisager avant la semaine prochaine, au plus tôt.

— Eh bien…

J'ai perçu l'hésitation de Marina au bout du fil.

— Le mieux serait peut-être qu'on en parle toutes les deux quand tu rentreras à la maison. Mais rien ne presse pour l'instant, Maia. Aussi, si tu préfères rester encore un peu à Londres… Il n'y a plus rien à faire pour lui ici…

La voix de Marina s'est brisée.

— Ma, je saute dans le premier avion pour Genève ! Je vais téléphoner à la compagnie aérienne et je te donnerai l'heure du vol. Entre-temps, j'essaie de contacter tout le monde.

— Je suis vraiment désolée, ma chérie, a soupiré Marina. Je sais que tu l'adorais.

— Oui…

L'étrange sérénité que j'avais ressentie pendant que nous débattions des préparatifs m'a soudain abandonnée, comme le calme avant la tempête.

— Je t'appelle plus tard quand je saurai à quelle heure j'arrive.

— Très bien. Maia, prends soin de toi. C'est un choc terrible…

J'ai raccroché. Puis, avant que les nuages noirs, dans mon cœur, ne percent et ne menacent de m'engloutir, je suis montée dans ma chambre pour téléphoner à la compagnie aérienne. Pendant que j'attendais qu'on prenne mon appel, j'ai regardé le lit dans lequel, le matin même, j'avais tout simplement ouvert les yeux sur un autre jour. Et j'ai remercié Dieu que les êtres humains n'aient pas la faculté de prévoir l'avenir.

La femme qui a répondu au bout d'un moment n'était pas très aimable et j'ai compris, tandis qu'elle me parlait de vols complets, de coûts supplémentaires et de coordonnées de carte de crédit, que mon barrage émotionnel était prêt à craquer. Finalement, une fois qu'elle m'eut alloué de mauvaise grâce une place sur le vol de seize heures pour Genève, ce qui signifiait que je devais me dépêcher de rassembler mes affaires et prendre un taxi pour Heathrow, je me suis assise sur le lit et j'ai contemplé le motif du papier peint pendant si longtemps que le dessin a commencé à danser devant mes yeux.

— Voilà, il est parti, ai-je murmuré, parti pour toujours. Je ne le reverrai plus jamais.

Je m'attendais tellement à éclater en sanglots à cause de ces paroles prononcées tout haut que j'ai été surprise qu'il ne se passe rien, et je suis restée là, immobile, hébétée, mais la tête toujours pleine de détails pratiques. À l'idée d'appeler mes sœurs – toutes les cinq –, j'étais terrifiée. Laquelle prévenir en premier? J'ai pris en compte tout un éventail de paramètres et la réponse n'a pas tardé à s'imposer: Tiggy, bien sûr, la seconde plus jeune de la fratrie, celle dont je me sentais la plus proche.

Les doigts tremblants sur mon téléphone, j'ai fait défiler les numéros jusqu'au sien. En entendant sa messagerie vocale, j'ai bafouillé quelques mots confus lui demandant de me rappeler d'urgence. Elle se trouvait quelque part dans les Highlands, en Écosse, où elle travaillait dans un centre qui recueillait des cervidés malades.

Quant à mes autres sœurs… leurs réactions seraient

diverses, en apparence du moins, allant de l'indifférence à un dramatique épanchement d'émotion.

Ne sachant pas trop de quel côté je basculerai sur l'échelle du chagrin quand je leur parlerai, j'ai choisi la lâcheté et je leur ai envoyé un texto à chacune, les priant de me contacter le plus vite possible. Je me suis ensuite dépêchée de faire mon sac et je suis descendue à la cuisine où j'ai laissé un mot à Jenny lui expliquant pourquoi j'avais dû partir.

J'ai décidé de héler un taxi dans la rue et j'ai marché d'un pas rapide le long du parc de Chelsea, comme n'importe qui, par une journée banale. Je crois que j'ai même salué quelqu'un qui promenait son chien et que je lui ai souri.

Personne ne pourrait deviner ce qui m'arrive, me suis-je dit en montant dans le taxi que j'ai réussi à arrêter sur King's Road, où le trafic était intense.

J'ai indiqué au chauffeur l'aéroport d'Heathrow.

Non, personne n'aurait pu deviner.

*

Cinq heures plus tard, alors que le soleil descendait tranquillement sur le lac de Genève, je suis arrivée à notre ponton privé pour la dernière étape de mon voyage.

Christian m'attendait déjà dans la vedette. À son regard, j'ai compris qu'il savait.

— Comment allez-vous, mademoiselle Maia ? a-t-il demandé en m'aidant à monter à bord, ses yeux bleus pleins de compassion.

— Je suis… contente d'être ici, ai-je répondu d'une

voix neutre, puis je suis allée m'asseoir à l'arrière du bateau, sur la banquette en cuir crème qui suivait la courbe de la poupe.

En temps normal, je m'installais à l'avant, à côté de Christian, pour fendre les eaux calmes pendant les vingt minutes de la traversée. Mais ce jour-là, j'avais besoin de solitude. Christian a démarré. Le soleil se reflétait sur les fenêtres des somptueuses demeures qui bordaient le lac. Souvent, en faisant ce trajet, il me semblait franchir le seuil d'un monde féerique, un univers éthéré sans aucun rapport avec la réalité.

Le monde de Pa Salt.

À l'évocation du surnom de mon père, que j'avais inventé quand j'étais enfant, des larmes m'ont picoté les yeux. Il avait toujours adoré faire de la voile et quand il revenait dans la maison du bord du lac, il sentait l'air iodé et la mer. Avec le temps, mes jeunes sœurs aussi s'étaient approprié ce surnom.

Alors que le bateau prenait de la vitesse et que le vent chaud agitait mes cheveux, je me suis remémoré des centaines d'arrivées à Atlantis, le château de Pa Salt. Situé sur un promontoire adossé à un croissant de terrain montagneux qui s'élevait en pente abrupte, il était inaccessible par la route ; on ne pouvait y accéder qu'en bateau. Les voisins les plus proches se trouvant à des kilomètres, Atlantis était un peu notre royaume privé, à l'écart du reste du monde. Tout ce qu'il renfermait était magique… comme si Pa Salt et nous, ses filles, avions vécu dans un endroit enchanté.

Nous avions toutes été choisies par Pa Salt quand nous étions bébés et adoptées aux quatre coins du monde. Pa aimait dire que nous étions ses filles « spéciales ». Il nous avait donné les noms des Pléiades, les Sept Sœurs, sa constellation préférée. Maia était la première.

Quand j'étais petite, il m'emmenait sous le dôme en verre de son observatoire, tout en haut de la maison, et me soulevait dans ses bras puissants pour que j'observe le ciel, la nuit, à travers son télescope.

— Elles sont là, me disait-il une fois qu'il avait aligné l'objectif. Regarde, Maia, regarde la belle étoile brillante dont tu portes le nom.

Et je la voyais, oh oui. J'écoutais à peine tandis qu'il me racontait les légendes à l'origine de mon nom et de ceux de mes sœurs, mais je savourais le plaisir de sentir ses bras autour de moi, consciente de vivre un moment rare et précieux, avec mon père pour moi seule.

Quant à Marina, que j'avais longtemps prise pour ma mère – j'avais même raccourci son nom à « Ma » –, j'ai compris plus tard qu'elle n'était qu'une simple nourrice, embauchée par Pa pour s'occuper de nous lors de ses nombreuses absences. Mais évidemment, Marina était beaucoup plus que cela pour nous toutes. C'était elle qui essuyait nos larmes, qui nous grondait lorsque nous nous tenions mal à table. Elle nous a guidées sereinement durant ces années difficiles à l'issue desquelles l'enfant devient une femme.

Ma a toujours été là, et je ne l'aurais pas aimée davantage si elle m'avait donné la vie.

Pendant les trois premières années de mon enfance, il n'y avait que Marina et moi dans notre château magique sur les rives du lac. Et puis, une à une, mes sœurs ont commencé à arriver.

Normalement, Pa m'apportait un cadeau quand il rentrait de voyage. J'entendais le bateau arriver, je m'élançais sur la vaste pelouse et je courais jusqu'à la jetée pour l'accueillir. Comme tous les enfants, je voulais voir ce qu'il avait caché dans ses poches magiques. Je me souviens du jour où, après qu'il m'eut offert un ravissant renne en bois sculpté en me jurant qu'il venait du Père Noël, une femme en uniforme s'est avancée avec un paquet dans les bras. Et le paquet bougeait.

— Je t'ai rapporté un autre cadeau, Maia, le plus extraordinaire qui soit. Une petite sœur. Maintenant, tu ne seras plus seule quand je dois m'absenter.

Pa m'a souri et serrée contre lui.

Ma vie a changé ensuite. La puéricultrice que Pa avait amenée avec lui a disparu quelques semaines plus tard et Marina a pris la relève pour s'occuper de ma sœur. Je ne comprenais pas comment cette chose qui braillait, qui sentait souvent mauvais et me privait de l'attention qui m'était due pouvait être un cadeau. Jusqu'à ce matin où Alcyone – à qui on avait donné le nom de la deuxième étoile des Sept Sœurs – m'a souri, assise dans sa chaise haute.

— Elle me reconnaît ! ai-je lancé, émerveillée, à Marina qui lui donnait à manger.

— Bien sûr qu'elle te reconnaît, ma chérie. Tu es sa grande sœur, celle qu'elle admirera toute sa vie. Ce sera à toi de lui enseigner beaucoup de choses que tu sais et qu'elle ignore.

Et, en grandissant, Alcyone est devenue mon ombre, toujours sur mes talons, ce qui m'enchantait et m'agaçait tout autant. « Maia, attends-moi ! » exigeait-elle d'une voix forte en me suivant d'un pas mal assuré.

Bien qu'Ally – comme nous l'avions surnommée – ait au départ quelque peu perturbé mon existence dorée à Atlantis, je n'aurais pu souhaiter une compagne plus adorable ni plus aimable. Elle pleurait rarement, voire jamais, et ne faisait aucun de ces caprices réservés aux bambins de son âge. Avec ses boucles d'un roux doré qui tombaient en cascade et ses grands yeux bleus, Ally possédait un charme naturel auquel mon père était le premier à succomber.

Quand Pa Salt rentrait à la maison après l'un de ses longs voyages à l'étranger, je remarquais combien ses yeux s'allumaient dès qu'il la voyait. Il la regardait comme jamais il ne m'avait regardée, j'en étais sûre, moi qui étais timide et réservée alors qu'Ally débordait d'assurance.

Elle était aussi un de ces enfants qui semblait exceller dans tout – en particulier la musique et les sports nautiques. Quand Pa lui a appris à nager dans notre grande piscine, elle a aussitôt maîtrisé la technique – un vrai poisson dans l'eau –, tandis que je barbotais avec peine, redoutant à tout instant de couler.

Et puis, alors que je n'avais pas le pied marin, même à bord du *Titan*, le superbe yacht de Pa, Ally, elle, le suppliait de l'emmener sur le dériveur qu'il gardait amarré à notre jetée. Je me souviens que je m'accroupissais dans l'espace exigu de la poupe pendant que Pa et Ally s'affairaient aux commandes et que le bateau filait sur les eaux miroitantes du lac. Bref, je ne partageais aucune passion avec Pa qui aurait pu me rapprocher de lui comme ma sœur.

Ally avait étudié la musique au Conservatoire de Genève. Excellente flûtiste, elle aurait pu poursuivre une carrière dans un orchestre professionnel, mais elle avait ensuite choisi la vie de marin à plein temps. Elle participait régulièrement à des régates et avait représenté la Suisse à plusieurs occasions.

Ally avait presque trois ans quand Pa est arrivé un jour avec une autre sœur pour nous, à qui il a donné le nom de la troisième des Sept Sœurs, Astérope.

— Mais nous l'appellerons Star, a-t-il dit en nous souriant à Marina, Ally et moi, tandis que nous observions cette petite chose, couchée dans le couffin, qui venait agrandir notre famille.

Je prenais alors des leçons chaque matin avec un professeur particulier, aussi la venue de Star m'a-t-elle moins perturbée que celle d'Ally. Et puis, à peine six mois plus tard, un autre bébé nous a rejointes, une petite fille de douze semaines prénommée Célaéno, un nom qu'Ally a immédiatement raccourci en CeCe.

Trois mois seulement séparaient Star et CeCe et, du plus loin que je me souvienne, elles ont toujours été très complices. Comme des jumelles, communiquant avec leur propre babillement, qu'elles utilisent encore aujourd'hui. Elles vivaient dans leur monde à elles dont nous étions exclues, et même à présent qu'elles ont une vingtaine d'années, rien n'a changé. CeCe, la plus jeune des deux, était toujours celle qui avait le dessus, son corps trapu et sa peau noisette contrastant avec la pâleur et la minceur de Star.

L'année suivante, un autre bébé arriva encore. Taygète – que j'ai surnommée « Tiggy » à cause de ses cheveux courts et noirs qui se dressaient sur sa toute petite tête et me faisaient penser au hérisson de la célèbre histoire de Beatrix Potter.

J'avais alors sept ans et je me suis tout de suite sentie proche de Tiggy. Elle était la plus fragile d'entre nous, affligée de toutes les maladies infantiles les unes après les autres, mais elle demeurait stoïque. Quand Pa a encore ramené à la maison une autre fillette, nommée Électra, Marina, épuisée, m'a souvent demandé de m'occuper de Tiggy qui avait continuellement la fièvre, ou toussait, et qui fut finalement déclarée asthmatique. On ne la sortait pas beaucoup dans le landau pour éviter que l'air froid et le brouillard épais de Genève ne lui fragilisent les poumons.

Électra était la benjamine et son nom lui allait à la perfection. Je m'étais maintenant habituée aux bébés et à leurs exigences, mais ma plus jeune sœur était sans aucun doute la plus difficile. Tout ce qui se rapportait à elle était « électrique » ; en un instant, elle pouvait passer d'une humeur sombre à une humeur légère et vice versa, de sorte que notre foyer, auparavant calme, retentissait quotidiennement de ses cris perçants. Ses caprices résonnaient dans ma conscience d'enfant et, en grandissant, sa personnalité impétueuse ne s'adoucit guère.

En secret, Ally, Tiggy et moi la surnommions « Tricky », qui signifie difficile, délicat. Il nous fallait toujours la prendre avec des gants pour ne pas déclencher un brusque changement d'humeur. Franchement, il y a eu des moments où je la détestais tellement elle perturbait notre vie à Atlantis.

Cependant, quand Électra sentait que l'une de nous avait des problèmes, elle était la première à offrir son aide et son soutien. Elle pouvait se montrer d'un égoïsme excessif, ou bien, à d'autres occasions, d'une générosité sans limites.

Après Électra, nous avons toutes attendu l'arrivée

de la septième sœur. Puisque Pa nous avait donné le nom de cette constellation, sans elle, nous n'aurions pas été complètes. Nous connaissions même son nom – Mérope – et nous nous demandions à quoi elle ressemblerait. Mais une année passa, puis une autre, et une autre encore, et notre père ne rapportait toujours pas de bébé.

Je me souviens parfaitement de la conversation que j'ai eue avec lui dans son observatoire. J'avais quatorze ans et allais bientôt entrer dans ma vie de femme. Nous guettions une éclipse qui, d'après lui, signait un moment précurseur pour l'humanité.

— Pa, ai-je dit, amèneras-tu un jour notre septième sœur à la maison ?

En entendant cela, tout son corps a semblé se figer pendant quelques secondes. D'un coup, il a eu l'air de porter le poids du monde sur ses épaules. Il ne s'est pas retourné, car il se concentrait sur son télescope, mais j'ai compris instinctivement que mes paroles l'avaient bouleversé.

— Non, Maia, je ne la ramènerai pas. Parce que je ne l'ai jamais trouvée.

*

Quand est apparue la haie d'épicéas qui protégeait notre maison des regards indiscrets et que j'ai vu Marina, debout sur la jetée, la mort de Pa s'est imposée à moi avec son implacable réalité : l'homme qui avait fait de nous les princesses de son royaume n'était plus là pour garder l'enchantement.

De la même autrice,
aux éditions Charleston :

La Jeune Fille sur la falaise, 2015
La Belle Italienne, 2016
L'Ange de Marchmont Hall, 2017
La Lettre d'amour interdite, 2018
Le Secret d'Helena, 2019
La Chambre aux papillons, 2020
La Maison de l'orchidée, 2021
Le Domaine de l'héritière, 2022

Les Sept Sœurs – Maia, 2015
La Sœur de la tempête – Ally, 2016
La Sœur de l'ombre – Star, 2017
La Sœur à la perle – Céléno, 2018
La Sœur de la Lune – Tiggy, 2019
La Sœur du Soleil – Électra, 2020
La Sœur disparue, 2021
Atlas : l'histoire de Pa Salt, avec Harry Whittaker, 2023

PAPIER À BASE DE FIBRES CERTIFIÉES

Le Livre de Poche s'engage pour l'environnement en réduisant l'empreinte carbone de ses livres. Celle de cet exemplaire est de :
200 g éq. CO_2
Rendez-vous sur www.livredepoche-durable.fr

Composition réalisée par Soft Office

Achevé d'imprimer en France par
CPI BRODARD & TAUPIN (72200 La Flèche)
en juillet 2023
N° d'impression : 3053877
Dépôt légal 1re publication : mai 2023
Édition 02 - juillet 2023
LIBRAIRIE GÉNÉRALE FRANÇAISE
21, rue du Montparnasse – 75298 Paris Cedex 06

24/1543/5